古代文学教学热点难点疑点述论

庆振轩 胡颖 宁俊红 主编

兰州大学出版社

图书在版编目(CIP)数据

古代文学教学热点难点疑点述论/庆振轩,胡颖,宁俊红主编.—兰州:兰州大学出版社,2010.9

ISBN 978-7-311-03602-7

Ⅰ.①古… Ⅱ.①庆…②胡…③宁… Ⅲ.①古典文学—中国—教学研究—高等学校 Ⅳ.①I206.2-42

中国版本图书馆 CIP 数据核字(2010)第 185882 号

策划编辑 锁晓梅
责任编辑 钟 静
封面设计 管军伟

书 名 古代文学教学热点难点疑点述论
主 编 庆振轩 胡 颖 宁俊红
出版发行 兰州大学出版社 (地址:兰州市天水南路 222 号 730000)
电 话 0931-8912613(总编办公室) 0931-8617156(营销中心)
0931-8914298(读者服务部)
网 址 http://www.onbook.com.cn
电子信箱 press@Lzu.com.cn
印 刷 兰州残联福利印刷厂
开 本 880×1230 1/32
印 张 11
字 数 293 千字
版 次 2010 年 9 月第 1 版
印 次 2010 年 9 月第 1 次印刷
书 号 ISBN 978-7-311-03602-7
定 价 22.00 元

目　录

◎白宪娟

胡适的《诗经》研究

翻检胡适的作品，既看不到《诗经》研究的皇皇巨著，亦不见几篇完整的《诗经》研究文章。说起来，在胡适的研究中《诗经》所占学术分量实在少得可怜。但《诗经》研究却如影随形般终其学术生涯，从早年留学国外便发堂皇新论到暮年探讨《中国哲学里的科学精神与方法》时，仍不忘品评朱子《诗经》研究的特色，指点《诗经》音韵研究的得失与门路；去大学演讲时，也不妨拿《诗经》作题目饶有兴趣地讲上一番。像胡适这样学术明星式的人物，其一言一行都会引起学界的瞩目，而且凭借其过人的胆识与魄力，胡适的《诗》学影响亦波及后代学人，故而也就值得我们费番工夫去探讨一下胡适的《诗经》研究。总的来看，胡适的《诗经》研究主要集中于20世纪二三十年代，研究文字大体可以分为两类：一类是集中讨论《诗经》的文章、文字。如《诗三百篇“言”字解》、《论汉宋说诗之家及今日治诗之法》、《为朱熹辨诬》、《致钱玄同——谈〈诗经〉的研究大旨》、《谈谈诗经》、《论〈野有死麕〉书》、《论长脚韵》、《入声考》、《周南新解》、《论〈诗经〉答刘大白》、《覆丁声树书》、《汉书地理志的诗古义》、《论“于”“以”的两封信》；一类是在日记或著作中对《诗经》的较为集中的论述。前者如1921年4月27日、1922年4月26日、6月9日、8月19日等日记，后者如《〈国学季刊〉发刊宣言》、《白话文学史》、《中国哲学里的科学精神与方法》。其他如《论六经不够作领袖人才的来源》、《研究国故的方法》、《再谈谈整理国故》等文章中亦有三言两语的涉及。为了能从如此零碎的

《诗经》研究中得到一些系统的认识,本文拟作以下三方面的探讨。

一 胡适的《诗》学观

胡适幼入私塾读书,受到塾师的特殊照顾,实实在在地学了些东西。这段私塾教育使他在12岁之前对《诗经》就已耳熟能详了,进而产生好感,每每在日记中谈及对《诗经》研究的见解想法,即使身处异国,也不忘用西洋文法整理《诗经》中的虚字。于1925年发表的《谈谈诗经》,较为集中地体现了胡适对《诗经》基本问题的看法。

1.《诗经》的性质及价值

胡适明确提出"《诗经》不是一部经典",而"是一部古代歌谣的总集",并声称《诗经》"是世界最古的有价值的文学的一部"。[1]之前的《诗》学或有异端排弃汉宋儒者的诗说,但几乎无一例外地视《诗经》为承载王道教化,担负美刺讽谏任务,神圣而不可侵犯的经典,并由此生发出占据《诗》学主流的毛《传》、郑《笺》、《诗序》之流穿凿附会,陈腐古板的解经语。轮到胡适说《诗》时,他以清晰明白的话语,毫无回旋余地地一口否定《诗经》圣经的地位,并与此种观念作决然地对立,"假如这个观念不能打破,《诗经》简直可以不研究了"。这种观念对《诗》学界的震撼不啻于一场法国大革命,体现了新文化运动精神在《诗》学领域的扩展延伸。正因对《诗经》经的观念自觉而有目的的反动,才导引出之后丰富的、多角度的《诗经》研究。

受时代风气的影响,胡适视《诗经》为"一部古代歌谣的总集"。对此提法,学界多有争议。反对者如夏传才先生,他认为:"所谓'歌谣总集'说,是个不确切的概念。"回护者则称歌谣是相对于经典而提出的,是借以与经学划清界限的,是对文学性、非经典性的强调,并认为"把'歌谣'与'诗歌'的意义彻底割裂开来,只会使我们的理解出现偏差和障碍,抹杀了作品的时代要求和胡适对《诗经》研究的开拓之功。"[2]区区私意为胡适所言"总集"或无大碍,但其所下"歌谣"一语则有失严谨。胡适极为推崇民间文学,对歌谣亦不陌生,并曾专门撰文《论歌谣的比较的研究法的一个例》探讨歌谣研究方法。显然在胡适看来,歌谣是指那些源于民间,与文人创作有所区别的诗歌。且胡适原本十分清楚:"《国风》来自民间","《大雅》、《小雅》里有一部分是当时的卿大夫做的"。[3]在对《诗经》所收诗歌的性质不同有明确认识的前提下,仍作出如此论断,反映了胡适立论的轻率。再者,恢复《诗经》文学真面目便是对"经典"的反拨,又何必定以"歌谣"二字相对?

在肯定《诗经》文学性的同时,胡适充分认识到《诗经》的史料价值,认为《诗经》"可以做社会史的材料,可以做政治史的材料,可以做文化史的材料",并据此而读出"《野有死麕》一诗最有社会学上的意味"。[4]认为《诗经》具有史学价值本不自胡适起,亦不自胡适终。其特异之处在于社会、政治、文化的着眼点,既不同于传统学者幌以对《诗经》史料价值的强调,实以对封建伦理观念的宣扬,又不同于现代史学家纯粹史学角度的利用,它启发了《诗经》研究的社会、政治、文化等多角度尤其是文化角度的开拓发掘,有助于对《诗经》丰富内涵的认识和进行更深层次的研究。

2.孔子删诗问题

孔子删诗问题是《诗》学史上除《诗序》外的又一大公案。司马迁在《史记·孔子世家》中首提孔子删诗之说,班固著《汉书·艺文志》进一步补充证成此说,除此之外,并无其他史料可以佐证孔子曾经删定过《诗经》。至唐孔颖达为《诗谱》作《疏》时提出异议:"案书传所引之诗,见在者多,亡逸者少,则孔子所录,不容十分去九,[司]马迁言古诗三千余篇,未可信也。"之后反对赞成之说一时云起,经南宋和清乾嘉学者多角度、强有力的反驳,孔子未尝删诗几成定论。胡适承反对一派,认为"孔子并没有删诗,'诗三百篇'本是一个成语"。其理由是:"假如原有三千首诗,真的删去了二千七百首,那《左传》及其他的古书里面所引的诗应该有许多是三百篇以外的,但是古书里面所引的诗不是三百篇以外的虽说有几首,却少得非常。"全然是历史上非删诗派的观点,并没有提供更新的论证,只是"'诗三百篇'是个成语"的提法有些新意,但也只一笔带过而已。

3.《诗经》的结集与作者

《诗经》中收录了自周初至春秋中叶上下五六百年间的诗歌，地域涉及陕西、山西、河南、河北、山东、湖北北部的黄河和长江流域。对于这样一部历时长久、地域广泛的诗歌集的辑成方式，历来有采诗、献诗、作诗三说，其中对采诗制度的有无，人们争议较大。对于《诗经》的辑成，胡适认识到“《诗经》里面包含的时期约在六七百年的上下”，故而主张“《诗经》不是一个时代辑成的”，也“不是那一个人辑的”，“是慢慢的收集起来”的，特别指出“《国风》是各地散传的歌谣，由古人收集起来的”。具体来说，“民间有了什么可歌可泣的事，或朝廷官府有了苛税虐政，一班平民诗人便都赶去采访诗料……几天之内，街头巷口便东采一只小调，西抄一只小热昏，编集起来，进给政府。不多时，苛税也豁免了，虐政也革除了。”[5]此论虽是针对古代诗歌而言的，但也未尝不是对《诗经》结集方式的概括。这段言论实际表达了胡适对采诗制度的认可。因为“《诗经》不是一个时代辑成的”，在胡适看来，《风》、《雅》、《颂》的结集则定要界域分明地辨出先后来，于是断言“最古的是《周颂》，次古的是《大雅》，再迟一点的是《小雅》，最迟的就是《商颂》、《鲁颂》、《国风》了”。据此认为《诗》分《风》、《雅》，不是“内容或性质上的区别”，而只是“时代上的区别”。[6]对于这些论断，胡适只是在文章、日记中一语带过，未作详细论证，使我们无从知道其立论依据，虽可备一家之言，但多少带有武断的成分。值得注意的是，胡适认为《国风》中的“歌谣产生的时候大概很古”，虽没有具体谈到底古到何种程度，但启发了我们对《诗经》原始文化内涵的探讨。胡适对《野有死麇》等诗诗义的新解则是作出的具体示范。

“《诗三百篇》的作者，绝大多数都不可考。后世典籍所载，也多难以据信。”[7]只有几首诗中提到作者的较为可信。但“《诗经》作者的职业、身份，大致却可推测而知。”[8]在这方面，胡适作出了较为精当地论述：“《大雅》、《小雅》里有一部分是当时的卿大夫做的，有几首并有作者的主名。”

4.《诗经》研究史

胡适一方面对汉至清代的《诗经》学史作出简要的概括：

《诗经》到了汉朝，真变成了一部经典。《诗经》里面描写的那些男女恋爱的事体，在那班道学先生看起来，似乎不大雅观，于是对于这些自然的有生命的文学不得不另加种种附会的解释。所以汉朝的齐、鲁、韩三家对于《诗经》都加上许多的附会，讲得非常的神秘。明是一首男女的恋歌，他们故意说是歌颂谁，讽刺谁的。

后起的《毛诗》对于《诗经》的解释又把从前的都推翻了，另找了一些历史上的——《左传》里面的事情——证据，来做一种新的解释。《毛诗》研究《诗经》的见解比齐、鲁、韩三家确实是要高明一点，所以《毛诗》渐渐打倒了三家诗，成为独霸的权威。

到了东汉，郑康成读《诗》的见解比毛公又要高明。所以到了唐朝，大凡研究《诗经》的人都是拿毛《传》、郑《笺》做底子。到了宋朝，出了郑樵和朱子，他们研究《诗经》，又打破毛公的附会，由他们自己作解释。他们这种态度，比唐朝又不同一点，另外成了一种宋代说《诗》的风气。清朝讲学的人都是崇拜汉学，反对宋学的，他们对于考据训诂是有特别的研究，但是没有什么特殊的见解。他们以为宋学是不及汉学的，因为汉在一千七八百年以前，宋只在七八百年以前。殊不知汉人的思想比宋人确要迂腐的多呢！但在那个时候研究《诗经》的人，确实出了几个比汉、宋都要高明的，如著《诗经通论》的姚际恒，著《读风偶识》的崔述，著《诗经原始》的方玉润，他们大胆地推翻汉、宋腐旧的见解，研究《诗经》里面的字句和内容。

于历史回顾中看出“二千年来《诗经》的研究实是一代比一代进

步的了”。同时指出“虽说是进步的，但是都不彻底，大半是推翻这部，附会那部；推翻那部，附会这部”。另一方面，将《诗经》研究彻底改革的任务承担起来，认为凭着“新的眼光，好的方法，多的材料，去大胆细心地研究”，效果“比前人又可圆满一点了”。复旦大学博士章原所作博士论文《古史辨〈诗经〉学研究》对胡适的《诗经》研究史进行了总结，将其高明之处列为三点：“a.超越今古文、汉宋学之争，以客观公正的态度进行研究；b.以进化论的立场看待《诗经》学史；c.对姚际恒、崔述、方玉润的推崇显出非凡的眼光、魄力。”所言甚是。对出于门户之见的《诗经》研究，胡适则极力反对，他批评清人说：“甚至于治一部《诗经》还要舍弃东汉的郑《笺》而专取西汉的毛传。专攻本是学术进步的一个条件；但清儒狭小研究的范围，却不是没有成见的分工。他们脱不了‘儒书一尊’的成见，故用全力治经学，而只用余力去治他书。他们又脱不了‘汉儒去古未远’的成见，故迷信汉人，而排除晚代的学者。”[9]

5.其他

以上四点，胡适都作出了相对集中的论述。对其他《诗》学问题胡适亦有零星涉及。如对“兴”的认识，胡适同意古人的说法，认为“兴”是“一种无意义的起头话”[10]，认为《诗经》中没有史诗。不过胡适用了“故事诗”一概念，对比上下文义则可知此“故事诗”即史诗一概念。其言“《三百篇》中如《大雅》之《生民》，如《商颂》之《玄鸟》，都是很可以作故事诗的题目，然而终于没有故事诗出来。”[11]再如，胡适认为“《周南》、《召南》就是楚风”，因为“二南”中很多处提到江水、汉水、汝水的地方，而这正是楚的疆域。

二　胡适《诗经》整理的主张

整理国故运动虽不是由胡适率先发起的，但毫无疑问他是这场运动中最具热情、最投入、最活跃的分子。一篇《新思潮的意义》为整理国故运动立下纲领，又以《〈国学季刊〉发刊宣言》提出整理国故的方法总论。《诗经》研究是胡适整理国故的重要组成部分，自《新思潮的意义》提出“我们对于旧有的学术思想,积极的只有一个主张——就是‘整理国故’”后,胡适在继续以往对《诗经》的思考的同时,努力找寻系统有效的《诗经》整理方式。这一点从胡适日记及整理国故的相关文章中可以清楚地看出来。试举几例:

1921年4月27日日记记录对于《诗经》的几点独立见解中提到:“关于训诂一方面,当用陈奂、胡承珙、马瑞辰三家的书作起点,参用今文各家的异文作参考”,“当注重文法的研究;用归纳的方法,求出‘《诗》的文法’”,“当利用清代古音学的结果,研究《诗》的音韵”。认为这样就“可以求出《三百篇》的真意,作为《诗》的‘新序’”了。[12]

1922年4月26日日记提出要用歌谣、社会学与人类学的知识来帮助《诗经》的研究,并提出:“用文学的眼光来读《诗》。没有文学的鉴赏力与想象力的人,不能读《诗》。”[13]

1922年8月19日日记开列出《胡适试做的诗经新解》的研究计划:“(1)序说:先列举‘旧说’,先秦及自汉人到龚橙、方玉润,不加评论,但使人看古人可以有随便瞎说的自由”,“次举‘今说’”,是胡适自己的诗序。“(2)训诂:a动植物不详注,如关雎仅注‘是一种水鸟’。b凡古今字今人不能了解的,皆用简明的‘集注’法,于毛、郑、朱……胡承珙、陈奂、马瑞辰诸家内,酌取一个最满意的解说。间列己意。c古字有今字可举时,皆为举出。如‘流之’之‘流’等于现在南方之‘摎’,北方之‘捞’;如‘芼’字等于今之‘摸’。d绝对的注重文法,故最注重所谓‘词’(虚字)。(3)校勘:择取四家诗异文及古书引诗异文之重要者。(4)音韵:暂从阙,将来请玄同补作。(5)写法:用新诗写法,每‘句’为一行,每章为一段,注重标点符号。”[14]

《〈国学季刊〉发刊宣言》中提出三点研究古学的主张,即“扩大研究范围”、“注重系统的整理”、“博采参考比较的材料”。[15]从“历史的眼光”出发,主张“把‘三百篇’还给西周、东周之间的无名诗人”。[16]将“系统的整理”分为三种:“索引式整理”、“结帐式整理”、“专史式整理”。整理的目的是要“从乱七八糟里面寻出一个条理脉络来;……从胡说谬解里面寻出一个真意义来;从武断迷信里面寻出一个真的价值来。”[17]而《诗经》“二千年研究的结果,究竟到了什么田地,很少人说得出的,只因为二千年的《诗经》烂帐至今不曾有一次的结算。宋人驳了汉人,清人推翻宋人,自以为回到汉人;至今《诗经》的研究,音韵自音韵,训诂自训诂,异文自异文,序说自序说,各不相关连。”[18]因此,对《诗经》进行整理成了一件当下迫切要去做的事情。

《再谈谈整理国故》中提出四种整理方式:“1.最低限度之整理——读本式整理;2.索引式的整理;3.结帐式的整理;4.专史式的整理。”[19]其中第一项整理的具体方法是校雠、训诂、标点、分段、介绍,并“选了《诗经》来做第一种方式的整理——即读本式的整理”[20]。并以《诗经·大雅·公刘》中的“于胥斯原”的“胥”字为例,将之解作一地名;又将《召南·采蘋》“于以采蘋,南涧之滨,于以采藻,于彼行潦”一章加上标点,成为“于以采蘋?南涧之滨;于以采藻?于彼行潦”[21],使诗义变得清楚明白。

《谈谈诗经》中将《诗经》研究具体归结为两条:“(第一)训诂,用小心的精密的科学的方法,来做一种新的训诂工夫,对于《诗经》的文字和文法上都从新下注解。(第二)解题,大胆地推翻二千年来积下来的附会的见解;完全用社会学的、历史的、文学的眼光从新给每首诗下个解释。”

综合来看,胡适《诗经》整理的主张大体包括序说、校勘、音韵、训诂、写法(标点、分段)五项。对于这些主张,胡适不是说说而已,而是亲自动手去做,是他不多的《诗经》研究中用力较勤的一部分。胡适希望通过这样的整理,弄懂诗篇的意思,使《诗经》成为“普通读本”,“使一般读者能读能解”。[22]唯有如此,才“可以使大多数的学子容易踏进‘《诗经》研究’之门”[23],在胡适看来,这是普及工作。“入门之后,方才可以希望他们之中有些人出来继续研究那总帐里未曾解决的悬帐:这是提高。”[24]由此看来,胡适的《诗经》整理不只是盯在基础性研究上,而且意识到了对《诗经》作深层次研究的必要性。然而两千年的《诗经》研究留下的只是“一屋子的烂帐簿”[25],当务之急自是对《诗经》烂账的整理,结账尚且不暇,评判是非的工作必然要留待后人了。

胡适《诗经》整理的具体实践集中体现在《周南新解》、《谈谈诗经》以及留美时期所作后收入《古史辨》第三册的《诗三百篇“言”字解》三篇文章中，在日记和与友人的书信往来中亦有相关文字。

《周南新解》于 1931 年发表在《青年界》1 卷 4 号上，完整实践了胡适《诗经》整理的主张。对《周南》11 篇诗歌进行了重新注解，每篇注解均包括四部分内容：诗歌原文、字词训诂、旧说罗列、今说新解，每一部分内容都融入了异于传统的新质素。诗歌原文采用新式写法，分章段抄录并加以西式标点，使诗歌显豁易读。字词训诂方面，训释词义，校勘文字。较为新鲜的是对西方文法的吸收，如《葛覃》注 3 对“于”字的解释，胡适将与“黄鸟于飞”同类的例子罗列在一起，并与“焉”字的用法进行对比，归纳出用“于”字时“都用在所形容的字之前”[26]的规律。《诗三百篇“言”字解》是胡适最早的借鉴西方文法进行字词训诂的文章，运用的是胡适凭借敏锐的学术嗅觉发现的“虽行于世，而读之者绝鲜”[27]的《马氏文通》的方法，总结出“言”字的三种用法：

> 言字是一种挈合词(严译)，又名连字(马建忠所定名)，其用与“而”字相似。
>
> 言字又作乃字解。……乃字是一种状字(《马氏文通》)，用以状动作之时。
>
> 言字有时亦作代名之‘之’字。

此外，在《谈谈诗经》及其日记书信中对“胥”、“于”、“维”、“孔”等字也作了新的探讨。在旧说罗列中，胡适不主一家，超出家学纷争，站在客观公正的立场上，搜罗古人见解，不仅摆出毛《传》、郑《笺》、《诗序》的说法，而且充分吸收姚际恒、崔述、方玉润的学说并给予高度评价。胡适对《周南》11 篇诗歌的解说颇为大胆，如《关雎》，认为“这一篇写一个男子思念一个女子，睡梦里想他，用音乐来挑动他。后人惯用此诗来贺初婚，故不知不觉的把这个初婚的意思读进诗里去”[28]；解

《葛覃》为“葛布女工之歌”[29];《汝坟》是“乱世女子流离之后,嫁了丈夫,回想那逼近王室之父母”[30]而作的歌。其他如《谈谈诗经》中提到《野有死麇》是“男子勾引女子的诗”;《小星》是“妓女送铺盖上店陪客的诗”;《著》“是一个新婚女子出来的时候叫男子暂候,看看她自己装饰好了没有,显出了一种很艳丽细腻的情景”等等。至于在《诗经》音韵研究方面,胡适提倡要充分“利用清代古音学的结果,研究《诗》的音韵”[31]。并写作了《论长脚韵》、《入声考》探讨《诗经》中的音韵问题。

三 胡适《诗经》研究的总结

《诗经》研究本不是胡适学术兴趣所在,但凭着他过人的眼光、魄力和在学界的独特地位,胡适的《诗经》研究取得了可观的成就,突破经学范式进入现代《诗经》研究中,对《诗》学发展产生重大影响,使胡适成为现代《诗经》学的奠基人。其对现代《诗经》研究的意义价值可从研究成果与研究方法两方面进行考察。

在研究成果方面,胡适的《诗》学成果普遍受到后人的重视。这主要表现为两点:一者,胡适对《诗经》的基本认识为现代多数学者所认可。其摆脱传统注解,直接就《诗经》本文作出的大胆合理的解释,为后来的学者们所接受,如程俊英的《诗经译注》为《野有死麇》作的题解:“这是描写一对青年男女恋爱的诗。男的是一位猎人,他在郊外丛林里遇见了一位似花如玉的少女,即以小鹿为赠,终于获得爱情。”[32]便明显是对胡适观点的发挥。再如,我们今天撰写《诗经》学史时,之所以能充分肯定姚际恒、崔述、方玉润三人的《诗》学成就,离不开当初胡适对他们的发现和切实宣扬。二者,开著作新体例的先河。如胡适所设计的《周南新解》的注释形式,现已成为现代《诗经》注疏的常用体例。

在研究方法方面,胡适所提倡的《诗》学方法影响巨大并由此带来方法的自觉。胡适是 20 世纪名学人中“最先有方法自觉的一位”[33]。他作《谈谈诗经》是为了“贡献一点”“个人研究古书的方法”,指出《诗经》研究的两条门路,并认为:“关于一句一字,都要用小心的科学的方法去研究;关于一首诗的用意,要大胆地推翻前人的附会,自己有一种新的见解。"这实为胡适所提倡的"大胆的假设,小心的求证"方法在《诗经》研究中的具体演绎。胡适的《诗》学方法对后来产生重要影响的,一为《诗经》整理的方法。如在整理国故运动中,胡适所提倡的索引式整理的方法,虽然在其自身《诗经》研究中对此法未加具体实践,但这一主张得到其他学人的广泛认同,如闻一多编写《诗经字典》的打算以及哈佛燕京学社的《毛诗引得》(1934)和《毛诗注疏引书引得》(1937),都是对胡适这一主张的回应。二为对西方现代学科方法的借鉴。在解读《诗经》时,胡适主张运用歌谣、民俗学、社会学、人类学、史学等现代多学科知识作参考比较的材料,摆脱毛《传》、郑《笺》、《诗序》、朱注等等的干扰,"自己去细细涵咏原文",认为"比较材料越多","《诗经》越有趣味"。如在"比兴"问题上,胡适认为"用歌谣(中国的,东西洋的)做比较的材料,可得许多暗示"。[34]在诗篇的解读上,他用意大利、西班牙、中国的苗族"男子在女子的窗下弹琴唱歌,取欢于女子"的风俗来说明《关雎》是一首求爱诗。胡适利用民俗学方法进行《诗经》研究的实践启发了学人在进行《诗经》研究时综合运用现代多学科知识方法发掘《诗经》文化内涵,尤其是原始文化内涵,闻一多及后来的《诗经》文化阐释一派多得力于这种萌芽于胡适的研究方法;再如对西方文法的借鉴开创了《诗经》新训诂学方法的先河。在对《诗经》进行文字训诂时,胡适主张借鉴清儒比较归纳的方法,运用西方文法重新研究《诗经》中的文字,并以《诗经》中的"言"、"于以"等字词为例作出全新诠释,他将文法的应用视为"一条到宝山的山路"[35],甚至打算要将《诗经》中所有虚字(关系词、区别词、助词)都归纳整理一番,以解决《诗经》中的文法问题[36]。这在很大程度上启发了闻一多的新训诂学方法。在胡适的带动下,当时就出现了不少讨论"式"、"载"、"言"等字的专题研究论文,沿此一路形成了今天热门的《诗经》语言学研究。可以说胡适对方法的强调而带来的研究方法的自觉,是胡适对《诗经》研究的最大馈赠,是点石成金之术而不仅仅是一锭金子。

胡适对自己有清醒的认识：能抡着板斧开山劈岭却不能操着锄头深耕细作。他对《诗经》研究的展开提出了宝贵的建议，但相对于之后具体深入的《诗经》研究而言，又显得过于简单和常识化。他偏于《诗经》研究主张的提倡，而略于具体的《诗》学实践：对《小星》、《葛覃》等诗的解释离谱太远，具体字词训诂也往往引人争议；处处提倡方法，但其《诗经》研究方法却只有浅出而无深入，“大胆的假设，小心的求证”的研究方式也常是引起人们争论的焦点……这些都是胡适《诗经》研究的不足之处，也是将胡适《诗经》研究一笔抹杀者的立论基点。但无论怎样，在现代《诗》学的初创期，胡适的努力是必不可少的，其功不可没。

参考文献

[1]胡适.谈谈诗经[A]//胡适文集：第五卷[C].北京：北京大学出版社，1998.(本文所引胡适文字凡未特殊标注者均出于此文)

[2]夏传才.《诗经》研究史概要 [M].郑州：中州书画社，1982.

[3][5][10][11]胡适.白话文学史[A]//胡适文集：第八卷[C].北京：北京大学出版社，1998.

[4]胡适.论《野有死麇》书 [A]//古史辨：第三册[C].上海：上海古籍出版社，1982.

[6][12][13][14][31][34][35][36] 胡适. 胡适日记全编：第三册[Z].曹伯言，整理.合肥：安徽教育出版社，2001.

[7][8]洪湛侯.诗经学史[M].北京：中华书局，2004.

[9][15][16][18][23][24][25] 胡适.《国学季刊》发刊宣言[A]//胡适文集：第三卷[C]. 北京：北京大学出版社，1998.

[17][26]胡适.新思潮的意义[A]//胡适文集：第二卷[C]. 北京：北京大学出版社，1998.

[19][20][21][22] 胡适.再谈谈整理国故[A]//胡适文集：第十二卷[C]. 北京：北京大学出版社，1998.

[27]胡适.诗三百篇“言”字解[A]//胡适文集：第二卷[C]. 北京：北

京大学出版社,1998.

[28][29][30]胡适.周南新解[A]//胡适文集:第十卷[C]. 北京:北京大学出版社,1998.

[32]程俊英.诗经译注[M].上海:上海古籍出版社,2004.

[33]许冠三.新史学九十年[M].长沙:岳麓书社,2003.

◎庆振轩　张馨心

司马迁"发愤著书"说平议

在古代文学研究中,司马迁"发愤著书"说、韩愈"不平则鸣"论和欧阳修"穷而后工"说相互关联,影响甚大。但细加探究,我们发现,今人所论或有违前贤原意,或服从于前哲今贤之权威,未加深究。其所论说,允有可议之处,今谨据典要,融合我们的思考,草就短文,以就教于方家。

司马迁"发愤著书"说,一见于《史记·太史公自序》:

> ——七年而遭李陵之祸,幽于缧绁,乃喟然而叹曰:"是余之罪也夫!是余之罪也夫!"身毁不用矣。退而深惟曰:"夫诗书隐约者,欲遂其志之思也。昔西伯拘羑里,演《周易》;孔子厄陈、蔡,作《春秋》;屈原放逐,著《离骚》;左氏失明,厥有《国语》;孙子膑脚,而论兵法;不韦迁蜀,世传《吕览》;韩非囚秦《说难》《孤愤》《诗三百篇》,大抵贤圣发愤之所为作也。此人皆意有所郁结,不得通其道也,故述往事,思来者。于是卒述陶唐以来,至于麟止,自黄帝始。[1]

再见于《报任安书》:

> 西伯拘而演《易》;仲尼厄而作《春秋》;屈原放逐,乃赋《离骚》;左丘失明,厥有《国语》;孙子膑脚,兵法修列;不韦

迁蜀,世传《吕览》;韩非囚秦《说难》《孤愤》;诗三百篇,大抵圣贤发愤之所为也。[2]

司马迁“发愤著书”说受到屈原“发愤以抒情”的影响。司马迁在屈子评赞中,特别强调了这一点。他认为楚怀王因听信上官大夫的谗毁而疏远屈原,屈原因是:“疾王听之不聪也,谗谄之蔽明也,邪曲之害公也,方正之不容也,故忧愁幽思而作《离骚》。离骚者,犹离忧也。夫天者,人之始也;父母者,人之本也。人穷则反本。故劳苦倦极未尝不呼天也;疾痛惨怛未尝不呼父母也。屈平正道直行,竭忠尽智,以事其君;谗人间之,可谓穷矣。信而见疑,忠而被谤,能无怨乎?屈平之作离骚,盖自怨生也。”

“发愤抒情”、“盖自怨生”,至司马迁而侧重“发愤”,因司马迁《史记》的影响,“发愤著书”说影响甚著。今贤一些重要论著,或完全肯定,认为:“司马迁因李陵事件下狱,由于切身体验,他对封建统治者有了进一步的认识。于是从创作实践中,更加体会到古人发愤著书的心情——‘发愤著书’,是封建社会里某些进步文人的一种想法。他们认为,作者对当时黑暗现实的义愤愈加强烈,则作品的思想性也就愈为深刻。司马迁在本文里就阐述这种观点。后来韩愈在《送孟东野序》里就强调‘凡物不得其平则鸣’,也是这个意思。”[3]或对其肯定后,指出其说与史实有所出入:司马迁认为《周易》、《春秋》、《离骚》、《诗三百篇》等这些著作的作者们都是在“意有所郁结,不得通其道”的遭遇下,为了“遂其志之思”,把自己的意见表达出来,留传后世,才“发愤”从事著述的(这段话中所举的例证,有些是和事实有出入的)。他在这里虽是论述古人,实际上是在表白自己。他的“发愤著书”说,正体现出“意有所郁结,不得通其道”的不满现实、批判现实的精神。这里说明了包括文学作品在内的许多优秀著作,其中总是体现作者的进步思想,而这些思想在当时的黑暗现实中遭受到压抑,无法实现,只能在自己的著作中表现出来。这一见解对于封建社会中的进步作家是一个重要的启示和鼓舞,并且在文学理论上对于后代也是很有影响的。东汉桓谭的“贾谊不左迁失志，则文采不发”、唐代韩愈的“不平则鸣”、宋代欧阳修的“穷而后工”等论点和“发愤著书”说都有精神上的联系。[4]

虽然说以上论述对“发愤著书”说持完全肯定的态度，虽然有论者指出司马迁之论与相关事实有出入，但未于深究。但他们也给我们以启示——“他在这里虽是论述古人，实际上是来表白自己”。换句话说，就是借他人之酒杯，浇自己胸中之块垒。司马迁，他把自己因宫刑之后“发愤著书”当做了著书的普遍规律。罗根泽先生所著《中国文学批评史》已对此作了更深入的论述：此种论调，固是受了屈原所说“发愤以抒情”的影响，而所以特别地偏重“发愤”者，大概缘于司马迁的发愤著书“借他人酒杯，浇自家块垒”，所以不唯以“离忧”释离骚，对于古今的一切著作，皆释以“抒其愤思”。《报任安书》云，《太史公自序》亦云。其实，屈原的赋离骚，固确在放逐之后；其他诸人的著书，则与司马迁所言未必尽合。[5]

罗根泽先生在列举了左丘明、吕不韦、韩非诸人著书的实际情况后，明确指出：

> 凡此皆司马迁自己之说，而报任安书全与相反，实因他的著作史记，确是在“抒其愤思”，思所以张大其军，由是对古人的著作，亦遂予以“抒其愤思”的解释——司马迁所以必要如此说者，其自己之发愤著书，实为主因；恰好屈原又有“发愤以抒情”的话，更触动了他的内心的悲哀，故益发引为同调了。但这种的文学产生说，便演为桓谭的“贾谊不左迁失志，则文采不发”。[6]

探究司马迁“发愤著书”说的源头及其成因，以及其影响和不足，我们可以明确地说，其受影响于屈原的“发愤以抒情”之说，但其要因乃是由于个人遭遇，进而张大其军，乃至于认为前世名家名作均为“发愤著书”，所影响以至今日。

那么,面对司马迁及其《史记》在史学史、文学史、批评史上的影响和地位,我们应该怎样恰切地评价“发愤著书”说呢?我们认为,以下四个方面值得注意:其一是司马迁著作《史记》的目的;其二是其所列举之事实真相;其三是辨明“发愤著书”说产生的缘由;其四是客观评说其影响和全面观照文学产生说。

我们可以十分清楚地看出, 司马迁著书的目的不是要 “发愤著书”。关于这一点,司马迁自己在《太史公自序》中说得非常明白,其父司马谈临终之时执其手“而泣曰”:“余先周室之太史也,自上世尝显功名于虞、夏,典天官事。后世中衰,绝于予乎?汝复为太史, 则继吾祖矣。……余死,汝必为太史;为太史,无忘吾所欲论著矣。且夫孝始于事亲,中于事君,终于立身。扬名于后世,以显父母,此孝之大者。……今汉兴,海内一统,名主贤君忠臣死义之士,余为太史而弗论载,废天下之史文,余甚惧焉,汝其念哉!”迁俯首流涕曰:“小子不敏,请悉论先人所次旧闻,弗敢阙。”

由是可知,司马迁著作史记,有继父志、尽孝道的成分。其《自序》篇末仍然说:“太史公仍父子相续纂其职。曰:‘於戏! 余维先人尝典斯事,显于唐、虞,至于周复典之,故司马氏世主天官。至于余乎,钦念哉! 钦念哉!’”

从有关资料看,作为史官,司马迁绝非寻常奔走小吏,他有着继圣贤著书有益天下后世的远大志向,其《自序》中说:

> 太史公曰:先人有言: 自周公卒五百年而有孔子,孔子卒后至于今五百岁,有能绍明世,正《易传》、继《春秋》、本《诗》、《书》、《礼》、《乐》之际,意在斯乎! 意在斯乎!小子何敢让焉!

其《报任安书》中也说:

> 古者富贵而名磨灭,不可胜记,唯倜傥非常之人称焉。

……仆窃不逊，近自托于无能之辞，网罗天下放失旧闻，略考其行事，综其终始，稽其成败兴坏之纪……亦欲以究天人之际，通古今之变，成一家之言。

五百年代有圣人出，由此可见司马迁继周孔之志，可谓大矣!

比照《自序》与《报任安书》，人们发现司马迁列举的一系列事例中，多与事实不相符合。关于这一点，罗根泽先生曾经指出过。为了论述的方便，我们一一将其与《史记》中相关文字加以比较。

关于文王与《周易》、孔子与《春秋》、左丘明与《国语》的关系，罗根泽先生指出："《周易》是否文王所演，《春秋》是否孔子所著，故置不论。有人说《国语》与《左氏春秋》原为一书。司马迁于史记十二诸侯年表序云：'惧弟子(孔子弟子) 人人异端，各安其意，失其实，故因孔子史记，具论其语，成左氏春秋。'则左丘明之作春秋国语，并不是'抒其幽思'。"[7]

关于吕不韦《吕氏春秋》的编撰，司马迁在《吕不韦列传》中说："是时诸侯多辩士，如荀卿之徒，著书布天下。吕不韦乃使其客人人著所闻，集论以为八览、六论、十二纪，二十余万言，以为备天地万物古今之事，号曰《吕氏春秋》。布咸阳市门，悬千金其上，延诸侯游士宾客有能增损一字者予千金。则吕不韦宾客著书绝不在迁蜀之后。"

关于韩非的有关著述，司马迁自己也有明确的记载。《老子韩非列传》中说："人或传其书至秦。秦王见《孤愤》、《五蠹》之书，曰：'嗟乎，寡人得见此人与之游，死不恨矣！'李斯曰：'此韩非所著书也。'秦因急攻韩。韩王始不用非，及急，乃遣非使秦。秦王悦之，未信用。后遭李斯谗害，下狱。韩非欲自陈，不得见。秦王后悔之，使人赦之，韩非已被逼自杀。"

至于诗三百篇的编撰及其内容《史记》也有多处不同的记载，此仅择数例如下：

故云《雅》《颂》之音理而民正，嗷嗷之音兴而士奋，郑、卫之曲动而心淫。

夫乐者,乐也,人情之所不能免也。……先王恶其乱,故制《雅》《颂》之声以道之,使其声足以乐而不流,使其文足以纶而不息,使其曲直繁省廉肉节奏,足以感动人之善心而已矣,不使放心邪气得接焉,是先王立乐之方也。

《吴太伯世家》季札观乐一节,写得十分精彩:

请观周乐,为歌《周南》《召南》,曰:"美哉,始基之矣,犹未也。然勤而不怨。"歌《邶》《庸》《卫》,曰:"美哉,渊乎,忧而不困者也。……歌《王》,曰:"美哉,思而不惧,其周之东乎?"歌《郑》,曰:"其细已甚,民不堪也,是先亡乎?"歌《齐》,曰:"美哉,泱泱乎大风也哉! 表东海者,其太公乎? 国未可量也。"

这一节文字甚长,是季札对《诗经》之乐的全面评价,有怨有讥有忧,但更多的是美颂。

《宋微子世家》言及《商颂》之作,太史公曰:

襄公之时,修行仁义,欲为盟主。其大夫正考父美之,故追道契、汤、高宗、殷所以肖,作《商颂》。

《孔子世家》论及孔子删编古《诗》:

古者《诗》三千余篇,及至孔子,去其重,取可施于礼,上采契、后稷,中述殷周之盛,至幽厉之缺。……三百五篇,孔于皆弦歌之,以求合《韶》《武》《雅》《颂》之音。礼乐自此可得而述,以备王道,成六艺。

《屈原贾生列传》言及《离骚》的撰述兼及《诗经》:

屈平之作《离骚》,盖自怨生也。《国风》好色而不淫,《小雅》怨悱而不乱。若《离骚》者,可谓兼之矣。

《司马相如列传》言及大小雅,其文曰:

《春秋》推见至隐,《易》本隐之以显,《大雅》言王公大人而德逮黎庶,《小雅》讥小己之得失,其流及上。所以言虽外殊,其合德一也。

《儒林列传》论及孔子在《诗》、《书》、礼乐方面的贡献,曰:

故孔子闵王路废而邪道兴,于是论次《诗》《书》,修齐礼乐。适齐闻《韶》,三月不知肉味。自卫返鲁,然后乐正《雅》《颂》各得其所。

综上所述,则《诗经》的创作整理,或是“先仁恶其乱,故制《雅》《颂》之声以道之”;或是正考父赞美襄公修仁义而作《商颂》;孔子之删编《诗经》,是为了“修齐礼乐”,使《雅》《颂》“各得其所”。至于《诗经》的内容,则是十分丰富,美颂怨讥均有。因此,我们可以这样说,除了《报任安书》和《太史公自序》,《史记》没有其他资料再涉及《诗经》“皆圣贤发愤而作”的说法。而上述说法种种,更符合《诗经》的实际。对于屈原《离骚》之作,司马迁认为“屈平之作《离骚》,盖自怨生”;同时也说“《国风》好色而不淫,《小雅》怨悱而不乱。若《离骚》者,可谓兼之矣”;又说“作辞以风谏,连类以及义,离骚有之”。罗根泽先生正是根据其《自序》推论说,“则屈原作离骚的动机,似乎又不全在‘忧愁幽思’”。

无须再多加征引,司马迁在《史记》中上述记载难以支持其“发愤著书”的观点。我们长期以来在思考探究这个问题时,曾不断地追问,司马迁著作史记是以《春秋》为榜样的,不虚美,不隐恶,追求“信史”,是史学的传统,那么司马迁为何要自相矛盾呢?简洁一点说,“他在这里虽是论述古人,实际上是来表白自己”,换言之,是借他人之酒杯,浇自己胸中之块垒。为了表达自己因宫刑之后“发愤著书”的特殊心情,于是把“发愤著书”作为一般的创作规律概而言之。此乃问题之一端。因为司马迁之完成《史记》,“发愤著书”只是要因之一。如前所述,司马迁著述史记,一是为继承父志,传承家学,其父亲生前的工作已为其奠定了一定的基础;其次,当时汉王朝的繁盛、家庭状况的许可,加之他自己的爱好,能够使他周历天下,广其见闻,开阔胸襟;再次,司马迁胸有远大理想,有继圣贤、成绝学、流芳后世的雄心;更为重要的是,他有幸成为一名史官,利用这一切有利条件,不负父望,实现了自己的理想。而其惨遭宫刑,是在撰写《史记》已有一定规模之后,“于是论次其文,七年而太史公遭李陵之祸,幽于缧绁”。其含耻忍垢,发愤著书,最终成一家之言。所以,平心而论,司马迁发愤著书,对于《史记》的最终完成具有重要作用,但对于全部《史记》的撰写而言,只是要素之一。

明乎此,我们就可以理解,即使以司马迁之影响,后世论者探究《史记》之成因、司马迁之成功,往往会说“太史公不典章书记,则不能案悉古今”(桓谭《新论》),“太史公行天下,周览四海名山大川,与燕赵间豪俊交游,故其文疏荡,颇有奇气”(苏辙《上枢密韩太尉书》)[8],而非仅仅是“发愤著书”。因为社会人生是丰富多彩的,以自然现象而言,天地日月,山川溪流,年序代谢,给人以不同的感受,登山则情满于山,观海则情溢于海,会对不同时代不同心情的人产生影响;以社会人生而言,上层社会的达官贵人和下层社会的黎民百姓生活境遇不同,感受自然不同,饥者歌其食,劳者歌其事,反映到文学作品中一定是丰富多彩的;即就具体个人而言,人生的不同时期,少年、青年、中年、老年,对人生的领悟会有很大差别,人生不如意,十事常八九,其兼济之志、独善之意,发而为诗词文赋,内容风格境界会异彩纷呈;

更进一步讲，即使面对同样的季节同样的情事同样的人生遭遇，不同的人感受也是不一样的。钟嵘在《诗品序》中说："若乃春风春鸟，秋月秋蝉，夏云暑雨，冬月祁寒，斯四候之感诸诗者也。嘉会寄诗以亲，离群托诗以怨。"[9]人生丰富的生活内容，"非陈诗何以展其意？非长歌何以骋其情？"这是讲人生的丰富，而文学能够反映丰富的人生。韩愈在《送高闲上人序》中以张旭草书为例，阐明文学艺术反映思想感情的丰富性，"往时张旭善草书，不治他技。喜怒窘穷，忧悲愉佚，怨恨思慕酣醉，无聊不平，有动于心，必于草书焉发之。观于物，见山水崖谷，鸟兽虫鱼，草木之花实，日月列星，风雨水火，雷霆霹雳，歌舞战斗，天地万物之变，可喜可谔，一寓于书。"[10]天地万物，各种感情都可以在文学艺术中得到表现；并且，表现各种感情的作品都可能成为优秀作品。王国维在《人间词话》中说："词以境界为最上。有境界则自成高格，自有名句。""境非独谓景物也，喜怒哀乐，亦人心中之一境界。故能写真景物、真感情者，谓之有境界。"[11]当然，面对大千世界、纷繁人生，作家性格不同，作品风格也会不同，因为"夸口者尚奢，惬心者贵当，言穷者无隘，论达者唯旷"。同样面对"文章者，经国之大业，不朽之盛事"，立言以垂名后世的人生命题，无论达者穷者，都有尽力而为者，"故西伯幽而演《易》，周旦显而制《礼》，不以隐约而弗务，不以康乐而加思"。[12]由是而论，我们可以这样认为，首先，司马迁的著述《史记》有种种先决条件，"发愤著书"仅是原因之一；其次，司马迁作为史学家，他在《自序》和《报任安书》中提出的"发愤著书"，多与其在《史记》中记载的史料不合，颇有强人就己之嫌；第三，就后世人们对司马迁著述的评价看，强调其发愤著书者有之，但强调其他因素的亦有之；即就其在文学观念的影响而言，桓谭、韩愈、欧阳修诸人的文学观点固然与之具有相通之处，但也多认为是创作原因之一（关于这一点，我们将继续撰文讨论）。因此，我们的结论是"发愤著书"说只是古人著述的动力之一，并不是其创作的普遍规律，过分地强调是不合适的。是为论，不当之处，望批评指正。

参考文献

[1]司马迁.史记[M].长春:吉林人民出版社,2005.(本文所引司马迁文字如无另注皆据此书)

[2][3][8][9][12]郭绍虞.中国历代文论选[M].上海:上海古籍出版社,1979.

[4]复旦大学中文系古典文学教研组.中国文学批评史[M].上海:上海古籍出版社,1979.

[5][6][7]罗根泽.中国文学批评史[M].上海:上海古籍出版社,1984.

[10]陈霞村,阎凤梧.唐宋八大家选译注[M].太原:山西人民出版社,1986.

[11]王国维.人间词话[M].西安:陕西师大出版社,2006.

◎丁恩全

论李白以文为诗

——兼及李白韩愈豪放风格的不同

李白的诗中有许多以文为诗的现象,从其以文为诗的方式而言,主要是以散文句法为诗,以议论为诗。

以散文句法为诗,如:

《久别离》:“东风兮东风,为我吹散行云使西来。”[1]

《中山孺子妾歌》:“虽不如延年妹,亦是当时绝世人。”

《古有所思》:“我思仙人乃在碧海之东隅。”

《北风行》:“日月照之何不及此,惟有北风号怒天上来。”

《飞龙吟》:“遨游青天中,其乐不可言。”

《将进酒》:“五花马,千金裘,呼儿将出换美酒。”

《飞龙引》:“载玉女,过紫皇,紫皇乃赐白兔所捣之药方。”

《公无渡河》:“其害乃去,茫然风沙。”“乃知兵者是凶器,圣人不得已而用之。”

《同族弟金城尉叔卿烛照山水壁画歌》:“洪波汹涌山峥嵘,皎然若丹丘隔海望赤城……四溪碧流寂无喧,又如秦人月下窥花源。”

《东山吟》:“彼亦一时,此亦一时,浩浩洪流之咏何必奇。”

《赠武十七愕》:"乃是要离客,西来欲报秦。"

《登黄山凌歌台送族弟溧阳尉济允泛舟赴华阴》:"鸾乃凤之族。"

《观博平王志安少府山水粉图》:"博平真人王志安,沉吟至此愿挂冠。"

《襄阳歌》:"泪亦不能为之堕,心亦不能为之哀。"

《白毫子歌》:"淮南小山白毫子,乃在淮南小山里。"

《江夏赠韦南陵冰》:"不然鸣茄安鼓戏沧流,呼取江夏女儿歌棹沤。我且为君捶碎黄鹤楼,君亦为吾倒却鹦鹉洲。"

《万愤词投魏郎中》:"好我者恤我,不好我者何忍临危而相挤。"

《僧伽歌》:"真僧法号号僧伽,有时与我论三车。"

《上云乐》:"大道是文康之严父,元气乃文康之老亲。"

《笑歌行》:"笑矣乎,笑矣乎!"

《悲歌行》:"悲来乎,悲来乎!"

通篇都是散文句法的,如《幽涧泉》、《远别离》、《蜀道难》、《日出入行》等。

以议论入诗。如:

《久别离》:"君失臣兮龙为鱼,权归臣兮鼠变虎。"

《将进酒》:"天生我才必有用,千金散去还复来。"

《答王十二寒夜独酌有怀》:"君不能狸膏金距学斗鸡,坐令鼻息干虹霓,君不能学哥舒,横行青海夜带刀,西屠石堡取紫袍。"

《古风》三十五:"大雅思文王,颂声久崩沦。"

《登高丘西望远海》:"穷兵黩武今如此,鼎湖飞龙安可乘。"

通篇议论的有:《古风》其一、《君道曲》、《月一下独酌》(天若不爱酒)、《悲歌行》、《笑歌行》。

一

和韩愈大都把议论放在篇末，造成一种言之有据的局面（如《山石》、《赠侯喜》、《汴泗交流赠张仆射》、《记梦》等）不同，李白的议论多在篇中，往往成为前面感情书写的升华或转换，后面感情抒写的基础。“天生我才必有用，千金散去还复来”，是对前面人生苦短、功业未就的略显消沉、使人沮丧的感情的反拨，形成感情上大的跳跃，又为后面对及时行乐、当饮且饮的抒写打下了基础；“君失臣兮龙为鱼，权归臣兮鼠变虎”，是对前面所写阴惨凄恻的环境的升华，又为后面气氛的继续营造打下了基础。

通篇议论的诗，李白的《古风》其一，诗人抱着“删述”之“素志”，效孔子立言，语言上出之雅正，自然得体。但更能代表李白风格的却是《悲歌行》、《笑歌行》等作品。他的《月下独酌》其二简直是一篇诗国的《酒德颂》，诗人要借酒浇胸中之块垒，却要以理来服人服己，天地都喜欢酒，酒又是清如圣，蚀如贤，更有无穷好处，“三杯通大道，一斗合自然”，哪能不饮？而其背后的“酒中真趣”是什么，是要“销万古愁”。整首诗的语言也因内心的压抑而一气呵成，贯注直下，而又纯是口语，自然天成。但议论本身就体现着一种理性认识，要与诗的艺术所要求的形象思维和谐统一起来，却不太容易。以李白“谪仙”之雄才尚不能避免这个缺点，《君道曲》中说好的君主应该做到恩遍天下，驭臣有方，形成强大团结的政治中心，才能形成良好的政治局面。完全是一副道学家面孔，味同嚼蜡。中唐的韩愈学习李白，但却没有避免这一毛病。他的《谁氏子》、《符读书城南》，一排老，一劝子读书，一可当“告条”（程学恂《韩诗臆说》），一可作“村塾训言”（蒋之翘《韩昌黎集辑注》）。

二

韩愈诗在以散文句法入诗方面和李白有很多相似之处。(1)句式相同。韩愈“吾党侯生字叔起，呼我持竿钓温水”[2]、“生名师命其姓刘，自少轩桎非常俦”和李白“博平真人王志安,沉吟至此愿挂冠”、“真僧法号号僧伽,有时与我论三车”,都是平铺直叙。韩愈的“惠师浮屠者,乃是不羁人”、“灵师皇父姓,胤胄本蝉联”、“有鸟夜飞名训狐”和李白的“乃是要离客,西来欲报秦”、“鸾乃风之族”,都是判断句。(2)心理和艺术特质相似。李白的《笑歌行》(苏轼认为《悲歌行》、《赠怀素草书》不是李白的作品,今从王琦)开头即写:“笑矣乎,笑矣乎!”通过一个“笑”字,似乎让我们听到了李白那既悲愤又无奈的沉郁而狂放的笑声,笑,是因为对“君不见曲如钩,古人知尔封公侯,君不见直如弦,古人知尔死道边”的自古以来的不平现实的怒极反笑,是对“沧浪老人歌一曲,还道沧浪可以濯吾足”的心灵深处的理解,对著名历史人物张仪、苏秦、豫让、屈平的深刻理解,对名利的深刻反省,对人生的透彻认识。韩愈《马厌谷》结尾写道:“已焉哉,嗟嗟乎鄙夫”,是对“马厌谷兮,士不厌糠籺,土被文绣兮,士无短褐”的丑恶现实的揭露,也是对“彼其得志兮不我虞,一朝失志兮其何如”的争权夺利的深层认识,最后才发出具有忧患意识的悲叹。在这里,二人的心理过程何其相似,而且两首诗都使用了非常狂放的语言形式,感情上入涛入汩。我们说,这反映出韩愈在艺术上对李白的借鉴。

但韩愈的以文为诗是一种自觉的追求,他虽没有明确提出这一概念,但以散文章法、句法入诗,以赋入诗,没有一种主动积极的追求是做不到的,而李白的以文为诗是一种自发的使用,他是以情运笔,随心所欲,不经意间,已冲破了诗和散文的界限。《梦游天姥吟留别》写李白梦游天姥山,“半壁见海日,空中闻天鸡”,他倚石观望,欣赏迷人的景色,天却突然由清晨变为黄昏,暮色中“熊咆龙吟”,诗人惊奇之下,放眼望去,只见“云青青兮欲雨,水澹澹兮生烟”,这里使用了散文句法,“兮”字的使用使节奏放慢,让人在应接不暇的变化中稳定下来,也更符合云层逐渐加厚、水汽蒸腾的缓慢进程,令诗的情韵更加悠长,同时为后面节奏再次加快作铺垫。《万愤词》中“好我者恤我,不好我者何忍临危而相挤”,正是在对自己的生存状态的反观基础上发出的心底的呼声。

三

韩愈自觉地追求以文为诗，以散文章法入诗，使他的诗的艺术风貌有别于李白。韩愈的《山石》以游踪为线索，以时间按行程为序描摹游山之趣，诗人特意抓住自然界与心灵相通的自由境界，展示出一幅幅图画：山路隐现于群山之中的苍茫雄浑，雨后芭蕉栀子青翠欲滴的清新，深夜岭月的清幽，山红涧碧的浓丽，雾气蒸腾，水声激激，凉风习习的清旷，整首诗豪壮与细腻相结合，而以自出统辖全篇。韩愈评价贾岛“身大不及胆”，此诗更是胆大之作，不同风格的意象杂糅在一首诗中，自然就有了一种气势。语言上唯陈言之务去，比如用“肥”字形容雨后的植物叶子，力避熟套，用俗字而见神奇。李白的《蜀道难》，开头即以强烈的感情咏叹调点出主题：“噫吁嚱，危乎高哉，蜀道之难，难于上青天！”为全诗奠定了雄放的基调。作者的思绪也是变化莫测的，要按一般思维，接下来该写蜀山的险峻，而李白却写蜀道开辟的历史，以写蜀道的久远及开辟的艰难；再按一般思维，下边该写蜀山的险峻了，但李白仍是用蜀山的高标挡住了太阳的运行，以黄鹤之善飞而不能过，以猿猱之善攀缘也对山而愁，反衬蜀道之难；诗写到这儿，似乎写到了极处，再也无法可写，但李白却借写旅愁进一步营造一种凄凉的境界，反衬蜀道难；然后才直接写蜀山的险峻，最后又写蜀地的重要战略地位，政治上的种种险恶，进一步反衬蜀道难。诗的语言，大量使用散文句法，以适应狂放基调的需要，虽狂放之极，但仍取自口语，朗朗上口。相对于韩愈的精心安排，结构严谨，李白的飘忽更为突出。

韩愈的以赋为诗更多地体现出其个人风格的不同。韩愈的《雉带箭》抓住极有特征的一幕，短短的十句话，写了火的熊熊燃烧，雉的惊慌逃窜，将军的卖弄，雉的中箭，军吏的由衷喝彩，将军的得意洋洋，诚如汪琬《批韩诗》所说：“短幅中有龙腾虎卧之观。”韩愈的这类诗大都是铺陈始终，甚至以汉大赋的手法罗列多种意象，形成一种豪壮的气势。如《陆浑山火和皇甫湜用其韵》：“天跳地踔颠乾坤，赫赫上照穷岸垠,截然高周烧四垣,神焦鬼烂无逃门,三光弛隳不复暾,虎熊麇鹿逮猿猴,水龙鼍龟鱼与鼋,鸦鸱雕鹰雉鹄鹍,燖炰煨爊孰飞奔。"意象的铺排正乃河倾海泻一般,真正达到了一种怪怪奇奇的效果。李白的《远别离》,蕴涵的情感如涛,而又心绪如麻,想说又不想说,不想说又不忍不说,因此作者只是在悲剧故事中隐约穿插着自己政治上的见解,形成一种既气势磅礴又吞吞吐吐的深邃意境。

从以文为诗这方面看李白韩愈豪放风格的不同,则有如下结论:李白的豪放,以个性为规矩,他的个性纵放不羁,率性而为,其实是没有规矩;韩愈的豪放是规矩中的豪放,他的规矩是他的才气驾驭它的学问。李白诗中的气势主要来自于感情的喷涌式的抒写;韩愈诗中的气势主要来自于意象,不同风格的意象浑融地组合在一起,应接不暇的意象形成快速的节奏。李白的奇主要来自于思绪的飘忽,出人意表,韩愈的奇主要来自于诗与散文因界限的打破而形成的诗体的与众不同和诗歌语言的陌生化效果。

参考文献

[1]李白.李太白全集[M].王琦,注.北京:中华书局,1977.(本文所引李白诗文皆据此书)

[2]韩愈.韩昌黎诗系年集释[M].钱仲联,集释.上海:古典文学出版社,1957.(本文所引韩愈诗文皆据此书)

◎庆振轩　张馨心

穷愁之言易好　欢愉之辞亦工

——韩愈不平则鸣说平议

韩愈“不平则鸣”说、“穷而益工”论主要见于《送孟东野序》、《送高闲上人序》、《〈荆潭唱和诗〉序》、《柳子厚墓志铭》诸文。但由于论者的审美价值取向不同，观点也大不相同。有的论者把“不平则鸣”等同于“舒愤”，认为：“物不得其平则鸣”把文以“舒愤”提到了宇宙论的高度。……把人的不平之鸣与物的不平之鸣联系起来，看做是宇宙间的普遍现象、普遍规律，从而把文以“舒愤”提到了哲学的高度。[1]

有的论者认为“不平则鸣”、“为文学批判现实”提供了理论依据，其论曰：韩愈还提出了“大凡物不得其平则鸣”的论点，指出“不平则鸣”是自然界和人类社会的普遍规律，古今许多优秀作家的作品都是“不平则鸣”的产物。这就把文学创作与社会矛盾联系了起来，为文学批判现实提供了理论根据，突破了文学单纯为儒家道统服务的狭隘观念。[2]

然而，面对同样的篇目，却有论者持截然不同的观点，清人林云铭《韩文起》即曰：“凡人之言，其胸中必有不能已者，这不能已，便是不得其平。俗眼错认‘不平’为不得用而扼腕，何啻千里！”[3]钱钟书也说：韩愈的“不平”和“牢骚不平”并不等同，韩愈之“不平”不但指愤郁，也包括欢乐在内。[4]

一些影响较大的文学史著作观点也大不相同。章培恒、骆玉明主编的《中国文学史》说：……韩愈肯定了内在精神与人格修养中情感的地位。所谓“气”，也包括了“不平则鸣”（《送孟东野序》），“喜怒窘穷、忧悲愉佚、怨恨思慕、酣醉无聊”(《送高闲上人序》),“愁思之声”,“穷苦之言”(《荆潭唱和诗序》)等等“不平有动于心”的个人情感活动及其在各种艺术中的表现。这说明韩愈讲“文以明道”仍是有较大包容性的,它并不排斥,甚至赞许强烈的喜怒哀乐之情的存在。[5]袁行霈先生主编的《中国文学史》却说:……所谓“不平”,主要指人内心的不平衡,强调的是内心不平情感的抒发。它既是对创作活动产生原因的揭示,也是对一种特定创作心理亦即“不平”心态的肯定。这篇序文是专为一生困厄潦倒、怀才不遇的孟郊作的,文中以“善鸣”推许孟郊,则其更重视穷愁哀怨者“鸣其不幸”的倾向不言自明。在《〈荆潭唱和诗〉序》中——这里的“和平之音”和“愁思之声”虽都可视作“不平”之鸣,而且所谓“欢愉之辞难工”并不是说不能工,“穷苦之言易好”也不是说一定好,但从文学创作规律来讲,因前者出于王公贵人之手,其生命状态多平易流滑,便很难表现出“鸣”的深度;而后者饱经困苦磨难,其生命力与阻力激烈碰撞所导致的“不平”之鸣便易于惊动俗听,传之久远。……韩愈提倡“不平则鸣”,就是提倡审美上的情感宣泄,尤其是“感激怨怼”情绪的宣泄,可以说是抓住了文学的抒情特质。[6]

代表了当代《中国文学史》编写的最高水平的两部书,观点的不同是显而易见的。那么,何以会出现如此不同的看法呢?有些论著在表明了个人观点之后,对于韩愈所列举的不符合其观点的作家,则认为“其中也有个别不很妥当”的举例。近年出版的一些论著,诸如霍然先生的《隋唐五代诗歌史论》、罗宗强先生的《隋唐五代文学思想史》、毕宝魁先生的《韩孟诗派研究》等,以及一些单篇论文,都十分关注这一问题。有关讨论趋向深入,但仍有较大分歧。在此不惮辞费,略述浅见。

本来,对于古代文学名家名作、文学观点看法不同、意见不一是很正常的,仁者见仁,智者见智,自古已然。但是,对于韩愈“不平则鸣”、“文穷益工”论看法不一,主要原因有以下几个方面:首先,应全面把握认识韩愈的文学观念和相关篇章,不应出现寻章摘句、断章取义的问题。大多数论者在评述韩愈“不平则鸣”说时，往往只引用《送孟东野序》中的一段话：

> 大凡物不得其平则鸣，草木之无声，风挠之鸣，水之无声，风荡之鸣，其跃也或激之，其趋也或梗之，其沸也或炙之。金石之无声，或击之鸣。人之于言也亦然。有不得已者而后言，其歌也有思，其哭也有怀。凡出乎口而为声者，其皆有不平者乎！
>
> 唐之有天下，陈子昂、苏源明、元结、李白、杜甫、李观，皆以其所能鸣。其存而在下者，孟郊东野，始以其诗鸣。其高出魏、晋，不懈而及于古，其他浸淫乎汉氏矣。从吾游者，李翱、张籍，其尤也。三子者之鸣信善矣，抑不知天将和其声，而使鸣国家之盛邪，抑将穷饿其身，思愁其心肠，而使自鸣其不幸邪？三子者之命，则悬乎天矣。其在上者奚以喜，其在下也奚以悲。[7]

有些论著引述得更显简略。正因为论者略去了作者论述“在上”者以自己的功业建树“鸣国家之盛”的咎陶、禹、伊尹、周公、管仲、晏婴、孙武、张仪、苏秦、李斯诸人的一段文字，就很容易得出韩愈从安慰孟郊的情感基点出发，其“不平则鸣”重在抒发愤懑不平、牢骚不平的结论来。只有通观全文，才可以把握，在韩愈心目中，伊尹、周公诸人都是“皆以其术鸣”的“善鸣者”，而孟郊、李翱、张籍诸人，不幸而怀才不遇，“穷饿其身，思愁其心肠”，但他们能“自鸣其不幸”，能像陈子昂、杜甫等人“以其所能鸣”，也是“善鸣者”。天命攸归，无论是“在上”“鸣国家之盛”，还是“在下”“自鸣其不幸”，这一切都归于天命。这就是韩愈著述的本意——孟郊屈居下僚，赴任江南，心情郁郁“若不释然者”，因而反复其言，加以劝慰。所以，《送孟东野序》中韩愈所列举的“以其术鸣”、“以其能鸣”的“最其善鸣者”中，有文学家也有音乐家更有政治家、思想家、军事家，他们经历不同、身份不同，各有建树，其

“不平则鸣”是包含了复杂丰富的感情内涵的，绝对不仅仅限于忧思愤懑。

论及韩愈的“不平则鸣”说，除了《送孟东野序》外，人们必然会提及《送高闲上人序》。在这篇序文中，作者的表达更为明白，他认为，人生要想有所成就、有所建树，就应该专心致志、一心一意、百折不回，“不挫于气，则神完而守固”；应该倾注个人饱满丰富的思想感情。张旭即是显例：

> 往日张旭善草书，不治他技。喜怒窘穷、忧悲愉佚、怨恨思慕、酣醉无聊不平，有动于心，必于草书焉发之。观于物，见山水崖谷、鸟兽虫鱼、草木之花实、日月列星、风雨水火、雷霆霹雳、歌舞战斗，天地事物之变，可喜可谔，一寓于书。故旭之书，变动犹鬼神，不可端倪。以此终其身，而名后世。

韩愈表述得很明白，张旭的书法寄寓了他丰富的思想情感，绝对不限于愤激、愤怒不平。文学艺术是内在情感的外化，“为旭有道，利害必明，无遗锱铢，情炙于中，利欲斗进，有得有丧，勃然不释，然后一决于书，而后旭可几也”。情动于中而泻于外，一切优秀的文学艺术概莫能外。而高闲上人正是由于皈依佛门，一生死，等荣辱，淡泊人生，喜怒哀乐不牵于心、无动于衷，所以，在书法艺术上是不会有所成就的。欧阳修对韩愈是曾有微词的，但他对此文颇为赞赏：“高闲草书审如此，则韩子之言为实录矣。”（《唐高闲草书》）

论者都注意到，韩愈“穷而益工”论与“不平则鸣”说联系密切，实际上，对于韩愈提出“穷而益工”说的《〈荆潭唱和诗〉序》也存在理解上的误差问题。裴均、杨凭与僚属们的唱和诗结集，求韩愈为序，韩愈写了这篇序文。这是一篇很有意思的文章，作者采用了先抑后扬、比照映衬的手法。韩愈首先指出，在一般情况下，“夫和平之音淡薄，而愁思之声要妙；欢愉之辞难工，而穷苦之言易好也”，所以“文章之作，恒发于羁旅草野”。何以如此呢？是因为那些“王公贵人，气满志得，非性能而好之,则不暇以为”。但裴、杨二人不同,作为地方长官,在为政上,“德刑之政并勤”;在为人上,“爵禄之报两崇”。对于文学,仍能“存志乎诗书,寓辞乎咏歌”,且达到了极高的水准,“铿锵发金石,幽眇感鬼神”,他们是“所谓材全而能钜者也”。[9]反复品味其文,我们认为,这样理解是切合文意的。为人作序,除了表达个人情感之外,还要对方乐于接受。所以,韩愈的揄扬之意是明显的。那么,联系后人批评韩愈为人撰写墓志铭有谀墓之弊,在此文是否有口惠之嫌呢?我们不完全排除这个因素。但综观韩愈的人生理想和有关的思想观点,我们认为,这里对裴、杨二人的揄扬,正如在《送孟东野序》中对伊尹、周公诸人的推崇一样,是寄寓了他“材全而能钜”的人生理想的。因此,要深入讨论这个问题, 应该把握韩愈写作时感情的基点。在韩愈心目中,于公于私,都认为孟郊是个人才,所以只要有机会,他和朋友们都会荐才于朝荐才于人;而孟郊的仕进之心也是非常急切的,我们只要看一下他多次落第后写的一系列诗作,诸如《落第》、《再下第》、《下第东归留别长安知己》、《下第东南行》和《失意归吴因寄东台刘复侍郎》就可知其一二。孟郊在“弃置复弃置,情如刀刃伤”的心境中哀叹:“自念西上身,忽随东归风。长安日下影,又落江湖中。”从中可以体味到他的锥心之痛。再读他的《登科后》:“昔日龌龊不足夸,今朝放荡思无涯。春风得意马蹄疾,一日看尽长安花。”又是何等的欣喜若狂。而这一切都源自其仕宦情结、政治情结。然而,就是这样一位诗人,入仕后又久屈下僚,一生郁郁不得志,他在诗中悲叹“食荠肠亦苦,强歌声无欢。出门即有碍,谁谓天地宽?”孟郊确实太需要安慰了,韩愈作为友人也尽心了。然而,仅仅一个天命,怎能让他释然! 这一点,连同样是怀才不遇的韩愈心中也是明明白白的,所以,一年之前,同样是怀才不遇的韩愈曾给同样是穷愁潦倒的孟郊写信,坦露心迹:

与足下别久矣,以吾心之思足下,知足下悬悬于吾也。各以事牵,不可合并,其于人人,非足下之为见,而日与之处,足下知吾心乐否也!吾言之而听者谁欤!吾唱之而和者谁欤！言无听也，唱无和也，独行而无徒也，是非无所与同也，足下知吾心乐否也！

足下才高气清，行古道，处今世，无田而衣食，事亲左右无违，足下之用心勤矣，足下之处身劳且苦矣。混混与世相浊，独其心追古人而从之，足下之道，其使吾悲也。

悲人亦是悲己，仅一年之后，韩愈也仅仅在尽力劝导安慰友人。在劝慰中流露出人生的理想追求和追求不得的无奈：追求在上为伊尹、周公不得，退而为李、杜；不能鸣国家之盛，聊且自鸣其不幸，百无聊赖以诗鸣。

与韩愈"穷愁之言易好"、"穷极益工"观点相关联的《柳子厚墓志铭》情况稍微复杂一些。韩愈和柳宗元在政治观点、哲学观点及为人处世上不尽相同，但这并不妨碍他们的深厚交谊。此文在文学观念上为人关注的是下面一段话：

子厚前时少年，勇于为人，不自贵重顾籍，谓功业可立就，故坐凌退。既退，又无相知有气力得位者推挽，致卒死于穷裔，材不为世用，道不行于时也。使子厚在台省时，自持其身，已能如司马、刺史时，亦自不斥；斥时，有人力能举之，且必复用不穷。然子厚斥不久，穷不极，虽有出于人，其文学辞章，必不能自力以致必传于后如今，无疑也。虽使子厚得所愿，为将相于一时，以彼易此，孰得孰失，必有能辨之者。

铭文中"然子厚斥不久，穷不极，虽有出于人，其文学辞章，必不能自力以致必传于后如今，无疑也"一节，可谓确论。一个人的个性、经历决定其文学创作的风格内容，柳宗元确实如此。但"虽使子厚得所愿，为将相于一时，以彼易此，孰得孰失，必有能辨之者"，却不甚允当。首先，就柳宗元而言，他人生追求非常明确，"始仆之志学也，甚自尊大，颇慕古之大有为者"[10]。以个人匡扶社稷中兴大唐宏伟理想，换来的是一己文学创作上的所谓成就，其代价是人生理想的破灭、横遭诋毁、迁贬困苦，其中得失，自不待言。因为柳宗元自己已作了回答，他坚信自己的政治行为是正确的，“唯以中正信义为志，以兴尧、舜、孔子之道，利安元元为务”（《寄许京兆孟容书》）。历经劫难，不改初衷，“虽万受摈弃，不更乎其内”（《答周君巢饵药久寿书》）。以政治人生的毁灭、终生的痛苦生涯，换来用文学对人生进行苦涩的回味，孰大孰小，孰轻孰重，孰得孰失？韩愈自己曾作了回答，他在诗中写道：“一封朝奏九重天，夕贬潮州路八千。欲为圣朝除弊事，岂将衰朽惜残年。”柳宗元在痛苦中不能尽情倾诉痛苦，于是寄情山水以遣愁怀，但游赏之时，即使遇到“幽树好石”，也往往是“暂得一笑，已复不乐”，他的悲哀难以排遣。柳宗元在其山水游记中把“已复不乐”删除了，只留下了那意味深长的“一笑”，有人为此对他表示祝贺，他写下了充溢了愤激之情的《对贺者》：“子诚以浩浩而贺我，其孰承之乎？嬉笑之怒，甚乎裂眦，长歌之哀，过乎恸哭，庸讵知我之浩浩，非戚戚之尤者乎！”

读柳宗元的相关文字，研究他的人生理想，得失成败，总有一种强烈的感觉，如果他地下有知，如果我们试以韩愈“虽使子厚得所愿，为将相于一时，以彼易此，孰得孰失”去寻究柳宗元，恐怕他更会愤然对曰：“子诚以雕虫之技以誉我，孰能承之乎！”

当然，我们也承认，韩愈对柳宗元是充满了同情的，对他的文学创作也是充分肯定的。

泛论至此，我们还想谈一下“穷”、“通”的概念。一般地，所谓穷通是指仕途上的通达和困穷，但它又与生活处境的顺适困苦相关联，孟郊的官位低微、柳宗元的被贬谪流放均是如此。相应的是，人不可能无是非之辨、利害之心，怎样调适在艰难困苦处境中的心态，是人们普遍关注的问题。而恰恰是提出了“不平则鸣”、“穷愁之辞易好”的韩愈在这个方面颇受后人非议，在此试举几例。欧阳修曾对韩愈置以批评，他在《与尹师鲁第一书》中说：

又常与安道言，每见前世有名人，当论事时，感激不避诛死，及到贬所，则戚戚怨嗟，有不堪之穷愁，形于文字。其心欢戚，无异庸人。虽韩文公不免此累。用此戒安道，慎勿作戚戚之文。[11]

在《读李翱文》中又说：

凡昔翱一时人，有道而能文者，莫若韩愈。愈尝有赋矣，不过羡二鸟之光荣，叹一饱之无时尔。此其心使光荣而饱，则不复云矣。[12]

北宋张舜民在其《史论》也提出了类似的批评：

马文卿有言："人贫当益坚，老当益壮。"贫而坚者，虽市里小民尚有之；老而壮，虽士人未之见也。韩退之潮阳之行，齿发衰矣，不若少时之志壮也，故以封禅之说迎宪宗。又曰："自今请改事陛下。"观其言，伤哉！丈夫之操始非不坚，誓于金石，凌于雪霜。既而怵于死生，顾于妻孥，罕不回心低首，求免一时之难者，退之是也。退之非求富贵者也，畏死耳。[13]

南宋胡仔也说：

凡人能处忧患，盖在其平日胸中所养。韩退之，唐之文士也，正色立朝，抗疏谏佛骨，疑若杀身成仁者；一经窜谪，则忧愁无聊，概见于诗词。由此论之，则东坡所养，过退之远矣。[14]

苏辙对孟郊也从这一角度提出过批评。我们征引这些资料，意在说明当不同的人面临仕途之穷、生活困苦、处境艰危时，处世态度是不同的，这不同的处世态度影响到创作，会产生或积极或消极的作用。穷极益工不是创作的普遍规律。

概言之，如果从全面把握的角度，客观地讲，韩愈的“不平则鸣”不仅包括扼腕愤怒，而且包括欢乐在内，包括各种复杂丰富的思想感情。他的“穷苦之言易好”，并不排除欢愉之词就不好。如果说有关孟郊、柳宗元的相关文字有所侧重，充满了对二人的同情的话，那么《〈荆潭唱和诗〉序》也由于对象的特定性，充满了赞誉，流露出作者人生的理想。所以，只有全面深入地了解韩愈创作的感情基点，才能对他的相关诗论进行准确的阐述。

参考文献

[1]云告.从老子到王国维——美的神游[M].长沙：湖南出版社，1991.

[2][9]陈霞村，阎凤梧.唐宋八大家选译注[M].太原：山西人民出版社，1986.

[3][8][11][12][13][14]吴文治.韩愈资料汇编[Z].北京：中华书局，1983.

[4]钱钟书.诗可以怨[J] .文学评论，1981(1).

[5]章培恒，骆玉明.中国文学史[M].上海：复旦大学出版社，2001.

[6]袁行霈.中国文学史[M].北京：高等教育出版社，2001.

[7]韩愈.韩昌黎全集[M].北京：中国书店，1991.(本文所引韩愈诗文皆据此书)

[10]柳宗元.柳河东全集[M].北京：中国书店，1991.(本文所引柳宗元诗文皆据此书)

◎丁恩全

韩愈"以诗为戏"论

韩愈好俳谐游戏。刘克庄、李光地都曾经说过，"退之性喜玩侮"，"平生好谈谐"，"好游戏"。[1]钱基博先生引用皇甫湜《韩文公神道碑》说韩愈于国子监"讲评孜孜，以摩诸生，恐不晓畅，游以恢笑啸歌，使皆醉义忘归"，又引用洪迈《容斋随笔》载裴度寄给李翱的信说"昌黎韩愈，仆知之旧矣！近或闻诸侪类，云恃其绝足，往往奔放，不以文立制，而以为戏可矣乎！"[2]说明了韩愈"以文为戏"的存在。而近年来，学术界也注意到了这个问题，有梁德林先生《韩愈"以文为戏"论》，周明先生《论"以文为戏"》，蒋寅先生翻译日本学者川合康三的著作《游戏的文学——以韩愈的"戏"为中心》。但学术界对韩愈的"以诗为戏"，却鲜有论及。相关论文，仅有尹占华先生《论韩愈诗的喜剧精神》、邱瑰华《韩愈俳谐诗述论》、杨晓霭《论韩愈诗文创作中"宗经"与"自嬉"的矛盾》等少数文章，阎琦先生《韩诗论稿》也谈到了韩愈"戏谑之笔"的创作手段[3]。鉴于"以文为戏"和"以诗为戏"的不同特点，我们仍然有必要再来谈一谈"以诗为戏"的问题。

一、"以诗为戏"的提出

韩愈"以诗为戏"，前辈早有论及。顾嗣立认为韩愈的《读东方朔杂事》是"亦偶然戏笔"[4]，程学恂认为《赠崔立之评事》一诗是"滑稽之言"，而何孟春、何焯、方世举、方成珪都认为《嘲鼾睡》一诗是"用为戏"、"因其浮屠而戏之"、"未必非昌黎游戏之所及"，查慎行则认为

《病中赠张十八》一诗是“游戏为文”。可见,“以诗为戏”是韩愈诗歌中确实存在的现象。程学恂在论述《陆浑山火》一诗时说:“张籍责公好与人为驳杂无实之谈,公曰:‘吾以为戏耳,何害为道哉?’按张所言,乃谓使之陈之于前而公乐闻之,非公之议论文章也。吾谓即公之文章中,或亦不尽免,此即《陆浑山火》等篇,非驳杂无实之谈哉?”则又已经不局限于一首诗歌。但中国古典诗学的独特方法使得他们并没有系统地谈论这个现象。

上面述及的几首诗,主题大多存在争论。如《读东方朔杂事》,钱仲联先生《韩昌黎诗系年集释》列举出了数种看法:

1.韩醇:公时为右庶子,而皇甫鎛、程异之徒用事,元和十一年也,《杂诗》及《读东方朔杂事》、《谴谑鬼》皆指事托物而有作也;

2.洪兴祖:退之不喜神仙,此诗讥弄权挟恩者耳;

3.朱熹:必有为而作;

4.朱彝尊:刺天后时事;

5.方世举:刺张宿也;

6.陈沆:此为宪宗用中官吐突承璀而作也;

7.程学恂:此诗本事点染,以刺当时权幸,且讥时君之纵容,以酿为祸也。

其实,以上7种看法有一个共同特点,都在试图为这首诗找到一个严肃深刻的主题,一定要找到一个讽刺对象,像陈沆、方世举、朱彝尊、韩醇找到了,但都如王元启所认为的“颇多牵强谬戾之失”。洪兴祖、程学恂实在找不到这个讽刺对象,干脆说“讥弄权挟恩者”、“刺当时权幸,且讥时君之纵容,以酿为祸害”,朱熹则更干脆,一言以蔽之,“必有为而作”。

樊汝霖曾经探究这首诗的根源,认为这首诗用了《汉武帝内传》的典故,《汉武帝内传》本身就是“道听途说”的小说家言,那么,读的人又何必当真。尹占华先生《论韩愈诗的喜剧精神》也认为：

> 此诗的意思是说：王母正在宫里兴风作雨，东方朔偷偷地进了雷电室，王母不但不嗔怪，反而挺高兴。东方朔于是摩挲北斗之柄，其他仙人看见着急了，齐声劾奏东方朔的狂悖之举，罪不可赦。王母却送给东方朔一匹骏马，东方朔更得意了，大白天竟在宫殿里撒尿，最后不辞而别，升天而去。这是一幕多么有趣的滑稽戏！如果真是在舞台上表演一回，是可以使人笑破肚皮的。[5]

其实，俞玚就持这种看法，他说："此诗兴祖以为讥弄权者，观结语云云，殊不然也，意亦指文人播弄造化，如《双鸟诗》云尔，不然，何独取东方朔而拟之权幸邪！"顾嗣立则明确提出了这首诗的性质——"亦偶然戏笔"。尹占华先生在此基础上更加充分地解释了这一点。

除此之外，《遣诟鬼》也被认为是讽刺性的作品，而《嘲鼾睡》，因为实在很难找到讽刺的内核，干脆就说这不是韩愈的诗。这都是因为没有弄清楚韩愈"以诗为戏"的内涵所致。所以，"以诗为戏"问题有必要得到解决。我们就从方式和意义两个方面来谈谈韩愈的"以诗为戏"。

二、"以诗为戏"的方式

韩愈的"以诗为戏"，主要有两种方式：一是"战诗"，如联句诗、《月蚀诗》、《陆浑山火》、《咏雪赠张籍》等；一是嘲戏谐谑，所谓"文章自娱戏"，如《读东方朔杂事》、《嘲鼾睡》、《赠刘师服》、《嘲鲁连子》、《射训狐》、《遣诟鬼》等。

首先来看"战诗"。韩愈提出"战诗"一词是在《送灵师》一诗中："战诗谁与敌？浩汗横戈铤。饮酒尽百盏，嘲谐思逾鲜。"但又不局限于韩愈，朱熹在《朱文公校韩昌黎先生集》中，在这两句下注释："战诗，或作争战，或作文战，或作诗战，方云战诗，战文，唐人语也。白乐天‘战文重掉鞅’,刘梦得‘战文矛戟深’。”[6]可见,这是一个带有一些时代意义的词汇,有待于我们进一步探讨;另一个与“战诗”相近的词是“战词赋”,是在《寄崔二十六立之》中提出的:“往岁战词赋,不将势力随。”“战诗”或“战词赋”的方式有三种:

第一种是两人或多人联句,往往在较量时要分出胜负。《病中赠张十八》和《石鼎联句诗序》所谈就是鲜活的个案。试看《病中赠张十八》:

……籍也处闾里,抱能未施邦。文章自娱戏,金石日击撞。龙文百斛鼎,笔力可独扛。谈舌久不掉,非君谅谁双。扶几导之言,曲节初摐摐。半途喜开凿,派别失大江。吾欲盈其气,不令见麾幢。牛羊满田野,解旆束空杠。倾樽与斟酌,四壁堆罂缸。玄帷隔雪风,照炉钉明釭。夜阑纵捭阖,哆口疏眉厖。势侔高阳翁,坐约齐横降。连日挟所有,形躯顿降肛。将归乃徐谓,子言得无哤。回军与角逐,斫树收穷庞。雌声吐款要,酒壶缀羊腔。君乃昆仑渠,籍乃岭头泷。譬如蚁垤微,讵可陵崆㟅。幸愿终赠之,斩拔枿与桩。从此识归处,东流水淙淙。

此诗详细叙述了韩愈折服于张籍的整个过程。前人因为没有意识到这首诗“以诗为戏”的性质,而对韩愈多有微词,如陈衍就说韩愈“过于扬己卑人”。如果说这首诗注重的是张籍怎么样被折服,而没有具体到“战诗”的细节的话,《石鼎联句诗序》就更具体地叙述了用联句的形式“战诗”的全过程。

元和七年十二月四日,衡山道士轩辕弥明自衡山下来,旧与刘师服进士衡、湘中相识,将过太白,知师服在京,夜抵其居宿。有校书郎侯喜,新有能诗声,夜与刘说诗,弥明在其侧,貌极丑,白鬚黑面,长颈而高结喉,中又作楚语,喜视之若无人。弥明忽轩衣张眉指炉中石鼎谓喜曰:“子云能诗,能与我赋此乎?”刘往见衡湘间人说云年九十余矣,解捕逐鬼物,拘囚蛟螭虎豹,不知其实能否也。见其老,颇貌敬之,不知其有文也。闻此说大喜,即援笔题其首两句,次传于喜,喜踊跃即缀其下云云。道士哑然笑曰:“子诗如是而已乎?”即袖手竦肩倚北墙坐,谓刘曰:“吾不解世俗书,子为我书!”因高吟曰:“龙头缩菌蠢,豕腹涨彭亨。”初不似经意,诗旨有似讥喜,二子相顾惭骇,欲以多穷之,即又为而传之喜,喜思益苦,务欲压道士,每营度欲出口吻,声鸣益悲,操笔欲书,将下复止,竟亦不能奇也。毕,即传道士,道士高踞大唱曰:“刘把笔,吾诗云云。”其不用意而语益奇,不可附说,皆侵刘、侯,喜益忌之。刘与侯皆已赋十余韵,弥明应之如响,皆颖脱含讥讽。夜尽三更,二子思竭不能续,因起谢曰:“尊师非世人也,某伏矣,愿为弟子,不敢更论诗。”道士奋曰:“不然,章不可以不成也。”又谓刘曰:“把笔来,吾与汝就之!”即又唱出四十字,为八句,书讫,使读。读毕,谓二子曰:“章不已就乎?”二子齐应曰:“就矣。”[7]

在此,我们不去探讨轩辕弥明到底是谁,轩辕弥明和刘师服、侯喜之间联句以决胜负的紧张氛围,用战斗来形容非常形象贴切,这是一场智力和才能的较量,胜负关乎个人荣誉。其实不仅《石鼎联句诗》如此,读《韩愈诗集》中十一篇联句诗,都可以使人感到这种紧张的氛围。

“战诗”的第二种方式是邀和,一方写出来之后,寄给另一方,向对方挑战。比如《咏雪赠张籍》,韩愈明确表示“莫烦相属和,传示及提孩”,声称这诗是精心创作——“歌谣放我才”,是炫耀我的才华,向对方挑战的。而《陆浑山火一首和皇甫湜用其韵》的结尾写道:“皇甫作诗止昏睡,辞夸出真遂上焚,要余和增怪又烦。”也是明确表示这首诗是在皇甫湜的挑战下创作出来的,而皇甫湜的诗作也并非是为了一种抒发特别的感情而创作的,他们只是在享受“文章娱戏”的快乐。《月蚀诗》虽然没有明确说明创作缘由,但我们也可以发现是在卢仝的挑战之下写成的。

“战诗”的第三种方式是自娱式,这其实是一种变体。《南山诗》是一个典型。洪兴祖说:“才力小者,不可到也。”暗示这首诗其实是纯粹为了表现才力、自我娱乐的诗。

再来看嘲戏谐谑。在这里,嘲戏谐谑之作指的是全篇嘲戏的作品,而不包括仅仅有一些嘲戏句子的诗篇,又分为两类:一类是自嘲之作;一类是嘲弄他人。

自嘲之作如《赠刘师服》:

羡君齿牙牢且洁,大肉硬饼如刀截。我今呀豁落者多,所存十余皆兀𪙝。匙抄烂饭稳送之,合口软嚼如牛呞。妻儿恐我生怅望,盘中不饤栗与梨。只今年才四十五,后日悬知渐莽卤。朱颜皓颈讶莫亲,此外诸馀谁更数。忆昔太公仕进初,口含两齿无赢馀。虞翻十三比岂少,遂自惋恨形于书。丈夫命存百无害,谁能检点形骸外。巨缗东钓倘可期,与子共饱鲸鱼脍。

“羡君齿牙牢且洁”,赠诗从牙齿着笔已令人哑然失笑,而比喻更让人情不自禁地笑出声来,“大肉硬饼如刀截” 比喻刘师服吃饭时的情景,“合口软嚼如牛呞”来比喻牙齿仅存十余的自己吃饭时的情景。然后,写妻儿的体谅更是神来之笔,可以体会到韩愈的欣慰之情。最后竟然又拿历史上本无记载的姜太公和虞翻的事情类比,实在是妙趣横生。

嘲弄别人的如《嘲鼾睡》:

澹师昼睡时,声气一何猥。顽飙吹肥脂,坑谷相嵬磊。雄哮乍咽绝,每发壮益倍。有如阿鼻尸,长唤忍众罪。马牛惊不食，百鬼聚相待。木枕十字裂，镜面生痱瘤。铁佛闻皱眉，石人战摇腿。孰云天地仁，吾欲责真宰。幽寻虱搜耳，猛作涛翻海。太阳不忍明，飞御皆惰怠。乍如彭与黥，呼冤受菹醢。又如圈中虎，号疮兼吼馁。虽令伶伦吹，苦韵难可改。虽令巫咸招，魂爽难复在。何山有灵药，疗此愿与采。

澹公坐卧时，长睡无不稳。吾尝闻其声，深虑五藏损。黄河弄渍瀑，梗涩连拙鲧。南帝初奋槌，一窍泄混沌。迥然忽长引，万丈不可忖。谓言绝于斯，继出方衮衮。幽幽寸喉中，草木森苯尊。盗贼虽狡狯，亡魂敢窥阃。鸿蒙总合杂，诡谲骋戾很。乍如斗呶呶，忽若怨恳恳。赋形苦不同，无路寻根本。何能堙其源，惟有土一畚。

韩愈说“吾尝闻其声”，对于澹师的鼾声，韩愈亲历其境，并可能身受其难，“铁佛闻皱眉，石人战摇腿。孰云天地仁，吾欲责真宰”，在无可奈何之时写的这首诗。整首诗有着丰富奇妙的想象力，细腻逼真的描写，而又以风趣幽默的笔触刻画出来，实在是让人忍俊不禁。但要从中挖掘出十分严肃深刻的内涵，却又不能。

三、“以诗为戏”的价值和表现

有人认为韩愈诗歌的创作目的有三个方面：一是自娱，二是娱人，三是显示才学。其实，这样的划分，从韩愈的诗歌理论系统来说是不太合适的，而且，三者是似是而非且互有交叉。杨晓霭先生早就撰文指出韩愈诗文中“宗经”和“自嬉”的矛盾，虽然杨晓霭先生是从诗和文两方面来说的，但合理性就要大得多。

其实，韩愈的诗歌理论是分为三个层次的。第一个层次是宗经，第二个层次是舒忧娱悲，第三个层次是以诗为戏。

韩愈《题张十八所居》夸赞张籍“诗文齐六经”；《孟生诗》说孟郊“作诗三百首，窅默咸池音。骑驴到京国，欲和薰风琴。”而《元和盛德诗序》也称《元和盛德诗》的创作目的是“作歌诗以称圣德”，无论从创作理论或是创作实践上，宗经都是很重要的一个层次。

韩愈在《上兵部李侍郎书》中说“南行诗一卷，舒忧娱悲”，这个理论的内涵和“不平则鸣”是相同的，而在《送高闲上人序》谈到张旭的草书之所以取得巨大成功时归因于“喜怒窘穷，忧悲愉佚怨恨思慕酣醉无聊不平有动于心，必于草书焉发之”，更具体地解说了“不平则鸣”的内涵。这是韩愈诗歌理论的第二个层次。

韩愈说“战诗谁与敌？浩汗横戈鋋。饮酒尽百盏，嘲谐思逾鲜”，“往岁战词赋，不将势力随”，“文章自娱戏”，这是第三个层次——“以诗为戏”。现在有许多研究者把第二、第三两个层次合而为一，称之为游戏的文学，并用西方现代心理学理论、游戏说来解释，这样做或许有一定的合理内核。但我认为用来解释韩愈的“以诗为戏”却有问题，因为韩愈从来就没有赋予过“以诗为戏”那么深刻的内容。所以，仍然把韩愈的诗歌理论划分为三个层次。

那么，什么是“以诗为戏”？“以诗为戏”和传统儒家诗论强调严肃深刻的内涵有什么不同呢？《醉赠张秘书》一诗告诉了我们“以诗为戏”的真实目的。

> 人皆劝我酒，我若耳不闻。今日到君家，呼酒持劝君。为此座上客，及余各能文。君诗多态度，蔼蔼春云空。东野动惊俗，天葩吐奇芬。张籍学古淡，轩鹤避鸡群。……所以欲得酒，为文俟其醺。酒味既泠冽，酒气又氛氲。性情渐浩浩，谐笑方云云。此诚得酒意，余外徒缤纷。长安众富儿，盘馔罗羶荤。不解文字饮，惟能醉红裙。虽得一饷乐，有如聚飞蚊。今我及数子，固无莸与薰。险语破鬼胆，高词媲皇坟。至宝不雕琢，神功谢锄耘。

张秘书，一般认为是张署。这次“文字饮”的主要参与者有韩愈、孟郊、张籍、张署，所谓的“文字”，当指诗歌。这些志同道合而又才华横溢的诗人们，在“酒味既泠冽，酒气又氛氲”的熏染下，终于达到了

"性情濺浩浩,谐笑方云云"的"醺"的境界,他们没有像"长安众富儿"一样"罗膻荤"、"醉红裙",而是创作出"险语破鬼胆,高词媲皇坟。至宝不雕琢,神功谢锄耘"的诗篇。这对于"固无莸与薰"的"各能文"的"数子"该是享受到了极大的乐趣。而享受极大的乐趣的方式又恰恰是用诗歌表现自己的才华。所以,如果给"以诗为戏"规定出本质特征的话,那就是以获取乐趣为主要目的的创作方法。

"以诗为戏"在创作目的上大大改变了以往"诗言志"的传统,不仅扩展了诗歌的表现范围,增添了新的诗美,一改古典诗歌的政治教化色彩,而且,在创作手段上也和中唐以前的诗篇存在着巨大的差异。

首先来看结构。"以诗为戏"的诗篇是讲究篇章结构的,《唐宋诗醇》评《病中赠张十八》说:"长篇险韵,定须惨淡经营,不可恃卤莽也。"虽然是从用韵方面说的,但对于长篇的联句诗来说,却是实在需要"惨淡经营"。赵翼《瓯北诗话》谈到韩愈和孟郊的联句诗时有这样一段话:"二人联句自有利钝,惟《斗鸡》一首通篇警策,《远游》一首亦尚不至散漫,《征蜀》一首,至一千余字,已觉太冗,而段落尚觉分明,至《城南》一首,则一千五六百字,自古联句,未有如此之冗者。"可见,联句诗也并非随意造就,而是事先安排结构的。而且《城南》也并非结构没有安排,方世举就说:"始从郊行叙起,若无意于游,既而欲归不舍,则纵览郊墟,信足所至,……无不尽览,兹游洵足述矣。更念阳春烟景,都人士女,联袂嬉遨,尤有佳于此者,惜乎身逐羁伧,未睹其盛,然归私休暇,得共今日之游,耳目所经,……亦足以畅幽怀矣,何图自苦为哉!"而《唐宋诗醇》谈到《南山诗》的结构时说:"入手虚冒开局,尝升崇丘以下,总叙南山大概;春阳四段,叙四时变态;太白昆明两段,言南山方隅连亘之所自,'顷刻异状候'以上,只是大略远望,未尝身历,瞻太白,俯昆明,眺望乃有专注,而犹未登涉也;径杜墅,上轩昂,志穷观览矣,蹭蹬不进,仅一窥龙湫而止焉;遭贬由蓝田行,则又跋涉艰危,无心观览也。层层顿挫,引满不发,直至'昨来逢清霁'以下,乃举凭高纵目所得景象,倾囊倒箧而出之,叠用'或'字,从《北山》

化出，比物取象，尽态极研，然后用‘大哉’一段煞住。通篇气脉透迤，笔势竦峭。”正使用了总—分—总的结构模式，前后照应，纯粹散文章法。

其次是诗歌语言。赵翼《瓯北诗话》谈到韩愈和孟郊的联句诗时说二人“字字争胜，不肯相让”，蒋之翘评《城南》“务为奇语”，朱彝尊评《会合联句》为“词奇峭”，评《城南》“僻搜巧炼，惊人句层出不穷”，方世举评《嘲鼾睡》“奇奇怪怪”，都足以说明这些诗歌对韩愈“以文为诗”的影响。《陆浑山火》、《月蚀诗》、《南山》都是典型的使用散义化语句的诗篇。

再看艺术技巧方面，以赋为诗是这些诗篇的显著特征。洪兴祖评《南山》为“似《上林》、《子虚》赋”，而《陆浑山火》、《嘲鼾睡》对事物的铺排描写很显然都是以赋为诗。

同时，“以诗为戏”需要极为丰富的学问、极为敏捷的思维、极为深厚的才力作为基础；同时，又是对一个人学问、思维、才力的锻炼。所以，“以诗为戏”对韩愈诗歌“以文为诗”的创作手段的形成起到了巨大作用——从才力和思维两方面给予了准备。

参考文献

[1]梁德林.韩愈“以文为戏”论[J].广西师范学院学报，2004(11).

[2]钱基博.韩愈志[M].北京：中国书店，1988.

[3]阎琦.韩诗论稿[M].西安：陕西人民出版社，1984.

[4]韩愈.韩昌黎诗系年集释[M].钱仲联，集释.上海：古典文学出版社，1957.(本文所引韩愈诗及其评论如无另注皆出此书)

[5]尹占华.论韩愈诗的喜剧精神[J].忻州师范学院，2002(6).

[6]朱熹.朱文公校韩昌黎先生集[M].四部丛刊初编本.

[7]韩愈.韩愈全集校注[M].屈守元，常思春，主编.成都：四川大学出版社，1996.

◎丁恩全

赵翼论韩愈

袁枚、赵翼、蒋仕铨号称“乾隆三大家”，而赵翼、袁枚则同属性灵一路。这里先回顾一下性灵说，按照郭绍虞先生的说法，性灵说是对正统派或格调派的反抗，发现了“有我”，从而言诗以言志、以怡情者。所以，性灵派的代表人物是杨万里、袁宏道、袁枚。杨万里主张“禅”、“味”、“悟”，接近神韵。袁中郎论诗文的核心在于真和变，重在真，所以反对王士贞、李攀龙，而之所以反对王士贞、李攀龙，是为文学与情的问题；重在变，所以反对归有光、唐顺之，而之所以反对归有光、唐顺之，又为文学与理的关系。于情，不欲其情之卑，于是再论趣；于理，不欲其理之腐，于是又重在韵。重在韵、重在趣，就不妨安于象牙塔。性灵说的流弊是滑、浮、纤佻，卖弄小聪明，尽管稍涉风趣，而总显其露，总嫌其薄。袁枚的性灵说可以说是修正的性灵说，他不赞成“知而适夸真率”的诗。所以他要分别“淡之于枯，新之于尖，朴之于拙，华之于浮，厚重之于笨滞，纵横之于杂乱”，重天分，却不废工力，尚自然，却不废学力。对于一切矛盾冲突的观点，总是双管齐下，不稍偏畸，然后有性灵诗之长，而无性灵诗的流弊。[1]而赵翼与袁枚不论在文艺理论或诗歌创作上都有很多相似之处，如“反拟古，求创新”，有“真挚的感情”，提倡“灵感”，灵巧的笔性，“求创新而不废学古，主性灵而提倡读书”。[2]赵翼也正是从修正的性灵说出发去论述韩愈的，较为辩证地看待韩愈，所以也更合理。赵翼在《瓯北诗话》中，除了用一卷的篇幅论述韩愈外，评论李白、白居易、苏轼、陆游时也论及韩愈。另外，《瓯北诗钞》、《陔余丛考》也有对韩愈的论述。

二

对于韩愈的诗，评论界一直有两种意见：一种是褒之者，如司空图《题柳柳州集后》说："韩吏部歌诗数百首，其驱驾气势，若掀雷挟电，撑抉于天地之间，物状奇怪，不得不鼓舞而徇其呼吸也。"[3]惠洪《冷斋夜话》卷二："吉甫（吕惠卿）曰：'诗正当如是，吾谓诗人未有如退之者。……予尝熟味退之诗，真出自然。其用事深密，高出老杜之上。如《符读书城南》诗：'少长聚嬉戏，不殊同队鱼'，又'脑脂盖眼卧壮士，大弨挂壁何由弯'，皆自然也。"《苕溪渔隐丛话》引蔡绦语："韩退之诗，山立霆碎，自成一法。樊侯冠佩，微露粗疏。与柳州诗，若捕龙蛇，搏虎豹，急于之角，而力不敢暇，非轻荡也。"[4]钱钟书《谈艺录》所引林光朝语："退之则惟意之所指，横斜曲直，只要自家屋子饱满，不问田地四至，或在我与别人也。"[5]顾嗣立《昌黎先生诗集注序》从文学遗产的继承方面肯定韩愈："夫诗自李杜勃兴而格律大变，后人祖述，各得其性之所近，以自名家。独先生（韩愈）能尽启秘钥，优入其域，非余子所及。顾及笔放态横从，神奇变幻，读者不能窥究其所从来，此异论所以繁兴，而不自知其非也。"[6]方东树《昭昧詹言》也说："韩公后出，原本六经，根本盛大，包孕众多，巍然自开一世界。"总之，褒之者对其缺点视而不见，不乏过誉之辞。另一种是贬之者，陈师道《后山诗话》："退之于诗，本无解处，以才高而好。"惠洪《冷斋夜话》载沈存中（括）语："退之诗，押韵之文耳。虽健关富赡，然终不是诗。"王世贞《艺苑卮言》："韩退之于诗，本无所解，宋人呼为大家，直是势利他语。"蒋之翘《读韩集叙说》引孙矿语："退之……所作似非正派。古诗犹有雅音，律诗似未脱中晚气习。尝怪此老为文，即西京以下不论，而诗却不能超脱，殆不可解。"[7]陆时雍《诗镜总论》："韩昌黎不免有蹶张之病也。"王夫之《姜斋诗话》："若韩退之以险韵奇字古句方言，矜其饾饤之巧，巧诚巧矣，而于心情兴会，一无所涉，适可谓酒令而已。"这些人的观点对韩愈诗的缺点的评论颇能够切中肯綮，相对于一些褒扬韩愈的人的论调更能站得住脚，但却给人以一叶障目不见泰山的感觉。也有人试图对韩愈诗歌作出较为公正的评价，如张戒《岁寒堂诗话》说："韩退之诗，爱憎相半。爱者以为，虽杜子美亦不及，不爱者以为退之本无所得……然一家之论俱过矣。"好像是要作出一个公正的评价了，但接着却说："退之诗，大抵才气有余，故能擒能纵，颠倒崛奇，无施不可。放之则如长江大河，澜翻汹涌，滚滚不穷；收之则藏形匿影，乍出乍没。变态横生，变怪百出，可喜可愕，可畏服。"仍是对韩愈诗歌的赞美。还有人指出韩愈诗歌是唐代诗歌发展的变体。叶燮《原诗》更是从文学史的角度来肯定韩愈的变格："唐诗为八代以来一大变，韩愈为唐诗之一大变，其力大，其思雄，崛起特为鼻祖。"但无论褒还是贬，都缺少辨析，人们发现了韩愈诗歌的与众不同之处，却没有人深入探讨为什么会有韩愈的变，这个变到底体现在哪些方面，它的意义是什么。直到赵翼，才第一个给韩愈以较为合乎实际的评价。他从唐诗自身发展的角度来分析了韩愈的变："韩昌黎生平所心摹力追者，惟李杜二公。顾李杜之前，未有李杜，故公才气横态，各开生面，遂独有千古。至昌黎时，李杜在前，纵极力变化终不能再辟一径。唯少陵奇险处，尚有可推扩，故一眼觑定，欲从此劈山开道，自成一家。此昌黎注意之所在也。"[8]赵翼认为诗歌发展的过程是"满眼生机转化钧，开工人巧日争新"，"只眼须凭自主张"，是诗人们逞才使巧、不断创新的过程，争新才是文学的生路。唐诗发展到李杜，到了诗歌史上的顶峰，任何人都会感到无以为继，诗人们也只有另辟蹊径，才能追步前人，"万古出群雄"，韩愈则从杜诗奇险处加以推扩，遂自成一家。当然，韩愈对李杜的继承仍需进一步辨析，但现代的文学史家谈到韩愈，每以此作为一重要原因，也可看出赵翼的高明之处。霍松林先生在《校点后记》中说："就体裁看，李白、杜甫、白居易、苏轼各一卷，陆游两卷，元好问、高启共一卷，吴伟业、查慎行各一卷。其中，不但有宋、元、明的诗人，而且有清初的诗人。这正体现了他的发展观点。"可以说，赵翼的诗歌发展观是以创新的观点为中心的。他对韩愈的评价正是建立在这个基础之上的，所以就比一般的评论家要高明许多。

但赵翼并没有停留在这一点上,而是接下来具体辨析这个“变”。“然奇险自有得失。盖少陵才思所到,偶然得之,而昌黎则专以此求胜,故时见斧凿痕迹。有心与无心异也。”按道家哲学观来看,自然是最高的美学境界。韩愈则刻意追求奇险,雕刻过甚,伤于自然,所以比不上杜甫,因为杜甫是“才思所到,偶然得之”。而杜甫在这一点上却仍然不如李白,因为“诗之不可及处,在乎神识超迈,飘然而来,忽然而去,不屑屑丁雕章琢句,亦不劳劳丁镂心刻骨,自有天马行空,不可羁勒之势”,李白正是“不用力而触处生春”。如果说韩愈和杜甫的区别在于“有心”和“无心”的话,那么,李白和杜甫的区别就是“仙”与“人”的区别。李白达到了“自然”这一美学要求的最高境界。在这一点上,韩愈显然还有差距,没有做到“豪华落尽见真淳”的境界,这也是贬韩愈诗者的主要攻击点之一。而且,“盘空硬语,须有精思结撰。若徒挦撦奇字,诘曲其词,务为不可读以骇人耳目,此非真警策也”。按照赵翼的看法,韩愈诗中的“硬语”,既有“精思结撰”者,又有“徒挦撦奇字,诘曲其词”者。如《炭谷湫》中“巨灵高其捧,保此一掬铿”,写湫不在平地,而在山上,属于“精思结撰”者;《南山诗》中“突起莫间簉”、“诋讦陷乾窦”,《和郑相樊员外》中“禀生肖剿刚”、“徒聱牙辖舌”等,而实无意义。本来,追求诗歌的一种陌生化效果,是无可非议的,赵翼在他的《论诗》中也说“预支五百年新意,到了千年又觉陈”,求新是符合人们的接受心理,满足读者的阅读期待的。如果像“矮人看戏何曾见,都是随人说短长”,那就“焉传后无穷”。但如果只追求字句上的新,而毫无意义,或者,新到不可解的程度,从接受美学来看,都超出了读者的期待视野。这是赵翼的合理之处,他在《连日笔墨应酬书此一笑》中说:“诗非苦心作不成,佳处又非苦心成。”也说明了这个问题。但赵翼在这个地方有点盲人摸象的味道,缺少从诗歌整体上的观照,字句新到底好不好,在于整篇,如果和其他词句整合为有机的统一体,能够很好地表达情意,那就是好;如果在篇中旁逸一枝,再新奇巧妙也不行。这个认识上的偏差也导致了一些评论上的偏差,如他对

《月蚀诗》中“帝箸下腹尝其皤”表示不赞赏，认为“思语俱奇，真未经人道”。

和元镇、白居易“尚坦易，务言人所共欲言”相比，韩愈、孟郊“尚奇警，务言人所不敢言”，但“诗本性情”，“奇警者，犹第在词句间争难斗险……而意味或少焉。坦易者多触景生情，因事起意，眼前景，口头语，自能沁人心脾，耐人咀嚼”。这也是韩、孟不如元、白的地方。

更为我们所注意的是，赵翼从性灵说中体现出的辩证法出发，意识到了韩诗的另一面，“其实昌黎自有本色，仍在文从字顺中，自然雄厚博大，不可捉摸，不专以奇险见长……若徒以奇险求昌黎，转失之矣”。“《石鼓歌》等杰作，何尝有一语奥涩，而磊落豪横，自然挫笼万有。”其实，韩愈的著名诗篇如《山石》、《汴泗交流赠张仆射》、《谒衡岳夜宿题门楼》，都是文从字顺而又雄厚博大之作，非奇险所能涵盖。阎琦先生的《韩诗论稿》说韩愈诗刚柔并济，可能也是受了赵翼的启发。

二

赵翼还具体分析了韩愈的创新之处，认为体现在用韵、联句诗、创格、创句法、以丑为美等几个方面。

在用韵方面，前人多所批评，如宋孔平仲说：“退之诗好押狭韵累句以示工，而不知重叠用韵之病也。《双鸟诗》两‘头’字，孟郊诗两‘奥’字，《李花》诗两‘花’字。”但也有人为他辩解，如宋魏庆之在其《诗人玉屑》谈到韩愈、白居易、杜甫等人诗的重韵之处说：“如此叠用韵者甚多，不可具举。意到即押耳。”魏氏虽然意在为杜甫辩解，实际上却也起到了为韩愈辩解的作用。赵翼非常赞同欧阳修在《六一诗话》中所说：“其得韵宽，则泛入旁韵，乍还乍离，出入回合，不可拘以常格，如《此日足可惜》之类。得韵窄，则不复旁出，而因难见巧，愈险愈奇，如《病中赠张十八》之类。譬如善驭马者，通衢广陌，纵横驰骋，惟意之所至；于蚁封水面，又疾徐中节，不少蹉跌。此天下之至工也。”说明韩愈正是在用韵上已经进入了自由王国，所以“意之所至”，都是“天下之至工”。“意”才是诗歌押韵的中心所在。在此，赵翼又吸收了魏庆之的正确意见。赵翼连举6首诗来说明韩诗用韵的这个特点。不仅如此，赵翼又进一步在比较中指出了用韵不必拘于传统，和苏轼相比，韩愈“好用险韵，以尽其锻炼”，苏轼则“不择韵，而但抒其意之所欲言”，两家各有所长，“此固才分各有不同，不能兼长也。”

联句诗，赵翼追本溯源，不同意王伯大“古无此体，创自昌黎”的看法，同意沈括的看法：“虞廷《赓歌》，汉武柏梁，已肇其端。贾充与妻李氏遂有联句。其后陶谢诸公，亦偶一为之。何逊集中最多。然皆寥寥短篇，且文义不相连属，仍是各人之制而已。”认为韩孟联句的创新之处是变短篇为长篇。但长篇亦有长篇之缺点，“《远游》一首，亦尚不至散漫，《征蜀》一首，至一千余字，而段落尚觉分明”，至如“《城南》一首，则一千五六白字，自古联句，未有如此之冗者”，而且“段落不分”，至清朱竹垞(彝尊)、查初白(慎行)始无此缺憾。这样，在历史的长河中进行考察，显得眼光十分远大，虽然前人已经意识到从这个角度进行考察，但没有朱竹垞(彝尊)、查初白(慎行) 进行的创作实践，就无法在比较中找出韩愈联句诗的优劣。

创格方面，赵翼认为《南山诗》之铺列春夏秋冬四时之景，连用数十“或”字，《月蚀诗》铺列东西南北四方之神，《谴疟鬼》历数巫师、炙师、诅师、符师，《双鸟诗》连用五“鸣”字，《赠别元十八》连用“何”字，是“有意出奇，另增一格”。《答张彻》自起至结，“句句对偶，又全用拗体，转觉生峭，此则创体之最佳者”。

创句法方面，有佳者，有不可读者。佳者如《路旁堠》“千以高山遮，万以远水隔”。不可读者如《送区弘》“落以斧引以缰徽”、“子去矣时若发机”，《陆浑山火》“溺厥邑囚之昆仑”，七言上三字相连，下四字足之，“自以奇辟”，破坏了诗律，“终不可读”。

以丑为美虽直到刘熙载才明确提出来，赵翼也已经注意到了。《元和圣德诗》叙刘辟被擒，举家就戮，情景最惨。赵翼既不赞同苏辙“少蕴藉失雅颂之体”的说法，也不赞同张轼“欲使各藩镇闻之畏惧，不敢为逆”的说法，而认为“才人难得此等题以发抒笔力，既已遇之，肯不尽力摹写，以畅其才思耶”！“此等题”即丑的题材，可惜的是赵翼没有进一步探讨。

以上各方面，赵翼用“以文为诗”概括，“以文为诗，自昌黎始，至东坡益大放厥词，别开生面，成一代大观”。这样，等于把韩愈的变对后世的影响也充分表达出来了。

三

对韩愈和孟郊的联句，朱熹说：“韩诗平易，孟郊吃了饱饭，思量到人不到处。联句中被他牵得亦着如此做。”认为孟之才在韩之上。吕本中《童蒙诗训》：“徐师川问山谷云：人言退之、东野联句，大胜东野平日所作，恐是退之有所润色。山谷云：退之安能润色东野，若东野润色退之，即有此理也。”则北宋时人们对韩孟的认识已有很大分歧。朱翌《猗觉寮杂记》比徐师川更进一步，认为“退之与东野联句，前辈谓退之粉饰，恐皆出退之，不特粉饰也”。贬孟郊到了无以复加的地步。顾嗣立《昌黎先生诗集注》引俞瑒说：“联句诗……非孟韩相遇，不能得奇观也。……盖东野之思沉郁，故时见危苦之音。昌黎之兴激昂，故时见雄豪之气。此同心之言，所以相济而相成者也。”较为客观地评价了韩孟，并指出两人风格之差异，相济相成，共同形成了这一奇观。李东阳、徐师曾也都认识到了联句诗只有“才力相当者乃能作”，“必其人意气相投笔力相称然后能为之”。吴讷《文章辨体序说》引山谷之语：“退之与孟郊意气相入，故能杂然成篇。”[9]不知为何和胡仔所引出入如此之大。赵翼考查了韩孟二人的关系，认为“游韩门者，张籍、李翱、皇甫湜、贾岛、侯喜、刘师命、张彻、张署等，昌黎皆以后辈待之。卢仝、崔立之虽属平交，昌黎亦不甚推重。所心折者，惟孟东野一人”。而孟东野诗也说：“诗骨耸东野，诗涛涌退之。”且至今韩孟并称，则二人才气相当，修饰之说遂不攻自破。接着又具体分析了韩集中所有联句诗，发现“凡昌黎与东野联句，必字字争胜，不肯稍让；与他人联句，则平易近人”，得出二人互相“资其相长”的结论，就比较可信。

自宋迄清，韩愈《南山诗》和杜甫《北征》的优劣问题，一直争论不休。一些人认为《南山诗》和《北征》互有优劣，《南山诗》甚或胜于《北征》;一些人则认为《南山诗》不作可也,原因有不书一代之事、曼冗等。范温《潜溪诗眼》引黄庭坚语:"若论工巧,则《北征》不及《南山》,若书一代之事,以与国风、雅、颂相为表里,则《北征》不可无,而《南山》虽不作无害也。"而赵翼认为:"凡诗须切定题位,方为合作;此诗(《南山诗》)不过铺排山势及景物之繁富,而以险韵出之,层叠不穷,觉其气力雄厚耳。世间名山甚多,诗中所咏,何处不可移用,而必于南山耶!"将《南山诗》并没有抓住南山的独特之处的这个致命弱点,一语论定。而且,他还把《南山诗》和白居易《游王顺山悟真寺》作比较,认为《南山诗》但"摹写山景,用数十'或'字,极力刻画;而以之移他山,亦可通用",反而,还不如不为人所知的《游王顺山晤真寺》。

赵翼看问题,总能看到不同的侧面。如律诗,赵翼看到韩愈很少写律诗,"昌黎诗中律诗最少,五律尚有长篇与同人唱和之作,七律则全集仅有十一首",又进一步分析这个现象,认为韩愈不喜欢写律诗,是因为"才力雄厚,惟古诗足以恣其驰骋。一束于格式声病,即难展其所长,故不肯多作"。赵翼还看到了韩愈的律诗也写得很好,"五律中如《咏月》、《咏雪》诸诗,极体物之上,措辞之雅;七律更无一不完善稳妥,与古诗之奇崛判若两手,则又极随物赋形,不拘一格之能事"。

综上所述,赵翼的《瓯北诗话》虽然以"诗话"为名,但与以往的诗话著作有所不同,他不仅仅是感悟式的星星点点的评述,而是在感悟之中蕴涵着性灵派文艺理论特有的体系和辩证法。他在对唐代以来的名家、大家的论述中已经建立了一个以创新为动力的文学发展观,把韩愈置于这样大的背景下考察,不拘于成说,不囿于已见,取各家之精华,从而成为中国古代韩愈研究的集大成的学者。但这并不是说他的研究已经无懈可击。因为赵翼在论及韩愈与佛教、韩愈与柳宗元的关系时,体现出较多的局限性,例如他已发现韩愈对佛教态度的矛后,却并没有认真去探求原因。而且赵翼对诗句的理解也有偏颇,如《题炭谷湫》"吁无吹毛刃,血此牛蹄殷"句,按上下文含义,应是杀了这条龙,他却理解为"谓时俗祭赛此湫龙神,而已未具牲牢也"。但这些并不妨碍赵翼对我们的启发,尤其是对韩愈在诗史上的作用和意义，赵翼能够用发展的眼光辩证地看问题，给予我们的启发尤大。

参考文献

[1]郭绍虞.照隅室古典文学论文集·性灵说[C].上海：上海古籍出版社，1983.

[2]陈少松.袁枚和赵翼的诗和诗论[J].文学遗产，1984(2).

[3]吴文治.韩愈资料汇编[Z].北京：中华书局，1983.（本文所引韩愈诗之评论如无另注皆出此书）

[4]胡仔.苕溪渔隐丛话后集[M].廖德明，校点.北京：人民文学出版社，1962.

[5]钱钟书.谈艺录[M].北京：中华书局，1993.

[6]韩愈.昌黎先生诗集注[M].顾嗣立，注.清康熙三十八年秀野草堂写刻本.

[7]韩愈.韩昌黎诗系年集释[M].钱仲联，集释.上海：上海古籍出版社，1984.

[8]赵翼.瓯北诗话[M].霍松林，胡主佑，校点.北京：人民文学出版社，1998.（本文所引赵翼之诗论皆据此书）

[9]吴讷.文章辨体序说[M].于北山，校点.北京：人民文学出版社，1962.

◎孟丽霞

唐宋八大家得名过程述评

唐宋八大家在文学史上不是自觉形成的，而是后人集中的结果。它的产生经历了唐、五代、宋、元，直到明朝中叶正式确立下来，大约历经四百年。这在文学史上不能不说是一种特殊的现象。所谓的唐宋八大家指的是唐代的韩愈和柳宗元，宋代的欧阳修、苏洵、苏轼、苏辙、王安石和曾巩这八位古代著名的散文作家。唐宋八大家之名的确立大致有以下四个阶段：

第一个阶段　南宋之前，韩愈柳宗元受到高度重视期

在宋代古文评价的历史上，韩愈无论作为先觉者，还是从儒教道统的观点上，都受到绝对的重视。与韩愈相比，对柳宗元的评价，无论是在政治意义上，还是在古文家的角度，都显得比较复杂。不过，从宋初柳开起，作为古文家的韩愈和柳宗元开始得到其他唐代文人无法比拟的高度评价。[1]

宋代人对韩愈、柳宗元文的高度赞赏是和韩、柳所领导的古文运动分不开的。中唐时期，韩愈和柳宗元所领导的古文运动改变了当时文坛浮艳和形式化的文风。韩、柳去世后，古文运动在晚唐时期走向衰落，至此也告一段落。文坛又被颓靡之风笼罩。北宋开国一百年间，文章体裁仍沿袭五代余脉，“缀风月、弄花草”的西昆体又风靡一时。以欧阳修为首的宋代古文运动再次拉开帷幕。宋人以柳宗元之名对抗现实不正之风，以之为文学改革的范例，呼吁改革力量结为一体。[2]

在宋代，韩、柳突显的主要原因是二人在文学创作中和古文运动中的成就。这两次古文运动的主要领导人形成了文学史上的唐宋八大家。

1.韩愈在宋代受到的高度评价

清代王士禛说："韩吏部文章至宋始大显。"[3]从宋初开始，韩愈在宋人的心目中一直是学习的榜样。柳开、王禹偁、穆修、孙复、石介等宋初古文运动的先驱都积极提倡韩文。其中，影响最大的要数宋代古文运动的领袖人物欧阳修。欧阳修自己也承认他在文学道路上受韩愈的影响："予为儿童时……得韩昌黎先生文集六卷，读之，见其言深厚而熊博"，"予之始得于韩也，当其沈没弃废之时，予固知其不足以追时好而取势力，于是就而学之"，"予家藏书万卷，独昌黎先生集为旧物也"。[4]欧阳修凭借其在文坛中作为领袖的影响力将韩愈推向众人瞩目的地位。在这些人的共同提倡下，到了嘉祐初年，韩文已大行于世。苏轼对韩愈的评价更甚，他在《韩文公庙碑》中称韩文是："文起八代之衰，道济天下之溺，忠犯人主之怒，而勇夺三军之帅，此岂非参天地、关盛衰，浩然而独存者乎？"给予韩愈极高的评价。事实上，韩愈作为唐代古文运动的领导人物，在宋代人的眼里一直都有着很高的地位。正如钱钟书所说："韩退之在宋代，可谓千秋万代，名不寂寞矣。"[5]

2.柳宗元在宋代的地位

北宋对柳宗元的反面批评，大体而言，庆历以前尚未出现。相反，评价出乎意外得高。

宋初田锡、王禹偁、柳开都把韩柳并称，虽然宋代不乏"崇韩抑柳"的人在，但苏轼的提倡使柳宗元的地位不断地高升。苏轼贬谪海南岛时在《答程全父推官书》中说："惟陶渊明一集，柳子厚诗文数册，常置左右，目为二友。"并称赞柳子厚说："柳子厚南迁始究佛法，作曹谿南岳诸碑，妙绝古今。……以谓自唐至今，颂述祖师者多矣，未有通亮简正如子厚者。盖推本其言，与孟轲氏合，其可不使学者昼见而夜诵之？"苏轼积极地学习柳宗元，启发了宋人对柳宗元的关心，同时对柳宗元的评价因苏轼的提倡大大提高。[6]南宋吕本中说："东坡晚年叙事文字多法柳子厚。"罗大经也说:"欧似韩,苏似柳。"[7]正是道出了苏学柳的事实。

王安石也将韩柳并举。他在《上人书》中说:"自孔子之死久,韩子作,望圣人于百千年中,卓然也。独子厚名与韩并。子厚非韩比也,然其文卒配韩以传,亦豪杰可畏者也。"[8]

绍兴二十八年(1158)下敕封柳宗元为"文惠昭灵侯",在加封诰词中说:"生传道学,文章百世之师。"[9]这时柳宗元堂堂皇皇地与韩愈占着同等的地位,柳宗元不再被视为"从而和之"的人物。韩柳并称已经趋于普遍。[10]

宋人不学他人而崇尚韩、柳,不仅说明韩柳文章最能代表唐代散文的最高成就,他们是唐代古文运动的领袖,文章具有标杆的意义,而且宋人选出唐代散文代表作家也为后人选出宋代散文代表作家提供线索,更为唐宋八大家的出现拉开序幕。

第二个阶段　南宋吕祖谦《古文关键》等散文选本中突出了包括唐宋八大家在内的散文作家

南宋时期,吕祖谦的《古文关键》、楼昉的《崇古文诀》、谢枋得的《文章规范》以及周应龙的《文髓》等为主要代表的几个文学选本的出现,对唐宋八大家的产生有着重要的推动作用。其中《古文关键》是最具代表性的。

《古文关键》是一部仅有两卷的古文选集,前部分是总论,后面是文选。收有苏轼文 16 篇,韩愈文 13 篇,欧阳修文 11 篇,柳宗元文 8 篇,苏洵文 6 篇,曾巩文 4 篇,苏辙文 2 篇,张耒文 2 篇。《古文关键》中除了选张耒文而没有选王安石文之外, 八大家中的其他七家均得入选。

在《古文关键·总论》中,吕祖谦说:"学文须熟看韩柳欧苏。"[11]特别赞扬了韩、柳、欧、苏四个人,从而构筑了唐宋八大家的主要框架。《总论》不但列了唐宋古文十二家,而且还揭示了他们之间的传承关系,并指出个人在古文运动发展中的地位、作用和成就,首次理清了唐宋古文运动。虽然在这里录有张耒文而未录王安石文，但这不是对王安石的否定，他在《总论·看诸家文法》中说："王文纯洁，学王不成遂无气焰。"却批评张耒的文章说"张文知变而不知常"，其对王安石的评价远在苏辙、李廌、秦观、张耒、晁补之之上。

在唐宋众多散文家里吕祖谦为什么单单只选这几位作家作品编辑成书。其目的主要是这几位作家的文章代表着唐宋散文的最高成就，能给人学习作文提供典范。《古文关键》编撰目的是授人以作文之门径。所谓"关键"者，即是"门径"、"诀窍"的意思。吕祖谦自己也说："夫人之作文既工矣，必知其所以工；处事既当矣，必知其所以当；为政既善矣，必知其所以善；苟不知其所以然，则虽一时之偶中，安知他时之不失哉？"[12]所以，《古文关键》的出发点是帮助士子作文"所以工"，提高写作能力，以便在科考时写出好文章来，并非为传道而选文。故而此书一出，颇受到士子们的欢迎。[13]

吕祖谦之后，楼昉的《崇古文诀》、谢枋得的《文章规范》以及周应龙的《文髓》等继承了吕祖谦集韩柳欧苏为一体的思想，选文以唐宋八大家为主。唐宋八大家形成的趋势进一步加强。南宋以后，《古文关键》一直为人们所接受。它的流传和受欢迎使集这八位作家为整体的思想得以流传。后来人们编写的关于唐宋八大家的书也或多或少地受到此书的影响。可以说，吕祖谦虽未名言唐宋八大家之名，却已经具有了集唐宋八大家为整体的思想。对唐宋八大家的产生起着关键的推动作用。

第三个阶段　明代，唐宋八大家名称的正式确立

1.唐宋八大家名目的出现

明初，临海人（今浙江）朱右继承了吕祖谦的思想，编选了一部《唐宋六家文衡》，第一次仅集中编选了韩愈、柳宗元、欧阳修、苏洵、苏轼、苏辙、曾巩、王安石八家的散文。由于本书已失传，亦不得而知其详。但朱右在《新编六先生文集序》中说："唐称韩柳，宋称欧曾王苏，六先生之文……予幼读之未知也，壮而知之未好也。年将五十始

知好之……迩以课子之余取六先生所著全集遍阅而编辑之。”[14]

朱右的文集《白云稿》残卷(卷5)收有《新编六先生文集序》,察其内容可知《唐宋六家文衡》共16卷,其中韩愈文3卷61篇,柳宗元文2卷43篇,欧阳修文2卷55篇,曾巩文3卷64篇,王安石文2卷40篇,三苏文3卷57篇。这里朱右对《古文关键》稍作更改,将王安石文代替张耒文。不仅第一次将唐宋八大家集中入选,而且首次树起"唐宋古文"的旗帜,集合了韩、柳和欧、王、三苏、曾这两组从中唐到北宋,文学活动年代相距三百年的古文家为一体,集"六先生"独尊,第一次给出了唐宋八大家的名目。《钦定四库全书总目》称:"明初朱右已采录韩、柳、欧阳、曾、王、三苏之作为《八先生文集》(指《唐宋六家文衡》),实远在坤前。"[15]该序文还分别对每位作家进行了评价:

> 有能振起斯道而奋乎百世之下者,独韩文公上接孟氏之绪,而又翼之于柳子厚,至宋庆历,且二百五十年,欧阳子出,始表彰韩氏而继响之,若曾子固王介甫及苏氏父子,皆一时师友,渊源功偲资益,其所成就,实有出于千百世之上,固唐称韩柳,宋称欧曾苏王,六先生之文断断乎足为后世准绳而不可尚矣。[16]

"文衡","正如持衡以较物,低昂不爽,轻重适当,其或操孤命牍,考文选言,悉皆有以应之,不惑于世好,不堕于气习,文衡之枋,又在我矣"。[17]意为"八大家"的散文,如同一杆秤,可以用来称量一切文章分量的轻重,是散文创作的标准。《新编六先生文集序》中说:"唐称韩柳,宋称欧曾王苏,六先生之文断断乎足为世准绳而不可尚矣。"这里的"准绳"其实就是为科举的士子们写文章树立榜样,所以说朱右编选此书的目的还是为科举的原因,为科举考试提供学文的方向。

可以说《唐宋六家文衡》已经树起了唐宋八大家的旗帜,只是还未明确地提出。至此,虽然没有正式提出唐宋八大家之名,但已具有唐宋八大家之实。

2.唐宋八大家名称的正式确立

到了明代中叶，唐宋派代表唐顺之于嘉靖间编纂成的《文编》一书 64 卷，取周代迄宋之文排纂，于唐宋两代但取韩、柳、欧、苏等八家。《文编》在选文数量、分类编排等方面都是对前人散文选本的突破，然而其对唐宋八大家的推崇却秉承了南宋吕祖谦《古文关键》以来的传统并进一步发扬光大，为后来茅坤《唐宋八大家文钞》的问世奠定了直接基础，又加强了这八人在古文创作中的地位。

茅坤最推崇唐顺之。《明史·文苑传》记载："茅坤，字顺甫，归安人。嘉靖十七年进士。……坤善古文，最心折唐顺之。顺之喜唐、宋诸大家，所著文编，唐宋人自韩、柳、欧、三苏、王、曾八家外，无所取。故坤选八大家文钞。其书盛行海内，乡里小儿无不知茅鹿门者。"[18]茅坤在唐顺之《文编》的基础上编写了《唐宋八大家文钞》。至此，从萌芽期到正式提出跨越四百年之久的唐宋八大家正式登场。

《唐宋八大家文钞》共 164 卷，其中选韩愈文 16 卷，柳宗元文 12 卷，欧阳修文 32 卷(附《五代史钞》20 卷)，王安石文 16 卷，曾巩文10 卷，苏洵文 10 卷，苏轼文 28 卷，苏辙文 20 卷。书前有总序，每家之前有小引，选文中有对入选者的评点。

至于此书编纂的目的，序文中有如下记载：

> 我明弘治正德年间，李梦阳崛起北地，豪隽辐辏，已振诗声，复揭文轨，而曰吾左吾史与汉矣，已而又曰吾黄初建安矣。以予观之，特所谓词林之雄耳，其于古六艺之遗，岂不湛淫涤滥，而互相剽裂已乎。
>
> 予于是手掇韩公愈，柳公宗元，欧阳公修，苏公洵、轼、辙，曾公巩，王公安石之文，而稍为批评之，以为操觚者之券，题之曰八大家文钞。[19]

明中期，以前后七子为代表的文人提倡文学复古主义运动以反对明初台阁体雍容典雅、粉饰太平的不正之风，他们提出"文主秦汉，诗归盛唐”的口号，表明自己的文学主张。但是，他们最后走到了连地名、官名也模仿古人的死胡同，对散文的发展形成了严重的障碍。与此相对，唐宋派的代表们以唐宋文人的古文为典范，来对抗七子，《唐宋八大家文钞》就是唐宋派为反对七子的文学观而编纂的。

当时，茅坤的《唐宋八大家文钞》影响很大，但是《钦定四库全书总目》却将之定位为科举考试的参考书，所谓：“集中评语虽所见未深，亦足以为初学者门径。一二百年以来，家弦户诵，固亦有由矣。”[20]储欣评《文钞》说：“茅所评论以窥其所用心，大抵为经义计耳。”[21]也认为它是科举考试的参考书。《四库全书》中的《御选唐宋文醇》记载说：“八家之所论著，其不为程式计可知也。”对于茅坤和储欣，则指出：“茅坤所录，大抵以八比法说之。储欣虽以便于举业讥坤，而核其所论，亦相去不能分寸。”[22]是说他们的选集都没有摆脱科举考试参考书的性质。

不论编纂的目的为何，《唐宋八大家文钞》的出现标志着唐宋八大家这一跨越时空的群体经历过漫长的四百年之后终于名至实归地集合在一起。唐宋八大家正式形成。

第四个阶段　明清时代，唐宋八大家在流传中的认同和非议

明清两代有许多对茅坤的《唐宋八大家文钞》进行改编或节略的刊物，如吕留良的《八家古文经精选》、储欣的《唐宋十大家全录》、清高宗御定的《唐宋文醇》、沈德潜的《唐宋八大家古文》、汪份的《唐宋八大家分体集》等等。他们的编选直接影响着明清崇尚八大家的风气。储欣就明言他的《唐宋十家全集录》：“规模大段，一奉《文钞》为准，而稍稍变通之。故曰因也，非创也。”[23]

清代最为盛行的古文流派是桐城派，桐城派对唐宋八大家也非常推崇，其中坚人物姚鼐编选了一部《古文辞类纂》十分盛行，人们常常把它和萧统的《文选》相提并论。这本书编选古文有两个重点：一是先秦两汉，二是唐宋八大家。清代初期的吴调侯、吴楚材所编选的《古文观止》流传至今，本书选从先秦至明代散文，唐宋八大家之文约占

全书的三分之一，这些说明唐宋八大家受到重视的程度。

清代是我国古代科举制度的繁盛时期。《四库全书》将《八大家文钞》定位为科举考试的参考书，八大家同时获得朝廷的公认。大体来说，科举士子们学习八大家并不是因为八大家之文是八股文的典范，而是因为八大家之文深得六经之旨，圣贤之道，在道统方面突出，文中抑扬开阖之法有可学之处，而用之于科举时文，能为后世士子们提供学习的典范。关于茅坤的《唐宋八大家文钞》，储欣说："茅坤评论以窥其所用心，大抵为经义计耳。"认为它不过是科举考试的参考书而已。沈德潜也自言其《唐宋八大家古文》："钩画点读，稍分眉目，初学者熟读深思，有得于心。"[24]因此他与茅氏、储氏一样，编八大家古文就是为了使"治经义者，有得于此"。苏轼自言其为文一贯有"制科人习气"，早在陆游的《老学庵笔记》就有这样的话："苏文熟，吃羊肉；苏文生，吃菜根。"[25]说明苏轼文章在科举考试中有着非常显贵的作用。在科举制度的影响下，唐宋八大家在清代受欢迎及茅坤的《唐宋八大家文钞》在清代的流行及其影响力也就不言而喻了。

清代对唐宋八大家表示不满的代表是袁枚。他批评编者于唐宋千百家但取八家，"强合之为一队"，随意取舍，勉强凑合，"皆好事者之为也"。他对唐宋八大家提法本身也提出非议，认为不科学，在《书茅氏八家文选》中称："夫文莫胜于唐，仅占其二；文亦莫胜于宋，苏占其三，鹿门当日果取两朝文二博观之乎？抑亦就所见所知者二撮合之乎？"又说："且所谓一家者，谓其蹊径之各异也，三苏之文如出一手，顾不得判而为三，曾文平钝，如大轩骈骨，连缀不得断，实开南宋理学一门，又安得与半山、六一较伯仲也？"[26]他认为，唐宋八大家这种说法太不科学。首先，因为这八大家跨越的时代太长，从最早的韩愈到最晚的苏辙，前后相差三百年之久；其次，他认为唐代古文家中不只韩柳二人，还有许多可以代表唐代散文成就的作家，所以选得太少了；再次，他认为三苏的文章大致相同，所以不能代表三家，应该是一家。有些话不无道理，但是，袁枚也有他自己的局限性，三苏文章当然不能代表一家，三苏文章风格、技法的不同是有目共睹的事实。至于曾巩，他的确有不及其他各家之处。

总的来说，集唐宋八大家为一体的思想从南宋一直到茅坤而被延续下来，并在以后的流传中经久不衰，深入人心。八大家的存在确实有其合理的因素，他们代表唐宋散文最高成就。唐宋八大家的名字已经成为文学史上的一种引人注目的现象，他们承接先秦散文的优良传统，而又开启我国古文的正统，在中国古代散文史上具有特殊的意义。

参考文献

[1]高津孝.论唐宋八大家的成立[A]//首届宋代国际研讨会论文集[C].上海：复旦大学出版社，2000.

[2]陈晓芬.宋人以“韩柳”并举所反映的文学思想[J].文艺理论研究，2008(2).

[3]王士禛.池北偶谈[M]. 靳斯仁，点校.北京：中华书局，1982.

[4]吴文治.韩愈资料汇编[Z].北京：中华书局，1983.(本文所引韩愈诗之评论如无另注皆出此书)

[5]钱钟书.谈艺录[M].北京：中华书局，1993.

[6][10]副岛一郎.宋人眼中的柳宗元[A]//气与士——唐宋古文的进程与背景[C].上海：上海古籍出版社，2001.

[7]罗大经.鹤林玉露[M].王瑞来，点校.北京：中华书局，1983.

[8]王安石.临川先生文集[M].北京：中华书局，1959.

[9]柳宗元.柳河东全集[M].北京：中国书店，1991.

[11]吕祖谦.古文关键[M].文渊阁四库全书本.

[12]吕祖谦.东莱外集[M].文渊阁四库全书本.

[13]邱江宁.吕祖谦与古文关键[J].浙江社会科学，2005(5).

[14][16]朱右.白云稿[M].文渊阁四库全书本.

[15][20][21][22][23]纪昀，陆锡熊，孙士毅，等.钦定四库全书总目[M].北京：中华书局，1997.

[17]贝琼.清江文集[M].四部丛刊本.

[18]张廷玉.明史[M].北京:中华书局,1974.

[19]高海夫.唐宋八大家文钞校注集评[M].西安:三秦出版社,1998.

[24]沈德潜.唐宋八大家古文[M].宋晶如,注释.北京:中国书店,1987.

[25]陆游.老学庵笔记[M].李剑雄,刘德权,点校.北京:中华书局,1979.

[26]袁枚.小仓山房文集[M].四部备要本.

◎庞广雷

古代散文史上的韩柳优劣论综述

韩愈、柳宗元作为中国文学史上具有重要影响的历史人物,颇受历代学者的关注,并取得了丰硕的研究成果。但是,人们在研究过程中,往往对二人的成就进行比较,于是产生了孰优孰劣的问题。自唐迄今,人们对韩、柳优劣的争论从未间断。因而,韩、柳优劣像李、杜优劣问题一样,成为唐代文学研究中的一个公案。有鉴于此,对韩柳优劣的问题进行简要回顾是有学术意义的。

一、韩、柳优劣论的渊源

唐代古文运动中韩柳并称,但二人的影响却不同。韩愈在继承前人的基础上提倡古文,弘扬道统,致力于古文改革。起初并未受到时人的关注,“贞元前期,韩愈充满强烈人文关怀和鲜明表达个性的古文仍颇受冷落”。[1]后来,随着梁肃和李观的先后去世,韩愈成为古文写作群体的核心,同时也拥有了许多追随者,如李翱、张籍等,获得了这一群体的有力支持。贞元后期,韩愈通过自身的不懈努力和奖掖、提携后学之士,扩大了其文章的影响。刘禹锡就称韩愈为“文章盟主”,“手持文柄,高视寰海”,“三十余年,声明塞天”,“一字之价,辇金如山”。[2]李翱在其《与陆傪书》中也对韩文极为推重:“又思我友韩愈,非兹世之文,古之文也;非兹世之人,古之人也。其词与其意适,则孟轲既没,亦不见有过于斯者。”[3]张籍、孟郊等也有相似的意见,肯定韩文之词与意能上承孟轲,为后世“崇韩”论埋下了伏笔。

柳宗元作为古文运动的重要倡导者,其文也受到一些人的称赞。如以张扬“道统”自任的韩愈,则称赞柳宗元的“文学辞章”,“衡湘以南为进士者,皆以子厚为师。其经承子厚口讲指画为文辞者,悉有法度可观”。[4]刘禹锡在朗州给柳宗元的两封论文书信中对柳的文章艺术给予高度评价,称赞其文:“以为其工独得于天姿,使木声丝声,均其所自出,抑折愉绎,学者无能如。”[5]刘昫在《旧唐书》中称柳宗元“以文学耸动缙绅之伍”,“巧丽渊博,属词比事,诚一代之宏才”。但却对韩愈提出了批评,“时谓愈有史笔,及撰《顺宗实录》,繁简不当,叙事拙于取舍,颇为当代所非”。[6]不过,在“永贞革新”失败、“八司马”一案后,对柳宗元已经有了褒贬不一的评价。韩愈就曾不止一次地指责他“不自贵重顾藉”,不能“自持其身”。[7]这对后来影响最大的尊韩抑柳论埋下了伏笔。由上述可知,韩柳优劣问题始于唐末。

二、北宋、清代的韩柳优劣论

唐代以后,尊韩抑柳的倾向以宋、清两代最为明显。自唐至宋,历经五代十国。其间,政权更迭频繁,战乱不息,礼崩乐坏,传统的价值观念、人文精神沦丧殆尽。宋建国后,宋太祖为了稳定民心,加强思想统治,采取了重文抑武,推行文治的政策。上千年的封建历史证明,儒家的伦理价值观念是维系世道人心的最简便有效的工具,因之,复兴儒学成为宋初统治者及其文臣的需要,也成为时代的选择。于是,曾大力提倡儒学而又距离宋代最近的韩愈被重新发现,成为宋代复兴儒学的一面旗帜。

宋初,既有韩、柳并称者,又有尊韩抑柳者。前者以穆修、苏舜钦等为代表。如穆修在他的《唐柳先生集后序》中说:“唐之文章,初未去周、隋五代之气……至韩、柳氏起,然后能大吐古人之文。”苏舜钦也持有同样的观点,“唐之文章称韩、柳”。[8]学者们一般认为,韩柳并称的观点始于此。在韩柳并称的同时,崇韩抑柳的趋向也日益明显。柳开是宋初最早尊韩抑柳者,他曾评论说:“或问退之子厚优劣。野夫曰:‘文近而道不同。’或人不谕。野夫曰:‘吾祖多释氏,于以不迨韩也’……”[9]给予了韩愈极高的评价，把韩愈的地位抬高到孟子之上，他说：“自孔子之后，孟轲、扬雄、韩愈三人各自著书立说，绍述六经，弘传儒道，其中韩愈尤其突出，‘淳然一归于夫子之旨，而言之过孟子与扬子远矣’。”[10]其后，王禹偁、孙复、石介、欧阳修、苏轼、司马光等人都竭力推广韩文。就对后世的影响来看，这与作为一代文宗的欧阳修的大力提倡尤为重要。他在《读李翱文》中说：“凡昔翱一时人，有道而能文者，莫若韩愈。”把韩愈推到了独一无二的崇高地位，其中包含了贬低柳宗元之意。并把穆休等人的韩、柳并称代之为韩、李并称。《唐南岳弥陁和尚碑》中又说：“自唐以来，言文章者惟韩、柳。柳岂韩之徒哉？真韩门之罪人也。盖世俗不知其所学之非，第以当时辈流言之尔。”[11]在此，欧阳修把柳宗元当做韩门的“罪人”，可以说已把柳宗元贬低到无以复加的地步，对后世对韩柳的评价产生了深远的影响。

从南宋开始，尊韩抑柳的倾向有所减弱，韩柳并称的评价有所增多。如吕祖谦所编《古文关键》中，韩愈文和柳宗元文同被入选。除韩文和柳文外，吕祖谦还选编了欧阳修、苏洵、苏轼、苏辙、曾巩和张耒的文章。所收作家中，除了张耒取代王安石之外，“唐宋八大家”中的其他七家均得入选，已具“唐宋八大家”雏形，柳宗元随之得到了认可。特别是作为一代理学家而在南宋文坛颇具影响的朱熹，也以韩柳并称。他说：“韩柳文好者，不可不看”，“若会将《汉书》，韩柳文熟读，不到不会做文章”。[12]朱熹以韩柳文作为文章的典范，提倡学习韩柳散文之法，对时人及后世是有重要影响的。不过也有如黄震一样尊韩抑柳的，黄震说：“韩文论事说理，一一明白透彻，无可指择者，所谓贯道之器非欤？”柳宗元“则是非多谬于圣人，凡皆不根于道故也”。[13]

元、明两代对韩、柳的评价中，尊抑倾向不甚明显，多以韩柳并称。如朱右编选的《唐宋六家文衡》、唐顺之于嘉靖年间编纂成的《文编》和茅坤的《唐宋八大家文钞》，韩愈文和柳宗元文同被选入。

及至清代，以桐城派为代表，尊韩抑柳的倾向又趋明确。桐城派完全接受了欧阳修、黄震等人的观点，扬韩抑柳，对柳宗元的指责是历史上出名的。方苞指责柳文“言涉于道，多肤末支离”，虽“文笔古隽，而义法多疵”。[14]批评柳宗元思想“高古”但不“醇正”，“不根于道”，甚至认为柳宗元“其人不足言”；评价二人文章，认为“韩一语出，则真气动人”，而柳“辞虽工，尚有町畦”。尊韩抑柳虽是这一时期的主流，但也有人对柳宗元的文章给予了肯定的评价。章学诚评说：“近世文宗八家，以为正轨，而八家莫不步趋韩子。”[15]刘熙载认为：“韩退之扶导圣教，划除异端，是其所长；若其祖述坟典，宪章骚雅，上传三古，下笼百氏，横行阔视于缀述之场者，子厚一人而已。”[16]

从以上言论来看，韩、柳并称者，以文章的优劣为标准，认为韩、柳的古文成就可为唐代散文的代表。而尊韩抑柳者，则以“道”的问题作为出发点，认为韩愈之“道”优于柳宗元之“道”，柳宗元的思想不完全合乎正统的儒家之道。因之，大力推尊韩愈而贬低柳宗元。事实上，韩柳二人同为古文运动的领导者，对古代散文的发展作出了不可磨灭的贡献。韩愈倡导古文，提出“志在古道”，韩愈之“道”出自正统，单指孔孟之道，着重于道之本体。而柳宗元提出“文以明道”，其“道”则带有逸出规范之外的批判色彩，强调的是道之用。就“道”的体系来看，韩之“道”世系正大堂皇，他在《原道》中说：“斯吾所谓道也，非向所谓老与佛之道也。尧以是传之舜，舜以是传之禹，禹以是传之汤，汤以是传之文武周公，文武周公传之孔子，孔子传之孟轲，轲之死，不得其传焉。”柳宗元在《与杨诲之第二书》中也曾有相似的论述：“吾之所云者，其道自尧、舜、禹、汤、高宗、文王、武王、周公、孔子皆由之。”但更多的时候他是以孔子直承尧舜，如《寄许京兆孟容书》中，“唯以中正信义为志，以兴尧、舜、孔子之道，利安元元为务”。此种承接不是偶然的，而是柳宗元以孔子为圣道之枢机，从孔子关心现实人生的观点出发，意在落实自己的“利安元元”。可见，虽然二人都提倡文以明道，但所言之道和载道模式均有区别。从道的内涵来看，韩愈宗经，奉守儒家传统的纲常理论；柳宗元则重理性思辨，以大中为旨归，强调辅时及物，利益生民。具而言之，在天命观、社会发展观以及对儒佛关系的看法方面二人确实存在相当大的差异。尊韩抑柳的长期存在，影响了更客观地阐释韩柳的散文创作。

三、现代关于韩柳优劣的观点

新中国成立后对“永贞革新”这一历史事件的重新评价，使柳宗元由政治异端变成了进步的改革家。这一变化引起了学术界对柳宗元的普遍关注和研究，这本来就是件好事，但是“扬柳”就一定要“抑韩”，把古代的“尊韩抑柳”改成了“扬柳抑韩”。20世纪50年代到70年代形成了现代历史上的又一场韩柳之争：一种观点认为柳优于韩，如章士钊先生，他在《柳文指要》中说：“韩柳文在唐时，柳高于韩，即退之亦承子厚名盖一世。”“柳无一不长，韩无一不短。”[17]“韩退之虽扶教有得，而文事有限。若夫纵横论述，靡不所工，亘古唯子厚一人。”[18]这是明显的扬柳抑韩的观点。吴世昌先生也对韩愈持批评态度，认为：文体改革，韩愈只是初唐以来古文运动的“一个积极分子”，“如果认为他就是这一运动的发起者或者‘领袖’则是不符合当时的实际情况的”。[19]另一种观点认为韩柳各有特色，难分伯仲，如范文澜先生则认为，“柳宗元文学上的才力并不比韩愈差，成就却有高下之分”，“韩柳古文成就的高下，取决于二人学术不同，以古文技巧来说，韩文畅通，柳文精密，二人是难分高下的”。[20]这样的评价可谓是客观的。但此期的主流却是扬柳抑韩的，之所以产生这种倾向，有其复杂的社会历史原因。其主要原因在于，一部分学者是以阶级斗争的观点出发而得出的结论。对此，宁俊红先生认为：“分析者认为古代的‘尊韩抑柳’是站在统治阶级立场上所得出的结果，是阶级斗争的结果。那么韩柳必定属于两种不同的阶级或阶层，从当前的阶级立场出发，柳宗元代表了新兴中小地主改革派，韩愈则是代表了大地主利益的保守派。‘扬柳抑韩’就自然而然地形成了。”[21]

现代对韩柳的评价出现了一些偏差。如扬柳抑韩的章士钊先生的《柳文指要》尤为突出，把柳宗元说得近乎十全十美，而把韩愈贬得一无是处。因此，被“四人帮”利用为“评法批儒”的工具。但是也不可否认，章士钊先生的确作了大量的资料整理与研究工作，为后人继续研究韩柳奠定了基础，提供了大量的文献资料。因此，我们对韩、柳不能局限于前人的观点,应在辩证唯物主义和历史唯物主义的指导下,对韩、柳尽力作客观公正的评价。正如何法周所指出:"关于韩愈研究中标准不统一的倾向,多数是研究者本身时代、阶级局限性的反映……但关于韩愈研究中片面地、孤立地摘取其某些词句,既不统观其全人,又不把握其全文就下结论的倾向,却是需要花大力气,并且是需要一个一个地去具体纠正的。"[22]事实上,两人的思想都是复杂的,韩愈自称儒家,但并不排斥法家,对管仲和商鞅等人持赞赏态度。柳宗元也自称儒家,说自己的一切观点,"其归在不出孔子"[23]。

四、当代关于韩柳散文的研究走上了正轨

20世纪70年代末以来各个领域的拨乱反正,文学领域提倡"百花齐放,百家争鸣"的方针,使得对韩柳的研究才走上了较正确的道路。80年代以来出现了一些比较韩柳风格异同的文章,比如认为韩文表达感情的方式往往是爆发式、倾泻无余的,语言富于独创性和新鲜感;柳文的表达则含蓄、深婉,语言精悍凝敛、冷峭峻洁。[24]也有从情思、文势、结构、语言等方面分析韩文如山、柳文如水的不同风貌的。[25]目的都是从比较中突显二人的特色,而不再强分轩轾。如池喜生认为:"韩柳文章各有千秋:韩文气盛,柳文蕴藉;韩文新奇,柳文峻洁;韩愈和柳宗元为古代散文的多样性的发展作出了贡献。"[26]李文的《论韩愈、柳宗元的古文创作继承与创新》一文[27]分别论述了韩、柳对古文的贡献,而未分优劣。

事实上,韩、柳都是复杂的人物,既有优秀的方面,又有其不足之处。正如列宁所说:"判断历史的功绩,不是根据历史活动家没有提供现代所要求的东西,而是根据他们比他们的前代提供了新的东西。"[28]即我们评价历史人物应考察他们所处的时代环境,"知人论世",不能以现代的标准给予苛刻的评价。文学方面也应如此,既要肯定二人在文学上的成就,也要看到他们的不足。他们都对古文运动作出了贡献,诗文方面各有所长。正如古人云"尺有所短,寸有所长",韩愈的短处并不一定是柳宗元的长处,反之亦然。不能以一人所长而轻他人所

短。因此，对韩、柳二人的评价，应在辩证唯物主义和历史唯物主义的指导下，以历史的标准和美学的标准为最高标准，给予二人以客观、公正、公平的评价。

参考文献

[1][10]杨国安.宋代韩学研究[M].北京：中国社会科学出版社，2006.

[2][3][4][8][9][11][13][14]吴文治.韩愈资料汇编[Z].北京：中华书局，1982.

[5][7][12][15][16]吴文治.柳宗元资料汇编 [Z].北京：中华书局，2003.

[6]刘昫.旧唐书[M].北京：中华书局，1995.

[17][18]章士钊.柳文指要[M].上海：上海文汇出版社，1972.

[19]吴世昌.重新评价历史人物——试论韩愈其人[J].文学评论，1979(5).

[20]范文澜.中国通史[M].北京：人民出版社，1965.

[21]宁俊红.20世纪中国古代文学研究·散文卷[M].上海：东方出版中心，2006.

[22]何法周.韩愈研究中的两种倾向[J].河南师范大学学报，1983(2).

[23]柳宗元.柳河东集·报袁君陈书[M].北京：中华书局，1958.

[24]吴小林.论韩柳散文的异同[J].中国人民大学学报，1988(4).

[25]洪本健.韩文如水柳文如山略说[J].江海学刊，1989(5).

[26]池喜生.韩柳文比较研究[J].经纪人学报，2005(2).

[27]李文.论韩愈、柳宗元的古文创作继承与创新[J].邵阳学院学报·社会科学版，2005(5).

[28]列宁.列宁全集·评经济浪漫主义[M].北京：人民出版社，1955—1963.

◎宋继栋

白居易思想分期研究述评

白居易是文学史上仅次于李杜的大诗人,关于他的思想,学术界有一个基本共识:早期勤于政务,忧国忧民,后期知足保和,不关政事。但关于白居易思想前后的分界问题,却众说纷纭,难以达成一致。因此,有必要对该问题的研究状况进行以下梳理。

一、关于白居易思想分期的几种观点

1.以元和十年贬谪江州为界

《旧唐书·白居易传》说:"居易初对策高第,擢入翰林,蒙英主特达顾遇,颇欲奋厉效报,苟致身于纡谟之地,则兼济生灵。蓄意未果,望风为当路者所挤,流徙江湖。四五年间,几沦蛮瘴。自是宦情衰落,无意于出处,唯以逍遥自得,吟咏情性为事。"[1]显然是将元和十年的江州之贬作为其前后思想的分界线,这是我们已知的关于白居易思想分期的最早文献。

此观点在后世影响很大,在相当长的时期占据着统治地位。周祖谟主编的《隋唐五代文学史》,顾学颉、周汝昌选注的《白居易诗选》,游国恩等编著的《中国文学史》,中国社科院文学所编著的《中国文学史》,《中国历代著名文学家评传》中褚斌杰所撰《白居易》一文,刘大杰编著的《中国文学发展史》,马积高、黄钧主编的《中国古代文学史》,袁行霈主编的《中国文学史发展纲要》,朱金城校注的《白居易诗集笺校》等等都沿袭此说。

2.以元和五年白居易卸任左拾遗为界

此种观点始于赵翼《瓯北诗话》:“今以其诗考之,则退休之志不惟不始于太和,并不始于元和十年,而元和之初,已早有此志。是时授拾遗,入翰林,年少气锐,本欲有以自见于世。……然已为当事者侧目,始知仕途险艰,早有林下乐志之想。”[2]但此观点一直被人们忽视,直到20世纪90年代王谦泰著文《论白居易思想转变在卸拾遗任之际》[3]才开始回应此观点,该文章认为把白居易的思想分界划在元和十年是不符合实际的,理由有四:其一,考其行事,知政治上进取的高峰在拾遗任中,此后便衰落了;其二,读其诗文,看出卸任拾遗前表现的思想积极成分居多,其后消极因素占了上峰;其三,听其自述,可以断定他思想变化之完成在拾遗任满之际,不在又隔了了五年之后;其四,分析其人生追求,理解到他在拾遗任中遭到巨大打击引起思想变化是可能的,甚至是必然的。后来有些论者和文学史著作也逐渐认同或者转述了这种观点,如严杰论文《入仕求禄与退隐——浅议白居易的出处进退》[4]认为:“实际上白居易思想的转变,左拾遗任满是一个关键点,并不是到了贬江州才发生转变,只不过贬江州时比较明显罢了。”由此也同意这样的论点。

3.以长庆二年白居易自请外放为界

此种观点以张安祖为代表,他的论文《论白居易的思想创作分期》[5]认为无论从元和十年或是元和五年都有失偏颇,原因是:其一,元和五年改官或元和十年遭贬,并未使白居易放弃对现实的关注,他依然满怀希望,写作讽谕诗干预时政;其二,白居易的侧重现实政治功利的诗歌理论在元和十年后成熟,此时他讽谕诗数量减少,是同他不在谏官其位的职责观密切相关的;其三,白居易诗的闲适心态和好佛趋向与他时运不利又始终关心现实、渴望有所作为的思想意识息息相通,是他对时君失望的痛苦的心灵反映。作者认为,长庆二年白氏自请外放才是其思想的分界。于元元文章《牛李党争对白居易思想创作的影响》也支持该说,认为“白居易的政治态度是由长庆二年请求外放之际真正转入消极的,而牛李党争正是促成这种转变的一个重要原因。”[6]

二、争论的焦点及分析

仔细分析诸家观点，我们发现，之所以各执一词的原因是各家在其坚持的时期对白居易的政治态度和心态产生了不同的看法，因此有必要针对这个问题对各家观点进行讨论。

以元和五年卸任拾遗为界者，自有其合理因素，乐天本有济世志，欲通过左拾遗的谏官职位实现梦想，一旦受挫，难免陷入消极。表现在作品上，出现了大量类似《效陶潜体十六首》、《适意二首》、《咏慵》、《闲居》、《隐几》等格调低沉的诗作。但该观点又存在着明显的缺陷，如王谦泰文的主要立论依据为白居易卸任左拾遗，是撤出了近臣行列，“兼济”之志受挫，从此无意仕宦。而关于这一点是不符合实际的，傅璇琮就针对王谦泰的观点指出：“白居易在那几年主要是任翰林学士之职，并不存在拾遗卸任不卸任的问题；文中没有准确理解与正确解释左拾遗与翰林学士的关系，因此出现了不应有的常识上的失误。”文章还考察了拾遗、翰林学士等官职，认为“补阙、拾遗，都是谏官，可以向上讽谏，但他们都处于外廷”。只要充任翰林学士，不管“所带是何种官衔，都仍在学士院内，即仍在宫中供职”[7]。所以，认为白居易从此离开了近臣行列的说法是不准确的。蹇长春也认为白居易“罢拾遗除户曹乃循例改官，白氏获增俸养亲实惠，对其思想触动不大”，而且唐宪宗“不但让白居易继续留在翰林院，在罢拾遗后官职的选择上，也给了白氏以很大自由”。所以“除户曹仍充翰林学士的内职，白居易的政治热情并未衰退”[8]。白居易首先是一个政治家，而后才是诗人，判断他思想的分界除了分析他的作品，更重要的是结合他的政治经历。总体来看，罢拾遗后白居易的从政热情并没有多少衰退，元和五年，居易“改官京兆府户曹参军，仍充翰林学士。上疏请罢讨王承宗兵，论元稹不当贬，皆不纳”[9]。元和十年宰相武元衡被刺，满朝文武不知所措，白居易冒着越职言事的罪名首上书请求缉拿凶手。另外关于罢拾遗前后讽喻诗的创作，王谦泰的论述也不准确，因为:“在前一阶段,可确切系年的这类作品有《哭刘敦质》、《观刈麦》、《月夜登阁避暑》等六七首;在后一阶段,则作有《伤唐衢二首》、《采地黄者》、《村居苦寒》、《纳粟》等十来首。数量上前一阶段尚不如后一阶段,内容的深度和广度上也看不出后一阶段有任何后退。”[10]由此可见,以元和五年划分白居易的思想显然是不合适的。

以元和十年的江州之贬作为白居易思想的分界也存在着值得商榷的地方。持此论者大都认为,江州之贬是白居易政治生涯中最大的打击,此后作品的思想内容和以前相比,也判若两人之作,其思想和从政热情受打击后肯定消沉下去,所以理应成为白居易思想的分界线。关于这一点有合理因素,也存在想当然的成分。因为如果全面关照白居易元和十年以后的作品和政治活动,若把白居易江州之贬后的时间笼统地划入他的“独善”生涯,实在有些勉强。首先从这一时期的作品来看,白居易写了《与元九书》,高举《诗经》的“风雅比兴”旗帜,对六朝、李杜的文章提出了批评意见,对自己的《长恨歌》等作品称“时之所重,仆之所轻”(《与元九书》),这种激进的文学主张显然不属于他“独善”、“消极”的后期思想。白居易被贬的这几年正值朝廷镇压藩镇吴元济的淮西之役。白居易对此也深表关注,在《春游二林寺》、《西楼》、《春晚寄微之》、《刘十九同宿》、《放旅雁》、《元和十二年淮寇未平诏停岁仗,愤然有感,率而成章》等诗中都提及了此次战争,表明他即使任闲职,也关心朝政。当他由江州司马量移忠州刺史的时候也流露出向往之情,如《别庐山草堂》中有“为感君恩须哲起,炉峰不拟住多年”诗句。他又怀着兴奋之情作了《初著刺史排,答友人见赠》与《又答贺客》。并写诗感谢崔群的帮助,诗的最后表明了他当时心态:“忠州好恶何须问,鸟得辞笼不择林。”(《除忠州寄谢崔相公》)但忠州山水险恶,令白居易很失望,“吏人生梗都如鹿,市井萧疏只抵村”(《初到忠州赠李六》),于是很有了一种“天教抛掷在深山”(《咏木莲》)之感。由此论定,白居易此时对官职还是很在乎的,当然更谈不上消极。其次,从政治活动来看,他在江州司马任“一志忧惶,四年循省,昼夜饮食,未尝敢安”(《忠州刺史谢上表》)。元和十五年自忠州召还任主客郎中、中书舍人期间，先是上疏论重订考试事宜，接着持节宣谕魏博节度使田布，尤其是长庆二年多次上疏论河北讨王廷凑事，请专委李光颜、裴度为东西二帅等等。“可见，自忠州召还后的白居易虽然没有继续讽谕诗的创作，但在政治上依然积极用事，对朝政弊端奋不顾身，犯颜直谏，与早期任翰林学士时无异。这些都表明，元和十年被贬江州司马不是白居易由积极仕进向消极退让的转折点。”[11]

还有一种观点是把长庆二年白居易自请外放作为其思想的分界线。长庆二年白居易已经51岁，仕途坎坷，仍屡上书论事，皇上“皆不听”，“复以朋党倾轧，两河再乱，国是日荒，民生益困，乃求外任”[12]，以此作为白居易思想的分界线，问题应该不大。但考虑到他外放后所任杭州刺史以及后来的苏州刺史，都是州郡的最高行政长官，若把他实现兼济之志的最好时机划入到他的后期，于情于理都不合适，况且他在杭州时候“始筑堤捍钱塘湖，钟泄其水，溉田千顷。复浚李泌六井，民赖其汲”[13]，当他离任时候，“耆老遮归路，壶浆满别筵”（《别州民》）。他在苏州任上“恩信及民，皆敬而爱之，尝植桧数本于郡圃，后人目之为白公桧，以况甘棠焉”。[14]“他听到自己的两朋友在余杭作客，已经十一月了还没有穿上棉衣。白居易便立刻命人送了两套棉衣给他们。当接到回信后白居易写了一首《醉后狂言酬赠萧殷二协律》诗，诗末云：‘我有大裘君未见，宽广和煖如阳春，此裘非缯亦非纩，裁以法度絮以仁。刀尺钝拙制未毕，出亦不独裹一身。若令在郡得五考，与君展复杭州人。’这正是埋存在白居易心底的‘兼济’的政治抱负。”[15]这与他晚年寓居洛阳时期的“栖心释梵，浪藉老庄”的生活状况有着本质的区别。所以，以长庆二年自请外任为分界线也不能对上述情况作出合理的解释。

以上我们分析了各家观点，虽然都有其合理方面，但都不能全面地概括白居易思想的变化。究其原因，窃以为是忽略了白居易思想的复杂和统一，兼济和独善的思想其实是兼于其一身的，只是由于时势不同，而呈现出此消彼长的趋势，并没有出现过完全分开的情况。所以，试图将白氏思想截然划分为前后两个时期，便会遇到尴尬。这种情况下，另一部分学者主张把白氏思想看成一个转化过程的观点更值得我们关注。如张再林《也谈白居易的思想创作分期问题》[16]、尹富《白居易思想转变之再探讨》[17]、杜学霞《在三种言说立场之间——白居易思想转变的心理和文化阐释》[18] 等都不主张将白氏思想作截然分期。鉴于此,综合上述三种观点的合理因素,将白氏的思想分为早、中、晚三个时期即将他思想的转变看成一个过程,似乎更有说服力。

早期思想可截止到元和十年的江州之贬。在此之前,白居易思想主要以积极的"兼济"思想为主,关于这一点已成学术界的基本共识。虽然元和五年罢拾遗后及丁忧期间"闲散的田园生活滋长的佯狂诗酒的颓放情绪,对以往仕途遭际与官场险恶的回顾与反思,丁忧期满后久不起复的郁闷与焦灼,佛道思想的浸淫,这一切,使他对仕途人生产生了极大的迷惘与困惑,曾一度萌生及早退步抽身的念头"[19]。他身上的独善思想开始发展起来,但只是在很小的程度上,并不像王谦泰文所说"他的理想撞碎之日,就是拾遗秩满被重新处置之时","其悲观颓丧程度简直达到了无以复加不可救药的地步"。[20]"从总的倾向上看,此时其思想中的积极因素是大于消极因素的。"[21]元和五年罢拾遗以及后来的渭村闲居时期也属于积极入世的早期,上文已详细论证,兹不赘述。

中期思想以元和十年至大和三年以太子宾客分司东都为宜,此时期,白氏思想经过了复杂的变化,开始在兼济和独善之间摇摆。元和十年,宰相武元衡当街被杀,"居易首上疏论其冤,急请捕贼以雪国耻。宰相以宫官非谏职,不当先谏官言事"。又有人编织罪名说"其母因看花堕井而死,而居易作《赏花》及《新井》诗,甚伤名教,不宜置彼周行"。王涯上疏论之,"言居易所犯状迹,不宜治郡,追诏授江州司马"。[22]信而见疑,忠而被谤,曾经受其辩护的王涯,竟然以怨报德,白居易的入世激情无疑受到了极大的冷落。赴任江州司马后,在丁忧期间萌生的消极思想,迅速发展起来。于是就放浪山水,寻僧访道,"自是宦情衰落,无意于出处,唯以逍遥自得,吟咏情性为事"。[23]但此时期仍不宜看做是他的"独善"思想占了优势,在《与元九书》中他说:

"大丈夫所守者道,所待者时。时之来也,为云龙,为风鹏,勃然突然,陈力以出;时之不来也,为雾豹,为冥鸿,寂兮寥兮,奉身而退。"一旦有重新出世的机会,他便又重新振作了起来。需要指出的是,这段时期是白居易人生中最不平静的岁月,几经易代,仕途起伏,兼济和独善思想进行着激烈的斗争。从江州司马量移忠州刺史,白居易曾为这个机会感到欣喜,但忠州的险山恶水又令他非常失望。他对仕途、功名有了不同以往的理解,为国为君的热忱已然平静下来,建功立业的愿望也逐渐冷却,而随遇而安、明哲保身、优游诗酒逐渐成了其生活中的主要方面,独善思想一度占据上风。元和十五年,唐穆宗爱其才,召之回京,历任司门员外郎、主客郎中知诰、中书舍人,白居易的政治热情重新高涨,为了报答穆宗的知遇之恩,甚至"唯求杀身地,相誓答恩光"(《行简初授拾遗,同早朝入阁,因示十二韵》),但此时白居易的棱角已多被消磨,"从此期的行事看来,白居易已完全没有了早年面折庭诤的作风,对穆宗虽有所谏劝,但言辞、语意却比以往平和得多"。[24]可见,经过仕途坎坷,白居易已经心力交瘁,消极退让的思想不可遏止地发展起来,虽然没有取代积极有为的思想,但兼济和独善已经达到了矛盾的平衡,此时,任何一个砝码便能使这种平衡打破。长庆二年,"时唐军十余万围王廷凑,久无功,居易上书论河北用兵事,皆不听。复以朋党倾轧,两河再乱,国是日荒,民生益困,乃求外任"。[25]白居易的出世余烬再次被浇灭,不同以往由统治者摆布他的官职,此次他自请外放,主动离开政治中心,也说明了他对政治再也提不起兴趣。兼济的思想强势逐渐让位于独善。

这里还有一个问题,是不是长庆二年以后他的思想就完全转入消沉?笔者认为,长庆二年至大和三年寓居洛阳,仍不宜划为他的后期思想,理由为:这次外任并非贬谪,对他的打击不大,躲开了朝中的险恶和倾轧后,外任前的兼济意识并没有中断。江南名郡的风景优美、物产丰富,他的生活并没有出现明显的变化,客观上维持着他外放前的兼济意识;从这一时期的官职来看,他屡居要职,先后担任杭州、苏州刺史,大和元年被征为秘书监,第二年又除刑部侍郎,在其位而谋其职的勤政责任感也维持着他的兼济思想,他在苏、杭两州的政绩和口碑也说明了这一点。直到大和三年,白氏百日假满,罢刑部侍郎,以太子宾客分司东都,生活才算清静下来。蹇长春将白居易元和十年以后的生活分为两个阶段,“从贬江州到大和三年分司东都之前为前一阶段。……基本上保持着诗酒优游的‘吏隐’的风貌。……从大和三年以太子宾客分司东都到会昌六年逝世,这 17 个年头为后一阶段。白氏一直在洛阳过着‘似出复似处,非忙亦非闲。终岁无公事,随月有俸钱’的‘中隐’生活。”并进一步解释“如果说‘吏隐’阶段紧接‘兼济‘的前期,政治热情尚未完全冷却,因而在消极中还不时有理想挣扎的表现,那么,到了‘中隐’阶段,则表现为理想破灭之后的完全失望与消沉。”[26]是为确评。所以,长庆二年至大和三年的时期,划入他兼济和独善两种思想反复斗争而大抵平衡的中期为宜。

大和三年以后可以作为他思想和创作的晚期, 独善的思想占据了其思想的绝对强势。此时政治环境迫使他的从政热情进一步低落,“太和初,二李党事兴,险利乘之,更相夺移,进退毁誉,若旦暮然。杨虞卿与居易姻家,而善李宗闵,居易恶缘党人斥,乃移病还东都”[27],又兼他年事已高,亦无公务缠身,俸禄优厚,自此便优游诗酒,“栖心释梵,浪迹老庄”(《病中诗十五首序》)。“醉吟先生”、“香山居士”等都得名于此时期。根据朱金城《白居易年谱》,寓居洛阳时期白居易基本上结束了讽喻诗的创作,正如他的《序洛诗》中所说:“皆寄怀于酒,或取意于琴,闲适有余,酣乐不暇,苦词无一字,忧叹无一声。”“个别作品虽触及民生疾苦,但已不像早期作品意在揭露这些现象,引起当局的重视加以解决, 而仅限于表达个人的同情以及无可奈何的愧疚之情。”[28]至于他晚年开龙门河滩,以利舟行,基本上也属于佛教徒修桥补路的行善积德行为,与他早年的兼济天下不能等同,因为“白居易晚年崇信净土,唯作来生之计,实际已放弃了他一度用以自勉的现世精神”[29]。此时,在兼济和独善两个方面的较量中,他的独善思想彻底占据了上风,白居易的主要精力转向了对个体生命的关注。

综上所述,“白居易的思想创作转变经历了一个漫长而复杂的历程，在这一过程中，积极与消极的因素是相交织而出现的，但总的倾向是消极因素愈来愈占据上风。两期说在分界点上所遇到的矛盾恰恰说明它对这一动态的过程难以进行准确的概括。”[30]所以，有必要根据他思想中积极和消极因素的斗争情况，将其思想和创作分为三期即元和十年江州之贬以前为前期，元和十年至大和三年为中期，大和三年寓居洛阳时期为晚期。故若要研究白氏的晚年创作情况，在时间的截取上，以大和三年以后为宜。

参考文献

[1][22][23]刘昫.旧唐书[M].北京：中华书局，1975.

[2]赵翼.瓯北诗话[M].霍松林，胡主佑，校点.北京：人民文学出版社，1963.

[3][20]王谦泰.论白居易思想转变在卸拾遗任之际[J].文学遗产，1994(6).

[4]严杰.入仕求禄与退隐——浅议白居易的出处进退[J].中国典籍与文化，1997(2).

[5][10][28]张安祖.论白居易的思想创作分期[J].求是学刊，1996(1).

[6]于元元.牛李党争对白居易思想创作的影响[J].学术交流，2005(9).

[7]傅璇琮.从白居易研究中的一个误点谈起[J].文学评论，2002(2).

[8][19][26]蹇长春.不教才展休明代，为罚诗争造化功——白居易生平、思想与创作道路[A]//白居易论稿[M].兰州：敦煌文艺出版社，2005.

[9][12][25]朱金城.白居易年谱[M].上海：上海古籍出版社，1982.

[11]邓新跃.被贬江州司马不是白居易前后思想的分界点[J].益阳师专学报，1997(1).

[13][27]欧阳修，宋祁.新唐书[M].北京：中华书局，1975.

[14]龚明之.中吴纪闻[M].上海:上海古籍出版社,1986.

[15]褚斌杰.白居易评传[M].北京:人民文学出版社,1980.

[16]张再林.也谈白居易的思想创作分期问题[J].唐都学刊,2004(1).

[17][21][24][30]尹富.白居易思想转变之再探讨[J].求索,2004(1).

[18]杜学霞.在三种言说立场之间——白居易思想转变的心理和文化阐释[J].首都师范大学学报,2007(3).

[29]谢思炜.白居易集综论[M].北京:中国社会科学出版社,1997.

◎朱伟杰

《长恨歌》研究述评

《长恨歌》以其优美的旋律、绚丽的辞藻成为古典诗苑中的一篇优秀之作，其婉转多情的审美风格为历代的读者所折服，成为家喻户晓的千古名作。在唐代就有"童子解吟长恨曲"的说法，更有甚者，当时的娼妓以"颂得白学士《长恨歌》岂同他妓哉"高自标署。由于其特有的魅力，对《长恨歌》的研究，从它产生的一千四百多年来，自始至终都没有间断过，各个时期的研究者对《长恨歌》的各个方面都做过有意义的阐释与解读，可以说研究者众多，成果丰硕。当然述评类的文章也不少，如陈尚君 1983 年发表在《文史知识》上的《六十年来国内〈长恨歌〉研究述要》，朱凤相 2004 年发表在《西藏民族学院学报》上的《〈长恨歌〉主题研究》，张中宇 2005 年发表在《文学评论》上的《〈长恨歌〉主题研究综论》；与此同时也出现了一些研究《长恨歌》的专著，如周天的《〈长恨歌〉笺说稿》，周相灵的《〈长恨歌〉研究》，张中宇的《白居易〈长恨歌〉研究》等。但是这些论文和专著大部分是从某些特定时间段对《长恨歌》展开论述的，由于述评类的文章受时间的限制，不可能将其后来的研究成果收录进去，又因《长恨歌》的研究特点，大多数述评类的文章或专著都比较侧重对《长恨歌》主题的研究与讨论；故而，本文欲以时间为线索在对过去《长恨歌》研究状况作出论述的同时尽可能多地涉及新的研究成果，将主题研究历史与其他方面的研究历史并重，尽可能地对《长恨歌》的研究发展轨迹作一个粗浅的梳理与分析。

一、20 世纪以前的《长恨歌》研究

纵观 20 世纪以前的《长恨歌》研究，就其讨论研究的方向大体上而言还是对《长恨歌》主题的诠释与解读，是否讽喻、是否艳体成了研究论述的焦点；就其研究的论著形式而讲基本上都是一些只言片语，寻章摘句分析的短评或笺释，且大多都分布在一些诗话当中。为了方便论述，对于这个大的历史时段，我们根据其研究特点将其分为唐宋和元明清两个时期展开论述。

在唐宋，可以说对《长恨歌》主旨作出较早解读的是与白居易来往较为密切的陈鸿。他在他那篇被誉为《长恨歌》姐妹篇的《长恨歌传》中曾论述到白居易创作的主旨"不但感其事，亦欲惩尤物，窒乱街，垂于将来也"，陈鸿在这里试图指出《长恨歌》具有"垂戒来世"的讽喻之意。尽管陈鸿与白居易的来往密切，似乎也就白居易的《长恨歌》创作与其本人有过一些交流（一些通行本《长恨歌传》中的一些记载："质夫举酒于乐天前曰：'夫稀代之事，非遇出世之才润色之，则与时消没，不闻于世。乐天深于诗，多于情者也，如何？'乐天因为《长恨歌》。"）然而这种观点在这一时期似乎显得有些"孤单"。直至晚唐的黄滔似乎才有了一些回应，黄滔在《答陈磻隐论诗书》中对《长恨歌》评价到："至如《长恨歌》云：'遂令天下父母心，不重生男重生女'此刺男女不常，阴阳失伦。其意险而奇，其文平而易，所谓言之者无罪，闻之者足以自戒。"[1]似亦有意强调讽喻教化的作用。然而这种评价在唐宋时期似乎也只能是少数者的声音，更多的评论则是责难其没有规劝，斥责其为"淫言蝶雨"。如张戒在《岁寒堂诗话》中就指出："《长恨歌》虽播于乐府，人人称颂，然实乃乐天少作，虽欲悔而不可追者也，《长恨歌》在乐天诗中为最下。"张邦基在《墨壮漫录》更为明确地斥责《长恨歌》"止于荒淫之语，终篇而无所规正"。这些观点基本上都集中于：《长恨歌》的规讽之意全无或极少，描写不够庄重、雅致。

进入明清以后，越来越多的学者参与到《长恨歌》的讨论当中，与《长恨歌》相关的问题都作出过一些有意义的研究与分析。这一时期

对《长恨歌》斥责的声音虽然不断，但一些与其相反的声音也逐渐增多，如唐汝洵在《唐诗解》就指出《长恨歌》“讥明皇迷于色而不悟也”，沈德潜在《唐诗别裁》中指出“长恨一传，自是当时传会之说，其事殊无足论者，居易诗词特秒，情文相生，沉郁顿挫，哀艳之中具有讽刺”。这种观点延续到赵翼《瓯北诗话》，指出《长恨歌》“以易传之事，为绝妙之词，有声有恨，可歌可泣”，“《长恨歌》自是千古绝作”，上述的这些观点可以说是对历来《长恨歌》被视为艳体的观点的一种相反的回应，这也对后来的“讽喻说”提供了一种借鉴。

纵观 20 世纪以前的《长恨歌》研究，主要集中在对《长恨歌》主旨的论述上，在其评价上随着历史的进程，由一片斥责之声渐向较为积极的方向发展，是否艳体，是否讽喻可以说一直就并存于这一时期的研究之中。当然在这一过程之中，越来越多的论述者也渐渐认识到《长恨歌》艺术上的成就，对于这些成就也作出了一些积极的评价与肯定。

二、20 世纪的《长恨歌》研究

20 世纪的《长恨歌》研究开始进入现代学术视野，针对《长恨歌》研究的专题论文开始出现，研究者们在继承前人研究成果的基础上开始从不同的角度展开更深入的研究。在 20 世纪的《长恨歌》研究中，主题之争可以说贯穿始终，主题研究成为这一时期研究的重镇，也成为古典文学的研究热点之一。讽喻说、爱情说、双重主题说、无主题说、泛主题说等等，观点驳杂，各执一端，见仁见智。除了主题研究之外，对其他的方面学者们也作了相当的研究，如艺术魅力、文化背景、影响等。对于这一时期的研究，我们将从主题和主题之外的研究两个方面展开论述。

1.主题研究的论述

五六十年代关于主题研究的论著相对来说比较少，有代表性的当属俞平伯、陈寅恪两位先生在其相关论著所作出的研究成果。俞先生在其《〈长恨歌〉与〈长恨歌传〉的质疑》中通过对两部作品的分析，认为白居易以马嵬事件为原型而创作的诗歌能是为君讳隐传其旨，俞先生的这种观点可以说开了后来“隐事说”的先河。陈先生在其《元白诗笺证稿》中认为《长恨歌》、《长恨歌传》“为不可分离之共同机构”[2]，并进一步考察了《长恨歌》故事的衍变，以及后来结合白居易的另一首作品《李夫人》，对《长恨歌》作出了较为详尽的分析。观陈先生的观点，有明显的讽喻的主题倾向。

六七十年代在主题研究受当时社会环境的影响，讽喻说一直处于主导地位，如谭丕模在其《白居易诗歌的现实主义精神》中指出《长恨歌》通过李杨故事“暴露了统治者荒淫无耻的生活”[3]，以及后来的白枫的《〈长恨歌〉的思想性》都持有类似的观点。然而这一时期与讽喻说形成鲜明对照的是爱情说的提出，这种观点认为《长恨歌》虽然有对荒淫误国有所不满和讽刺，但认为李杨是这场爱情悲剧的牺牲者并对他们的爱情进行了积极的评价，有这种观点的如褚斌杰的《关于〈长恨歌〉的主题及其评价》、李志浩的《论〈长恨歌〉的主题思想及其争论》等。由于讽喻、爱情两种说法各有所据，分歧较大，就出现了试图将两种观点融合在一起的双重主题说，这种观点认为：《长恨歌》兼有讽喻、爱情，这两个是不可分割的，偏重哪一个都是不恰当的。如王运熙的《略谈〈长恨歌〉内容的构成》就认为“一方面对李杨两人的生活荒淫招致祸乱作了明显的讽刺，另一方面对杨贵妃的死和两人诚笃的相思赋予很大的同情”[4]，后来的詹锳等也都持有这样的观点。

20世纪80年代至20世纪末这一时期的《长恨歌》主题研究，在原有观点继续延伸发展的同时呈现出了一些新的观点。相对六七十年代的“讽喻说”的那种强势，这一时期的讽喻说虽有所减弱，但在《长恨歌》的主题研究中仍占有较大的分量，如王拾遗的《他生未卜此生休——论〈长恨歌〉的主题》一文认为，陈鸿《长恨歌传》中“亦欲惩尤物，窒乱街，垂于将来也”就是《长恨歌》所要表达的思想。再如中国社科院编的《唐代文学史》中指出《长恨歌》“写出唐玄宗永远也饮不尽自己所斟下的苦酒，批判玄宗的主题从而就得以彻底完成”[5]。相对于讽喻说，“爱情说”为这一时期的学者所钟爱，但此时的爱情说与以往的不同,他们大多强调把文学创作与历史事实加以区别,把爱情摆在适当的位置。如由袁行霈主编的《中国文学史》卷2认为“李杨的爱情得以升华,普天下的痴男怨女则从中看到自己的面影,受到心灵的阐释”[6],这是对以往爱情说的一种发展。这方面的论文也不少,如张安祖的《关于〈长恨歌〉的新探索》,马芳元、王松龄的《论〈长恨歌〉主题辨析》等。而双重主题说在这一时期逐渐向三重主题说或多重主题说发展。80年代持双重主题说的如陈小玲的《哀艳之中具有讽刺》、刘辉扬的《一篇〈长恨〉有风情》等;在二重主题说的基础上,90年代开始有人提出三重主题说或多重主题说,认为应该把《长恨歌》看做是爱情悲剧、政治悲剧和时代悲剧等构成的一个有内在联系的统一整体,代表性的著作如蹇长春的《〈长恨歌〉主题平议——兼论〈长恨歌〉悲剧意蕴的多层次性》等。这一时期较为新颖的是无主题说和泛主题说的提出。如黄永年在他的《〈长恨歌〉新解》中认“像《长恨歌》这样的作品,在艺术上是十分成功的,思想上则说不上什么”[7]等等。

2.主题研究之外的其他研究

20世纪,学界除了对《长恨歌》的主题作了大量深入的研究之外,对其他的方面也给予了较多的关注,如艺术魅力、艺术渊源 、文化背景、创作心理、创作动机、对后世及国外的影响等。关于这方面的研究有张安祖的《论〈长恨歌〉的艺术成就》、钟来因的《〈长恨歌〉的创作心理与创作动机》、陈允吉的《从〈欢喜国王缘〉变文看〈长恨歌〉故事的构成》、马晓光的《此恨绵绵无绝期——谈谈贵妃杨玉环及其形象演变》、唐音街的《〈长恨歌〉与佛道关系论述的新进展》、周相录的《〈长恨歌〉在日本的影响》等等。这些论著的出现深化了人们对《长恨歌 》的认识,开阔了研究视野、研究空间,对《长恨歌》的研究作出了特有的贡献。

三、20世纪以后的长恨歌研究

与20世纪及其以前那种以主题研究为中心的研究状况不同,近七八年来主题研究虽继续延伸,如张中宇的《〈长恨歌〉双重及多重主题说辩证》等，但研究者们开始更多地关注其他的一些方面，在研究的时候更注意将主题研究与其他方面研究结合起来分析，可以说多向延伸，新论迭出。从艺术魅力方面来分析的，如傅兴林《〈长恨歌〉艺术魅力探源》；从文化角度分析的，如钟一明的《浅谈〈长恨歌〉的文化意蕴》、韩干校的《帝王情爱的人文关怀——白居易〈长恨歌〉的文本文化解读》；利用叙事学或叙事结构进行分析的，如杨柳的《〈长恨歌〉主题多义性的叙事学分析》、孟祥荣的《存活于两个世界里的爱情神话——说白居易〈长恨歌〉的叙事结构与聚焦》、代利利的《大地两相知人鬼情未了——从叙事结构看〈长恨歌〉主题》；从文学史的意义分析的，如陆岩军的《〈长恨歌〉的文学史意义》等等。与此同时，一些研究《长恨歌》的专著也开始出现，如张中宇的《白居易〈长恨歌〉研究》对《长恨歌》作了较为全面的分析与研究，不失为一部研究《长恨歌》的优秀之作。

总之，由于《长恨歌》研究成果众多，我们不可能对每个研究成果都作出较为详细的分析评价，对其研究历史只能作一个粗浅的梳理，简略地勾勒出《长恨歌》的研究历史的线索。

综观《长恨歌》的研究历史，就其主旨研究而言，这首作品应该是作者从感性的角度出发结合历史事件创作的，这就是为什么对于它的主题有那么多种观点的原因。不容置疑，这些研究曾在帮助我们理解这首作品的时候起过一定的作用，然而就其研究现状来说，即使有新的见解也很难突破已有的观点，更多的只是将一些基本的观点作一些糅合，这样的研究已失去了其原有的学术价值，因此我们没有必要在其主旨的分歧上投入太多的精力。《长恨歌》之所以能够传颂千载、征服历代的读者，更多的原因是它那种即不同于诗歌又不同于小说的艺术魅力，作者巧妙地将二者融为一体，情文相生，沉郁顿挫，“以易传之事，为绝妙之词，有声有恨，可歌可泣”。这种结构上的艺术技巧所展现出来的魅力，正是其独特性所在，这对我们今天的创作仍然具有借鉴意义。对这方面投入更多的研究不但有利于我们对作品特有艺术价值的挖掘，更有着现实意义，这个方面应该成为我们今后研究的重点。当然,除此之外对于作品诸如从文化角度、后世影响及国外的影响等方面展开研究,能更好地理解这首作品的艺术魅力。

参考文献

[1]陈友琴.白居易资料汇编[Z].北京:中华书局,1986.(本文所引白居易诗之评论如无另注皆出此书)

[2]陈寅恪.元白诗笺证稿[M].上海:古典文学出版社,1958.

[3]谭丕模.白居易诗歌的现实主义精神[J].新建设,1956(1).

[4]王运熙.略谈《长恨歌》内容的构成[J].复旦学报,1959(7).

[5]中国社科院文学研究所.中国文学史[M].北京:人民文学出版社,1995.

[6]袁行霈.中国文学史[M].北京:高等教育出版社,1999.

[7]黄永年.《长恨歌》新解[J]. 文史集林,1985(4).

◎朱伟杰

《琵琶行》研究述评

白居易写于元和十一年(816)的《琵琶行》,在诗歌史上是与他的《长恨歌》齐名的一首名作。这首脍炙人口的作品以其完美的艺术形式,为读者们提供了声情并茂的艺术享受,成为永久的经典之作。与此同时对它的研究也成为中国古典文学的研究热点之一,在它的研究史上,不同的学者从不同的角度进行了阐释与解读。为了更好地理解、分析与研究作品,我们有必要对这首诗歌的研究历史及其发展轨迹作一个梳理。本文欲以时间为线索,侧重对不同历史时期《琵琶行》研究状况演进与变化的叙述,从微观的分析来构建其宏观的研究史,力求尽可能的展示《琵琶行》这将近1200年的研究历史,并试图对《琵琶行》的研究走向提出一些粗浅的看法。

一、20世纪以前的《琵琶行》研究:集中于对"天涯沦落之恨"的进一步阐释

20世纪以前的《琵琶行》研究从其演进的轨迹来看,无论从哪个方面来讲其研究论著都相对较少,大多数都是一些只言片语的考证、片段的评价或者一些笺释(大多数情况下都以诗话的形式呈现)。纵观这些论述,大多也是集中于对《琵琶行》的主旨的进一步诠释上,涉及的其他方面相对较少。

对于《琵琶行》主旨的解读并没有像《长恨歌》那样,观点众多,分歧较大,由于白居易已经在《琵琶行》的序中指出"予出官二年,恬然

自安;感斯人言,是夕始觉有迁谪意。因为长句,歌以赠之”,在这里作者已经很清楚地说明了自己创作这首诗歌的动机及主旨，因此也就不可能产生分歧,故而大多数论述者是围绕着白居易的“迁谪意”展开论述的,并在此基础展开进一步的诠释。洪迈在《容斋随笔》指出“乐天之意,直欲摅写天涯沦落之恨尔”[1],洪迈的这种观点可以说只是序中的另一种说法而已;对其进行较为详细的阐述的当是《唐宋诗醇》所论述的“满腔迁谪之感,借商妇以发之,有通病相连之意焉,比兴相纬,寄托遥深,其意微以显,其音哀以思,其辞丽以则”,可以说《唐宋诗醇》的评价,对作品主旨的把握是相当的到位的,对其主旨的阐释也合乎情理的,相对于其他的说法是有其特殊价值的。事实也是如此,作者以流畅精练的语言,惟妙惟肖地刻画了琵琶女的不幸,再加上自己的迁谪之感,故诗作传达出一种撼人心魄的泣诉,那种“同时天涯沦落人”的凄凉之感油然而生。作品所传达出的这种天涯沦落之恨为后来的论者所“共鸣”。迁谪之感,沦落之恨,在这点上历来学者并没有什么太大的分歧，只是站在各自不同感受角度对作者在序中已表明的观点作了进一步的阐发而已。

除了对其主旨的阐发之外,对于《琵琶行》所取得的巨大艺术成就也被后来的学者所肯定,如王若虚在《滹南集》论述到白居易的长音大篇时说到“动数百千言,而顺适惬当,句句如一,无争张牵强之态”,黄子云《野鸿诗的》也同样评价到“香山《琵琶行》婉折周详,有意到笔随之妙”。的确,作品自然流畅,情致曲尽,一气呵成,毫无牵强拼凑之感,这是一种后人很难企及的艺术境界。就这一点有人以浅易轻之,这是有失公允的。

二、20 世纪至当代的《琵琶行》研究:在形式上有片段评论,与此同时论证开始向专题论文过渡,在研究视野上多方面延伸,新论层出

20 世纪上半叶对《琵琶行》展开专题研究的论著相对还比较少，陈寅恪先生的《琵琶行笺证》可谓是一枝独秀。陈先生不但对作品作

了一些考订、笺释的工作，并对其艺术、主旨等方面提出了一些有见解的观点，如在论述到诗旨时，陈先生就讲到："则既专为此长安故倡女感今伤夕而作，又连绾己身迁谪失路之怀，直将混合作此诗之人与诗所咏之人二者为一体，真可谓能所双亡，主宾俱化，专一而又专一，感慨复加感慨非微之浮泛之作可比，此诗是白乐天真情实感之作。"[2]琵琶女的不幸身世与作者的迁谪之感不仅仅是"同病相怜"，而且还是一种"主宾俱化，专一而又专一，感慨复加感慨"，这就使得作者的"天涯沦落之恨"所表现的凄凉之情更进一层，更能震撼人心。这使得我们在把握人的情感、诗歌的主旨时能够更接近作者，因此，陈先生的论述可以说切意而中肯，与前人相比较具有自己独特的地方。陈先生的这篇论著可以说开了《琵琶行》研究风气之先。与此同时，一些学者对《琵琶行》其他方面的一些问题也展开了讨论，蒋礼鸿从作品中对琵琶演奏的描写，站在音乐的角度对作品展开分析，他那篇《〈琵琶行〉的音乐描写》可以说是较早对《琵琶行》的音乐描写展开专题研究的论著，这对后来的这方面的研究起了一定的推动作用。

六七十年代学界对《琵琶行》的研究似乎显得有些"寂寞"，专题论文相对较少，往往是当时的一些文学史著作中在论述白居易时会涉及对《琵琶行》的一些评价。而这些评价由于受当时社会环境的影响，都烙下了那个时代的印记，其共同的特点是：都比较重视《琵琶行》的现实意义。如由游国恩主编的《中国文学史》卷 2 中论述到："感伤意味虽较重，但比《长恨歌》更富有现实意义。"[3]比它较早出版的，由谭丕模主编的《中国文学史纲》也持有同样的观点。文学与政治有其相互影响的地方，不论是创作还是评论，但如果走得太近就势必影响到对诸如艺术等其他一些方面的创作与评价。

进入到 20 世纪 80 年代一直到近几年，越来越多的学者参与到《琵琶行》的研究行列，研究者们开始对《琵琶行》进行全面、深入、多角度的分析与研究，如从艺术魅力、与音乐的关系、文学史上的影响及海外的影响等方面展开研究，其研究盛况是以前任何一个时期都无法比拟的。《琵琶行》的研究在这一时期取得了丰硕的成果。

然而与《长恨歌》的研究状况不同,《琵琶行》由于作品自身的特点,注定了对其艺术性的探讨及与音乐的关系的研究要成为学者们所关注的焦点,事实也是如此。80年代到当代,关于这两个方面的论述在《琵琶行》的研究论文或著作中都占有相当大的分量,因此我们有必要将其单独列出讨论,这有助于我们把握这一个时期的研究轨迹。下面我们就对这两个方面的研究状况来展开分析。

《琵琶行》中对于音乐出色的描写,为琵琶女不幸的身世,作者的沦落之感的叙述都作了很好的渲染与铺垫,因此琵琶演奏在作品中所扮演角色的重要性不言而喻。进入80年代以来,这一点引起了越来越多的学者的兴趣,他们从不同的角度对《琵琶行》的音乐描写进行了较为全面而深入的研究。80年代金学智发表在《学术月刊》上的《白居易〈琵琶行〉中的音乐美——兼论白居易的音乐美学思想》一文,从音乐美学的角度展开对作品的阐释与分析,揭示了作者如何运用音乐的诗化去表现诗化的意境。90年代以后这样的文章越来越多,如陈四海的《从白居易的音乐思想读他的〈琵琶行〉》,任晓原、姜筑间的《从音乐角度赏析〈琵琶行〉》,刘文静的《谈〈琵琶行〉中音乐描写的技巧》,田中娟的《白居易〈琵琶行〉中琵琶演奏技法探微》,高拂晓的《〈琵琶行〉的音乐美学》等;还有将《琵琶行》的音乐描写与类似作品的音乐描写进行比较研究的,如王增斌的《〈琵琶行〉与〈李凭箜篌引〉音乐描写比较》等等。纵观这些作品,无论是从唐代琵琶文化的背景论述,还是从琵琶演奏技巧分析,或是从音乐美学角度的阐释,琵琶对全诗形象的塑造、意境的构建、情感的寄寓、结构线索的起承转合、艺术风格的体现都扮演着至关重要的作用,可以说这一切的实现都依托着琵琶艺术诗化呈现的过程。不管是对琵琶"有声"还是"无声"的研究,这些论著都基本上倾向将这一演奏过程视为深含诗人情感、传情达意的工具。

对《琵琶行》的艺术魅力的探讨可以说是这一时期研究的又一重镇。《琵琶行》将叙述、描写、抒情融为一炉,正如白居易自己所说的那样"事物牵于外,情理动于中,随感遇而行于咏叹",而这一切又以精练的语言一气呵成，自然流畅，婉转周详。对这方面研究的论文相对较多，较早的文章如霍松林的《〈琵琶行〉赏析》，与同时期的其他论著相比较这篇文章很有深度。尤为一提的是彭安湘在其研究专著《白居易研究新探》中涉及《琵琶行》时的分析，作者对《琵琶行》的细节描写、景物铺垫、形象塑造、语言运用等都作了较为全面的分析，认为诗人善于运用细节描写来塑造人物形象和表现主题，并且很善于景物描写，认为《琵琶行》的语言跟《长恨歌》一样不仅流畅，而且很精练；彭安湘在他的著作中对于《琵琶行》艺术特性不但作了较为全面的分析，并且对一些问题有着自己独特的见解，不失为同类著作中的优秀之作。进入90年代，同类研究文章大量出现，如祁昌永的《试论〈琵琶行〉的艺术特色》从作品抒发情感的方法、描摹声音的技巧、运用语言的艺术等方面展开对其艺术特色的分析，指出"《琵琶行》一诗诗情浓郁，画意鲜明，清词妙喻，络绎奔会"。[4]近几年来这样的文章还有胡源、张文华的《白居易〈琵琶行〉艺术新探》，贺兴的《白居易〈琵琶行〉艺术特色成就》等等。此外80年代以来出版的各类文学史著作中在论述白居易时，《琵琶行》已经成为一个不能绕过去的问题，对于其艺术特色都会作一些精简的分析。大体上讲，像这类的著作都基本上从其抒情方法、音乐描写、形象刻画、语言运用的艺术等方面展开讨论，观点基本上都不会有较大的分歧。

除了上面两个比较大研究方面，一些学者也从其他方面展开对这首作品的解读。从《琵琶行》对后世作品创作影响分析的，如薛亚康的《〈琵琶行〉对〈声声慢〉创作的影响》；从文化角度展开论述的，如朱炯远的《从〈琵琶行〉的成就看文化积淀的重要意义》、刘雅杰的《白居易〈琵琶行〉的多重文化意蕴》；从唐代社会风气及人际关系来讨论的，如《沦落的焦虑——论〈琵琶行〉的社会关系呈现》、胡继琼的《从〈琵琶行〉谈唐人好狎之风及其他》；从海外的影响论述的，如夏露的《〈琵琶行〉在越南》等等。这些论著从不同的视野展开了对与《琵琶行》有关领域的研究，丰富了研究内容，开拓了研究空间，是《琵琶行》研究不可缺少的一部分。

总之,综观《琵琶行》的研究历史,对其研究主要集中在三个方面:一是对主旨的进一步阐发;二是对艺术魅力的探究;三是对其与音乐关系的论述。可以说这三个方面已成为《琵琶行》研究中的热点,而这种趋势或许在将来的研究中会持续下去。

对于《琵琶行》研究的这三个主要方面,由于作者本人已指出以及后来的学者有很多论述,所以再单纯地就这个问题进行研究已没有太多的学术价值。在这篇作品中不容否认的是琵琶的演奏扮演着极其重要的角色,对于其与音乐关系的研究有助于我们更好地领略作品的魅力,但是我相信这篇作品之所以能够流传千载,成为家喻户晓的名作,决不单单是由于上面那两个因素,《琵琶行》将叙述、描写、抒情融为一体,使得"事物牵于外,情理动于中,随感遇而行于咏叹"的天涯沦落之感如同行云流水一般呈现在读者的面前,在艺术上所体现的这种婉和之妙才是征服读者的关键因素。我想对于作者这种高超的艺术表现手法应该成为我们研究关注的焦点,使其得以理论化,为我们今天的创作提供借鉴。当然对于其他方面的研究也应给予其应有的地位。《琵琶行》的研究朝着多样化的方向发展,这些研究将有助于我们更全面、更深刻地理解作品,从而去享受作品所带给我们的那种完美的艺术魅力。

参考文献

[1]陈友琴.白居易资料汇编[Z].北京:中华书局,1986.(本文所引白居易诗之评论如无另注皆出此书)

[2]陈寅恪.元白诗笺证稿[M].上海:古典文学出版社,1958.

[3]游国恩.中国文学史[M].北京:人民文学出版社,1963.

[4]祁昌永.试论《琵琶行》的艺术特色[J].连云港教育学院院报,1994(3).

◎杨长英

西昆体研究争议评述

西昆体作为北宋初期一个影响一世诗风的诗派，历来的文学史对西昆体都多有涉及。谢无量《中国大文学史》引田况之说:“西昆体实倡于杨亿,而钱、刘诸人和之。谓曰西昆者,亿序以为取玉山册府之名也。……清四库全书提要曰:西昆酬唱诗,宗法唐李商隐,词取妍华,而不管兴象。效之者渐失本真,惟工组织。于是有优伶挦扯之戏。石介至作怪说以刺之,而祥符中遂下诏禁文体浮艳。”然“西昆体”之称在仁宗朝尚未出现。刘攽《中山诗话》称“西昆体”,后人沿用之。《辞海·文学》对西昆体的定义为:“北宋初期出现的一种文风,主要表现在诗歌方面。其特点是专从形式上模拟李商隐,追求辞藻,堆砌典故。代表者为杨亿、刘筠、钱惟演等人。因他们曾相互唱和,编成《西昆酬唱集》,故名。欧阳修《六一诗话》:‘盖自杨、刘唱和,《西昆集》行,后进学者争效之,风雅一变,谓之昆体。’”

《西昆酬唱集》共收杨亿、刘筠、钱惟演、李宗鄂等 17 位诗人的五、七言律、绝共 250 首。其中杨亿 75 首,刘筠 73 首,钱惟演 54 首。此三人官位既高,才情亦富,诗歌数量占总数的 4/5,被视为西昆体诗人的领袖和代表。

杨亿在《西昆酬唱集序》中说他们写诗的目的是:“历览遗编,研味前作,挹其芳润,发于希慕。更迭唱和,互相切劘。”在这种观点指导下写出的诗,其题材范围必然是比较狭隘的。袁行霈主编的《中国文学史》将全集 70 个诗题划分为三类主要题材:怀古咏史、咏物、描写流连光景的生活内容,此外还有为数很少的闺情题材。有学者认为,在宋初“三体”中,西昆体是唯一具有明确创作宗旨和美学追求的诗派。[1]西昆派在诗学渊源上宗李商隐、唐彦谦。杨亿对李商隐诗“措辞寓意”的“深妙”爱慕赞赏不已,效法其丰富藻丽,不作“枯寂语”[2];刘筠则“画义山像,写其诗句列左右,贵重之如此”[3]。

从艺术特色上看,西昆派主要师法李商隐诗的雕润密丽、音调铿锵。不但《无题》、《阙题》一类诗直接模拟李商隐诗,而且《汉武》、《明皇》等作也是脱胎于李的咏史诗。西昆集中诗体多为近体,七律占6/10,也体现出步趋李商隐、唐彦谦诗体的倾向。西昆派追求深细婉曲,典丽精工,方回评其“凡昆体必于一物之上,入故事、人名、年代及金、玉、锦绣等实之”(《瀛奎律髓》卷18)。辞藻华丽、用典繁缛是西昆体最为显著的特点。如杨亿《夜宴》一诗,华艳富丽,全诗贯穿着“绮宴”、“芳罍”、“鹤盖”、“珠喉”、“齐鬟”、“楚腰”、“醉罗”、“愁黛” 等语, 色彩明艳,形象逼真,但难掩雕琢之迹。再如“试将梁苑雪,煎动建溪茶”两句,普通的雪,特以汉代梁孝王建梁园聚文士的典故来修饰,使诗句具备更多的可解释的空间,牵扯起更多的历史文化意蕴。西昆体诗都有这种既求典实繁富,又求意象华美的欣赏效果。

杨亿是西昆体的主盟,初学白居易,后学李商隐。他是宋人中最先发现李商隐诗的艺术价值并悉心体味、率先学习李诗者。他在《西昆酬唱集序》中比较系统地阐述了西昆体诗人“懿、雅、精、博”的诗美观念,并指示出写作这种诗的途径——崇学尚典。此外,杨亿在《温州聂从事云堂集序》和《温州聂从事永嘉集序》中曾详述自己的诗学思想,主张以雅言、英词、藻思写闲情逸兴。而所谓闲情逸兴,则主要产生于游山玩水、文墨游戏、朋友唱和赠答之间。刘攽《中山诗话》载“杨大年不喜杜工部诗,谓为村夫子”,联系杨亿台阁大臣的地位也可理解这点。因此, 有研究者认为:“杨亿诗学中潜涵着一种鄙视通俗质朴、偏爱博雅雍容的文化贵族倾向。这种倾向凝聚着西昆诗派的精神底蕴和审美旨趣。”[4]

西昆派后期的代表人物晏殊于此有很具体的发挥。胡仔《苕溪渔隐丛话·前集》卷26载晏元献以富贵论诗事可参考。晏殊做人作诗都崇尚高贵典雅，不是穷清高，而是既富贵且高雅，他既鄙薄物质上的“乞儿”、“穷人”，也鄙视精神上的“伧父”。他所言“富贵”，是富于文化艺术内涵的、物质和精神双重的富有和高贵。他与西昆前辈艺术审美趣味的不同之处在于，他不喜欢太多装饰的富贵，而欣赏清高渊雅的富贵。

关于西昆体的产生原因，学术界主要从社会文化和文学发展两方面阐述。有学者分析，宋统治者对文人的礼遇及科举制度的要求，加之文人自身追求仕进，使宋代的士人具有官僚、学者、诗人复合一体的文化品格。他们的社会地位较高，又有广博的才学，公事之余，诗酒唱和便成为一种普遍的生活状态。在这种社会文化背景中，《西昆酬唱集》的出现也是自然。另外，《西昆酬唱集》的出现也源于具体时代的要求。到真宗时，宋朝已建国四十余年，社会经济得到一定发展，统治者生活日益骄奢淫逸。为了粉饰太平、宣扬圣德，每逢宫内有宴会、赏花游园等活动，皇帝大臣、馆阁学士都要有诗作奉和，这种作品没有很强的现实意义。《西昆酬唱集》中的许多诗作“流露出作者对物质生活的追求和赞美，对现实生活的陶醉和满足，这种风格在一定程度上反映了北宋初期国家统一的堂皇气象”。[5]杨亿等人在文坛上的特殊地位和人格力量的感召也是西昆体在宋初风行一时的原因之一。《宋史·杨亿传》说其“天性颖悟”，“文格雄健，才思敏捷”，“重交游性耿介，尚名节”，“当时文士，咸赖其品题”。

从文学发展上看，西昆体诗歌的创作首先是对同时代诗歌流弊的纠正。北宋前期，晚唐五代最盛行的以浅俗平易为特点的白体和以境界狭仄而语言工巧为特点的晚唐体依然大行其道。在这种情况下，西昆体的代表诗人杨亿提出学习李商隐。宋江少虞在《宋朝事实类苑》卷34“玉溪生”条中记录了杨亿自述其读李商隐诗而引起的爱好和深得其趣的过程。杨亿对李诗作了深入的研究，他认为李诗寓意深邃，含蕴丰富，而又能错综变化；辞章艳丽，不作枯寂语；用事精巧，对偶亲切。这些观点无疑对西昆派产生了深刻的影响。另外，西昆体诗歌的创作也是对唐代近体诗创作经验的总结和再实践。宋代诗话日益增多,说明近体诗经过唐代诗人的大力实践,已经到了一个需要理论探索、总结的新阶段。在这种理论探索的最初阶段,批评家们的着眼点一般都放在诗歌的外在形式上,如用典、对仗、押韵、平仄等。因此,诗话作者们对唐人诗作从形式方面进行的研究自然会指导自身及周围诗人的诗歌创作。西昆体诗人多为学问大家,正如杨亿在《西昆酬唱集序》中所说,通过对前代诗歌的研味来指导他们的创作。

西昆体是宋初诗坛颇有影响的一种诗体,但历代研究者多把它作为一种毫无思想意义、缺乏现实意义的宫廷应制之作来看待。在宋初的复古思潮中,西昆体成了众多批评家首当其冲的攻击对象。对西昆体攻讦最激烈的是道学家石介,他作《怪说》公开批判西昆体"使天下人目盲"、"使天下人耳聋",指责杨亿"刓锼圣人之经,破碎圣人之言,离析圣人之意,蠹伤圣人之道",明确表示要消灭以杨亿为代表的西昆体。霍松林主编的《中国诗论史》说,石介所谓的"道"是以仁义礼乐为核心的儒家的社会伦理道德。他以卫道者的立场对西昆体浮丽雕琢文风的声讨、挞伐,对反对诗歌的形式主义倾向具有积极意义,但以儒家的道德伦理观念为核心的文道统一的观点,就有很大的片面性和陈腐气。他对文学特别是诗歌的本质特点缺乏全面了解,因此在一阵大叫大骂之后,并没有提出有利于诗歌发展的艺术理论,而且在创作实践上更没有写出足以压倒西昆体诗风的作品,西昆体诗风也没有因为石介的大声疾呼而销声匿迹。但他确实在反对西昆体的斗争中起了振聋发聩的作用。政治家范仲淹把改革文风作为革新时弊的一个重要内容,他在《尹师鲁河南集序》中批评了西昆体文风"专事藻饰,破碎大雅",要求反映现实、内容充实、有益于风化的作品,反对追求辞藻、刻意雕镂。梅尧臣作为北宋诗坛革新的重要作家,他在创作实践和理论批评上强调继承《诗经》、《离骚》反映现实的传统,有感而发,有为而作,充分发挥诗歌美刺的社会作用。他反对当时流行的西昆体诗歌摹写物象内容空虚,形式浮艳,追求用典、偶比,借以歌功颂德、猎取名利的错误倾向。他把这种诗风比喻为"戏弈"、"鸣桐",

只是玩弄技巧而已。在他稍后的苏舜钦在大中祥符(1008—1016)时期抨击“以藻丽为胜”的文风,也正是针对西昆体而发。

但在众多对西昆体发难的评论家中,也有对其持褒扬态度者。欧阳修倡导诗文革新,他在具体评价西昆体诗人的作品时,并不一概否定,而是实事求是,具体分析,是其所是,非其所非。如时人指责杨亿、钱惟演的作品“多用故事,至于语僻难晓”,他认为这主要是“学者之弊”,而杨亿也有“虽用故事,何害为佳句”的好诗,而“不用故事,又岂不佳乎?”评钱惟演则说:“西洛故都,荒台废沼,遗迹依然,见于诗者多矣。惟钱文僖公一联最为警绝,云:‘日上故陵烟漠漠,春归空苑水潺潺。’”“钱诗好句尤多。”他对西昆体诗人总的评价是:“盖其雄文博学,笔力有馀,故无施而不可,非如前世号诗人者,区区于风云草木之类为许洞所困者也。”把西昆体与为许洞所轻视的“区区于风云草木之类”的晚唐体区别对待,也就是说杨、刘之作并非以“缀风月、弄花草”为特征。

总的来看,由于宋初在文学理论上旗帜鲜明的复古主张,道统和文统合为一谈的观点有着广泛深刻的影响, 西昆体得到的批评远多过褒扬。南宋以后,西昆体已成为历史陈迹,论及者渐少。真德秀、魏了翁对杨亿很推崇。真德秀《杨文公书玉溪生诗》和魏了翁《跋杨文公真迹》表达了对杨亿道德、文章的仰慕。

金元人论及西昆体者更少。元好问《论诗三十首》其一云:“望帝春心托杜鹃,佳人锦瑟怨华年。诗家总爱西昆好,独恨无人作郑笺。”误认李商隐诗为西昆体。元初的方回对西昆体较重视,对西昆体有客观的持平之论:“此昆体诗一变,亦足以革当时风花雪月、小巧呻吟之病,非才高学博,未易到此。久而雕纂太甚,则又有能言之士变为别体,以平淡胜深刻。时势相因,亦不可一律立论也。”(《瀛奎律髓》卷3)方回能从文学的因革递嬗来评价西昆体的得失优劣,不失为一种有见之论。

明人尊唐贬宋,看不起宋诗,更看不起西昆体。王世贞《艺苑卮言》卷 4 云:“义山浪子,薄有才藻,遂工俪对。宋人慕之,号为西昆,杨、刘辈竭力驰骋,仅而窥藩”,又云:“杨、刘之文靡而俗。”但也有为《西昆集》辩解者,嘉靖年间玩珠堂刊《西昆酬唱集》,张綖作序云:“论诗者宗盛唐,黜晚唐。斯二体信有辨矣。……杜少陵,盛唐之祖也;李义山,晚唐之冠也,体相悬绝矣。荆国(王安石)乃谓唐人学杜者,惟义山得其藩篱。此可以意会矣。杨、刘诸公唱和,《西昆集》盖学义山而过者。六一(欧阳修)恐其流靡不返,故以优游坦荡之辞矫而变之,其功不可少,然亦未尝不取于昆体也。”

清代也有一些人看不起宋诗,如王夫之《姜斋诗话》卷下批评门户之见云:“李、杜代兴,杯酒论交,雅称同调,而李不袭杜,杜不谋李,未尝党同伐异,画疆墨守。沿及宋人,始争疆垒,欧阳永叔亟反杨亿、刘筠之靡丽,而矫枉已过,还入于枉,遂使一代无诗。”这一评价是不公正的,矫枉过正者是石介,欧阳修及其门人已在做补救工作。但是清人从总体上对西昆体作了较高的评价。清初,冯舒、冯班爱好李商隐诗,也推崇效仿李商隐的杨、刘诸人,他们在《评点才调集·李商隐诗总评》中说:“温、李、杨、刘用事皆有古法,比物连类,妥贴深稳。”冯武《评阅才调集凡例》谓冯舒、冯班“俱右西昆而阚江西”,他在《重刻西昆酬唱集序》中也主张以西昆派的“儒雅清越”救江西诗派的“鄙野”、“朴樕”。

20 世纪学术界对西昆体的研究,大致经历了一个否定之否定的过程。即一开始多否定的批评意见,后来逐渐有比较平和的看法,肯定其在宋初文学发展中应有的地位和作用。

郑振铎《插图本中国文学史》评西昆体诗风“惯以靡艳之意,著为靡艳之辞,老是追逐在浓妆淡抹的藻饰之后。他们是叹离惜别,伤春悲秋,无事而忙的王孙公子,除了作诗之外不知有别的事。有时会产生很俊逸的句子,有时也颇为繁词缛意所累。”柯敦伯《宋文学史》论西昆体谓:“大抵西昆派诸人之诗,皆尚纤巧,重对偶,学李义山而失之过,无复空灵之趣。后来欧阳修以悠游坦夷之词,矫而变之。虽大变其体,然于昆体亦未一概抹杀,尝谓:‘先朝杨、刘风采,耸动天下,至今使人倾想。’盖工力精切,亦诗之一体,未可偏废。”不失为中肯之评。

方孝岳的《中国文学批评》认为："本来自晚唐五代以来，文学界的风花雪月，柔而无骨，又到了极点。……《西昆酬唱集》决不是这一路。"并从西昆体学李商隐，而李原又是学杜这一点上指出老杜的诗实为西昆体和江西诗派的共同祖师。这种对于西昆体诗学渊源的探本清源之论，对80年代以后的西昆体研究具有不小的启发意义。

五六十年代出版的一些文学史著作大多批评西昆体的弊端。社科院文研所《中国文学史》和游国恩等主编的《中国文学史》对西昆体从内容到形式作了全面否定，评其是"毫无内容，仅只是玩弄词章典故的酬唱集"。[6]上个世纪80年代以后，几种有影响的文学史著作在论及西昆体时，认识评价的变化已经很明显：如说"西昆体实际上带有浓厚的贵族趣味，这和宋代社会的特点正相容：西昆体有明显的娱乐倾向"。[7]"足见他们的创作目的仍与宋初承袭元和体的风气相同，是为了唱和消遣"。[8]有的也说得比较客观："西昆体诗的思想内容是比较贫乏的，他们与时代、社会没有紧密的关系，也很少抒写诗人的真情实感，缺乏生活气息。"[9]

与古人批评西昆体时着眼于雕琢用典、内容空虚等方面不同，新时期的文学史著作注意到了西昆体值得肯定的一面："不同于初唐的应诏、应制和内廷贵家的园林宴集之作。它并不一味地歌德颂圣、铺陈华筵和流连风月。"[10]《西昆酬唱集》中也有述怀诗，如杨亿的《受诏修书述怀》、《偶怀》、《怀旧居》等诗及刘筠的和作，都表达了一种警觉宦海风险，希图功成身退的志趣。集中的咏史之作较多，如《始皇》、《汉武》借铺陈嬴政、刘彻崇信巫术方士、祈求成仙长生的故事，批判统治者的昏聩虚妄："儒坑未冷骊山火，三月青烟绕翠岑"，"相如作赋徒能讽，却助飘飘逸气多"，语含讥讽，寓意深长。

西昆体诗人在学李商隐诗上的得失也是学术界关注得较多的地方。《中山诗话》记载真宗天禧年间，有伶人扮演成李商隐而身穿破烂衣服，讽刺西昆诗人说："吾为诸馆职挦扯至此！"可见西昆诗人专事模仿李商隐在宋人看来就是剽窃的行为。现今的文学史不再是单纯否定，而是从得与失两方面来看待西昆体诗人学李。其得益之处为对仗工稳，用事深密，文字华美，呈现出整饬、典丽的艺术特征，例如杨亿的《南朝》，将南朝的典故巧妙地组织在一起，工稳妥帖，锻炼无痕。中间二联“繁星晓埭闻鸡度，细雨春场射雉归。步试金莲波溅袜，歌翻玉树涕沾衣”，对仗精工，辞才华美。全诗音节铿锵，用意深密，艺术上很接近李商隐的同类诗歌。西昆体虽然没有能在唐诗之外开辟新的艺术境界，但是相对于平直浅陋的五代诗风而言，这种整饬、典丽、深密的诗风意味着艺术上的进步。

西昆体在艺术上的缺点也很明显。章培恒、骆玉明主编的《中国文学史》说西昆诗人在多数情况下为写诗而写诗，缺乏李诗蕴涵的真挚情感和深沉感慨，所以往往徒得其华丽的外表而缺乏内在的气韵。如李商隐用典，主要是借典故所包含的情绪色彩和象征意蕴，来显示与烘托一种朦胧迷离的内在心境，而不是作为指示符号，即不是用“故事”替代某一种事物，以甲换乙，显示有学识有材料。西昆诗人却容易犯这种毛病，像杨亿、刘筠、钱惟演的《泪》诗，就只是把古来有关悲哀的故事集中在一起，好像是一堆谜语。再如他们学李商隐诗的绚丽色彩和绮瑰意象，并非如李商隐那样出于表现内在情感的必需，而常停留在外在物象上。如前面所举的杨亿的《夜宴》，用“绮宴”、“芳罍”、“珠喉”之类的辞藻，除了显示富贵的生活气氛和高雅的文化素养，再无其他意味，感情很贫乏。

后进学者对西昆体的研究更加深入、全面，对西昆体总体成就的评价也更趋于客观公允，陈植锷《西昆酬唱诗人生卒年考》对杨亿、崔遵度之外的15人的生卒年、活动年代及某些诗人参与西昆酬唱的时间都作了详细考辨。曾枣庄《论〈西昆酬唱集〉的作家群》一文，在对《西昆酬唱集》中诸诗人作区别对待，并由此对所谓“西昆体”有所界定，从政治态度、文论主张、诗文风格着眼，把《西昆集》作家群划分为三派。《中国古代文学通论·宋代卷》认为，西昆体诗的确不是写给大众看的通俗读物，其优秀之作为读者提供的解读空间富于历史内涵和文化艺术内涵，因而其读者应是有大致相同的文化修养和艺术品味的人。西昆体诗人没有达到李商隐那样的艺术高度与个人天赋有关。《中国诗学史·宋金元卷》说，西昆体在宋代文学尤其是诗歌的发展史上自有其开拓之功。它使宋诗从山水林泉、风云月露的狭小境界中跨越出来，展现出较为广阔的视野，并以其典丽的辞藻、丰厚的学问、多样的技巧为以后的宋代诗人提供了一个可资借鉴的基础。没有西昆派的开创与积累，也就不会有后来诗文革新派的成就业绩。

参考文献

[1][10]梁永青，吴长庚.西昆体再认识[J].上饶师范学院学报，2005(4).

[2]葛立方.韵语阳秋[M].上海：上海古籍出版社，1984.

[3]刘攽.中山诗话[A]//何文焕，辑.历代诗话[Z].北京：中华书局，2004.

[4]刘扬忠.中国古代文学通论·宋代卷[M].沈阳：辽宁人民出版社，2005.

[5]滕春红.西昆酬唱产生原因浅论[J].西安电子科技大学学报，2004(3).

[6]中国社科院文学研究所.中国文学史[M].北京：人民文学出版社，1962.

[7]章培恒，骆玉明.中国文学史[M].上海：复旦大学出版社，2001.

[8]程千帆，吴新雷.两宋文学史[M].上海：上海古籍出版社，1998.

[9]袁行霈.中国文学史[M].北京：高等教育出版社，1999.

◎张馨心　庆振轩

欧阳修“诗穷而后工”说平议

一

嘉祐五年，梅尧臣去世。一年后，欧阳修撰写了批评史上著名的《梅圣俞诗集序》，提出了“诗穷后工”的观点，为了后文陈述的方便，引述欧文如下：

> 予闻世谓诗人少达而多穷，夫岂然哉？盖世所传诗者，多出于古穷人之辞也。凡士之蕴其所有而不得施于世者，多喜自放于山巅水涯。外见虫鱼、草木、风云、鸟兽之状类，往往探其奇怪。内有忧思感慨之郁积，其兴于怨刺，以道羁臣寡妇之所叹，而写人情之难言，盖愈穷则愈工。然则非诗能穷人，殆穷者而后工也。[1]

由于欧阳修在文中寄寓了复杂的情感和多重意蕴，有宋一代，人们从不同的角度，对其作出回应。苏轼《书圣俞赠欧阳阀诗后》谓：

> 圣俞没，今四十年矣。南迁过合浦，见其门人欧阳晦夫，出所为送行诗。晦夫年六十六，予尚少一岁，须鬓皓然，固穷亦略相似。于是执手大笑，曰：“圣俞之所谓凤者，例皆如是哉！”天下皆言圣俞以诗穷，吾二人又穷于圣俞，可不大笑

乎！[2]

欧公明言“然则非诗能穷人，殆穷者而后工也”，东坡则谓“天下皆言圣俞以诗穷，吾二人又穷于圣俞”，乃是有所感而发。

“苦吟”诗人陈师道《王平甫文集后序》着眼点与东坡不同，其文曰：

> 欧阳永叔谓梅圣俞曰：世谓诗能穷人，非诗之穷，穷则工也。圣俞以诗名家，仕不前人，年不后人，可谓穷矣。其同时有王平甫，临川人也，年过四十，始名荐书群下士，历年未几，复解章绶归田里，其穷甚矣！而文义蔚然，又能于诗，惟其穷愈甚，故其得愈多，信所谓人穷而后工也。[3]

字里行间，流露出对友人遭遇的同情和对其创作成就的叹赏。而张耒对秦观的批评则出自对其为文造情、无病呻吟者的反感：

> 世之文章多出于穷人，故后之为文者喜为穷人之辞，秦子无忧而为忧者之辞，殆出于此耶？[4]

而北宋末南渡初的李纲则从人生阅历、艺精理深的角度评说“诗穷后工”：

> 欧阳文忠公有言：“非诗能穷人，殆穷而后工。”信哉！士达则寓意于功名，穷则潜心于文翰，故诗必待穷而后工者，其用志专，其道理深，其历世故险阻，艰难无不备尝故也。自唐以来，卓然以诗鸣于时，如李、杜、韩、柳、孟郊、浩然、李商隐、司空图之流，类多穷于世者，或放浪于林壑之间，或漂没于干戈之际，或迁谪而得江山之助，或闲适而尽天地事物之变，冥搜精炼，抉摘幽微，一章一句，至谓能泣鬼神而夺造

化者,其为功亦勤矣。[5]

而稍后陆游《澹斋居士诗序》则着重从仕宦穷通的角度理解“穷而后工”:

苏武、李陵、陶潜、谢灵运、杜甫、李白,激于不能自已,故其诗为百代法。国朝林逋、魏野以布衣死,梅尧臣、石延年弃不用,苏舜钦、黄庭坚以废绌死。近时江西名家者,例以党籍禁锢,乃有才名。盖诗之兴本如是。[6]

程珌《曹少监诗序》也从诗人之穷有助于对物理人情的深入认识的角度进行了阐发:

盖少陵少年献赋,固自不凡,加以往来梓潼山谷,凡十余年,涉患深,行道熟,则其所养可知矣。人谓诗人穷而后工,工何足言哉!人而至于穷,则于道益深耳。[7]

论者谓刘克庄论诗颇有辩证因素,对于“诗穷后工”这个论题,他也从看似截然相反,实则相辅相成的两个方面加以论说。他认为“诗必穷始工”[8],因为“今观名世作,多在谪官时。太史沅湘笔,仪曹永州诗”(《唐博士祠》)[9],迁谪生涯、人生变故,磨砺意志,锻冶情操,使其创作具有真情实感,“风露入怀诗笔健,关山满目笛声哀”。所以,刘克庄评诗有一个着眼点,“自古放臣多感慨,吾评《哀郢》胜悲秋”(《再和林肃翁有所思韵》)[10]。他在《跋章仲山诗》中论述了他的基本观点谓:“诗非达官显人所能为。纵使为之,不过能道富贵人语。世以王岐公诗为至宝丹,晏元献不免有‘腰金’、‘枕玉’之句,绳以诗家之法,谓之俗可也。故诗必天地畸人、山林退士,然后有标致;必空乏拂乱,必流离颠沛,然后有感触,又必与其类锻炼追琢,然后工。”[11]但刘克庄一方面说“诗非达官显人所能为”,另一方面又说“古诗大率达而在上者之作也”，为什么呢？他阐明说：“谓穷乃工诗，自唐始，而李、杜为尤穷而最工者。然甫旧谏官，白亦词臣，岂必皆窭主人饥饿而鸣哉？”“昔庐陵、半山二公，愈贵愈显其诗愈肆，岿然为吾祖。”[12]作诗要有一定的文化教养，也需要一定的经济基础，“古诗大率达而在上者之作”，大致合乎历史事实；“谓穷乃工诗，自唐始”也符合诗学批评史的历史事实。尽管“自古放臣多感慨”，名作“多在谪官时”，前提是诗人曾经为官，然后才是流放、贬谪。穷可工诗，贵亦可工诗。穷而后工，诗人创作之一端而已。

欧公之后，宋人从不同角度阐发了“诗穷后工”的诗学内涵，这一切都有助于我们从特定的文化背景和特定的语境下去理解和评析欧阳修的诗学理念。

二

欧阳修“穷而后工”说在当代学界也被广泛关注，近年有学者提出了全新的观点，“穷而后工”说的理论内涵在争论中被论者从不同的角度加以阐发。

首先是治批评史者关注这一命题。罗根泽《中国文学批评史》认为，欧阳修“诗穷而后工”的说法和韩愈“穷苦之言易好”的主张是一致的，“止是韩愈的话很简单，欧阳修进而有多方面的论述而已”[13]。在批评史相关论著中，顾易生、蒋凡、刘明今所著《宋金元文学批评史》所论，篇幅相对较大，论述充分且具有代表性，逐录如下，以便参照讨论：

> “穷而后工”说盖源出于司马迁的“发愤著书”之说。唐杜甫《天末怀李白》有“文章憎命达”之叹，白居易《序洛诗》更称“世所谓‘文士多数奇，诗人尤命薄’”。韩愈也曾说过：“欢愉之辞难工，而穷苦之言易好。”欧阳修则在这里进一步接触到作家的生活遭遇对其创作成就的重要作用。古代社会的进步文人，往往在政治上受到压抑，遭遇种种困境，抱

负和理想不能实现,但这却使他们有机会深入观察事物,接触穷苦人民的生活。由于触事感物,忧思悲愤,进而兴与怨刺,用诗歌来批判现实,发泄不平,唱出穷苦者的心声,写出光辉的作品。诗人的境遇愈是穷困,触事感物的面就愈广阔,生活体验和现实感受就愈深刻,在创作上就能够"写人情之难言",因而愈穷则愈工。他所说的"非诗之能穷人,殆穷者而后工也",正是古代许多优秀作家在创作上获得成就所走过的痛苦道路。屈原的长期放逐,杜甫的穷饿流浪,都是具体的例证。

但是,欧阳修在文章中,一方面赞美梅圣俞的诗"穷而后工",同情他的遭遇,同时又为他惋惜,说他如果得幸用于朝廷,作雅颂之篇,歌咏大宋之功德,"岂不伟欤?奈何使其老不得志,而为穷者之诗,乃徒发于虫鱼物类、羁愁感叹之言",这又反映了作者思想中的矛盾。[14]

当代流行的中国文学史教材和中国诗学论著也多论及"诗穷后工"说,但因限于篇幅和体例等原因,未有深入论述,且观点大多比较一致。袁行霈先生主编的《中国文学史》(三)在"欧阳修、梅尧臣、苏舜钦的诗歌"一节仅有一句"……并提出了'诗穷而后工'的诗歌理论",在注释中补充说:

唐代韩愈已注意到诗歌创作有"欢愉之辞难工,而穷苦之言易好"的现象,欧阳修则从作者遭遇的角度探究其原因,更为透辟。[15]

郭预衡先生主编的《中国古代文学史长编》论及欧阳修"重视感情因素,提倡穷工之说",仅谓:

欧阳修在总结前人创作经验中提出了"穷而后工"的理

论，在中国的文学理论中产生了深远影响。[16]

孙望、常国武主编的《宋代文学史》和程千帆、吴新雷编著的《两宋文学史》论述稍有不同：

> 欧阳修还发挥了韩愈“欢愉之辞难工，而穷苦之言易好”的观点，在其《梅圣俞诗集序》、《薛简肃公文集序》等序跋中，他生动地论述了生活与创作的关系，提出了著名的“文章穷而益工”论，触及到了古代文艺的特殊规律，从理论上说明了文章事业的独立地位。[17]
>
> 欧阳修在《梅圣俞诗集序》中，还提出了穷而后工的著名论点。……欧阳修认为梅诗的成就是与其穷困的生活经历密切相关的：“予友梅圣俞少以荫补为吏，累举进士，辄抑于有司，困于州县，凡十余年。”真正是“梅穷独我知”。欧阳修提出了穷而后工的见解，原意是对尧臣的一种慰藉。在封建社会里，政治上的失意，经济上的穷困，就必然使诗人不能不面对冷酷的现实；这也就使诗人更易于接近苦难的人民，从而可能写出一些好的或较好的作品来。所以这个论点，在长时期里一直为人们所接受。[18]

近年来，一些学者在相关论著中提出了新的看法。葛晓音《北宋诗文革新的曲折历程》一文指出，欧阳修在《梅圣俞诗集序》中的说法“提出了要将忧思怨愤化为怨刺的问题，既比韩愈更明晰地说出了‘穷苦之言易好’的道理，又委婉地批评了柳开、石介为代表的一批困顿士人只为个人叹穷嗟卑、或为求自达而一味歌诗颂圣的创作倾向”。[19]周裕锴在《自适与自持——宋人论诗的心理功能》一文及其所著《宋代诗学通论》则提出了全新的观点。周裕锴认为：

> （欧阳修《梅圣俞诗集序》）这篇文章虽脱胎于韩愈

《送孟东野序》,却表现出宋人特有的一些新观念:第一,对诗人"少达而多穷"的说法提出异议。这是因为宋诗人政治地位明显高于唐诗人,所以特别于此辩驳。后来刘克庄也认为,古诗"大率达而在上者之作","谓穷乃工诗,自唐始"。(《后村先生大全集》卷九四《王子文诗序》)。达者自有不同于穷者的心态,对诗的功能要求也自然有别。第二,对"穷"字的理解与韩愈不同,韩愈指的是"穷饿其身,思愁其心肠"的个人生活状况,属经济范畴;欧指的是"士蕴其所有而不得施于世"的政治抱负无法实现的处境,属政治范畴。第三,对"穷者之诗"、"羁愁感叹之言"极为惋惜甚至轻视,与韩愈在《荆潭唱和诗序》中以"羁旅草野"之文为极致的认识恰好相反。此外,推崇《雅》、《颂》也隐含不取《离骚》幽忧愤叹的趣尚。因此,如若不是断章取义的话,欧氏"诗穷而后工"的说法与"不平则鸣"或"发愤著书"有相当的差异。[20]

全新的视点,严密的论证,令人耳目一新。

三

前哲今贤从不同视点的探讨,为我们全面深入地把握欧阳修"穷而后工"说的内涵开拓了思路,促使我们去进一步探讨。

首先是欧阳修"穷而后工"说的源承流变问题,多数论者都认为其远祖司马迁"发愤著书"说,近承韩愈"不平则鸣"说。周裕锴却观点鲜明地指出"这篇文章虽说脱胎于韩愈《送孟东野序》",却"对诗人'少达而多穷'的说法提出异议"。

我赞同周裕锴先生的观点,说欧阳修"对诗人'少达而多穷'的说法提出异议",这是只要细读《梅圣俞诗集序》都会产生的第一印象。欧阳修在文章开首就写道:"予闻世谓诗人少达而多穷,夫岂然哉?"用的是反诘的语气。本来应该引起关注的地方,却因我们我们接受了"发愤著书"、"不平则鸣"、"穷而后工" 在理论上一脉相承的观念,在

"惯性思维"中忽略了。为什么这样讲呢,因为时异境迁,"宋诗人的政治地位明显高于唐诗人,所以特别于此辩驳"。据有关资料记载,宋人朱新仲曾自豪地说:

唐之诗人,达者惟高适,适位不过常侍。本朝欧、王、苏、黄出,徐(俯)、陈(与义)、韩(驹)、吕(本中)继之,八人……一相三执政,四从官,何其盛也。[21]

文士一入仕途,其禄俸待遇也远远高于前代。洪迈《容斋续笔》卷16载:

唐世朝士俸钱至微,除一项之外,更无所谓料券、添给之类者。白乐天为校书郎,作诗曰:"……俸钱万六千,月给亦有余。……"及为翰林学士,当迁官,……喜而言志,……而其所得者,亦俸钱四五万,廪禄二百石而已。今之主簿、尉,占优饫处,固有倍蓰于此者矣,亦未尝以为足,古今异宜,不可一概论也。[22]

所以,仅就"诗人少达而多穷"这个命题而言,唐宋诗人的人生境遇已是异代不同时,社会地位已发生了极大变化,此乃欧阳修需要诘问辩驳之一;其二,韩愈所指的是"穷饿其身,思愁其心肠"的个人生活状况,属经济范畴;欧指的是"士蕴其所有而不得施于世"的政治抱负无法实现的处境,属政治范畴,论题之内涵与外延不同,此为欧阳修要反诘辩驳之二;其三,在经济范畴之"穷"与仕宦穷达之"穷"有所不同之基础上,欧阳修更关注的是诗人不仅要位居显达,更重要的是要"身穷而心达"。因为,就宋代诗人之社会地位而言,尽管因为"重文轻武"的基本国策而普遍提高,但就宋代最高统治者而言,他们对藩镇割据,悍将跋扈刻意防范,对文臣也时存戒心,所以在政坛复杂激烈的斗争中,宦海浮沉,许多诗人也迭遭忧患,一部宋代诗歌史中,诸多诗人遭谤被贬，甚且诗祸、党锢，含冤莫明。因此，欧公文中之达，不仅是指诗人位居显达，更主要的是“身穷而心达”。欧阳修钦服范仲淹“少有大节，于富贵贫贱毁誉欢戚不一动其心，而慨然有志于天下”的风范，崇尚其“达人之节”：

是以君子轻去就，随卷舒，富贵不可诱，故其气浩然，勇过于贲育，毁誉不以屑，其量恬然，不见于喜愠，能及是者，达人之节而大方之家乎？[23]

探讨欧阳修“穷而后工”说，不仅要追溯源流，更需要探求的是欧阳修《梅圣俞诗集序》一文究竟旨归何处。我们赞成《两宋文学史》中“欧阳修提出穷而后工的见解，原意是对尧臣的一种慰藉”的观点。因为读者只要细细品读《梅圣俞诗集序》，对此都会有真切的感触。欧文谓：

予友梅圣俞，少以荫补为吏，累举进士，辄抑于有司，困于州县，凡十余年，不得奋见于事业。……其为文章，简古纯粹，不求苟说于世，世之人徒知其诗而已。……世既知之矣，而未有荐于上者。……虽知之深，亦不果荐也。若使其幸得用于朝廷，作为雅颂，以歌咏大宋之功德，荐之清庙，而追商周鲁颂之作者，岂不伟欤？奈何使其老不得志而为穷者之诗，乃徒发于虫鱼物类、羁愁感叹之音？世徒喜其工，不知其穷之久而将老也，可不惜哉！[24]

行文之间，一唱三叹，对友人充满了叹惋之情。在《江邻几文集序》中，欧阳修在历数友朋丧亡零落，感叹欷歔之余，再次道出了自己对梅尧臣惜其不遇，序其诗文以怀念告慰之意：

……交游零落如此，反顾身世死生盛衰之际，又可悲夫！而其间又有不幸罹忧患，触网罗，至困厄流离以死，与夫仕宦连蹇，志不获伸而殁，独其文章尚见于世者，则又可哀也欤！然则虽其残篇断稿，犹为可惜，况其可以垂世而行远也！故余于圣俞、子美之殁，既已铭其圹，又类集其文以序之，其言犹感切而殷勤者，以此也。[25]

推而论之，欧阳修《梅圣俞诗集序》中所论"古穷人之辞"，"愈穷则愈工"，仅文学创作之一端，而欧阳修本身"对'穷者之诗'、'羁愁感叹之言'极为惋惜甚至轻视"。在序文中叹惜梅尧臣"奈何使其老不得志而为穷者之诗，乃徒发于虫鱼物类、羁愁感叹之言？"在其《与尹师鲁书》中，欧阳修对"戚戚怨嗟"表示出不满和轻视：

又常与安道言，每见前世有名人，当论事时，感激不避诛死，真若知义者，及到贬所，则戚戚怨嗟，有不堪之穷愁形于文字，其心欢戚无异庸人，虽文公不免此累。用此戒安道，慎勿作戚戚之文。[26]

宋人重性命之学，身达心亦达，身穷心仍达，是一种生活的境界和艺术。南宋胡仔在《苕溪渔隐丛话》中承继了欧阳修的观点：

凡人能处忧患，盖在其平日胸中所养。韩退之，唐之文士也，正色立朝，抗颜谏佛骨，疑若杀身成仁者，一经窜谪，则忧患无聊，概见于诗词。[27]

因此，细味《梅圣俞诗集序》，联系欧公相关论述，我们完全可以这样认为，欧阳修"穷而后工"说虽与韩愈"不平则鸣"说有一定的联系，但"有相当的差异"；从《梅圣俞诗集序》的逻辑结构和情感指归而言，欧公先是对"诗人少达而多穷"的命题提出辩驳，然后论述了"穷而后工"的原因。但其与韩愈"穷苦之言易好"之根本区别在于，欧阳修不是像韩愈那样强调"穷饿其身,思愁其心肠",而是突出了梅尧臣"蕴其于所有而不得施于世","老不得志"而为穷者之诗;正是由此出发,欧阳修在肯定梅尧臣诗歌创作成就的同时,对梅尧臣蹉跎一生,未展襟怀,"徒发于虫鱼物类、羁愁感叹之言",表示了叹惜之情,表达了他对传统的"穷者之诗"的态度。所以,就《梅圣俞诗集序》之指归与全文之逻辑结构而言,欧公所要表达的是对亡友的抚慰和惋叹,并非有"矛盾"之嫌。其中流露了欧公以及影响到后世的"如何处穷",在坎坷人生中如何高尚心志,从而做到身穷而心达的艺术化人生境界的命题,并产生了深远影响。这种追求在苏轼身上体现得尤为明显。苏轼最为欣赏的门生秦观在《傅彬老简》中评价苏轼说:

苏氏之道,最深于性命自得之际。其次才器足以任重,识足以致远,至于议论文章,乃其与世周旋,至粗者也。[28]

说苏轼"最深于性命自得之际",即是指其人格风貌精神气度而言,如其坦荡率真、随缘放旷、风流潇洒,直面人生又笑对人生的"坡仙"风范,尤其是在人生黑暗岁月,"惯于长夜过春时"的人格张力。总而言之,这一切都是值得我们认真总结的。

参考文献

[1][23][24][25][26]欧阳修. 欧阳修全集[M].北京:中国书店,1991.

[2][3]周义敢,周雷.梅尧臣资料汇编[Z].北京:中华书局,2007.

[4]张耒.张耒集[M].李逸安,点校.北京:中华书局,2000.

[5]李纲.五峰居士文集序[A]//洪本健.欧阳修资料汇编[Z].北京:中华书局,2004.

[6]陆游.陆放翁全集[M].北京:中国书店,1991.

[7][8][11][12] 吴文治.宋诗话全编[Z].南京:江苏古籍出版社,1998.

[9][10]刘克庄.后村先生大全集[M].成都:四川大学出版社,2008.

[13]罗根泽.中国文学批评史[M].上海:上海古籍出版社,1984.

[14]顾易生.宋金元文学批评史[M].上海:上海古籍出版社,1996.

[15]袁行霈.中国文学史[M].北京:高等教育出版社,2001.

[16]郭预衡.中国古代文学史长编[M].北京:首都师范大学出版社,1996.

[17]常国武,孙望.宋代文学史[M].北京:人民文学出版社,1996.

[18]程千帆,吴新雷.两宋文学史[M].上海:上海古籍出版社,1991.

[19]葛晓音.北宋诗文革新的曲折历程[J].中国社会科学,1989(2).

[20]周裕锴.宋代诗学通论[M].上海:上海古籍出版社,2007.

[21]王应麟.困学纪闻[M].翁元圻,注.上海:上海古籍出版社,2008.

[22]洪迈.容斋随笔[M].孔凡礼,点校.北京:中华书局,2006.

[27]胡仔.苕溪渔隐丛话[M].廖德明,校点.北京:人民文学出版社,1962.

[28]秦观.秦观集编年校注[M].周义敢,程自信,周雷,校注.北京:人民文学出版社,2001.

◎杨许波

苏舜钦"以文为诗"考说

古体诗一开始就有朴拙的散文句法，到了唐代杜甫开始有意识地在诗歌中运用以文为诗这一艺术手法，韩愈更是进行了很大的发展和创造。但杜甫只是偶一为之,韩愈也"只是有部分作品存在着以古文为诗的情况,尤其是七言古诗"。[1]到了宋代,欧阳修、梅尧臣、苏舜钦更将其扩充,使之成为宋诗的一大特点。

关于"以文为诗"的具体方法,王水照先生认为主要是:"把散文的一些手法、章法、句法、字法引入诗中,也指吸取散文无所不包的犹如水银泻地般地贴近生活的精神和自然、灵动、亲切的笔意笔趣。"[2]程千帆先生指出还包括以古文中常见的议论为诗、化复句为单句、故意避免对仗等。

苏舜钦最早以古文歌诗得名,"当天圣中,学者为文多病偶对,独舜钦与河南穆修好为古文歌诗"[3],在大力提倡古文古体诗的同时,他也自觉地在古体诗中大量地运用以文为诗这一手法作诗。

一、句尾虚词入诗与句式散文化

"之、乎、者、也"等古文中习见的语尾虚词在苏舜钦的古体诗中较多出现。

"之"如:"为闻悟真之寺之嘉名","正在白云之中央","殿宇之后林莽中","我闻为之久颦蹙"(《蓝田悟真寺作》)[4],"览君古风之章句","上有致君却敌之良策，下有逍遥傲世之真趣","明珠投闇人疑之”,“自余之外胡足思”,“公初之道既如此”(《吕公初示古诗一编因以短歌答之》),“搏膺念之子”(《老莱子》),“崄由人为之”(《太行道》),“有备军之志”,“何尝识会兵之机”,“其余劓馘放之去”,“尽由主将之所为”(《庆州败》)等。

“乎”如:“痛乎神圣姿”(《感兴·后寝藏衣冠》),“嗟乎古昔未开时”(《太行道》),“胡颜奔走乎尘世”,“嗟乎吾道不如酒”(《对酒》),“惜乎志大名位卑”,“宜乎穷约而不悲”(《吕公初示古诗一编因以短歌答之》)等。

“者”如:“高者欲作天朋党,深者疑断地血脉”(《太行道》),“存者亦乏食”(《吴越大旱》),“君辈乃知者”(《出京后舟中有作寄仲文韩二兄弟永叔欧阳九和叔杜二》),“无战王者师”(《庆州败》),“罪者既稽诛,功者不见阅”(《己卯冬大寒有感》)等。

“也”如:“丈夫少也不富贵”(《对酒》)等。

“乃”如:“乃复祭于墓”,“乃为侈所蛊”(《感兴·后寝藏衣冠》),“君来无乃左”(《答宋太祝见赠》),“舟楫乃其职”(《吴越大旱》),“今乃有毒厉”(《城南感怀呈永叔》),“酣觞大嚼乃事业”(《庆州败》),“一乃颠挤死其谷”(《蓝田悟真寺作》)等。

其他如“然”:“丧坠不收宜尔然”(《太行道》);“哉”:“惜哉共俭德”(《感兴·后寝藏衣冠》);“夫”:“夫何险此极”(《太行道》);“矣”:“岁月今逝矣”(《舟中感怀寄馆中诸君》);“吁”:“才业吁异常”(《舟中感怀寄馆中诸君》);“焉”:“世上安途故有焉”(《太行道》)等等。

古文中习见的语尾虚词入诗,必然会使诗的句式散文化。如“上有致君却敌之良策,下有逍遥傲世之真趣”(《吕公初示古诗一编因以短歌答之》),“岁月今逝矣”(《舟中感怀寄馆中诸君》),“丈夫少也不富贵,胡颜奔走乎尘世”(《对酒》),“其间有亭号佚老,山水之间为胜选。黄氏有子乐其亲,缔葺之勤由富善”(《黄雍于西安修水之侧起佚老亭以奉亲》),“已与云雾相翱翔”,“路旁已见芬芬菊”,“且云白氏子诗乃实录”,“又云此地无留宿”,“殿宇之后林莽中”,“我闻为之久颦蹙”,“始觉全躯已为福”,“侧睥又复心瑟缩”(《蓝田悟真寺作》)。

同时没有这些虚词的诗句也多用古文句法。如“三丁二丁死，存者亦乏食”，“二年春及夏，不雨但赫日”(《吴越大旱》)，“十有七八死，当路横其尸”(《城南感怀呈永叔》)，“释曰演者何声名。当年余尝与之语，实亦可喜无俗情”(《赠释祕演》)，“长桥南走群山间，中有雍子之名园”(《和子履雍家园》)，“或疑月入此石中，分此二曜三处明。或云蟾兔好溪山，逃遁出月不可关”(《月石砚屏歌》)等。

古文中习见的语尾虚词入诗，和句式的散文化可以使诗的句法和节奏远于常见的诗而近于文，产生独特的艺术效果，但却不是以文为诗的主要表现，用得太多会削弱诗歌语言的精练感和形象性。

二、以古文手法与章法入诗

古文多用铺叙而少比兴，苏舜钦的古诗尤其是五言古诗也多平铺直叙，其中的政治诗、交游诗等基本上都是由叙事和议论组成。《感兴》(后寝藏衣冠)先叙秦、汉、魏、唐、宋以来的历史，后议论时事，最后感慨。《感兴》(瞽说圣所择)记叙林书生上书得罪事，最后议论。《及第后与同年宴李丞相宅》先自叙，后写宴集，最后表达志愿。《和韩三谒欧阳九之作》先自叙，后叙韩子邀己同谒欧阳修的过程，最后议论。写景记游诗也多铺叙，如《游山》首句“上春游南峰”交代时间和事件，二、三、四句“出自阊扉西。崎岖缘田塍，时又涉狭磎”写至南峰的过程；五句“午初至峰下”写中午来到峰下；六到十句写峰下所见烂古碑和支公居；十一句“蹦岭到天平”交代来到天平，“上观”有石屋、苍壁、白泉，“西岩”有斜光穿过窗户，后又写“朝餐下木渎”，游琴台；二十三、二十四两句写沿着弯曲的“麋鹿蹊”，“南向又渡岭”；三十一句写“夜阑宿虚堂”；三十三句写次日凌晨“西南登尧峰”；四十八句“凌晨过横山”，开始峰顶所见，后又“北渡千丈桥”，最后“及还城中居”，俨然是一篇游记的作法，其章法全类古文。

王水照先生曾分析《吴越大旱》：“首写吴越大旱的天灾，次写西夏侵扰给吴越带来的人祸，最后一段议论，表达作者的愿望。长篇结构完整而又有起伏呼应，条分缕析而不呆板干瘪。”[5]苏舜钦的许多诗都有这样的特点。如《感兴》(后寝藏衣冠)、《感兴》(瞽说圣所择)、《及第后与同年宴李丞相宅》、《和韩三谒欧阳九之作》等诸诗,均结构清晰,脉络井然。

古文的手法和章法入诗在造成其诗歌挥洒自如、委曲详尽、夹叙夹议等特点的同时,也使其诗歌近于赋而远于比兴,缺乏形象和意境;所以在结构完整、脉络清晰的同时有些诗也出现程式化倾向,且结构单一,转折生硬,缺少变化。

三、化复句为单句,故意避免对仗

近体律诗出现之后,古体诗依然流行,但却产生了两种情况:一是“以律入古”,在篇中多用律句;一是尽量与近体诗所要求的格律相违背。苏舜钦的古诗基本上没有律句,即使有句意和词性两两相对的,也会违背近体诗的格律。在他 27 首七言古诗中,共有 11 首 22 处这种句意和词性相对的句子,可以分为两类:一是上下两句故意出现相同的字,破坏律句上下两联相对的格律,如:

1.高者欲作天朋党,深者疑断地血脉。(《太行道》)

2.既以脂粉傅我面,又以珠玉缀我腮。(《城南归值大风雪》)

3.偶然不以穷见弃,旷然不以位自骄。(《奉酬公素学士见招之作》)

4.上有致君却敌之良策,下有逍遥傲世之真趣。(《吕公初示古诗一编因以短歌答之》)

另一类是不合近体诗律句的平仄:

5.不为膏粱所汩没,直与忠义相沈浮。(《送李冀州诗》)
仄仄平平仄仄仄,仄仄平仄平平平

6.旆旌明灭朔野阔,笳鼓凄断边风愁。(《送李冀州诗》)

仄平平仄仄仄仄,平仄平仄平平平

7.左右无底壑,前后至顽石。(《太行道》)

仄仄平仄仄,平仄仄平仄

8.苍云蔽天竹色净,暖香扑地花气繁。(《和子履雍家园》)

平平仄平仄仄仄,仄平仄仄平仄平

9.拟攀飞云抱明月,欲踏海门观怒涛。(《奉酬公素学士见招之作》)

仄平平平仄平仄,仄仄仄平平仄平

10.上言风物丽复壮,下述宴集乐且遨。(《奉酬公素学士见招之作》)

仄平平仄仄仄仄,仄仄仄仄仄仄平

11.近罹罪辱舌虽在,每避嫌谤口已胶。(《奉酬公素学士见招之作》)

仄平仄仄仄平仄,仄仄平仄仄仄平

12.无战王者师,有备军之志。(《庆州败》)

平仄平仄平,仄仄平平仄

13. 老蚌向月月降胎, 海犀望星星入角。(《月石砚屏歌》)

仄仄仄仄仄仄平,仄平仄平平仄仄

14. 彤霞烁石变灵砂, 白虹贯岩生美璞。(《月石砚屏歌》)

平平仄仄仄平平,仄平仄平平仄仄

15.纷纷媚影动波上,的的远势横沙头。(《九月五日夜出盘门泊於湖间偶成密会坐上书呈黄尉》)

平平仄仄仄平仄,仄仄仄仄平平平

16.区区才知自劳役,扰扰尘俗多悲忧。(《九月五日夜出盘门泊于湖间偶成密会坐上书呈黄尉》)

平平平平仄平仄,仄仄平仄平平平

17.长江走澜天外来,黄鹄轩风日边去。(《吕公初示古诗一编因以短歌答之》)

平平仄平平仄平,平仄平平仄平仄

18.昔时名价满天下,此日塞默趋尘泥。(《吕公初示古诗一编因以短歌答之》)

仄平平仄仄平仄,仄仄仄仄平平平

19.杖父奔蹶喜出泣,妇女聚语气激昂。(《寄富彦国》)

仄仄平仄从仄仄,仄仄仄仄仄仄平

20.天子仄席旰未尝,相君日暮犹庙堂。(《寄富彦国》)

平仄仄仄仄仄平,仄平仄仄平仄平

21.眼看好景懒下马,心随流水先还家。(《寄王几道同年》)

仄仄仄仄仄仄仄,平平平仄平平平

22.步头浴凫暖出没,石侧老松寒交加。(《寄王几道同年》)

仄平仄平仄仄仄,仄仄仄平平平平

四、议论为诗

胡问涛、罗琴先生《论苏舜钦诗歌的艺术特色》一文中详尽分析了苏舜钦诗歌的议论化。[6]他们将苏舜钦古诗中的议论分为五种:政治诗中采用夹叙夹议的手法,或在篇中点题,或在卒章明志,明确地表明自己的态度和看法;怀古咏史之作,借古讽今,议论兴亡教训;揭露现实黑暗和丑恶的诗,把忧国忧民的思想感情倾注进去,代民立言,为民请命;写景中造成某种气氛,然后引起议论;塑造抒情主人公,以直抒胸臆的言志方式发表议论。确实,苏舜钦诗中的议论存在于他的各种题材中,不管是叙事、写景还是抒情。

程千帆先生认为以议论入诗"只是扩充了诗歌议论的成分,而非只是在诗中说理,不在诗中抒情",这种"以形象的方式来发表议论,以议论的方式来加强形象,可以说自古有之”。[7]苏舜钦诗中的议论并不是凭空说理,而是和自己的经历、情感、感慨相结合,恰当的议论有助于抒情,并不会影响诗歌整体的艺术性。但是也有一些诗,缺少感情和形象,全篇只是议论,没有诗的味道。

五、近体律绝

程千帆先生曾指出“以文为诗,古诗接受古文的影响易,而律、绝接受古文的影响,即使不是不可能,也很困难”[8],而苏舜钦的近体律绝也开始大量地运用这种手法。

很多首近体律绝都出现了古文中习见的语尾虚字,如“伤哉吾道欲何依”(《扬州城南延宾亭》)、“昔也衣裾已化尘”(《送陈进士游江南》)、“委顺闻之旧”(《病中得杜丞相见寄诗感而有作》)、“人云之子贤”(《黎生下第还乡》)、“郑声今遁矣, 古道此焉存”(《怀月来求听琴诗因作六韵》)、“此向东南特壮哉”(《杭州巽亭》)、“嗒尔暂能离世网,陶然直欲见天机”(《春睡》)、“老僧怪我何为者”(《宿华俨寺与友生会话》)等。句式也有许多散文化的,如“五年六经此,仰首叹劳生。山是往时色, 人皆今日情”(《过泗水》)、“五云寺下石桥边”(《送张行之越》)、“闭之塞漠为良策,啖以民膏是失图”(《串夷》)、“我实宦游无况者,拟来随尔带笭箵”(《松江长桥未明观渔》)等。

近体诗中出现了较多的议论,如七绝《题花山寺壁》“寺里山因花得名,繁英不见草纵横。栽培翦伐须勤力,花易凋零草易生”,七绝《题广师法喜堂》“我为名驱苦俗尘,师知法喜自怡神。未知欢戚两忘者,始是人间出世人”,五律《诗僧则晖求诗》“全吴气象豪,诗思合翘翘。风雅久零落,江山应寂寥。会将趋古淡,先可去浮嚣。好约长吟处,霜天看怒潮”,七律《串夷》“区区黠虏敢狂呼,遣使峨冠谒上都。辄出封章辞国命,妄传声势困军须。闭之塞漠为良策,啖以民膏是失图。淳俗易摇无自挠,每闻流议一长吁”等几乎整首诗都是议论,边叙边议、写景之后的议论、直抒胸臆的议论等更是常见。

有些近体诗的章法受到以文为诗的影响, 如《关都官孤山四照阁》一诗："势压苍崖险可惊，攀云半日到轩楹。旁观竹树回环翠，下视湖山表里清。渐觉愁随烟霭散，只疑身有羽翰生。他年君挂朱轓后，蜡屐邛枝伴此行。"第一句总写坐落于孤山上的四照阁整体给人的感觉，也是游人在山脚下向上看所得到的感受，次句写至四照阁"攀云半日"，形容四照阁的高；三、四两句写四照阁上所见，旁观则竹树回环，望眼皆翠，下视则湖光澄澈，山影嶙峋；五、六两句写自身感受；七、八两句表达愿望。结构完整，层次清晰，俨然古文作法。

诗歌和散文毕竟是两种文体，虽然文体之间的互相交叉可以丰富彼此的艺术手法，"诗歌必须有诗的形象、诗的感情、诗的语言、韵律，即区别于一般应用文的特性，这是前提，但又应同时承认诗歌风格、写法、体裁的多样化。'以文为诗'只是宋诗的一个特点，它也可以成为优点也可以成为缺点，关键在于遵循还是离开诗之所以为诗的特性。"[9]作为较早的尝试者之一，以文为诗这一艺术手法使苏舜钦诗歌独具特色的同时也难免会有坏的影响，这些都是诗歌探索中必须付出的代价。

总的来说，苏舜钦继承了杜甫、韩愈，较早在诗中大量使用以文为诗这一艺术手法，不仅在古体诗，同时扩展到近体律绝，使他的诗歌同之前的白体、晚唐体、西昆体诸诗人的诗歌创作相比显现出独特的面貌，也使宋诗开始出现了迥异于唐诗的独立的面貌。

参考文献

[1][7][8]程千帆.古诗考索·韩愈以文为诗说[M].上海：上海古籍出版社，1984.

[2][9]王水照.宋代文学通论[M].开封：河南大学出版社，1997.

[3]脱脱.宋史·苏舜钦传[M].北京：中华书局，1977.

[4]苏舜钦.苏舜钦集编年校注[M]. 傅平骧，胡问涛，校注.成都：巴蜀书社，1991.(本文所引苏舜钦诗文皆据此书)

[5]王水照.王水照自选集·宋代诗歌的艺术特点和教训[M].上海：上海教育出版社，2000.

[6]胡问涛,罗琴.论苏舜钦诗歌的艺术特色[J].重庆师院学报哲社版,1995(2).

◎张 燕

王安石词研究述评

比起对北宋其他几位大家的研究，关于王安石的研究显得比较冷清，且研究方向都集中于其诗文及政治思想，词在很大程度上处于一个被忽略的地位。虽然如此，还是有一些论者对他的词留下了一些或褒或贬的评价。

对王安石词作了肯定的，有宋朝的王灼："王荆公长短句不多，合绳墨处，自雍容奇特。"[1]清代刘熙载也指出："王半山词瘦削雅素，一洗五代旧习，惟未能涉乐必笑，言哀已叹，故深情之士无不间然。"[2]近代梁启超云："荆公词不能名家，然亦有绝佳者。"[3]梁启超之后，郑宾于对王安石词的评价颇高："安石为词，全不胎息花间，而实同于范苏。他有超脱的风格，有桀骜的气韵。"[4]郑振铎的评价和郑宾于一致。对王安石词持贬斥态度的有李清照，她在《词论》中说："王介甫、曾子固，文章似西汉，若作一小歌词，则人必绝倒，不可读也。"[5]此外还有清初王士祯也对王安石持贬斥态度，他在《倚声集》中如此评价安石词："王介甫之傀削，而或伤于拗。"

从建国后到"文革"期间，由于种种原因，王安石词未受到关注。20世纪80年代以后，词学研究进入复兴时期，关于王安石词也出现了一些专篇论文，如熊大权《略论王安石在词史上的地位》、程杰《王安石词浅论》、郭瑞林《浅谈王安石对传统词的改革》、王建根《王安石词禅趣论》、涂育珍《论王安石词风的形成》等等；同时，一些文学史也对王安石词有所论及，如刘大杰《中国文学发展史》，郭预衡《中国古代文学史长编》,孙望、常国武《宋代文学史》,章培恒、骆玉明《中国文学史》,袁行霈《中国文学史》等等。虽然这些著作对王安石词大都是三言五语简明扼要地带过，但说明安石词已经引起了学者注意。当然,还有一些文学史和论著对王安石词只字不提,如游国恩的《中国文学史》、吴熊和《唐宋词通论》等。

综观关于王安石词的研究论著，论者的研讨主要集中在以下几个方面：

一、艳情词少,脱离艳科传统

郑宾于在《中国文学流变史》中指出:“安石为词,全不胎息花间,而实同于范苏。他有超脱的风格,有桀骜的气韵。”[6]郑振铎也说:“他的词脱尽了花间的习气,推翻尽了温韦的格调。”[7]程杰在《王安石词浅论》一文中指出王安石词“不作艳语、绮语”[8]。谢雪清在《论北宋初中期“以诗为词”创作倾向的发展轨迹》中也提到王安石词在题材上“不涉艳情”[9]。

北宋初期的词,还是“南唐词风的追随时代”[10],内容大都为男女恋情和伤离念远,没有突破“词为艳科”的藩篱。在这样的创作背景下,王安石 29 首词中却只有两首写男女恋情(《清平乐·留春不住》和《谒金门·春又老》),虽然不像上面四位论者说得那样绝对,但也不失之为“一洗五代旧习”的新气象。对于《清平乐·留春不住》,周紫芝还认为“荆公平生不作是语”[11],可能是平甫词。但大多学者还是认为其为王安石词。无论怎样,从总体来看,安石词确实突破了“艳科”藩篱,“脱离了晚唐五代以来柔情软调的固定轨道”[12]。

二、开豪放词先声

郑宾于在《中国文学流变史》中指出豪放词的确立虽然肇始于苏轼,但在苏之前已经有这种趋势,这种趋势来自于那些“为国操劳”的朝臣。他说:“苏东坡的词是摒绝花间的气息,打破传统的律制的。安石亦然,故他在词中投入了新的内容,抒写了新的情调。故苏词之所以能够自成派别者，安石之功不可没也。"[13]郑振铎在《插图本中国文学史》中论王安石词时说："他的词脱尽了《花间》的习气，推翻尽了温韦的格调，另自有一种桀骜不群的气韵，足为苏辛作先驱。"[14]郭瑞林在《浅谈王安石对传统词的改革》中认为临川词的题材大都有开创意义，"其基本的艺术风格是沉雄、刚劲的"，"对宋词的发展，尤其是对豪放词的兴起，有着不容忽视的意义"。[15]

王安石开豪放词先声的作品主要是指他的三首咏史怀古词：《桂枝香》（登临送目）、《浪淘沙令》（伊吕两衰翁）、《南乡子》（自古帝王州）。蒋克己在《论王安石咏史词》中指出王安石的咏史词："突破了花间的藩篱，恢复了词的本来面目，扩大了词的题材，打破了所谓的诗词分工论，把词提高到诗的地位，使词不仅可以言情也可以言志，直接为现实的政治经济服务，为苏轼和辛弃疾等人词风的形成起了重要作用。"[16]

熊大权在《略论王安石在词史上的地位》一文中指出："其突出的成就在于毫无顾忌地向旧的习俗、风气冲击，他把他在政治上的革新精神以及强调文学要与社会生活紧密联系的文学主张，或多或少的引入词的创作中，突破了'以清切婉丽为宗'、'务求协律'的传统观念，涤荡了五代以来绮靡柔弱的词风，开拓了词的题材内容的表现范围，丰富和提高了词的表现功能及艺术境界，为后来的苏、辛词开了先声。"[17]论及王安石词开豪放词先声的论著还有周维民《王安石词读后》、龙榆生《宋词发展的几个阶段》、陈洪《古代文学基础》、姜书阁《中国文学史纲要》等等。陈芝国、邓丹编选的《豪放词赏读》一书，也把王安石的三首咏史怀古词收录在内。

三、以禅入词

王安石存词仅29首，但其中禅理词就有11首，占较大比重。在他之前的文人，无有援佛入词者，所以这些禅理词就受到比较多的关注。

周维民在《王安石词读后》一文中认为王安石的禅语词："大都格

调不高,近于说教,内容、语言都不可取,是他这些词的糟粕部分,只是数量不多,无伤大旨。”[18]高克勤与周维民持相似观点,他在《王安石词简论》[19]中认为禅语词是王安石词中的糟粕,但这类词对研究他晚期的思想变化很有价值。郭瑞林在《浅谈王安石对传统词的改革》一文中先是否定了王安石禅理词的思想内容与艺术表现,但继而肯定了他对题材的开拓:“这毕竟是小词中从未出现过的新题材,是王安石首先开垦的一块处女地。”[20]涂育珍《论王安石词风的形成》[21]把王安石的词作分为抒写情志和阐释佛理两类,由此把他笔下的语言也归为两个系列,“形象语”和“禅理语”。对于“禅理语”历来受人诟病的那些缺点,如“不借助形象描绘,纯粹说教,忽视、违背了艺术创作规律”等,为王安石开脱了一下,说“他是以一位学者的学术心态来把握禅理”。熊大权虽然也指出王安石禅语词“干巴枯涩,索然无味”的缺点,但更多的是肯定。他认为这类词:“从词的发展角度来看,有两个因素不容忽视:一是将历来词的脂腻粉香的气息彻底扫除了,二是将佛学禅理引入词中,扩大了词的表现范围,为后来的哲理词打开了大门。”[22]涂辛、涂木水的《王安石词思想内容浅析》中关于王安石禅理词的意见与熊大权一致。王建根的《王安石词禅趣论》把王安石写词不离禅趣的原因归结为三点:一是禅词具有避世的功效,二是禅的顿悟是对自我意识的绝对肯定,对个性思维的特殊张扬,三是为了开创词境。他认为王安石“以禅入词,将禅意禅趣充实到自己的词作中,显示了他独到的努力。”[23]

四、“以诗为词”

论及王安石词时,关于他“以诗为词”的讨论也比较多。郭瑞林在《浅谈王安石对传统词的改革》[24]一文中用较大篇幅论述王安石的“以诗为词”,他指出“他(王安石)突破传统词描写的狭小天地,摈弃风月花酒,男欢女爱,把凡能入诗、入文的题材都写入词中”,并提出王安石“以气行文,讲究运气蓄势”。除此之外,他认为王安石以诗为词的最大胆尝试,无过于用集句的形式填词。“集句体在诗中本就别是一格,已属创新之举;用集句形式来填词,就更是惊世骇俗了”。谢雪清在《论北宋初中期“以诗为词”创作倾向的发展轨迹》中除了肯定王安石词在题材上的扩展外，还和郭瑞林一样提出王词的新形式——集句体词,认为王安石先在自己的诗中尝试了集句体,然后将这种形式运用到了词中。他提出王安石和晏几道、苏轼是“以诗为词”成熟期的代表,并指出:“王安石以其为数不多的词作,完全摆脱了传统绮艳的词风和题材,在‘以诗为词’创作倾向的发展上已走向成熟。”[25]

王安石的集句体词有必要专门一提。他的词中集句形式的有 1/4 强,梁启超认为“开番锦集之先声矣”。[26]程杰在《王安石词浅论》中指出,“王安石还是集句词的发起人”,“真正的集句词是从王安石开始的”。[27]百川在《王安石词“三妙”》中说王安石的第三妙处在于“开创集句”。[28]王兆鹏、黄崇浩编选的《王安石集》中,也提到“集句成篇,借他人语句,表自身情感,创自己意境,是王安石的一个发明”。[29]集句为诗为词这种创作方法是有争议的,历来褒贬不一。张白山在《王安石》一书中认为,“集句毕竟不是自己的创作,对它的评价不必过高”。[30]但熊大权认为,“这种格式在当时是一种新的创造和尝试，它的特征是融化出新,浑然一体,并非纯粹的文字游戏”。[31]

在《论王安石词风的形成》一文中,涂育珍认为王安石词体现出一种文体上的“出位之思”,即“试图在词里表现诗所表现的内容,咏古抒怀,谈禅说理,诗词中贯穿着同样的哲理思想,承担着同样的心理功能”。[32]高克勤说到王安石以诗为词的手法时,提到“好用典故”[33]。吴小林在《王安石传》中写到王安石时说:“继范仲淹,欧阳修之后,在词的题材、风格上的开拓和直抒胸臆融诗入词,善用典故等表现手法的发展，对后来苏轼的豪放派和形成以诗为词的特点产生了直接的影响,在宋词发展史上功不可没。”[34]

对王安石的“以诗为词”,除了正面的肯定外,也有学者指出一些方面的缺陷。如郭瑞林提到王安石不顾诗词有别,“完全以宋诗的作风来写词,一任施为,完全失了规矩,使有些词作面目全非”[35],徒具词的形式而全失词的艺术特质。这个问题确实是存在的，而且主要存在于禅理词中，一直受人诟病。

王安石的词虽然不多，但是呈现出一种多样性。人们过去更多地关注政治家王安石，诗人王安石，散文家王安石，对词人王安石的研究还有待加强，应该对他在宋词发展过程中的作用作出客观的评价。

参考文献

[1]王灼.碧鸡漫志[M]//唐圭璋.词话丛编[Z].北京：中华书局，1989.

[2]刘熙载.艺概[M].上海：上海古籍出版社，1978.

[3][26]梁启超.王安石传[M].天津：百花文艺出版社，2006.

[4][6][13]郑宾于.中国文学流变史[M].郑州：中州古籍出版社，1991.

[5]李清照.李清照全集评注[M].徐北文，评注.济南：济南出版社，1990.

[7][14]郑振铎.插图本中国文学史[M].上海：上海人民出版社，2005.

[8][27]程杰.王安石词浅论[J].抚州师专学报，1989(1).

[9][25]谢雪清.论北宋初中期"以诗为词"创作倾向产生的原因[J].内蒙古社会科学(汉文版)，2006(5).

[10]刘大杰.中国文学发展史[M].天津：百花文艺出版社，1999.

[11]周紫芝.竹坡诗话[M]//吴文治.宋诗话全编[Z].南京：江苏古籍出版社，1998.

[12]袁行霈.中国文学史[M].北京：高等教育出版社，1999.

[15][20][24][35]郭瑞林.浅谈王安石对传统词的改革[J].湘潭师范学院·社会科学学报，1988(1).

[16]蒋克已.论王安石咏史词[J].抚州师专学报，1996(4).

[17][22][31]熊大权.略论王安石在词史上的地位[J].江西社会科学，1987(1).

[18]周维民.王安石词读后[J].抚州师专学报，1986(2).

[19][33]高克勤.王安石与北宋文学研究[M].上海:复旦大学出版社,2006.

[21][32]涂育珍.论王安石词风的形成[J].湛江师范学院学报,2002(4).

[23]王建根.王安石词禅趣论[J].抚州师专学报,1993(3).

[28]百川.王安石词“三妙”[J].江苏大学学报,2002(2).

[29]王兆鹏,黄崇浩.王安石集[M].南京:凤凰出版社,2006.

[30]张白山.王安石[M].上海:上海古籍出版社,1986.

[34]吴小林.王安石传[M].广州:广东高等教育出版社,2001.

◎朱伟杰

宋词词序研究述评

词序依词而生,多“用一段比较长的文字来说明作词缘起,并略为说明词意”[1],当然随着词序的发展,词序的功能也渐渐扩大,除了上述功能之外也用来叙事或抒情,并且一些词序具有了自己独特的审美价值。可以说词序的出现为词的表现手法提供了在传统词中无法表现的一些功能,进而为词的发展开拓了一个更广的天地,扩大了词的表现空间,与此同时,其自身的史料价值与艺术价值等也成了研究的关注点。为了更好地研究词及词序,有必要将词序的研究历史作一个粗浅的梳理。

相对于词的研究,对于词序研究的起步可以说是比较晚的,直到20世纪80年代,词序才进入学者们的研究视野,当然以前由于词序自身的特点,在一些研究词的论著中偶尔也会涉及,但更多的时候是将其视为一种“佐证”,并不会对词序本身展开太多的讨论,因此也就谈不上研究,故而我们在这里对这些就不再论述,在这篇文章中,我们只对80年代以来的研究加以讨论。

可以说20世纪80年代是词序研究的萌发期,虽然在某种程度上说词序的研究还仍然依附于词的研究,且涉及词序的论著较少,但是学者们开始注意到词序有其自身的探讨研究价值。当涉及词与词序关系的时候,会对词序产生的历史、特点及价值展开一些分析,如顾易生在他的《姜〈齐天乐〉(并序)试析》就指出:“诗词的由无题进而到有题,或有自序,使主题更明确,创作背景与意图更清楚,这是一种进步现象。”[2]并认为“有了题不能使诗词的意境为题所拘限，仍应让读者有丰富的体会；有了序不是把诗词的内容预先说尽，而是更启迪读者深邃的遐思”，虽然这篇论作的主要目是对姜夔的这首《齐天乐》进行分析，但是顾先生在分析词与词序的关系的时候，已开始注意到词序其自身的价值，像这样的文章这一时期还有许理绚《旨同趣异珠联璧合——姜夔〈扬州慢〉的小序和主词》。然而在这一时期真正单独将词序进行理论分析的当属施蛰存和吴熊和两位先生。施蛰存先生在其《词学名词释义》中不但提出了词序的概念，而且还对词序产生的原因、功用及其与词作本身的关系作了简要的分析，指出词序“用一段比较长的文字来说明作词缘起，并略为说明词意”，在论及词调、词题、词序的关系时说：“唐五代至北宋初期的词，都是小令，它们常用于酒楼歌馆，为侑觞的歌词。词的内容，不外乎闺情宫怨，别恨离愁，或赋咏四季景物；文句简短明白，词意一看就知，自然用不到再加题目。以后，词的作用扩大，成为文人学士抒情写怀的一种新兴文学形式，于是词的内容、意境和题材都变得繁复了。有时光看词的文句，还不知道为何而作，于是作者有必要给词加一个题目。这件事，大约从苏东坡开始。例如东坡《更漏子》词调名下有‘送孙巨源’四字，望江南一首的调名下有‘超然台作’四字，都是用来说明这首词的创作动机及其内容，这就是词题。有了词题，就表明词的内容与调名没有关系。”[3]吴熊和先生就词序产生的原因在《唐宋词通论》中也作了较为详细的分析，指出：“诗文都有题目。一般来说，根据题目就可以推知诗文的内容。词则不然，有的赋调名本意，词的内容与调名相合，那么其调名也就是词题。有的与调名无涉，其调名不过是表明所用的曲调声腔，那么就无法根据调名以窥知词意。为了弥补这个缺陷，苏轼、姜夔等人，于调名之外，或加自注，或作小序借以说明作词缘由与所咏内容。这实际上是一种‘以注代题’或‘以序代题’的方法，是词题的变通形式。”[4]虽然这些研究仅仅是对词序作了一些简单的分析并没有深入展开，但是这些研究对后来的词序研究起了一定的推动作用，开后来词序研究风气之先。

在90年代至当代这一时期的词序研究中，词序才开始真正地作为独立的研究对象进入到古典文学的研究视野，词序研究不再是词研究的“附属品”。在词序研究中，研究者们在结合词作的同时开始以专论的形式对词序的概念、产生的原因、产生的历史过程、价值等都展开了深入的分析与讨论。纵观这一时期的词序研究，主要是沿着两个方向发展：一个方向是就某一位作家词与词序的关系进行研究；另一个方向是从宏观方面就词序产生的原因、历史过程、价值等展开分析。为了论述方便，我们将从上面这两个方面就这一时期的词序研究情况作一个简要的分析。

一、对单个词人词序的研究史

在词序的产生、发展过程中，一些词作者扮演了极其重要的角色，甚至有些词作者在词序的某一时期的发展过程起了决定性的作用，因此对这些人词序的研究构成了词序研究的一个重镇。这些研究主要集中在对张先、苏轼、姜夔等人的词序创作的讨论上。

周玲在她的《论张先词的创新》中认为张先对词序具有首创之功，张先对于词序的探索，对后来的词序创作产生了很大的影响与推动作用，尤其是与他有交往的苏轼。谢雪清的《张先词题材的诗性特点》在探讨了张先在宋初词坛中对词题材的表现范围所作的贡献时，指出张先的词具有显著的诗性特点，表现之一就是题序的大量使用。文中将张先题序分为赠寄、送别、宴饮、记事、咏物、地点、节令、人物、情感九大类加以讨论。这些论述基本上都侧重于对张先开词序风气之先的论述，强调词序对词表现空间的拓展。苏轼可以说是词序发展史上一个里程碑式的人物，郑园的《东坡词题序研究》在分析苏词题序产生原因的同时指出苏词题序的特点是善于将幽曲婉转的词人情致与变幻莫测的客观现实相结合，丰富了读者的审美情趣，使得词体由描写普泛化的情感朝着向个人化情感方向发展的趋势。李惠玲的《苏轼与宋词题序》一文，在分析了苏轼词序独特性、意义及对后世的影响后，指出在宋词题序的发展过程中，苏轼词的题序起到一个承前启后的重要作用,对后世产生了极为重要的影响。应该说这两位论者对苏轼词序的评价都比较到位，符合苏词词序在词序发展史中的地位。

将词序带入到了另一种境界的当属姜夔，他在拓展词序的表现空间的同时,在一些词序的创作中将写景、叙事、抒情等融会在一起,使词序出现了独立的审美品格,故而对他的研究论作相对较多。如张玉璞《词序与姜白石的词序》一文,在简要分析了宋词序产生、兴盛的原因之后,指出与前人创作的词序那种大多文字简短,枯燥平实,质木无文的特点相比较,“白石这些类似游记散文的词序，却是精心构思创作的,极有文采。它既可以独立成篇,又与词契合无间,一散一韵,两位一体,情意互发,相得益彰”[5],对白石词序给予了积极的评价。姚大勇的《姜夔词小序研究》在分析了白石词序的艺术特色及意义的同时,全面肯定白石词序创作,认为:“像姜夔那样着力于词小序创作,且取得杰出成就的,千年以来,唯他一人而已。”[6]李家欣《水乳交融相映生辉——说姜夔的词与序》一文明确指出姜夔的词序以散文的笔调为之,他的词序与词水乳交融般地完美地融合在一起,散韵结合,情境相生,加之意象的多色彩多层次组合,使之呈现出近乎完美的艺术新式。可以说李文对姜夔的词序创作作了全面的肯定。值得一提的是陈洁的《论姜夔词与题序之关系》,在对肯定白石词序创作作出肯定的同时指出姜夔的词序与词在旨趣和情绪上或存在差距,或过分重合,研究时在面对词作的多义性和隐喻性之时,应回到文本之中,不应随意扩大词序的功用,而造成误解。针对姜夔词序进行分析的文章还有如吴功正《姜夔词序的审美鉴赏》、袁向彤的《姜白石词序研究》、赵红的《姜夔词序探讨》,一些文学史的著作在论述姜夔时也会涉及他的词序,如程千帆的《两宋文学史》,孙望、常国武主编的《宋代文学史》,袁行霈主编的《中国文学史》等。综观这些论述,都基本上从白石词序的独特性、艺术价值、史料价值、在词序史上的地位及影响等方面来对其进行分析,从而对其词序作出肯定。由于姜夔词序在词序史上的地位,对它的研究在将来可能会继续下去。

二、对词序宏观的研究史

在对单个词人的词序研究同时，学界也对宋词词序从宏观与整体上作了全面的分析，这方面的论著主要有欧阳逸的《宋词小序泛论》、李冬红的《宋词题序略论》、赵晓岚的《论宋词小序》、刘华民的《宋词小序综论》、肖捷飞的《浅谈宋词题序流变》、王海南的《宋金词词序研究》等，这些研究者分别从词序的概念、发展历史、价值、艺术魅力、影响等方面来展开分析。

欧阳逸的《宋词小序泛论》按照单篇词序与词集的序将词序分为小序与大序两种，这种将"词籍序跋"与单篇词作的"序"分开的划分标准值得商榷。与此同时作者从词序产生、发展、作用等方面对词序进行了较为全面的分析。虽有不足，但是作为80年代以来第一篇对词序进行全面分析的文章，对其他研究者具有启示作用，其首创之功应予以肯定。李冬红《宋词题序略论》将词前小注或小序称为题序，这种概念有时会造成小注、小序、词序、题序的概念混乱。在论及词序的发展史时以张先、苏轼、姜夔为主要分析对象来构建宏观的发展史。相对来说赵晓岚的《论宋词小序》比较系统全面地讨论了宋词序产生的原因、功用、发展历程、特点及其在文学发展史中的地位。在论述词序的发展历史时，她同样也选择了几位代表人物如张先、苏轼、辛弃疾、姜夔、刘辰翁、周密、张炎等，与此同时由于一些词序自身的艺术特性，她指出词序在散文史上也应有其一席之地。刘华民在其《宋词小序综论》中提出宋词序发展的四个里程碑：首创词序的张先，将词序发扬光大的苏轼，创作词序数量最多的稼轩，词序数量和价值最高的白石。可以说刘华民此文的创新之处在于比较细致地论述了词序的发展历程，但缺乏具体数据作支撑。肖捷飞的《浅谈宋词题序流变》侧重对其流变史的分析，将词序的发展阶段分为早期阶段、创新阶段、鼎盛阶段来展开论述，在一些具体问题的分析上基本上与前面的研究者没有太大的差异。这一时期对词序研究较为优秀的著作当属王海南的《宋金词词序研究》，这篇作品在对词序研究史作出简述之后，以量化的数据为基础，对词序的演变历史、艺术特色及地位等都作出了相当详尽而具体的分析，为词序研究史上一篇出色的作品。

这一时期，值得一提的是张惠民先生在其编的《宋代词学资料汇编》中收录了宋代174位词人的“词作题序”共820则、金代13位词人词序114则，这为我们研究词序提供了方便。

综观词序这段不长的研究历史，由于词序自身的特点，注定了其研究空间的有限性，上述的这些研究成果已对其作了一定的分析。然而词序依词而生，我们不能将词序研究单列而脱离词文本的研究，即使那些形式优美，具有一定艺术价值的词序(事实上像这样的词序只占为数不多的一部分)也不可能为我们提供更多的研究空间，我们在对词序研究的时候要充分认识到这一点。我想只有将词序研究与词本身的研究结合起来，才能突破其研究空间上的有限性，才是词序研究的出路。总之词序与词珠联璧合，相映成趣，不但开拓了词已有的表现空间，而且为我们研究词提供了有用的资料，那些形式优美、具有艺术价值的词序展现了词序自身的价值，故而我们有必要对词序的发展史及其研究史作出一些分析，以推动词学研究。

参考文献

[1][3]施蛰存.词学名词释义[M].北京：中华书局，1984.

[2]顾易生.姜夔《齐天乐》(并序)试析[J].文史知识，1983(2).

[4]吴熊和.唐宋词通论[M].北京：商务印书馆，2003.

[5]张玉璞.词序与姜白石的词序[J].学术月刊，1997(8).

[6]姚大勇.姜夔词小序研究[J].新疆大学学报(哲学社会科学版)，1998(4).

◎吴　清

苏辛词异同比较研究述评

词中苏辛，犹如诗中李杜，然李杜诗风之异，众所周知，苏辛词之异同却在学界争论甚久。本文拟对从南宋以降直至当代学术界有关苏、辛词风异同之研究加以回顾整理，叙述前贤宏论，启迪后学文思。

南宋范开《稼轩词序》最早将苏轼与辛弃疾并称："世言稼轩居士辛公之词似东坡，非有意于学东坡也，自其发于所蓄者言之，则不能不坡若也。……其间固有清而丽，婉而妩媚，此又坡词之所无，而公词之所独也。"[1]分析了词风近似的原因，并指出不同之处。沈义父《乐府指迷》首次指出苏辛词共同的风格特征——豪放，他说："近世作词者不晓音律，乃故为豪放不羁之语，遂借东坡、稼轩诸贤自诿。"[2]苏辛词的特色由陈模《怀古录》首先说明："东坡为词诗，稼轩为词论。"[3]刘辰翁详加论述："词至东坡，倾荡磊落，如诗如文，如天地奇观，岂与群儿雌声学语较工拙；然犹未至用经用史，牵雅颂入郑卫也。自辛稼轩前，用一语如此者，必且掩口。"[4]南宋以后，词论家开始辩证地认识苏辛词的优缺点。金代元好问指出二人："吟咏情性，留连光景，清壮顿挫，能起人妙思，亦有语意拙直，不自缘饰，因病成妍者。"[5]明代孟称舜认为："伤时吊古，苏辛之词工矣，然其失则莽而俚也，古者征夫放士之所托也。"[6]清代张惠言《词选》指出苏辛词"渊渊乎文有其质焉"，但"又不免有一时放浪通脱之言出于其间"。[7]刘熙载、王国维、况周颐等论者，也分别指出苏辛词"温柔敦厚"、"词中之狂"以及"秀骨厚神"的特点。

词论家对苏辛词的区别亦关注较多。明代王世贞较早指出“长公丽而壮，幼安辨而奇”[8]。清代彭孙遹以古乐府作比：“欧、苏纯正，非君《黄马》、《出东门》之类欤？放而为稼轩、后村，悲歌慷慨，傍若无人，则汉帝《大风》之歌，魏武《对酒》之什也。”[9]谭献认为：“东坡是衣冠伟人，稼轩则弓刀游侠。”[10]陈廷焯将其归结于个性差异：“东坡心地光明磊落，忠爱根于性生。故词极超旷，而意极和平。稼轩有吞吐八荒之慨，而机会不来。正则可以为郭、李，为岳、韩，变则即桓温之流亚。故词极豪雄，而意极悲郁。”[11]他还从不同角度加以比较，认为苏辛虽千古并称，却各占胜场：“苏、辛并称，然两人绝不相似。魄力之大，苏不如辛；气体之高，辛不逮苏远矣。”[12]“稼轩求胜于东坡，豪壮或过之，而逊其清超，逊其忠厚。”[13]“苏辛千古并称，然东坡豪宕则有之，但多不合拍处。稼轩则于纵横驰骋中，而部伍极其整严，尤出东坡之上。”[14]“东坡词全是王道，稼轩则兼有霸气，然犹不悖于王也。”[15]张德瀛指出：“至奇而不差者，稼轩也。至放而不迂者，子瞻也。”[16]王国维提出“东坡之词旷，稼轩之词豪”[17]，后人往往以此为定评。

五四以后，胡适着眼于作词之法，指出：“东坡到稼轩、后村，是诗人的词”，他们“用词体作新诗”。[18]龙榆生《苏辛词派之渊源流变》一文从情境、修辞、声律三方面总结了苏辛派词的共同特征，肯定其创造精神。郑宾于《中国文学流变史》的评语是：“东坡的词，隣于理想，趋于享乐；稼轩的词，得自经验，重在写实。”[19]钱基博《中国文学史》认为：“苏轼之词，雄娇而臻浑成，其笔圆；弃疾之词，恣肆而为槎枒，其势横。”[20]刘麟生《中国诗词概论》着眼于时事遭际和性格禀赋与词风形成的歧异：“他们都是胸襟阔大的人，苏在政治上不甚得手，辛在政治上比较得意。但是辛弃疾眼看得国破家亡，国仇未雪，他的感愤是苏轼所没有的。所以同是作豪放的词，我们只觉得苏轼的胸襟大，辛弃疾的悲愤多咧。”[21]表达类似观点的还有冯沅君、陆侃如《中国诗史》和赵景深《中国文学史纲要》。

苏辛词一向被视为变体，汪莘《方壶诗余自序》较早言及：“词至东坡而一变，其豪妙之气，隐隐然流出言外，天然绝世，不假振作；

……三变而为辛稼轩，乃写其胸中事，尤好称渊明。”[22]元好问将苏辛置于词坛巅峰：“乐府以来，东坡为第一，以后便到辛稼轩。”[23]清代《四库全书总目》的观点最为公允：“（词）至轼而又一变，如诗家之有韩愈，遂开南宋辛弃疾等一派。寻源溯流，不能不谓之别格。然谓之不工则不可。故至今日，尚与花间一派并行而不能偏废。”[24]王士祯云“语其变则眉山导其源，至稼轩、放翁而尽变”[25]，谢章铤云“苏、辛自立一宗，不当侪于诸家别派之中”[26]，观点类似。陈廷焯一反“变体”之论，视苏辛为正声：“张皋文《词选》，独不收梦窗词，以苏、辛为正声，却有巨识。……苏、辛自是正声，人若学不到耳。”[27]先著、程洪的《词洁》则否定苏辛同类，认为“稼轩词于宋人中自辟门户”，“世以苏辛并称，辛非苏类”。[28]

民国时期，词学界对苏辛的源流演变关注渐多。蒋兆兰《词说》、郑振铎《插图本中国文学史》认为苏轼开创豪迈一派，辛弃疾是其继承者。胡适《词选》、胡云翼《宋词选》、郑宾于《中国文学流变史》、龙榆生《东坡乐府综论》均认为辛弃疾继苏轼之后，将词的豪放风格发扬光大。郑宾于和龙榆生还提出，由于生活环境的差别，苏辛二人同源异流，各自不同。辛词对苏词的改革突破，刘大杰《中国文学发展史》论述最详：“苏轼作词的精神，到了他（稼轩），达到最高的成就。他把苏轼在词中解放与开拓的境界，再加以开拓与解放。他在词中所表现的放纵与自由，所表现的浪漫精神，还远在苏轼之上。”“前人评他的词为‘词论’，便是说他的词，如散文一般的议论畅达，这种在形式上的开拓与解放，比苏轼的‘词诗’确是更进一步了。”[29]冯沅君、陆侃如《中国文学史二十讲》也提出：“宋词到苏轼手里发生了个变化，苏派词到辛弃疾手里又发生了个变化。苏轼的词还只是似诗而已，辛弃疾则几乎将词同散文打成一片，变清旷为悲壮，是辛弃疾与辛派词人的特殊作风。他是苏派的继承者，同时又是苏派的改革者。”[30]

苏辛词优劣之争肇始于清代。清初宋征璧提出：“吾于宋词得七人焉，曰永叔，其词秀逸；曰子瞻，其词放诞”，将苏轼视为最高典范之一，辛词则被归入“我辈之词”，“辛稼轩之豪爽，而或伤于霸”。[31]极力标榜苏词者，还有吴衡照《莲子居词话》:“苏辛并称，辛之于苏，亦犹诗中山谷之视东坡也。”[32]郭麐《灵芬馆词话》:“东坡以横绝一代之才，凌厉一世之气，间作倚声，意若不屑，雄词高唱，别为一宗。辛、刘则粗豪太甚矣。”[33]王鹏运《半塘未刊稿》:“唯苏文忠之清雄，夐乎轶尘绝迹，令人无从步趋，盖霄壤相悬，宁止才华而已。其性情，其学问，其襟抱，举非恒流所能见。词家苏、辛并称，其实辛犹人境也，苏其殆仙乎！”[34]持反对意见者亦不少。纳兰性德认为：“词虽苏、辛并称，而辛实胜苏。苏诗伤学，词伤才。”[35]周济认为苏词不“当行”:“世以苏辛并称，苏之自在处，辛偶能到；辛之当行处，苏必不能到。”[36]“苏辛并称，东坡天趣独到处，殆成绝诣。而苦不经意，完璧甚少。稼轩则沉着痛快，有辙可循。南宋诸公，无不传其衣钵，固未可同年而语也。”[37]谢章铤反驳吴衡照的观点，指出：“苏风格自高，而性情颇歉；辛却缠绵悱恻，且辛之造语俊于苏。”[38]

民国以来，论者多认为辛弃疾更胜一筹。汪东《唐宋词选评语》一文认为，东坡以诗为词，“由于诗境既熟，自然流露，虽有绝诣，终非当行”，稼轩以文为词，“直由兴酣落笔，恃才自放，及其遵敛入范，则精金美玉，毫无疵类可指矣”。[39]梁启超举出辛弃疾三首词作，认为苏辛相比，“辛词自然格外真切”。[40]胡云翼拈出周济之论，认为是很确当的批评，“辛弃疾不但是南宋第一大词人，在全宋的词人中，也要算最伟大的作家，岂仅与北宋人颉颃而已”。[41]郑宾于《中国文学流变史》则从“学术进化”的角度指出辛弃疾后来居上是应该的。

1949—1979年，苏辛词的比较研究加倍注重社会性和现实性，夏承焘《辛词论纲》和科学院文研所编的《中国文学史》都提出辛词反映的社会现实比苏词更广阔更激荡，游国恩本《中国文学史》也将苏辛词的不同意境归因于二人生活遭遇的不同。对苏辛词艺术特色的比较，大陆只有吴则虞《辛弃疾论略》一文，其文指出二人一个“昭苏”，一个“辛辣”；一个以余力作词，一个集中全部精力来写词；东坡词受张先影响，稼轩词受易安浸润；东坡词喜用白描，稼轩则爱掉书袋。[42]台湾学者郑骞比较了苏辛词风格意境和性情襟抱的不同，还指出二人对饮酒的态度和乡土观念也有区别并分析原因。[43]此外，夏承焘《辛词论纲》和游国恩本《中国文学史》指出辛词在语言上的革新比苏词更进一步。

80年代至今，对苏辛词作的分类比较成为潮流。施议对《苏辛合乐歌词的评价问题》一文，比较了苏辛词中的英雄语和妩媚语在表现方式上的不同。曾枣庄《苏辛词异同论》将怀古词、中秋词、记游词、咏物词、言情词等题材进行比较。李莱、郭发云《苏轼与辛弃疾田园词创作风格异同简析》，吴帆、李海帆《幻的浪漫，梦的真实——论苏辛的梦幻词》，房日晰、房向莉《苏轼辛弃疾婉约词之异同》，马良信《从苏轼和辛弃疾的农村词看苏、辛对宋词的创新精神》等文章，分别就苏辛词的不同题材进行了细致而深入的分析。袁行霈本《中国文学史》则注意到苏辛谐谑词的不同，认为辛弃疾使谐谑词具有了严肃的主题和深刻的思想内蕴。[44]此外，还有不少论者从情感空间、叠字艺术、词中议论等方面将苏辛词加以比较，各有新见。

对苏辛词创作渊源的探讨，缪钺《灵谿词说·论苏辛词与〈庄子〉》认为，东坡词出于庄子而稼轩词出于离骚，故苏词超旷而辛词豪雄。[45]王延荣则认为苏辛对《庄子》的继承也不同，苏轼爱其旷达用其旷达，形成豪而旷或兴而旷的旷放风貌；稼轩借其旷达，借其豪放，借其幽默，借其悲凉，形成表里相反相成互相浑融的双重美境。[46]唐玲玲《论稼轩词的排忧适性意识》一文分析苏辛对陶渊明的继承，苏轼是在悠然自得的乐趣中学陶，诗风平淡自然，悠然自得。辛弃疾则远未能达到这一境界，他的英雄性格在受折磨之后，仍然保留着欲罢不能、欲静不止的状态。[47]赵彦也指出苏辛对陶诗中鸟、菊、酒三种意象的领会是有区别的。[48]

对苏辛人生观、心态和人格的比较研究硕果累累。章培恒、骆玉明《中国文学史》认为："苏轼常以旷达的胸襟与超越的时空观来体验人生，常表现出哲理式的感悟，并以这种参透人生的感悟使情感从冲动归于深沉的平静，而辛弃疾总是以炽热的感情与崇高的理想来拥抱人生，更多地表现出英雄的豪情与英雄的悲愤。"[49]王水照撰文比较了苏辛退居时的心态,认为二人悲愁之感和闲适之感的内涵、表达均不同,学陶和饮酒方面也有区别,从而见出两人不同的人生思想和文化性格。[50]王兆鹏《唐宋词史论》比较了"词世界里学士苏东坡与壮士辛稼轩"这两个形象的区别,指出:"苏轼主要追求的是诗书事业,是文人政治上的功名,而辛弃疾所追求的则是弓刀事业,是武将军事上的功勋。"[51]孙望、常国武《宋代文学史》,张惠民《宋代词学审美理想》以及叶嘉莹《论辛弃疾词》一文,均将苏辛词的根本区别归因于性情襟抱的差异。

对苏辛词美学价值的探讨,吴帆撰文论述了苏辛词刚柔相济的审美共性,认为:"苏轼辛弃疾把词家的缘情和诗人的言志结合起来,糅合了诗之庄和词之媚,刚肠与柔情并见乎词。"[52]朱德才《"要非本色"与"立足本色"——苏辛词变革琐议》一文从宋代词史的实际出发,指出苏辛变革所以成效不一,就在于一个力图创格而要非本色,一个虽立足本色却能推陈出新。[53]《南宋词史》一书从词体角度论述了"稼轩体"对"东坡体"的超越。[54]

苏辛一向被视作同一流派,龙榆生还曾为"苏辛词派"下了定义:"一般所谓苏辛词派,其实也就是自由作他的新体格律诗,因而把内容扩充的异常广泛,洋溢着作者的生命力。"[55]但 80 年代后这一问题开始出现争议。施蛰存最早对"苏辛同派"提出异议:"有许多人向同一风格写作,蔚成风气,故得成为一个流派。东坡稼轩,才情面目不同,岂得谓之同派?"[56]吴世昌提出北宋无豪放派,苏轼只有旷达词,"连慷慨都谈不到,何况豪放"[57],从而引发更大的争论。王兆鹏提出"东坡范式"这一命题,根本否认"豪放词派"。[58]詹安泰《宋词风格流派略谈》一文否定了婉约、豪放的二分法,将宋词分为八大流派,苏轼是高旷清雄的代表,辛弃疾是豪迈奔放的代表。[59]李康化则另立新说,认为苏辛词的审美特征并不相通,东坡的词学风格不是豪放而是清旷,姜夔才是其真正的衣钵承继者。[60]严迪昌《苏辛词风格异同辨》、傅承洲《文学流派与苏辛词派》、刘扬忠《唐宋词流派史》等文章和专著,或比较艺术风格,或比较时代和个性差异,均提出苏辛二人难以视为同派。施议对《词与音乐关系研究》一书详细阐明了苏辛不同派的原因：首先，“苏词中真正横放杰出的所谓豪放词，指不多屈，辛词中，英雄语与妩媚语二者并兼。以豪放二字概括苏辛歌词创作，并推之为豪放派的开山与盟主，这是不科学的。”其次，“苏辛并称，二者对待歌词创作的态度、方法以及所创造的艺术境界，既有许多相通之处，又有一定区别。”[61]

邱俊鹏、曹学伟《〈苏辛词异同辨〉辨》、刘乃昌《东坡豪放词漫议》、姜书阁《论苏轼词的源和流》、梁超然《略论辛弃疾在词史上的地位》、杨有山《苏辛词派辨》等文章，虽然对“苏辛词派”还是“豪放词派”在称法上略有差异，但都认同将苏轼和辛弃疾看做同一流派。谢桃枋《苏辛词风异同之比较》认为，说苏辛同派是指他们的时代风格相同，说苏辛之异是指他们的个人风格，并通过比较总结出了豪放派词的主要特点。[62]朱靖华在《也谈苏辛词派》中，详细论述了苏辛词基本特质的六个相同方面，得出结论：二人不同而同，“承认苏辛词派的存在，既不会抹杀稼轩体的独立存在意义，也不会影响苏辛二人各领风骚的历史地位和贡献。”[63]在肯定的意见中，冷成金的见解最为深刻：“苏轼是时代之情的歌唱者，正是这一时代之情将苏轼推向了传统士大夫风格的顶峰。辛词则将苏轼开拓的这一精神指向更加明确化，使之与抗金复国的时代主题联系起来，将重大的政治主题化为内在的情感。因而从最为内在的意义上真正实践并完成了苏轼的以诗为词。苏词与辛词正是在这一意义上结成了苏辛词派的。”[64]

综上所述，可知苏辛优劣之争在学术界已达成共识：苏辛词各具特色，不必强分优劣。苏辛词的比较研究出现向美学、哲学、心理学等层面纵深发展的趋势，今后仍将成为宋词研究的热点之一。

参考文献

[1][3][4][5][22][23][35]辛更儒.辛弃疾资料汇编[M].北京：中华书局，2005.

[2][7][8][10][11][12][13][15][16][17][25][26][27][28][32][33][36][37]

[38]唐圭璋.词话丛编[M].北京:中华书局,1986.

[6]卓人月.古今词统[M].沈阳:辽宁教育出版社,2000.

[9][34]邹同庆,王宗堂.苏轼词编年校注[M].北京:中华书局,2002.

[14]刘扬忠.辛弃疾词心探微[M].济南:齐鲁书社,1989.

[18]胡适.词选[M].北京:商务印书馆,1927.

[19]郑宾于.中国文学流变史[M].郑州:中州古籍出版社,1991.

[20]钱基博.中国文学史[M].北京:中华书局,1993.

[21]中国文学八论[C].上海:世界书局,1936.

[24]四库全书总目提要·东坡词提要[M].北京:中华书局,1965.

[29]刘大杰.中国文学发展史[M].天津:百花文艺出版社,1999.

[30]冯沅君,陆侃如.中国文学史二十讲[M].济南:山东画报出版社,2007.

[31]云间三子新诗合稿·幽兰草·唱和诗馀[M].沈阳:辽宁教育出版社,2000.

[39]《词学》第二辑[C].上海:华东师范大学出版社,1983.

[40]梁启超.中国现代学术经典·梁启超卷[M].石家庄:河北教育出版社,1996.

[41]胡云翼.胡云翼说词[M].上海:华东师范大学出版社,2004.

[42]《文学遗产增刊》第六辑[C].北京:作家出版社,1958.

[43]罗联添.中国文学史论文选集[C].台北:台湾学生书局,1980.

[44]袁行霈.中国文学史[M].北京:高等教育出版社,1999.

[45]缪钺.灵谿词说——论苏辛词与《庄子》[J].四川大学学报,1984(1).

[46]王延荣.苏辛词风之异同与《庄子》的关系[J].绍兴师专学报,1995(4).

[47]唐玲玲.论稼轩词的排忧适性意识[J].海南师范学院学报,1990(1).

[48]赵彦.透彻的悲观与深刻的无聊——从苏辛学陶比较其思想

歧异[J].呼兰师专学报,2001(1).

[49]章培恒,骆玉明.中国文学史[M].上海:复旦大学出版社,1997.

[50]王水照.苏辛退居时的心态平议[J].文学遗产,1991(2).

[51]王兆鹏.唐宋词史论[M].北京:人民文学出版社,2000.

[52]吴帆.端庄杂流丽,刚健含婀娜——论苏辛词刚柔相济的审美共性[A]//中国苏轼研究第一辑[C].北京:学苑出版社,2003.

[53]朱德才."要非本色"与"立足本色"——苏辛词变革琐议[N].光明日报,1985-04-23.

[54]陶尔夫,刘敬圻.南宋词史[M].哈尔滨:黑龙江人民出版社,2005.

[55]龙榆生.龙榆生词学论文集[C].上海:上海古籍出版社,1997.

[56]施蛰存.词的派与体之争[J].西北大学学报,1980(3).

[57]吴世昌.宋词中的豪放词与婉约派[J].文史知识,1983(9).

[58]王兆鹏.论"东坡范式"兼论唐宋词的演变[J].文学遗产,1989(5).

[59]詹安泰.宋词散论[M].广州:广东人民出版社,1980.

[60]李康化.从清旷到清空——苏轼、姜夔词学审美理想的历史考察[J].文学评论,1997(6).

[61]施议对.词与音乐关系研究[M].北京:中国社会科学出版社,1989.

[62]谢桃坊.苏辛词风异同之比较[A]//东坡词论丛[C].成都:四川人民出版社,1982.

[63]朱靖华.朱靖华古典文学论集[C].长春:吉林文史出版社,2003.

[64]冷成金.古人苏辛词评百则阐释[A]//中国苏轼研究第一辑[C].北京:学苑出版社,2003.

◎李凤英

苏轼《念奴娇·赤壁怀古》论争综述

关于苏轼词《念奴娇·赤壁怀古》的论争至今尚未停息，大家见仁见智，争论的问题复杂多样。本文对各家言论进行梳理，总结出以下六个方面比较集中的论争焦点。

一、关于“了”字

（一）“了”字属上。此已见于中学教材、朱东润先生主编的《中国古代文学作品选》和王力先生主编的《古代汉语》及通行古诗词选本的断句法。王季思先生认为：“了”字应属上句，意味着周瑜娶了小乔，婚姻问题得到完满的解决，孙吴政权更加信赖周瑜，他“雄姿英发”，建立了盖世功业。[1]叶嘉莹指出：“苏词‘小乔初嫁了，雄姿英发’是符合句读和平仄韵律的。”[2]吴广平《再谈苏轼〈念奴娇·赤壁怀古〉中的“了”字句》、卞幼平《“了”字并无错》认为“了”字无误并应属上。

（二）“了”字属下。朱彝尊认为：“至于‘小乔初嫁’宜句绝，‘了’字属下句，乃合。”[3]周汝昌先生认为词谱句读本应如此，周先生将“了”解释为“‘了’，全然，‘了雄姿英发’犹言‘全然一派……气度气象’”。并说“‘了’字此种正面用法，六朝唐宋以后，至明人尚偶一用之”。[4]

（三）“了”是误字。郭沫若先生认为“了”应作“与”，应为“遥想公瑾当年，小乔初嫁，与雄姿英发”。并说：此中“了”字，王闿运校改为“与”字，至确。二字草书，形极像近。……“英发”当为“映发”。[5]洪静渊先生认为“‘了’字，是后人对‘正’字的错写和误植”。依据是明代天启壬戌版梅庆生注《苏东坡全集》。叶圣陶先生对洪静渊的看法表示赞赏，并说这样“则句式与文意俱顺适”。[6]戴英杰《〈念奴娇·赤壁怀古〉校》、谢世魁《〈念奴娇·赤壁怀古〉中“了”字质疑》均持此观点。

二、“羽扇纶巾”是何人

（一）周瑜。胡云翼认为此指周瑜，并说若解释为诸葛亮与前面脱节，“从‘遥想公瑾当年’以下六句是写一个完整的人物形象，与上段‘周郎赤壁’相应，不容割裂”。[7]王水照指出苏轼其他诗词中“羽扇纶巾”也指作者和他人，“足证此为儒将一般打扮，不必泥指诸葛亮”。[8]沈祖棻驳斥“诸葛亮说”，列举《晋书·谢万传》、《顾荣传》、《羊祜传》等史料记载，证明“羽扇纶巾”是魏晋“名士”的装束，并引张孝祥、吴白匋、王象之等人诗词，说明“宋人也多以‘羽扇’句是指周瑜”。[9]常国武认为此指周瑜，并说“南宋词人均作词理解”，并举张孝祥、吕胜己、汪莘、戴复古诗词为证。[10]朱东润、俞平伯、夏传才、于培杰、孙言诚、徐荣街、朱宏恢、钱仲联、陈铭、邓魁英、张志烈、张晓蕾、沙灵娜、陈铭、陈祥耀等均认为“羽扇纶巾”是写周瑜，显示其娴雅从容，姿态潇洒。刘乃昌《谈苏东坡〈念奴娇·赤壁怀古〉词》、桑文彬《“羽扇纶巾”与诸葛亮何干》、概拾谷《“羽扇纶巾”者是孔明吗》、贺远明《周瑜乎？诸葛亮乎？》都认为“羽扇纶巾”是指周瑜。

（二）诸葛亮。詹安泰指出“‘羽扇纶巾’是诸葛亮平生最惯常的装束，而‘谈笑’就可以却敌，又是诸葛亮生平最惊人的表现”。[11]唐圭璋据各种记载诸葛亮皆“羽扇纶巾”装束的史料认为此指诸葛亮[12]，刘永济也持此观点。王日贵、鲍录仁《“羽扇纶巾”形象说》，宋显文《“羽扇纶巾”之我见》，潘良炽、刘孔伏《苏轼〈念奴娇·赤壁怀古〉词中的几个问题》，尚志迈《苏轼〈念奴娇·赤壁怀古〉句意辨析》分别从内容、意境、美学、史料、服饰等不同角度分析，均认为此指诸葛亮。

（三）周瑜和诸葛亮。夏承焘则认为兼指瑜、亮[13]，黄蓉蓉也持此观点，并认为这是由这两个人物在整个赤壁战役中所处的历史地位和所建立的特殊功勋决定的。[14]

三、"樯橹"、"强虏"之辨

（一）"樯橹"。朱彝尊、汪森《词综》，胡云翼《宋词选》，俞平伯《唐宋词选释》，沈祖棻《宋词赏析》，中国社会科学院文学研究所编的《唐宋词选》，张碧波、李宝堃《唐宋词赏析》，人民文学出版社出版的《唐宋词鉴赏集》，于培杰、孙言诚《苏东坡词选》，夏传才《中国古代文学名篇选读》，艾治平《宋词的花朵——宋词名篇赏析》，唐圭璋主编的《唐宋词鉴赏辞典》，李长路、贺乃贤、张巨才《全宋词选释》，薛瑞生《东坡词编年笺证》均作"樯橹"。朱彝尊的依据是"容斋随笔所载黄鲁直手书"。[15]赵秋帆认为应该是"樯橹"，理由是：全词是在慨叹历史兴亡而非表达历史批判，故不必站在东吴的立场上。[16]金勤昌则以东坡手书该词拓本作"樯橹"为证。[17]李伟兵《〈念奴娇·赤壁怀古〉词"强虏"辨》从词的本意、读者偏视、苏轼对曹操的态度、赤壁之战本事等层面来论证"强虏"当作"樯橹"，并交代"强虏"之说的成因。张权、李秋月《"强虏"乎？"樯橹"也》从多种版本异文，二词的含义和来历分析，认为应为"樯橹"。

（二）"强虏"。作"强虏"的有黄昇《花庵绝妙词选》，傅干《注坡词》，元延祐本《东坡乐府》，陈迩冬《苏轼词选》，龙榆生《唐宋名家词选》，林庚、冯沅君《中国历代诗歌选》，唐圭璋《全宋词》，胡云翼《唐宋词一百首》，朱东润《中国历代文学作品选》，王水照、王宜瑗《苏轼诗词选注》，刘永济《唐五代两宋词简析》，夏承焘、盛弢青《唐宋词选》，郑孟彤《唐宋词赏析》，程千帆《中国古典文学英华》，邓魁英《中国古代文学作品选》，沙灵娜《宋词三百首全译》，邹同庆、王宗堂《苏轼词编年校注》等，解释为"强大的敌人，指曹操和他的军队"。王元明《试论苏轼念奴娇赤壁怀古的主题》一文主张应为"强虏"，认为苏轼用它代指当时作为宋朝重要威胁的辽和西夏，尤其是西夏。[18]段国超《似是一种失败心理》一文在将这首词理解为攻击新法的前提下，将"强虏"指为曹操和王安石。[19]

四、“神游”者是谁

(一)回避,不说“神游”者是谁。朱东润《中国历代文学作品选》释为:“故国神游,‘神游故国’的倒文。”[20]王延龄《唐宋词九十首》,王水照《苏轼选集》,夏承焘《唐宋词选》,俞平伯《唐宋词选释》,胡云翼《宋词选》,刘乃昌《苏轼选集》,张志烈、张晓蕾《苏轼选集》等均作此解释。

(二)“神游”者为周瑜、诸葛亮。刘永济在其所著《唐五代两宋词简析》中说“下文落到已身,又设想周瑜、诸葛亮之英灵如于此时来游故国,必笑我头白无成”。[21]詹安泰《宋词散论》亦认为“神游者指上文提到的周瑜、诸葛亮”。[22]

(三)“神游”者是周瑜。邓魁英理解为:“如果周瑜神游赤壁旧地,那么多情的他一定会讥笑我一事无成。”[23]郑孟彤理解为:“如果周瑜有灵,今天神游故地,必然关怀地笑我……”[24]朱安义《“故国神游”者》、陈乃香《究竟是谁“神游故国”》、徐乃为《苏轼〈念奴娇·赤壁怀古〉五辨》均认为“神游”之人是周瑜。

(四)“神游”者是苏轼本人。胡云翼解释为:“这句是说自己的精神完全被三国时候的英雄故事吸引。”[25]刘逸生《宋词小札》的分析是:“‘故国神游’,是说三国赤壁之战和那些历史人物,引起了自己许多感想——好像自己的灵魂向远古游历了一番。”肖毅、江夏、凯夫《古体诗词评点译释》,陈铭《宋词百讲》,王振泰《〈念奴娇·赤壁怀古〉“故国神游”之观照》,汪承庆《也谈“神游故国”》,丁勤中、赵存志《“神游故国”的应该是苏轼——与陈乃香老师商榷》,赵逵夫《也谈苏轼〈念奴娇·赤壁怀古〉中的几个问题》,《黄崇浩走出“故国神游”的迷宫》均认为“神游”者为苏轼。

五、主题之争

对该词主题的争论主要有三种意见:

(一)吊古伤今。胡云翼指出该词:“主要反映了作者对英雄事业的向往和不能施展抱负的精神苦闷。”[26]沈祖棻指出:“这首词表现了作者用世与避世或入世与出世思想之间的矛盾,这是封建知识分子具有的普遍矛盾,既然没有机会为国为民作出一番事业,就只有在无可奈何的心情下,故作达观。”[27]刘永济指出“词中主题虽系怀古,而于怀念古代英豪之中,写感叹自身失意之情”。[28]朱东润[29]、叶嘉莹[30]、余美云[31]也持此观点。

(二)爱国主义。王元明指出“这是一首爱国主义的优秀词作”,表现了作者对祖国山河的歌咏、对爱国将领周瑜的热情歌颂和作者抗敌御侮、誓灭“强虏”的豪情壮志。[32]苏培安认为该词主题是表现作者的强兵思想,爱国主义通过强兵思想得到具体的阐扬。[33]

(三)人生哲理思考。张光富《苏轼〈念奴娇·赤壁怀古〉主题辨》、郑荣基《对生命存在价值的苦恼——〈念奴娇·赤壁怀古〉的主题》、鲍跃华《〈念奴娇·赤壁怀古〉主题质疑》、孙文辉《〈念奴娇·赤壁怀古〉主旨辨析》、胡文群《尊重历史 理解古人——读〈念奴娇·赤壁怀古〉新悟》、许金华《历史和人生的自然生态观——重新解读苏轼〈念奴娇·赤壁怀古〉词》分别从不同角度论证该词主题是作者对自我生命意识的高度关注。

此外,段国超将该词主题解释为对变法派的不满和失败情绪的流露。[34]闫笑非认为该词是“一首向人们显示‘自己消磨壮心殆尽’的词,是一种自我保护意识的表现”。[35]

六、异文

此词虽只有百字,但异文颇多,各版本不同,现摘录几家之言:

宋洪迈《容斋随笔》记:向巨原云:“元不伐家有鲁直所书东坡《念奴娇》,与今人歌不同者数处,如‘浪淘尽’为‘浪声沉’,‘周郎赤壁’为‘孙吴赤壁’,‘乱石穿空’为‘崩云’,‘惊涛拍岸’为‘掠岸’,‘多情应笑我早生华发’为‘多情应是笑我生华发’,‘人生如梦’为‘如寄’。”[36]不知此本近何在也?

宋曾季貍《艇斋诗话》载:东坡大江东去词,其中云:“人道是三国周郎赤壁。”陈无已见之,言:“不必道三国。”东坡改云“当日”。今印本两处,不知东坡已改之矣。[37]

清朱彝尊《词综》云:按他本“浪声沉”作“浪淘尽”,与词未协。“孙吴”作“周郎”犯下“公瑾”字。“崩云”作“穿空”,“掠岸”作“拍岸”。又“多情应是,笑我生华发”作“多情应笑我,早生华发”,益非。今从《容斋随笔》所载黄鲁直手书本更正。[38]

《钦定词谱》按:容斋洪迈南渡词家,去苏轼不远,又本黄鲁直手书,必非伪托。《词综》所论,最为精当。但此词传诵已久,采之以备一体。[39]

《苏轼词编年校注》校勘:“三国”,元本注:“一作当日。”“穿空”,元本、朱本、龙本作“崩云”。“拍”,元本、朱本、龙本作“裂”。“谈笑”,曹本据此词石刻作“笑谈”。“强虏”,明刊全集、二妙集注:“一作樯橹。”曹本据此词石刻作“樯橹”。“间”,曹本据此词石刻作“生”。“酹”,傅本作“醉”。[40]

参考文献

[1]王季思.从两首苏词看苏轼的婚姻观[N].光明日报,1984年12月4日第3版.(又载于《文学遗产》第664期)

[2]叶嘉莹.北宋名家词选讲[M].北京:北京大学出版社,2007.

[3][15][38]朱彝尊,汪森.词综[M].李庆甲,校点.上海:上海古籍出版社,1978.

[4]孙正刚.词学新探·周序[M].天津:天津人民出版,1980.

[5]郭沫若.《读诗札记四则》之一《大江东去》[N].文艺报,1982(11).

[6]洪静渊.苏轼《念奴娇·赤壁怀古》小议[J].中学语文教学,1981(2).

[7]胡云翼.宋词选[M].上海:上海古籍出版社,1962.

[8]王水照.苏轼选集[M].上海:上海古籍出版社,1984.

[9][27]沈祖棻.宋词赏析[M].上海:上海古籍出版社,1980.

[10]常国武.新选宋词三百首[M].北京:人民文学出版社,2000.

[11][22]詹安泰.宋词散论[M].广东:广东人民出版社,1980.

[12]唐圭璋. 论苏轼念奴娇词里的“羽扇纶巾”[J]. 语文教学,1956(12).

[13]夏承焘. 关于念奴娇词“羽扇纶巾”之疑问[J]. 语文教学,1957(2).

[14]黄蓉蓉.《念奴娇·赤壁怀古》阅读新解[J].文学教育(下),2007(7).

[16]赵秋帆. “狂虏”还是“樯橹”[J].语文教学,1957(3).

[17]金勤昌. 是“樯橹”不应是“狂虏”或“强虏”[J].语文教学,1957(5).

[18][32]王元明. 试论苏轼念奴娇赤壁怀古的主题[A]//东坡词论丛[C]. 成都:四川人民出版社,1982.

[19][34]段国超. 似是一种失败心理[J]. 齐鲁学刊,1980(1).

[20][29]朱东润.中国古代文学作品选[M].上海:上海古籍出版社,1980.

[21][28]刘永济.唐五代两宋词简析[M].上海:上海古籍出版社,1981.

[23]邓魁英.中国古代文学作品选(宋代部分)[M].北京:北京师范大学出版社,1987.

[24]郑孟彤.唐宋词赏析[M].广州:广东人民出版社,1981.

[25][26]胡云翼.唐宋词一百首[M].上海:上海古籍出版社,1978.

[30]叶嘉莹.唐宋词名家论稿[M].北京:北京大学出版社,2008.

[31]余美云. 也谈苏轼念奴娇赤壁怀古[A]//东坡词论丛[C].成都:四川人民出版社,1982.

[33]苏培安.苏轼《念奴娇·赤壁怀古》意旨新探[J].西南科技大学学报(哲学社会科学版),2003 (9).

[35]闫笑非.也谈《念奴娇·赤壁怀古》词的本意——从苏轼谪黄心态说起[J].绥化师专学报,2004(11).

[36]洪迈.容斋随笔[M].杜志明,王志江,编校.北京:金城出版社,2002.

[37]龙榆生.唐宋名家词选[M].上海:上海古籍出版社,1980.

[39]王奕清.钦定词谱[C].北京:中华书店,1983.

[40]王宗堂,邹同庆.苏轼词编年校注[M].北京:中华书局,2002.

◎林春香

秦观诗歌研究综述

秦观是"苏门四学士"之一，诗词文赋均擅，王安石谓其诗"清新似鲍谢"[1]，苏轼认为其赋有屈宋之才，散文亦足与贾谊、陆贽争一短长，而其词远承花间、南唐，近师欧、柳，情韵兼胜，"熙丰间盛行于淮楚"[2]，"在当时即无人敢比肩"[3]。后世尊之为婉约之宗，其人其词成为历代词论词评和当代学术界研究的热点、焦点，以致掩盖了他其他文体的成就。

少游在当时颇有诗名，张耒赞曰："秦子善文章而工于诗。"[4]王安石曰："公奇秦君，口之而不置，我得其诗，手之而不释。"[5]秦观诗作数量不少，宋刻本《淮海集》中，诗歌有 14 卷，远远多于其 3 卷的词。明人胡应麟《诗薮·杂编》云："秦少游当时自以诗文重，今被乐府家推作蕖帅，世遂寡称。"与秦词相比，秦诗无论在题材内容还是在艺术境界上都有所开拓，显示出与当时"以文字为诗，以才学为诗，以议论为诗"宋调相异的美学风范，丰富了宋诗的美学风貌，但这些成就长期以来均被学界忽略了。

因为其特殊的风貌，秦诗在当时即负"少游诗如词"[6]之讥评。从南宋始，学者受当时社会环境影响，对秦诗批评渐多，"如时女游春，终伤婉弱"。[7]金代元好问更以"女郎诗"谓之，后人多袭此意，以为秦诗过于柔弱，故其在宋金以后的学术界备受冷落。近代王国维谓少游"诗词兼善"，而"词胜于诗远甚"。[8]建国后钱钟书在《宋诗选注》中选了秦诗五首，认为修辞非常精致，"时女游春"诗境未必不好。[9]总体说来，至20世纪80年代以前，秦诗研究基本处于滞缓状态；20世纪80年代后，学者对秦诗关注渐多，他们“大多数从各种角度驳正了‘女郎诗’的说法”。[10]徐培钧对秦诗进行了创作分期，指出其内容是多方面的，有表现豪情壮志、积极进取的，也有表现消极悲观、虚无避世的，还有少量情诗。其艺术风格前期清新婉丽，后期严重高古。常有艳丽柔婉之作，也多意境悠远、清丽凄苦、深沉婉笃的篇章。秦诗在写景状物上给宋诗注入了新鲜血液。[11]此外少见现代意义上的专题研究。新世纪以来，学界研究角度有所创新，李扬[12]以分期的角度重点分析了秦观在元祐八年中心灵饱受折磨，诗歌多写他日常生活的点点滴滴、与友人酬唱赠答及对政治的关心等，风格也更倾向于雄放沉郁。朱小峰[13]认为秦观被贬谪到岭南后，因为个人生存状况的恶化和其性格上的脆弱易变，岭南诗的思想表现基本上以“苦闷失望—寻求解脱—哀痛绝望”渐进的方式展开。2005年11月，全国第五届秦少游学术研讨会召开，为秦诗研究补充了一些必要的资料。

目前所见的高校权威中国文学史教材中，游本对秦诗无一语涉及，袁行霈仅说“他的诗被人称为‘女郎诗’”。[14]章本用语稍多，然几全袭钱氏评价：“秦观以词著名，也写诗。他的诗所反映的生活面较窄，气格婉弱，对景物的观察体验很细腻，语言精致流丽，所以前人常比之以词。如《后山诗话》谓其‘诗如词’，《王直方诗话》称其诗可‘入小石调。’……元好问评之为‘女郎诗’。”[15]程千帆、吴新雷在《两宋文学史》中认为：“这种优美(女郎诗)是无可厚非的，而且他的诗还具有阳刚之美的另一面。”[16]上世纪90年代起，研究北宋文学思路有所创新，表现之一便是开始结合宋代政治、历史和思想文化来研究和论述。沈松勤《北宋文人与党争》和萧庆伟《北宋新旧党争与文学》紧紧抓住北宋文人、文学与党争的关系，以宏观描述和对代表作家作品的个体分析手段对北宋诗文做过专题研究，但对秦观诗歌均只字未提。

新世纪以来，国内高校开始对秦观诗歌表现出较为浓厚的兴趣，截至目前已有6篇硕士毕业论文以秦观诗歌为研究对象，它们多以分期、分体形式对秦诗思想内容和艺术特色进行了较为详尽的分析。

在此基础上,刘薇[17]对秦观诗风的形成、秦诗中诗词二体交叉现象、秦诗中的幽怨情结及情韵兼胜的诗风进行了考察。陈怡[18]对秦诗在文学史上的意义和地位给予重新评定,同时对"女郎诗"这一文学批评现象进行深入辨析。刘会想[19]将秦词、秦诗和秦文统一在其整体人格映照下进行研究,认为秦观将他的政治理想、豪情和才华交给了"文"来抒写,将他的真挚情感和难以言传的心灵感受寄托到了婉转狭深的词境之中,将他更为庄重严肃的个人心志,写进了秦诗。他的诗、词、文完成一种深层次的融通,统一于秦观一人。牛卫东[20]对秦观诗词创作之间的关系进行了审视,认为秦观诗词面貌既有相对独立性,又有艺术风格上的交叉、融合,其诗词创作间其实有相互影响的成分;其附录中对秦观"女郎诗"之说进行了辨析,对秦观著述在宋代结集、刊刻进行了简要的叙录。李江峰[21]从秦观作品的小说艺术、秦观作品与茶文化、秦观作品蕴含着的书画思想、秦观作品中的"文字禅"四个方面,对秦观的相关作品进行考察和梳理。认为"禅"对秦诗有着重要影响。林春香[22]以当时北宋特殊的党争环境为背景来探索秦观在不同时期诗歌的创作内容和审美取向,并对秦诗与"元祐体"关系进行了分析,认为秦观身居苏门,其诗歌有较明显的"元祐体"特征,但其特色却在于他在"元祐体"之外发展了阴柔诗风,认为从诗歌创作角度讲,第三次党争的到来改变了他的诗歌走向,并进入其诗歌的成熟期,最终确立了他在诗坛上的地位。纵观之,学界对秦观诗歌研究似有热化现象,但行文多以硕士论文形式出现,尚无权威论述出现,而截至目前亦未见论述秦诗的专著出版。与秦词研究程度相比,秦诗研究尚显表面化、肤浅化,有待后来者更为详细、深刻的研究与探讨。

目前所见研究秦观诗的权威版本有:徐培均的《淮海集笺注》和周义敢、程自信、周雷主编的《秦观集编年校注》。此外,周雷、周义敢《秦观研究资料汇编》、徐培均《秦少游年谱长编》,亦为不可或缺的资料。

参考文献

[1][5]胡仔.苕溪渔隐丛话[M].廖德明,点校.北京:人民文学出版社,1962.

[2]叶梦得.避暑录话[M].上海:上海书店,1990.

[3]薛砺若.宋词通论[M].北京:商务印书馆,1985.

[4]张耒.张耒集·送秦观从苏杭州从学序[M].李逸安,点校.北京:中华书局,1990.

[6]陈师道.后山诗话[M].文渊阁四库全书.

[7]敖陶孙.臞翁诗集[A]//周义敢,周雷.秦观资料汇编[Z].北京:中华书局,2001.

[8]王国维.王国维文学论著三种·人间词话[M]. 北京:商务印书馆,2003.

[9]钱钟书.宋诗选注[M].北京:三联书店,2002.

[10]张毅.宋代文学研究[M].北京:北京出版社,2001.

[11]徐培钧.论秦观的诗[J].吉安师专学报,1994(5).

[12]李扬.秦观情感郁结的元祐诗歌[J].黑龙江教育学院学报,2005(5).

[13]朱小峰.秦观岭南诗思想解析[J].淮北煤炭师院学报,2002(8).

[14]袁行霈.中国文学史[M]. 北京:高等教育出版社,1999.

[15]章培恒,骆玉明.中国文学史[M].上海:复旦大学出版社,1996.

[16]程千帆,吴新雷.两宋文学史[M].上海:上海古籍出版社,1991.

[17]刘薇.秦观诗歌创作论[D].武汉:华中师范大学出版社,2003.

[18]陈怡.秦观诗歌研究[D].福州:福建师范大学出版社,2004.

[19]刘会想.论秦观的人格个性及其诗词文创作[D].上海:华东师范大学出版社,2006.

[20]牛卫东.秦观诗歌研究[D].郑州:郑州大学出版社,2006.

[21]李江峰.秦观作品专题研究[D].济南:山东师范大学出版社,2006.

[22]林春香.秦观诗研究[D].兰州:兰州大学出版社,2007.

◎李孟霈

宋代说话四家研究评述

“说话”兴起于唐朝，南宋时期达到兴盛，是中国白话小说的源头。

北宋以来，社会进步、经济繁荣，市民生活丰富多彩，说话也从杂戏中分离出来，成为一种独立的伎艺，到南宋时则更加细化，根据表演形式、表演内容等分为不同的“家数”。由于史料记载的模糊以及可供研究的文献数量缺乏等诸多因素，自近代以来，说话家数的分类问题就成为学者论争的焦点和热点。诸多学者各执一词，众说纷纭，至今尚无定论。

一、说话家数的划分

据成书于南宋高宗十七年的孟元老《东京梦华录》卷5“京瓦伎艺”条载：“崇(宁)、(大)观以来，在京瓦肆伎艺：……李孝详，讲史；……贾九，小说；……耍秀才，诸宫调；……商谜；吴八儿，合生；张山人，说诨话；……外入孙山，神鬼；霍四究，说三分；尹常卖，五代史……”其中不仅提及说话艺人而且谈到了讲史、小说、诸宫调、商谜、合生、说诨话等伎艺种类，这是我们已知的最早涉及说话家数的文献。

最早明确提出说话有四家的是成书于南宋理宗端平二年的灌园耐得翁的《都城纪胜》，其“瓦舍众伎”条记载：“说话有四家。一者小说，谓之银字儿，如烟粉、灵怪、传奇。说公案，皆是搏刀赶棒及发迹变泰之事。说铁骑儿,谓士马金鼓之事。说经,谓演说佛书。说参请,谓宾主参禅悟道等事。讲史书,讲说前代书史文传、兴废争战之事。最畏小说人,盖小说者能以一朝一代故事,顷刻间提破。合生与起令、随令相似,各占一事。商谜,旧用鼓板吹(贺圣朝),聚人猜诗谜、字谜、庆谜、社谜,本是隐语。”[1]该记载中明确提出“说话有四家”,然则自“一者小说”之后再无“二者”、“三者”……正因为这段内容表述得模棱两可,导致在此后学者们的研究中说话究竟为哪四家成为争论的焦点。另外抄本《说郛》卷3收的《古杭梦游录》也基本是对“瓦舍众伎”条的摘录。

自《都城纪胜》后,成书于宋度宗咸淳十年的吴自牧的《梦粱录》中“小说讲经史”条在耐得翁的基础上重谈“说话四家”:“说话者谓之‘舌辩’,虽有四家数,各有门庭。且小说名‘银字儿’,如烟粉、灵怪、传奇、公案、朴刀杆棒、发发踪参(发迹变泰)之事。有谭谈子……余二郎等,谈论古今,如水之流。谈经者,谓演说佛书;说参请者,谓宾主参禅悟道等事;有宝庵、管庵、喜然和尚等。又有说诨经者戴忻庵。讲史书者,谓讲说通鉴,汉、唐历代书史文传,兴废争战之事,有戴书生……徐宣教。又有王六大夫,元系御前供话,为幕士请给讲,诸史俱通。于咸淳年间,敷衍《复华篇》及《中兴名将传》,听者纷纷,盖讲得字真不俗,记问渊源甚广耳。但最畏小说人,盖小说者,能讲一朝一代故事,顷刻间捏合,(合生)与起令、随令相似,各占一事也。商谜者,先用鼓儿贺之,然后聚人猜诗谜、字谜、庚谜、社谜,本是隐语。”[2]这段话中明确提出将说公案和说铁骑归入小说家数,但同时又未言明合生所指。

其后,清代翟灏的《通俗编》卷31“俳优”条明确了“说话四家”具体所指:“说话有四家,一银字儿,谓烟粉灵怪之事;一铁骑儿,谓士马金鼓之事;一说经,谓演说佛书;一说史,谓说前代兴废。”

光绪年间张心泰《宦海沉浮录》中对说话家数的划分基本和翟灏一致,其中将说话分为:小说、说公案、说经、说参请、讲史书四家。

近代以来,学者们经过对史料的考证辨伪,进一步对说话家数划分问题进行了深刻的探讨。大多数学者们划分的依据还是耐得翁“说话有四家”之说,但是具体四家的子目却不尽相同。其中主要的几种划分法如下[3]:

(一)王国维《宋元戏曲史》,胡怀琛《中国小说概论》:1.小说——烟粉、灵怪、传奇、说公案、说铁骑;2.说经;3.说参请;4.说史。

(二)鲁迅《中国小说史略》第12篇《宋之话本》,严敦易《水浒传的演变》:1.小说——烟粉、灵怪、传奇、说公案、说铁骑;2.说经;3.讲史;4.合生。

另外,鲁迅据《武林旧事》又分为:1.讲史;2.说经;3.小说——烟粉、灵怪、传奇、说公案、说铁骑;4.说诨话。

(三)陈汝衡《说书史话》,李啸仓《宋元伎艺杂考》,青木正儿《中国文学概说》:1.银字儿——烟粉、灵怪、传奇;2.说公案、说铁骑儿;3.说经、说参请、说诨经;4.讲史书。

(四)王古鲁《南宋说话人四家的分法》,胡士莹《话本小说概论》:1.银字儿——烟粉、灵怪、传奇、说公案;2.说铁骑;3.说经、说参请;4.讲史。王古鲁认为银字儿和说铁骑儿总称小说,胡士莹认为小说即银字儿。

(五)孙楷第《宋朝说话人的家数问题》:1.小说——烟粉、灵怪、传奇、说公案、说铁骑;2.说经;3.讲史书;4.合生、商谜。

(六)赵景深《中国小说论集》:1.小说;2.说经(说参请);3.讲史;4.说诨话。

(七)谭正璧《中国文学进化史》:1.小说;2.谈经;3.讲史书;4.商谜。《中国小说发达史》:1.小说;2.说铁骑;3.说经;4.说参请。

20世纪80年代以来,学者们对说话家数的划分在前人的基础上有了进一步探讨和争论。其中,章培恒、骆玉明《中国文学史》[4],张锦池《〈大唐三藏取经诗话〉“说话”家数考论——兼谈宋人“说话”分类问题》[5],黄进德《“说话”探源》[6],刘兴汉《南宋说话四家的再探讨》[7],程毅中《宋元小说研究》[8],孙望、常国武《宋代文学史》等都倾向于鲁迅、严敦易的划分法[9];程千帆、吴新雷《关于宋代的话本小说》[10],吴光正《说话家数考辨补正》[11],张兵《北宋的“说话”和话本》[12],齐裕焜《中国古代小说演变史》等则倾向于胡士莹的划分法[13];而袁行霈《中国文学史·第三卷》[14]、宁宗一《中国小说学通论》[15]、欧阳代发《话本小说史》[16]、刘大杰《中国文学发展史》[17],则只是对《都城纪胜》进行基本阐述并未对说话家数作过多探讨。另外,李亦辉《宋人“说话”四家数管窥》则独辟蹊径将说话分为:1.小说——银字儿、说公案、说铁骑儿、说经、说参请、讲史书;2.合生;3.起令、随令;4 商谜。[18]

除此之外,皮述民《宋人“说话分类”的商榷》[19]、萧相恺《宋元小说史》[20]认为,“说话有四家”只是耐得翁个人的意见并不能代表说话家数分类的划分依据,因此他们将说话分为小说、说经、演史三家,并且此种观点得到了许多学者的肯定和认可。

而冯保善《宋人说话家数考辨》[21] 中则提出了多达十几种的分法:“根据以上我们对‘说话’一词的理解,结合文献记载及著录,我认为在小说(烟粉、灵怪、传奇、说公案、说铁骑儿)、讲史、说经说参请说诨经三家以外,另有如下一些家数:4.说三分。……5.说五代史。……6.合生。……7.商谜。……8.说诨话。……9.诸宫调。……10.唱赚、覆赚。11.弹唱因缘。……此外,如叙事鼓子词等,亦宋代民间说书形式,恐怕也应该算作宋人说话家族中的独立成员之一。”此外民俗学家王文宝也认为说话家数有多种分法,他认为除小说、讲史、说经外还有诨话、商谜两类。

二、说话家数划分论争的焦点

说话家数划分至今尚无定论,究其原因主要有两点:一则是史料记载模糊与文献的缺乏;二则众学者划分标准不尽一致,有些是根据说话伎艺的内容、有些根据说话伎艺的形式,并没有形成一个统一的划分标准和角度。然而在说话家数划分的论争中,小说和讲史两家已然成为定论,论争的焦点主要集中在以下三个方面:

1.说经、说参请是否可以合并归为四家之一

所谓说经,据《都城纪胜》记载即“演说佛书”;说参请谓之宾主参

禅悟道等事。

王国维《宋元戏曲史》中据耐得翁的《都城纪胜》认为“说经”与“说参请”应划为独立的两家;谭正璧《中国小说发达史》也将此二者分别罗列开来成为独立的两家。

而其他学者诸如胡士莹、赵景深、李啸仓等人主张把说参请归并于说经之内,不必单立名目。他们认为“说参请”一目只在《梦粱录》、《都城纪胜》中有所提及,且所提也并不详尽,可见“说参请”一伎艺并未形成大的规模和影响,此外“说参请”在内容上与说经有相似之处,二者的不同仅在于一个讲述参禅悟道故事,一个演说佛经,本质上都是为着宣扬佛义,教化民众。

从以上观点来看, 说参请并没有独立划分出说经范围而自成一家的必要。因此,说参请完全可以归入说经,且与说诨经并为一类,成为四家之一。

2.铁骑儿的归属问题

要弄清铁骑儿的归属问题必须先明确它的概念。王古鲁《南宋说话人四家的分法》中说:“且按‘银字儿’与‘铁骑儿’似系相对的名称,前者似指软性小说(似即目前流行的弹词), 后者似指硬性小说。”[22]这一说法明确指出铁骑儿应自成一家数。然而何为软性小说何为硬性小说,王古鲁并未明示,仅用“似”字一笔带过。

其次,严敦易是较早对铁骑儿作出定义的一位学者,他在《水浒传的演变》一书中指出:“农民暴动和起义以及发展的抗金义兵的一些英雄传奇故事,一些以近时的真人真事作对象的叙述描摹,当即系在这个‘说铁骑儿’的项目下,归纳、隶属与传播着。……铁骑,似为异民族侵入者的军队象征。……所云‘谓士马金鼓之事’,正是充分暗示着所有这些故事是以兵荒马乱,杀伐战争,火与铁,血肉搏斗的场面作为背景的,也说明了这背景的现实时代;不然‘讲历代年载废兴’,‘说征战’,‘言两阵对圆’,这些内容,也就是士马金鼓的范围,须为一般说话中恒有的穿插环节,便用不着特别提出,并以一个象征的名词铁骑儿来代表,成为一类别了。”[23]

此后，胡士莹根据严敦易对铁骑儿下的定义在《南宋说话四家数》中写道："这里最值得注意的是'说铁骑儿'，它正是因为内容的独特而风行一时，也因为内容的独特和统治阶级有矛盾而终于存身不住。'说铁骑儿'，它是《都城纪胜》所独有的项目(《都城纪胜》、《梦粱录》傀儡、复赚都有铁骑)，它不属于'小说'范畴之内，《醉翁谈录》小说分类就没有'铁骑儿'。它也不同于'讲史'。讲史所讲的是'前代'的'史'(《通鉴》汉唐)，而铁骑儿所说的却是'本朝'的'事'。它的内容正如严敦易先生所说的……研究者们对于'家数'问题所以聚讼纷纷，关键在于他们忽视了'说铁骑儿'这一家的现实性和独立性。'铁骑儿'这一说话家数的出现，历时并不太长，后来就被统治阶级所钳制而取消了。晚出的《武林旧事》就没有四家的说法，《醉翁谈录》和《应用碎金》所提到的也就只有三家——小说、演史、讲经，而不是四家了。"由此可见，胡士莹把铁骑儿看做是一项非常具有时效性和现实性内容的伎艺，因此他认为铁骑儿应独立成为一家数："我过去曾把合生、商谜归入四家，现在综合诸家成说，重新研究，我的主张改变了。我们知道《都城纪胜》是首先提出家数问题的书，《梦粱录》全袭其说。因此，我们有理由把《都城纪胜》作为探究家数问题的主要依据……最合理的是王古鲁先生对《都城纪胜》这段文字的读法，他的确已把纷乱的头绪理清楚。我基本上同意他的四家的分法，但也不同意他把银字儿和铁骑儿合起来称为小说。我以为四家的分法应该是这样的：1.小说(即银字儿)……2.说铁骑儿……3.说经(包括说参请、说诨经)……4.讲史书……"[24]

以上是认为铁骑儿应独成一家数的观点，对此提有异议的有：

陈文申《关于"说话"四家和合生》："因为《梦粱录》的一段文字，就是介绍'说话'四家的，自应把四家一一列举；但它对于说铁骑儿却无一字提及，足见其不是四家中的独立一家，而只是四家中的某一家的附属，是以《梦粱录》略而不提。"[25]

黄进德《南宋说话"家数"考辨——铁骑儿"自成一家数"说商兑》："南宋'说话有四家数'之说仅见于《都城纪胜》和《梦粱录》。这两部记述南渡后杭州民情风土的书所载说话科目相同者有：小说、说经、说参请、讲史书、合生、商谜等六项，不同处则为，《都城纪胜》于'小说'之下多列出'说铁骑儿'一项，《梦粱录》于讲史之后又提及王六大夫说《复华篇》和中兴名将传。……中兴名将传，也许就是《醉翁谈录》提到的'新话'张俊、韩世忠、刘锜、岳飞他们抗金的英雄故事。这类'说话'乃是地道的'说铁骑儿'。令人奇怪的是，尽管《梦粱录》全袭《都城纪胜》，却在这里偏偏不用'铁骑儿'这一科目。如若'说铁骑儿'果真如王、胡等人所说的'自成一家数'，那末《梦粱录》所载说话家数岂不四缺一了？"[26]

究竟铁骑儿是否应归于小说还是应独立一家，需经过更加缜密的分析和揣摩。学者们各执一词也不无道理，笔者认为从具体内容和形式上来讲，铁骑儿其实并未走出讲史的范围，只是更具有和现时现世紧密联系的特点，因此，可以认为铁骑儿讲的是当朝的史当代的史，它应当成为讲史的一部分，和讲史一同归为一家数，唐启翠《说铁骑儿考》一文对此论述甚详。

3.合生、商谜是否可归为"四家"之一

所谓合生，最早载于北宋欧阳修等人著的《新唐书》卷119《武平一传》："平一上书谏曰：'……伏见胡乐施于声律……异曲新声，哀思淫溺。始自王公，稍及闾巷，妖伎胡人，街童市子，或言妃主情貌，或列王公名质，咏歌蹈舞，号曰'合生'。"另据洪迈《夷坚志》支乙卷6"合生诗词条"载："江浙间，路歧女伶，有慧黠知文墨，能于席上指物题咏，应命辄成者，谓之合生。其滑稽含玩讽者谓之乔合生。盖京都遗风也。"由以上可见，合生应属于一种即兴发挥的、以吟诗作诗唱曲为主的伎艺。关于商谜，根据《都城纪胜》、《梦粱录》的记载可看出，它属于猜谜一类的活动，也是一种小型的即兴伎艺。

根据《梦粱录》"小说讲经史"条对说话的定义："说话者，谓之舌辩"，赞成合生、商谜可归为四家之一的学者认为正是因为合生、商谜是一种"舌辩"，因此它们作为说话伎艺的一种是毫无疑问的。另外，宋人罗烨《醉翁谈录》之"小说引子条"载："……或名演史，或谓合生，或称舌耕,或作挑闪,皆有所据,不敢谬言。”其中将演史和合生明确作为并列的关系罗列出来,因此可以更加充实合生、商谜作为说话伎艺的证据。任半塘在《唐戏弄》中经过比较考证指出宋代“合生”表演的内容是指物咏题,吟咏间参弹唱,是属说唱性质的伎艺,归于戏剧范畴。[27]

鲁迅在《中国小说史略》中第一次确定合生为一家。此后孙楷第在《宋朝说话人的家数问题》、严敦易在《水浒传的演变》中分别论述了合生何以成为一家的缘由。陈义申在《关于“说话”四家和合生》中提出合生有两种形式以证明它可独立为一家:“宋代的‘合生’实有两种,一种是洪迈所说‘批物题咏,应命辄成’的‘合生’,一是《醉翁谈录》以之与‘演史’并列,以‘言其上世之贤者’,‘排其近世之愚者’为内容的合生,即属于‘说话’的合生。所以,《都城纪胜》以之与小说、说经说参、讲史并列的合生,显然就是《醉翁谈录》中所说的合生,而非《夷坚志》中所指。”[28]在支持合生可归为一家的学者中,刘兴汉的论述较为详尽:“就现存资料而言,记载说话四家的《都城纪胜》与《梦粱录》在叙及说话四家时原文皆有合生与商谜,没有此有彼无的现象。《都城纪胜》记叙说话四家的是‘瓦舍众伎’条,前记傀儡、影戏,而后是说话四家。记叙说话四家时是合生、商谜在后。如果因此把合生、商谜理解为和傀儡、影戏、说话并列的‘伎艺’的一种,尚情有可原的话,而成书在后的《梦粱录》是在‘小说讲经史’条中记叙说话四家的,整个条目记叙的都是说话四家的内容,而不是‘瓦舍众伎’,其中也记叙了合生和商谜,就不能不引起我们的重视了。我们知道《梦粱录》成书在后,胡士莹先生甚至说它对《都城纪胜》是‘全袭其说’。我们把二书记叙说话的条目‘瓦舍众伎’和‘小说讲经史’,见前文所引加以比照,就会发现,《梦粱录》的作者把傀儡、影戏两项归入另一条目‘百戏伎艺’之内,而把叙及说话的条目更名为‘小说讲经史’了。这是特别值得我们注意的更动,这种更动恰恰说明,合生、商谜不属于‘百戏伎艺’,是说话的一家,而不是与说话并列的‘瓦舍众伎’之一。”“合生、商谜的形式可以在说话之内,合生与商谜有一定联系,它们都需要两个人表演,在表演形式上有相似之处,故可列在一家,正如说经说参请可以列为一家一样。”[29]

对以上支持合生、商谜可归为说话一家的学者之言,陈汝衡、李啸仓、王古鲁、青木正儿、胡士莹等学者认为合生、商谜的内容根本就没有故事的因素,因此不能列入说话家数。

陈汝衡在《说书史话》中说:“小说、说经、讲史书,一般人都把它们放在‘说话四家’以内,但合生、商谜也有被列在四家的。多年来通过专家们的研究,商谜已经没人把它编排在四家中了。最使我们迷惑、而感觉头痛纠缠不清的,就是‘合生’这一伎艺。……合生决不是一个人能够演出的,至必一个人出题目,另一个人作解答,或者有几个人依次的解答。……宋代‘合生’一词,实有广泛的意义,士大夫阶层席间的‘指物题咏’,固然是合生,勾栏瓦肆里唱说市井新闻,点缀古人古事,也是合生。……照上面所讲,合生既不是说书,那么南宋说话四家,就容易划分了。”[30]李啸仓《宋元伎艺杂考·合生考》中提出了六点合生不能作为说话一家的理由,并引用了《醉翁谈录》里的一首词和《小说开辟》的总结诗作为依据说明“合生”不是与“小说”、“演史”、“讲经”并行的伎艺,因而应被排除出“说话”伎艺。[31]胡士莹《话本小说概论》中阐明:“近人研究宋代‘说话’伎艺的,往往将‘合生’(亦作‘合笙’)列为说话四家数之一,并溯源于唐代,这是值得商榷的。”“我认为合生是一种以歌唱诗词为主的口头伎艺,内容很少故事性,实与以故事为主的‘说话’殊途。‘说话’中的词话,形式固然以唱为主,但内容则以故事为主。划分家数,须以内容为主要标准,形式是次要的。[32]

此外,严敦易虽主张“合生”可归入四家之一,却也提到:“将合生置于说话之外不能说是没有理由的。”而李啸仓虽反对把“合生”划为四家之一却又说:“但合生的表演也如前所论,在说唱故事上用叙述而不用代言,其与说话颇有类似之处却是可以断言的。《醉翁谈录》的作者把它们混同来讲,推其缘故,当也即在此。”

由此看来,合生与商谜究竟可否成为说话一家实则是说话研究中最具争议和矛盾的难点。然则从学者们对说话伎艺的定义和合生、商谜的表演形式来看,合生与商谜作为一种"舌辩"伎艺,具有固定的表演形式与比较稳定的表演内容,虽没有较强的故事性,但作为独立的一个种类归入说话伎艺还是不置可否的。

综上所述,我们对于说话四家的家数划分观点为:1.小说——烟粉、灵怪、传奇、说公案;2.说经、说参请、说诨经; 3.讲史、说铁骑儿;4.合生、商谜。

参考文献

[1]灌园耐得翁.都城纪胜[M].北京:中国商业出版社,1982.

[2]吴自牧.梦粱录[M].北京:中国商业出版社,1982.

[3][24][32]胡士莹.话本小说概论[M].北京: 中华书局,1980.

[4]章培恒,骆玉明.中国文学史[M].上海:复旦大学出版社,1996.

[5]张锦池.《大唐三藏取经诗话》"说话"家数考论——兼谈宋人"说话"分类问题[J].学术交流,1989(3).

[6]黄进德.说话探源[J].扬州师院学报,1982(3-4).

[7][29]刘兴汉.南宋说话四家的再探讨[J].文学遗产,1996(6).

[8]程毅中.宋元小说研究[M].南京:江苏古籍出版社,1999.

[9]孙望,常国武.宋代文学史[M].北京:人民文学出版社,1996.

[10]程千帆,吴新雷.两宋文学史[M].高雄:丽文文化事业公司,1993.

[11]吴光正.说话家数考辨补正[J].海南大学学报(社会科学版),1998(9).

[12]张兵.北宋的"说话"和话本[J].复旦学报,1998(2).

[13]齐裕焜.中国古代小说演变史[M].兰州:敦煌文艺出版社,2002.

[14]袁行霈.中国文学史 [M].北京:高等教育出版社,1999.

[15]宁宗一.中国小说学通论[M].合肥:安徽教育出版社,1995.

[16]欧阳代发.话本小说史[M].武汉:武汉出版社,1994.

[17]刘大杰.中国文学发展史[M].上海:古典文学出版社,1958.

[18]李亦辉.宋人“说话”四家数管窥[J].黑龙江教育学院学报,2004(1).

[19]皮述民.宋人“说话分类”的商榷[J].北方论丛,1987(1).

[20]萧相恺.宋元小说史[M].杭州:浙江古籍出版社,1997.

[21]冯保善.宋人说话家数考辨[J].明清小说研究,2002(4).

[22]王古鲁.南宋说话人四家的分法[M].上海:古典文学出版社,1957.

[23]严敦易.水浒传的演变[M].北京:作家出版社,1957.

[25][28]陈文申.关于“说话”四家和合生[A]//赵景深.中国古典小说戏曲论集[C].上海:上海古籍出版社,1985.

[26]黄进德.南宋说话“家数”考辨——铁骑儿“自成一家数”说商兑[J].群众论坛,1981(4).

[27]任半塘.唐戏弄[M].上海:上海古籍出版社,1984.

[30]陈汝衡.说书史话[M].北京:作家出版社,1958.

[31]李啸仓.宋元伎艺杂考·合生考[M].上海:上海出版社,1953.

◎杨长英

江西诗派评价争论述评

江西诗派既是中国诗歌史上影响最大、延续时间最长的诗歌流派，同时也是遭受批评或者批判最为猛烈的诗歌群体之一。自南宋以来有关黄庭坚和江西诗派的各种争议从未停止过，因此对有关争论进行梳理分析，有助于我们对这个纷纭复杂的诗派作出全面系统的审视和把握。

江西诗派得名于吕本中所作《江西诗社宗派图》。关于吕本中作《江西诗社宗派图》一事，胡仔《苕溪渔隐丛话》、赵彦卫《云麓漫钞》、刘克庄《江西诗派小序》和王应麟《小学绀珠》等均有记述。但宋人的这几则材料，在谈及吕本中《江西诗社宗派图》中所包括的成员时有出入。袁行霈主编的《中国文学史》据赵彦卫《云麓漫钞》卷141说："歌诗至于豫章始大出而力振之，后学者同作并和，尽发千古之秘，无馀蕴矣。录其名字，曰江西宗派，其源流皆出豫章也。"[1]并尊黄庭坚为诗派之祖，下列陈师道、潘大临、谢逸等25人。

《江西诗社宗派图》的流行，使"江西宗派"、"江西诗派"成为宋诗学中的常用词汇，对于这两个概念的区别，伍晓蔓在其博士论文《江西宗派研究》中作了详尽的阐述。她认为"宗"为宗统，"派"为流派。"宗派"乃是指《宗派图》中黄庭坚和其他25个诗人的关系："宗派之祖曰山谷，其次陈师道（无己）、潘大临（邠老）……凡二十五人。""宗派"原是禅宗的名词，将"宗派"一词引入诗学范畴与当时禅宗流行的社会环境有关。后人称江西宗派为"江西诗派"，是在"江西宗派"概念基础上扩展和衍生的术语。“江西宗派”与“江西诗派”这两种提法存在着递进关系：相对于黄庭坚，江西诸派是“宗”之一派，相对于整个诗歌界，江西宗派又不过是诗之一派；而江西宗派既立，则相应形成了众诗派的一种。“宗派”的提法本身包含着诗歌门派的意味，后人遂用“江西诗派”这个名词来指称吕本中所说的“江西宗派”，后来又发展成为对涵盖北宋末及整个南宋时期，包括“江西后社”、“江西后派”、“江西别派”等大大小小团体在内的诗宗黄庭坚的广义的诗歌流派的称谓。

对于“江西”二字的解释，章培恒、骆玉明主编的《中国文学史》认为主要是因黄庭坚籍贯的关系。袁行霈主编的《中国文学史》则认为“江西”即宋代的江南西路，黄庭坚及诗派中的二谢等 11 人是江西人。伍晓蔓在《江西宗派研究》中提出：“江西”二字，非单纯从诗宗或诗派入手，而是统领了两个概念，具有指代黄庭坚、强调江西地域两层含义，同时它又超越了地域的实指，成为一种诗学风格的概括，集合了诗学风格、诗人群体、诗歌流派三层含义，赋予了“江西”一词更宽广更纵深的意义。

有论者认为在文学史分期上，江西宗派是元祐文学的下一代。如果说元丰元年黄庭坚以《古风二首上子瞻》赠苏轼，成为元祐文学的起点的话，陈师道作《赠鲁直》予黄庭坚亦可视为江西诗派的起点。陈诗颂扬了黄氏的人品、诗品及在当时诗坛的影响，表达了个人景仰师从之意。黄庭坚的思想虽然较为驳杂，接受过儒、释、道各家程度不同的影响，但是立身正直、不乐仕进、反对媚俗一直是他的行为准则。他曾说：“士大夫处世，可以百为，唯不可俗。俗便不可医也。或问不俗之状，老夫曰，难言也。视其平居，无以异于俗人。临大节而不可夺，此不俗人也。”（《书缯卷后》）[2]这可以看出黄庭坚为人处世之道及其临大节而矢志不渝的高风亮节。他主张做人要不俗，作诗也不能俗。袁行霈主编的《中国文学史》说：自梅尧臣以来，北宋诗人都在诗歌艺术上追求“生新”，也即追求在唐诗之外另辟境界，而黄庭坚在这方面表现出更强烈的自觉性。他说：“文章最忌随人后。”（《赠谢敞王博喻》）又说:“随人作计终后人,自成一家始逼真。”(《以右军书数种赠丘十四》)他的整个诗歌创作都贯彻了求新求变的精神,从而创造了生新廉悍的艺术风貌。

黄庭坚对当时的青年诗人具有多方面的典范作用:他的诗歌成就卓越,且鲜明地体现了宋代诗坛的美学风范;他作诗的方式是字斟句酌,法度井然,便于别人仿效;他的诗论是循序渐进的,并大张旗鼓地倡导以杜甫为诗家宗祖,其学杜亦非亦步亦趋,而是讲究独辟门户,自成一家,前人所谓“学老杜而不为者”[3]。他还为诗人们设计了摆脱窘境的策略,使人有具体的门径可入。于是黄庭坚理所当然地受到众多青年诗人的拥戴追随,以上所举陈师道的《赠鲁直》即是一例。稍后,陈师道开始在这个诗人群体中脱颖而出,并受到晁冲之、潘大临等青年诗人的推崇。一个以黄、陈为核心的诗歌流派逐渐形成。

在南宋初期,江西诗派在艺术风格上发生了深刻的变化。黄庭坚的诗论中本来就包含求新求变、自成一家的精神,江西诗派中几个比较杰出的诗论家都理解并继承了这种精神。曾季貍在《艇斋诗话》中指出:“后山论诗说换骨,东湖论诗说中的,东莱论诗说活法,子苍论诗说饱参。入处虽不同,然其实皆一关捩,要知非悟入不可。”[4]的确,从陈师道、徐俯到吕本中、韩驹,江西诗派成员的诗学观点并不是一成不变的,他们在黄庭坚诗论基本精神的原则下各自有不同的体悟。在这个演变过程中,最具有革新精神的首推吕本中的“活法”之说。

作为后期江西诗派最重要的诗论家,吕本中早年作诗专以黄庭坚为典范,生新刻峭,旨趣幽深。但黄庭坚是主张自成一家的,所以他力图创造自己的新风格。他在《夏均父集序》中大力提倡“出于规矩之外,亦不背于规矩”的活法说。萧华荣所著《中国诗学思想史》认为:“活法”并不否定诗歌创作的法度、技巧,但要灵活地运用这些法度、技巧,使不见法度技巧之迹,这实际上就是道家所说的以人合天、技进于道,也就是禅宗所主张的不背不触,不脱不粘。吕本中还特别指出,谢朓“好诗流转圆美如弹丸”之说便是“活法”。但谢朓的原意主要指“好诗”音节的和谐与意象的优美,这并非江西诗学注目的要点。吕本中的“弹丸法”主要着眼于“流转”，指“法度”的灵活不拘。与吕本中同时的诗人张元幹对“活法”的体会则是：“韩、杜门庭，风行水上，自然成文，俱名活法。”（《亦乐居士集序》）“风行水上，自然成文”是苏轼的主张，因而“活法”实际上在向苏轼的诗学思想靠拢，伏下江西诗学走向蜕变的“关捩子”。

著名诗人韩驹的诗论也是江西诗派诗论转变的重要建树。“饱参”说见于他作于政和元年的《赠赵伯鱼》一诗：“学诗当如初学禅，未悟且遍参诸方。一朝悟罢正法眼，信手拈出皆成章。”[5]此论以禅宗“参”与“悟”的关系来比喻学习时的转益多师和创作时的自为己出，开南宋以来以禅喻诗的风气。以禅喻诗的渊源实要追溯到苏轼，苏诗中有“暂借好诗消永夜，每逢佳处辄参禅”的句子。韩驹的“饱参”说也借用了禅宗的语言。参禅是一种静坐澄思的修持方式，意在求得转迷开悟，转识成智，体认真如佛性。据《艇斋诗话》记载，韩驹曾经教人熟味唐诗“打起黄莺儿，莫教枝上啼。几回惊妾梦，不得到辽西”，以体认其中的“规模”、“机杼”，这显然便是他所说的“饱参”，参的是灵巧的作诗之法。“饱参”说提倡不拘一法，不名一师，参遍诸方，自为己出，反对死于句下，汲取包括苏轼诗学在内的良好资源，这是对黄庭坚句法的超越。

郭绍虞《中国文学批评史》指出江西诗派到南宋初叶都起了变化，当时几个大家皆从江西入而不从江西出，这是江西诗论提倡活法的结果，所论极有见地。萧华荣认为，江西诗学最重要的特征是强调诗内功夫，即诗的法度，并主张在前人的作品中探寻、参悟、变化运用种种法度。“夺胎换骨”、“点铁成金”、“出处来历”等江西诗法的主要标志，都与古人有关。南宋陆游、杨万里走出江西诗学的道路具有重要的诗学思想史意义，这种道路便是“工夫在诗外”。陆、杨所主张的诗外工夫的“诗外”虽也包括读书修身，但主要指客观外界的社会生活与自然景物，他们认为其中有应接不暇的灵感、天机云锦般的诗材和不费刀尺的诗法。不管他们与江西诗学有多少藕断丝连的关系，但正是在这个“关捩子”上，他们与后者分道而扬镳。孙望、常国武主编的《宋代文学史》说陆游反对追求辞藻的雕琢和奇险，认为“琢雕自是文章病，奇险尤伤气骨多”(《读近人诗》)，故所作语言比较接近于口语，即所谓“清空一气，明白如话”(赵翼《瓯北诗话》)，与江西诗派的作品显然有异其趣。而杨万里虽始终未能完全跳出“江西派”的窠臼，但他的“诚斋体”却是“透脱”、“活法”的产物。周必大说“诚斋万事悟活法”(《次韵杨廷秀待制，寄题朱氏涣然书院》)，刘克庄也说“诚斋出，真得所谓活法，所谓流转圆美如弹丸者”(《江西诗派小序》)，即是指此。

陆、杨二人的共同点是皆将目光投向“诗外”，如前所说，都认为现实生活确有无限丰富的诗料，也都主张到现实生活中获取诗思。二人诗歌创作的感受虽多来自自然景物，山程水驿，烟波风月，而未涉及社会治乱，国家安危，民生苦乐，比六朝感物兴情之说并不是什么新鲜见解，但放在那个理学与江西诗学流行的具体时代背景下，却有着不可忽视的扭转诗风的意义。理学家反对“诗外工夫”，反对传统的“诗文得江山之助”之说，骨子里深受理学熏染的江西诗学也把目光收敛到内心与书本，参悟诗法，闭门觅句，不满于流连光景、描绘风月之作。陆、杨的上述诗论，将这种内向性转向外向性。

早在元祐诗坛，黄庭坚即与苏轼齐名，并称“苏黄”。黄庭坚喜奖掖后学，门人弟子众多，其后吕本中作《江西诗社宗派图》即奉他为江西诗派宗主。其诗学思想不仅对江西诗派的创作有着深刻的影响，在宋代诗史上也具有重要地位。黄庭坚出身仕宦之家，自幼即受传统儒学的熏陶，儒家经典烂熟于胸，故立身处世总“以忠义孝友为根本”(《与韩纯翁宣义》)。在苏门弟子中，他又最深于禅学，对于佛家经典如《维摩经》、《楞严经》、《圆觉经》、《华严经》等都很精熟。黄庭坚以佛家心法重读儒家经典，在传统儒学“修、齐、治、平”的理想中，他的思想重心从“治、平”中退出来，放在了“修、齐”之上。而修身、齐家正当以“养心治性”为根本，这是对儒学的一种心性化改造。

因此，“治心养气”的人格修养是理解黄庭坚读书、为文的关键，这与时代理学精神相通，是一种有典范意味的文化品格。而这一文化品格的建立还有更深层次的社会历史原因——北宋后期的新旧党争。党争造成诗人境遇的一波三折，对诗文运动以来不断膨胀的诗文野心进行了压制。这促使文学功用从致君尧舜、主文谲谏、经世致用等领域撤离，退回到个人情感和心性修养的范围。黄庭坚因文字狱而受到迫害以后，反对讪谤怒骂："诗者，人之情性也。非强谏争于庭，怨忿诟于道，怒邻骂座之为也。"(《书王知载朐山杂咏后》)[6]于是，吟咏书斋生活，推敲文字技巧，便成为追随黄庭坚的江西诗派的创作倾向，也是当时整个诗坛的倾向。

黄庭坚作诗极其讲究句法，这也是他的诗歌在后世影响深远的原因之一。黄庭坚学杜是宋代以来学术界的老生常谈，涉及很多方面，句法无疑是很重要的一个方面。郑永晓在其博士论文《江西诗派研究史》中论述到：

杜甫的诗歌极为重视对字句的锤炼，其在晚年写作了一些拗体，在流丽妥帖中融入深折和瘦硬，有讲求顿挫、古硬、拗折、拙涩的倾向，以使诗歌产生一种老成之美，从而避免平滑肤廓之弊。这类拗体和一些有拗体倾向的诗标志着唐诗的审美风格出现了显著的变化，也为中唐以后诗歌以至宋诗的发展提供了极具意义的启示。黄庭坚所谓的"不烦绳削而自合"正是在杜诗启示下提出的一种追求，其宗旨并非不要锤炼、雕琢，而是通过刻意经营抹去雕琢之迹，看似简易而实含大巧，貌似平淡却从绚丽而来，最终达到他在《与王复观书》中所说的"平淡而山高水深"的境界。这种追求自杜甫发其端，至黄庭坚发扬光大，成为江西诗派普遍的追求目标，虽然每个人的文化修养、个人素质不一，江西诗派诸人和南宋以后追随模仿山谷诗风的众学子所达到的层次有高低之分，但他们大都延着黄庭坚探索的路径前进，即通过读书积累知识以求豁然了悟，融会贯通，由刻意经营锻炼而力求掌握诗歌的内在艺术本质，并最终泯灭雕琢锻炼痕迹，达到类似杜甫那样的自然浑成之境。从这个意义上说，黄庭坚的确是把握了杜诗的精髓。

黄诗不论长短，往往都包含多层次的意思，章法回旋曲折，绝不平铺直叙。如五古《过家》、七古《次韵子瞻题郭熙画秋山》以及七绝《病起荆江亭即事十首》之五，都是如此。他说："作诗正如作杂剧，初时布置，临了须打诨。"[7]意即要像参军戏中的"打诨"一样，在必要的地方来一个出乎读者意料之外的转折，以意脉的突然断裂而产生艺术张力。例如《次韵裴仲谋同年》的次联："舞阳去叶才百里，贱子与公俱少年。"上下句的意思相去很远，读来有奇崛之感。黄庭坚常以句法论诗，曾称陈师道"作诗渊源得老杜句法"(《答王子飞书》)。黄诗句法笔力挺健，意象瑰奇，严整中有流走之势。《子瞻诗句妙一世，乃云效庭坚体……》一诗，硬语险韵，节奏拗峭，意象奇特，是被誉为"奇健之气，拂拂意表"的名篇。

黄庭坚是一位极其擅长汲取前人优秀遗产的诗人，他长期探索诗歌艺术的过程中，对前人尤其是唐诗的艺术包括唐人在诗歌句法方面的创造予以借鉴和继承。而黄庭坚的可贵之处在于，他不仅有继承，更有创新。吕本中曾说："义山雨诗'摵摵度瓜园，依依傍水轩'，此不特说雨，自然知是雨也。后来鲁直无已诸人，多用此体，作咏物诗不待分明说尽，只仿佛形容，便见妙处。如鲁直《酴醾》诗云：'露湿何郎试汤饼，日烘荀令炷炉香'。"[8]他还认为："前人文章各自一种句法。……'夏扇日在摇，行乐亦云卿'，此鲁直句法也。学者若能遍考前作，自然度越流辈。"[9]从这所谓句法的角度可以看出，不同时代之间既有一定的承传性，后人对前人创造的句法有借鉴模仿之处，同时不同的诗人在经过自己长期的艺术磨炼和追求后，亦往往有自己习惯使用的句法格式，积少成多，便形成诗人在艺术方面的重要特色。黄庭坚在杜甫开创的拗体诗创作规律的基础上，继续探索，大力发展，写出了数量可观的拗体诗。黄庭坚现存的三百多首，七律中有一半是拗体，这些拗体诗句法生新瘦硬，声律奇峭，更加案头化，有意纠正唐诗声律顺畅甚至油滑的特点，进一步体现了异于唐诗审美风貌的宋诗特色。

黄庭坚本人是苏门弟子，为何以黄庭坚为首形成了影响深远的"江西诗派"而苏轼作为一代文豪却未形成一个诗歌流派呢？袁行霈主编的《中国文学史》说苏轼写诗的方式是凭才情而随意挥洒，不主故常，所以别人难以追随仿效。而且从元祐后期开始，激烈的党争常常导致文字狱，苏轼那种敢怒敢骂的作风更使人敬而远之。伍晓蔓在《宗黄学苏——论江西宗派的诗学选择》一文中从人格范式、对文学创作的态度、文艺观等几方面论述了苏、黄二人的不同之处。方回说："坡诗天才高妙，谷诗学力精严；坡律宽而活，谷律刻而切云。"[10]从赋才—措意、天才—学力以及诗歌格律三个角度指出苏、黄诗各自的出发点和擅长领域。与苏东坡凭借天资有所不同，黄庭坚从理论到创作都是建立在法度的基础之上。其诗学的本质是通过渐进的学问修炼，在掌握诗歌创作规则的基础上，最终摆脱法度的束缚，达到自然浑成的境界。这就为普通人成为诗人找到了一条切实可行的途径。所以，北宋末至南宋以后，天下遂翕然以江西为法，谓黄庭坚为宋朝诗家之祖。如谢枋得《与刘秀岩论诗书》云："次选黄山谷、陈后山两家诗各遍类成一集，此二家乃本朝诗祖。"[11]可见黄庭坚诗学影响之深远。

黄庭坚喜欢论诗，他的诗论内容丰富，其中影响最大的是"夺胎换骨"、"点铁成金"。据释惠洪《冷斋夜话》记载：

> 山谷云：诗意无穷而人才有限，以有限之才追无穷之思，虽渊明、少陵不得工也。然不易其意而造其语，谓之换骨法；窥入其意而形容之，谓之夺胎法。[12]

又黄庭坚《答洪驹父书》谓：

> 自作语最难。老杜作诗，退之作文，无一字无来处。盖后人读书少，故谓韩、杜自作此语耳。古之能为文者，真能陶冶

万物，虽取古人之陈言入于翰墨，如灵丹一粒，点铁成金也。[13]

萧华荣认为"换骨法"与"夺胎法"二者实无根本区别，合言为"夺胎换骨"，皆指袭用古人作品的立意、境界而在语言上加以改造、变化，使之呈现出一种新的风味与情调。"胎"即诗意，"骨"即诗语；"夺胎"侧重于意，"换骨"侧重于词。二者合言，方能足其义。如葛立方《韵语阳秋》释"换骨"："诗家有换骨法，谓用古人意而点化之，使加工也。"[14]佚名《诗宪》释"夺胎"："夺胎者，因人之意，触类而长之，虽不尽为因袭……盖亦大同而小异耳。"[15]从宋人所举"夺胎换骨"的例句可见，大致都是在古人作品的立意、语言上略加变化而已。

"点铁成金"之语也来自禅宗，以之论诗，有两种用法。一是如范温《潜溪诗眼》所说："句法以一字为工，自然颖异不凡，如灵丹一粒，点铁成金也。"[16]指诗句中一个经过锤炼的奇警的字眼，可以使全句生动起来。二是如前引黄庭坚所论，仍是点化、改造古人的诗句，与"夺胎换骨"大致相似，故陈善《扪虱新话》说："古人自有夺胎换骨等法，所谓灵丹一粒，点铁成金也。"[17]径将二者等同起来。

黄庭坚的诗论旨在对前人的作品要融会贯通，在消化前人遗产的基础上推陈出新，成为江西诗派诗歌创作的不二法门。在北宋的特定时代里，不失为摆脱窘境的一种策略，在当时产生了较大的影响。如果"夺胎换骨"、"点铁成金"等论是黄庭坚对诗歌创作技巧和规律的探索，那么诗人自身的伦理修养则是他视为的文艺之根本。他在晚年指导后进时有很多这方面的文字，诸如《与徐师川书》、《与秦少章书》等，他把修养和文艺创作比喻为"根本"和"枝叶"，反映了其对于文学的基本价值判断，这对他的诗歌有很大影响。

江西诗派作为宋代最有影响的诗歌流派，在其创立、消减过程中，必然面对众多诗人和评论家的批评。从南宋至明清，对江西诗派进行发难的人不在少数，比较有代表性的有张戒、严羽、王若虚、元好问、李东阳等人。

张戒是在江西诗派方兴未艾之时评论江西诗学的，他立足于传统的诗学思想,率先提出诗"坏于苏、黄"之论。实际上他指摘的是宋代的基本诗风,不限于江西一派。他论诗的基本观点是传统儒家的正宗诗学,即汉儒的《诗》"经"精神,主张言志、讽谏、兴观群怨、比兴、思无邪等。他的《岁寒堂诗话》攻讦苏、黄——主要是黄,大抵从艺术形式入手而落脚于思想内容。他批评黄庭坚标榜学杜却"但得其格律",其作品"风雅扫地",认为黄诗专门注意形式的"韵度矜持,冶容太甚",不能使人"凛然兴起,肃然生敬",无以"美教化,移风俗"。

严羽是南宋著名的诗歌批评家,也是南宋批评江西诗派最为苛刻的评论家。其《答出继叔临安吴景仙书》云:"仆之《诗辨》,乃断千百年公案,诚惊世绝俗之论。其间说江西诗病,真取心肝刽子手。"[18]《诗辨》开宗明义云:"夫学诗者以识为主,入门须正,立志须高,以汉魏晋盛唐为师,不作开元、天宝以下人物。"[19]这奠定了他崇尚唐诗贬抑宋诗的基调。其《沧浪诗话》全书都围绕"师法盛唐"这个"诗之宗旨"展开。在《诗辨》中,严羽对苏黄为代表的宋诗痛下针砭,批评宋诗不遗余力。对苏黄等人诗歌好呈才学、喜发议论、喜用典等习气表示不满。在《诗法》中他又说:"不必太著题,不必多使事。押韵不必有出处,用事不必拘来历。"[20]显然也是针对江西诗派而发,因为黄庭坚曾有名言"老杜作诗,退之作文,无一字无来处"。郑永晓在《江西诗派研究史》中指出两点:第一,严羽崇唐抑宋的诗论表面上是所谓"向上一路"(《诗辨》),实则有背离诗歌发展规律之嫌,贵古贱今、反对新变的思想在理论上不符合文学发展的规律,在实践上也根本行不通。第二,由于江西诗派的强大影响力,即使反对江西诗派最为强烈如严羽,也不能不受到黄庭坚和江西诗派的影响。如在《诗辨》中他总结诗歌的艺术特征时说:"诗之法有五,曰体制,曰格力,曰气象,曰兴趣,曰音节。……其用工有三:曰起结,曰句法,曰字眼。"其理论实际上包容着黄庭坚和江西诗派的基本文学观念,尤其是他所说的起结、句法、字眼三种用功途径体现了从规范或法则方面进行学习的要求。这种重视诗法的观念显然是从江西诗派那里汲取的。

王若虚激烈地崇苏贬黄,这与金代诗坛长久存在的宗苏与宗黄之争有关。他的舅父周昂“终身不喜山谷”,他受其影响,在《滹南诗话》中扬苏抑黄的言论几占一半,如认为苏轼是“文中龙也,理妙万物,气吞九州,纵横豪放,若游戏然,莫可测其端倪”,而“鲁直欲为东坡之迈往而不能,于是高谈句律,旁出样度,务以自立而相抗,然不免居其下也”。[21]黄庭坚的艺术成就虽然不及苏轼,但也自有其不可低估的价值所在,王若虚的这些评论未免褒贬过甚。他还就黄的具体诗篇,对其用事、句法、字法等一一辨误指谬,说“鲁直论诗,有‘夺胎换骨、点铁成金’之喻,世以为名言。以予观之,特剽窃之黠耳”。[22]其看法也有失偏激。

与王若虚不同,元好问并不否定黄庭坚本人,而主要攻击“号称法嗣”的江西末流。他认为:“黄鲁直天资峭拔,以俗为雅,以故为新,不犯正位,如参禅,著末后句为具眼。江西诸君子翕然推重,别为一派,高者雕镌尖刻,下者模形剽窃。”[23]在《论诗绝句三十首》中,他表示“论诗宁下涪翁拜,未作江西社里人”,将黄庭坚(涪翁)与江西后学区分开来。不过他的“宁下涪翁拜”只是针对江西末流而言,肯定黄庭坚并不等于要以黄为师,“北人不拾江西唾”才是他的真实态度。南北思想文化原有差异,元好问论诗主张自然清新,慷慨豪迈,与当时南方诗坛的审美追求有别。

明代台阁重臣李东阳提出诗学汉唐的复古主张,对宋诗持贬斥的态度。他在《怀麓堂诗话》中说:“唐人不言诗法,诗法多出来,而宋人于诗无所得。所谓法者,不过一字一句对偶雕琢之工,而天真兴致,则未可与道。其高者失之捕风捉影,而卑者坐于黏皮带骨,至于江西诗派极矣。”[24]对江西诗派评价极低,有失公允。李东阳“轶宋窥唐”的复古论点影响了明代中叶崛起的以李梦阳、何景明为代表的“前七子”。李梦阳说:“诗必盛唐”,何景明则谓“秦无经,汉无骚,唐无赋,宋无诗”,都是很偏激的言论。

在诗论家们交口诟骂江西诗派的同时,江西诗派的成就是不能一笔抹杀的。

方回由宋入元,本身便属江西后学,他充分肯定了江西诗派的成就。在吕本中作《江西诗社宗派图》之后,更无一人像他那样对江西诗学做过如此系统的总结和鼓吹,故被视为江西诗派的后劲与功臣。他张扬江西诗学的言论主要见于其所编选的唐宋近体诗集《瀛奎律髓》的评注中。著名的“一祖三宗”之说即出于此。一祖即杜甫,三宗即黄庭坚、陈师道、陈与义。黄庭坚与江西诗派虽专意学杜,但吕本中《江西诗社宗派图》只列出25个成员的名单,并未明确讲以杜甫为师。提出以杜甫为祖而远祧之,是方回论江西诗派的得意之笔。《瀛奎律髓》卷26评陈与义《清明》诗说:“古今诗人当以老杜、山谷、后山、简斋四家为一祖三宗。”[25]方回的“一祖三宗”说进一步扩大了江西诗派的影响力,力图将江西末流引上正路。

对于方回的“一祖三宗”说,王琦珍在《黄庭坚与江西诗派》一书中认为:“他(方回)的不足,在于将‘三宗’提高到了不适当的位置,也在于他对杜诗精神的片面理解。”[26]的确,中国诗坛名家辈出,单挑这四家诗人为宗并以此为评判尺度,范围也太窄了。关于陈与义是否属于江西诗派的问题,南宋以后的论者一直有争论,清人《四库全书总目》卷156《简斋集提要》认为陈与义“就江西派中言之,则庭坚之下,师道之上,实高置一席无愧也”。[27]钱钟书在《宋诗选注》中则反对“一口咬定他是江西派”。章培恒、骆玉明主编的《中国文学史》也持大致相同的观点,认为“一祖三宗”是很牵强的说法,陈与义与江西诗派并不很相似。其实,江西诗派本来就没有确定的组织形式,判断一位诗人是否为江西派的成员只是凭当时人的普遍印象,并没有明确的标准。

刘克庄作为江湖诗派的领袖,又是宋代著名的诗歌批评家。所作《后村诗话》及《江西诗派序》等对宋代的诗人诗作多有精当的批评。刘克庄对黄庭坚有较高的评价,但对江西诗派的整体评价不高。而且其时江西诗派的部分追随者也确实死守陈规,作过一些拗硬生涩、粗疏枯淡之诗。他引用他人话语批评学习江西诗风者音节聱牙,意象迫切,多发议论,失去了诗歌吟咏情性的本质特点,其《后村诗话》后集卷2云:“游默斋序张晋彦诗云:‘近世以来学江西诗,不善其学,往往音节聱牙,意象迫切。且议论太多,失古诗吟咏情性之本意。'切中时人之病。"[28]

然而,具体到吕本中列入《江西诗社宗派图》中的大部分诗人,刘克庄还是给予了较高的评价。如《江西诗派小序》评陈师道"树立甚高"、"诗文高妙一世";评韩驹诗"有磨淬剪裁之功","所作少而善";评徐俯"自成一家";评洪朋诗"警句往往前人所未道";评二谢"老死布衣,其高节亦不可及";只对少数几个诗人评价不高,如评潘大临"自云诗老杜,然有空意,无实力",且"病其深光";评李彭"诗体拘狭,少变化"等。[29]这些评论大体符合实际情况。

在明代诗歌宗唐思想的大潮中,对宋诗作出恰当评论者也不乏其人。如钱塘人瞿佑的《归田诗话》对江西派诗人多有颂词,如卷上谓:"唐诗前以李杜、后以韩柳为最。……宋诗以欧苏黄陈为第一,渡江以后,放翁、石湖诸贤诗,皆当深玩熟观,体认变化。"[30]卷中称陈师道:"诗格极高,吕本中选江西宗派,以嗣山谷,非一时诸人所及。"[31]瞿佑的观点特别凸显出宋诗新变的诗学意义。

清人对诗学体派的梳理细致周密,论说全面,这与清人文学史意识的进一步成熟是紧密相连的。黄宗羲在《张心友诗序》中认为"宋、元各有专长"[32],不否认唐宋诗一脉相承的关系,指出江西诗派衣钵杜甫的事实。刘熙载更具体地说:"杜诗雄健而兼虚浑,宋西江名家学杜,几于瘦硬通神,然于水深林茂之气象则远矣。"[33]很精当地点出江西诗派在学杜上的得与失。他还将西昆体和江西诗派作了一番比较:"西昆体贵富,实贵清,襞积非所尚也;西江体贵清,实贵富,寒寂非所尚也。"[34]推翻了前人对江西诗风的定义,从其瘦硬、幽僻的语言中挖掘出更深层次的丰腴富丽之美。

遗憾的是,解放以来至上个世纪70年代,学术界对江西诗派的评价总体上还是偏低。论者多以为黄庭坚及江西诗派的理论和创作有形式主义倾向,对后世产生了恶劣影响。上个世纪80年代以来江西诗派逐渐受到学术界的广泛重视,研究成果逐渐增多。已出版了龚鹏程的《江西诗社宗派研究》(台湾文史哲出版社,1983)和莫砺锋的

《江西诗派研究》(齐鲁书社,1986)两本专著。新世纪以来,又有钱志熙《黄庭坚诗学体系研究》(北京大学出版社,2003)、韦海英《江西诗派诸家考论》(北京大学出版社,2005)、王琦珍《黄庭坚与江西诗派》(江西高校出版社,2006)等专著陆续出版。另外,还有很多江西诗派研究的单篇论文发表。总体来说,学术界对江西诗派的评价趋向中肯、公允。宋诗之所以能够自立于唐诗之外,在很大程度上源于黄庭坚和江西诗派的求新求变。在这种探索和追求新变的过程中,难免会出现某些不尽如人意之处,如少数作品过于求奇、求异等。如果我们从宋人所处时代着眼,从宋人面对唐诗这座难以逾越的高峰而又不甘于依傍前人的现实着眼,就能较为宽容地对待诗歌发展过程中出现的一些失误。吴淑钿说:"江西诗法重视模拟与锻炼的技巧,它开创了中国诗史上一个正视形式主义的时代,将形式和内容二而为一的关系确定了,也肯定了宋诗独特的面目。"[35]如果持有社会作用和社会功能这样一个大前提,就无法看清江西诗派存在的价值和意义。后来的学者在评价江西诗派时,更多地从诗歌创作的根本,如语言的运作与发展、结构的变化与调适、音律的完善与创新等角度出发,找出这些技巧的意义,发现江西诗派在中国诗歌史上的价值。

参考文献

[1]袁行霈.中国文学史[M].北京:高等教育出版社,1999.

[2][6][13]黄庭坚.山谷集[M].文渊阁四库全书本.

[3]陈师道.后山集·答秦观书[M].文渊阁四库全书本.

[4][21][24]丁福保.历代诗话续编[Z].北京:中华书局,1983.

[5]韩驹.陵阳集[M].文渊阁四库全书本.

[7]王直方.王直方诗话[M]//傅璇琮.古典文学研究资料汇编·黄庭坚和江西诗派卷[Z].北京:中华书局,1978.

[8][9]胡仔.苕溪渔隐丛话[M].廖德明,校点.北京:人民文学出版社,1962.

[10][25]方回.瀛奎律髓汇评[M].李庆甲,校点.上海:上海古籍出

版社,1986.

[11]谢枋得.叠山集[M].文渊阁四库全书本.

[12]张伯伟.稀见本宋人诗话四种[M].南京:江苏古籍出版社,2002.

[14]葛立方.韵语阳秋[M]//何文焕.辑.历代诗话[Z].北京:中华书局,1981.

[15][16]郭绍虞.宋诗话辑佚[Z].北京:中华书局,1980.

[17]陈善.扪虱新话[M] .丛书集成初编本.

[18][19][20] 严羽.沧浪诗话校释[M]. 郭绍虞,校释.北京:人民文学出版社,1961.

[22]王若虚.滹南集[M] .文渊阁四库全书本.

[23]元好问.中州集·评刘汲[M].文渊阁四库全书本.

[26]王琦珍.黄庭坚与江西诗派[M].南昌:江西高校出版社,2006.

[27]永瑢,纪昀.四库全书总目[M].北京:中华书局,1981.

[28][29]刘克庄.后村诗话[M].王秀梅,点校.北京:中华书局,1983.

[30][31]瞿佑.归田诗话[M]//傅璇琮.古典文学研究资料汇编·黄庭坚和江西诗派卷[Z].北京:中华书局,1978.

[32]黄宗熙.黄梨洲文集[M]//傅璇琮.古典文学研究资料汇编·黄庭坚和江西诗派卷[Z].北京:中华书局,1978.

[33][34]刘熙载.艺概[M]//傅璇琮.古典文学研究资料汇编·黄庭坚和江西诗派卷[Z].北京:中华书局,1978.

[35]吴淑钿.陈与义诗歌研究[M].台北:台北文津出版社,1993.

◎庆振轩

读古人文字当知其短处

——从读书论看李清照的《词论》

一

李清照的《词论》是其写于早年的一篇词学专论，也是文学批评史上第一篇出自女性之手的完整系统的词学专文。自问世以来，即以其词人论词的独特特色，囊括宇宙、睥睨词坛群雄的气概，"历评诸公歌词，皆摘其短"的批评方法，引起世人注目，也由此引起非议。指责李清照的《词论》措辞尖锐而又刻薄的，首先是南宋人胡仔，他在《苕溪渔隐丛话》中说：

> 易安历评诸公歌词，皆摘其短，无一免者。此论未公，吾不凭也。其意盖自谓能擅其长，以乐府名家者。退之诗云："不知群儿愚，那用故谤伤。蚍蜉撼大树，可笑不自量。"正为此辈发也。[1]

《词苑萃编》亦录载裴畅的批评曰：

> 易安自恃其才，藐视一切，语本不足存。第以一妇人能开此大口，其妄不待言，其狂亦不可及也。[2]

时至今日，学术界对《词论》的批评仍智者见智，仁者见仁，褒贬不一。本文无意于对《词论》作全面的评价，仅就李清照批评之方法论略陈管见，以就教于方家。

二

李清照的《词论》，历数源流，评说当朝，对词坛大家、名流，上自唐、五代，下及本朝之秦观、黄庭坚，均能论列其短长、取法以律己，艰苦刻意，精益求精，反映了一位词坛名家成功的道路。一般的论者，大多只注意到了李清照对词坛名流的批评，而忽略了李清照对这些作家的褒扬，前文所引胡仔、裴畅的指责即是显例。实际上就《词论》而言，作者对词坛名家是其所是，非其所非，有贬有褒，褒贬得当。《词论》原文具在，一览便知：

> ……五代干戈，四海瓜分豆剖，斯文道熄。独江南李氏君臣尚文雅，故有"小楼吹彻玉笙寒"、"吹皱一池春水"之词。语虽奇甚，所谓"亡国之音哀以思"者也。逮至本朝，礼乐文武大备。又涵养百余年，始有柳屯田永者，变旧声作新声，出《乐章集》，大得声称于世。虽协音律，而词语尘下。又张子野、宋子京兄弟，沈唐、元绛、晁次膺辈继出，虽时时有妙语，而破碎何足名家。至晏元献、欧阳永叔、苏子瞻，学际天人，作为小歌词，直如酌蠡水于大海，然皆句读不葺之诗耳，又往往不协音律何耶？……王介甫、曾子固文章似西汉，若作一小歌词，则人必绝倒，不可读也。乃知别是一家，知之者少。后晏叔原、贺方回、秦少游、黄鲁直出，始能知之。又晏苦无铺叙；贺苦少重典；秦即专主情致，而少故实，譬如良家美女，虽极妍丽丰逸，而终乏富贵态；黄即尚故实，而多疵病，譬如良玉有瑕，价自减半矣……[3]

此段妙论向我们透露了两点信息，值得玩味。观千剑而后识器，操千曲而后晓声。《词论》对诸名家的批评告诉我们，作者曾细心研味诸家之作。她博观约取,厚积薄发,遍借金针,始自成一家。这对于我们探索其词风之源流变化不无启迪,此其一。作为在词坛独树一帜的女词人,李清照《词论》给人最为深刻的印象,是她面对词坛前辈名家,不仅能见其优长,且能识其不足。能见其优长,故能集众长为己长;能识其不足,才能在创作上有所规避,扬长而避短。《词论》不仅可见出作者独特高超的识见,亦可具见其独特的个性,此其二。

也正因为后者,李清照颇受人訾议。在这里,我们应为其辨明的是,她在《词论》中对前人的评价,有褒有贬,贬多褒少。因文章篇幅有限,她不可能对各位词家一一作全面评价。且在一篇文章之中,作者往往只是着重探讨某一方面的问题,这是一般的常识。我们不能因为她在《词论》中对诸家多有贬词,而忽略了她对名家的借鉴学习,而给予不适当的批评。

诸多资料表明,李清照在《词论》中所批评者皆词史上的名流或在当时知名的词人。她对这些作家的作品曾虚心涵咏,加以借鉴。对于南唐词,尽管她曾批评其"亡国之音哀以思",但就词风上讲,则是一脉相承的。前人所谓:"诗余者,古诗之苗裔也。语其正,则璟、煜为之祖,至漱玉,淮海而极盛"(王士祯《倚声前集序》)[4],"男中李后主,女中李易安,极是当行本色"(沈去矜《填词杂说》)[5],"李氏、晏氏父子、耆卿、子野、美成、少游、易安,至矣,词之正宗也"(田同之《西圃杂说》)[6],均注意到李清照不仅向李煜词学习借鉴,而且也向张先、二晏、柳永、秦观学习的信息。近年更有学者专文论及李煜、李清照词风之异同,将秦观、李清照词作细加比较,结论是李清照曾对这些作家的词作多方借鉴,汲取其经验教训。

欧阳修是《词论》批评的"作为小歌词"、"皆句读不葺之诗"、"往往不协音律"的词人之一。但李清照在《临江仙》词序中却说:

> 欧阳公作《蝶恋花》,有"深深深几许"之句,予酷爱之,因其语作"庭院深深"数阕,其声即旧《临江仙》也。[7]

学人之善,如恐不及,字里行间,可见其意。

许多批评者因李清照在《词论》中批评了苏轼而认为她固守婉约疆域,责难其"保守",而忽视了李清照夫妇曾在朝廷下诏禁毁苏轼、黄庭坚诗文的政治高压之下,收藏苏、黄诗、文、词、书画的事实。陈师道在《与鲁直书》中曾提到赵明诚、李清照夫妇"每遇苏黄文诗,虽半简数字必录藏,以此失好于父"。[8]众所周知,李清照之父李格非与赵明诚之父赵挺之,虽系儿女亲家,但在政治上却分属新旧两党。李格非出自苏门,赵挺之党附打着王安石旗号的蔡京。当蔡京得志,旧党均遭贬逐,朝廷下诏:

> 有收藏苏、黄诗文者,并令禁毁,犯者以大不恭论。[9]

在这样一种政治情势下,李清照夫妇冒着得罪赵挺之甚或朝廷降罪的风险,广泛收藏苏、黄诗文,该是何等的胆识!其对苏、黄著述爱好之深,由此可见一斑。

所以仅以《词论》对文中所论列的作家创作上的不足一一给予批评,而不顾及李清照对有关作家全面的评价和分析,即讥其"狂妄"、"保守",是不合适的。

在这里有必要进一步辨明的是,李清照在《词论》中对各名家的批评是否正确,是否切中其弊。

纵览自《词论》问世以后的词学批评,李清照对江南李氏君臣"语虽其甚","亡国之音哀以思"的评价可谓不移之论。柳永为词坛名家,其在词坛上的贡献,自有公论。但他为后世诟訾之处,恰恰在于其为人风流放荡,作词常"杂以鄙语"(徐度《却扫编》)[10],对青楼艳遇有浅露庸俗的描写。李清照尖锐地批评他这一部分词作"词语尘下",可以说是切中其弊的。《词论》称张先、宋祁兄弟等"虽时时有妙语,而破碎何足名家"。其针对性批评有二:首先,这些作家多以自己的名句称誉词坛,如张先之号"张三影"、宋祁被称为"红杏尚书"者是;其次,人们往往因欣赏名句而忽略对词作的整体审美和整体评价。从美学欣赏方面讲,"倾国亦通体,谁肯独赏眉"?女词人不满那种把偶有妙语奇语的词作评价过高,而不顾艺术整体创作和批评的意图是明确的,也是正确的。

《词论》对晏殊、欧阳修、苏轼不协音律之词作,给予尖锐的批评。评论界对其对苏轼的批评,久有微词。如果我们在这里把李清照的批评确认为针对的是几位名家的"不合音律"的词作,那么李清照从词体独特艺术要求出发给予的批评,可以说是完全正确的。词是歌唱文学,它的韵律美、音乐美,应该是其相对诗文而言具有的特性。马克思在《给拉萨尔的信》中谈到剧本《佛朗茨·冯济金根》时指出:"既然你用韵文写,你就应该把你的韵律安排得更艺术些。"李清照所提出的只是遵从歌词创作规律的基本要求。更何况,苏轼也自言"平生不善唱曲,故间有不入腔处"(胡仔《苕溪渔隐丛话》)[11]。即使对苏词极为欣赏的晁补之和陆游也不避讳这一点:"公非不能歌,但豪放,不喜剪裁以就声律耳"(陆游《老学庵笔记》)[12],"居士词横放杰出,自是曲子中缚不住者"[13]。所以,作为一个当行本色的词人,李清照的批评自有其道理。

至于王安石,作为政治家、改革家本无意于词坛争胜,他的词作今存不多,虽有名篇,但却难成名家,"令人绝倒"之作间有,《词论》之评不诬。曾巩曾称誉文坛,至于其他方面的创作,陈师道《后山诗话》载:"世语云:曾于固短于韵语。"[14]可见诗词非其所擅,时有定评。其词,《全宋词》仅录存一首。

晏几道的《小山词》工于言情,秀气胜韵,得之天然。但他专善于令词的创作,在慢词长调渐趋风行的情势下,未在这一方面展示个人才华,所以李清照指出这位集令词创作之大成的词家"苦少铺叙"。针对贺铸词集中艳丽"妖冶"之作,他批评贺词"苦少典重"。

"秦七黄九"在词坛并称,李清照对秦观以深情苦调写恋情与贬谪之词表示欣赏之后,即指出秦观词较少用典使事,少深沉、蕴藉之致。而黄庭坚:"词多用俳语,杂以俗谚,多可笑之句。"(李调元《雨村词话》)[15]其早期词作,多有淫艳之词,法秀道人对其有"笔墨劝淫,应堕犁舌之狱”之戒（陈善《扪虱新话》）[16]。所以李清照言其词“多疵病”。

综上所述，李清照在《词论》中针对词坛名流，一一评说，虽侧重于批评，但切中肯綮。加之前文所述她对所评词人中一些名家人格精神、诗文创作上的推崇，我们不难发现，《词论》向我们透露了李清照个人创作上成长之奥秘——“转益多师是吾师”。尤为令人敬佩的是，作为一个具有独立人格精神的女性词人，她对所喜爱的词坛名流，“爱而知其丑，憎而知其善”，以其高超的识见，独到的艺术眼光，敏锐准确地把握了名家们的优长和不足，以供自己借鉴。与古今一些蹩脚的批评家（不是捧杀即是骂杀）不同，这种辩证的实事求是的批评方法，虽引起当时和后世的不解和批评，却促进了她的文学创作，最终使得漱玉词“风神气格”、“冠绝一时”（陈世焜《云韶集·词坛丛话》）[17]。

三

李清照因其《词论》多批评名家之短而受后人讥评，事实上，在其之前，批评史上采用评说名流、历摘其短的批评方法的代不伐人。

王充因“伪书俗文，多不实诚，故为《论衡》之书”（《论衡·自纪》）[18]。他对于历史上的权威人物，多有驳斥，如“问孔”、“刺孟”、“非韩”之类，只对东汉的桓谭，推崇不遗余力。

曹丕的《典论·论文》以帝王之尊，评说当代文坛，对一时文士，率多指摘：

> 文非一体，鲜能备善。夫文本同而末异。盖奏议宜雅，书论宜理，铭诔尚实，诗赋欲丽。此四科者不同，能之者偏也。唯通才能备其体。
>
> 王粲长于辞赋，徐干时有齐气，然粲之匹也。如粲之《初征》……虽张、蔡不过也，然于他文，未能称是。琳、瑀之章表书记，今之隽也。应玚和而不壮；刘桢壮而不密。孔融体气高妙，有过人者，然不能持论，理不胜辞，以至乎杂以嘲戏。及

其善者,扬、班俦也。[19]

揆诸文坛史实,《典论·论文》的评价是有一定道理的。

基于相近的认识,曹植在《与杨德祖书》中也说:

世之著述,不能无病。仆常好人讥弹其文,有不善者应时改定。[20]

曹植的可爱之处,在于他不仅注意到世之著述多有瑕病的事实,并且进一步认识到,指出彼此文章之弊,是有利于创作的。

针对文学家们各有偏嗜、不能无病的事实,葛洪《抱朴子·辞义》亦曾加以分析:

属笔之家,亦各有病。其深者,则患乎譬烦言冗,申诫广喻,欲弃而惜,不觉成烦也。其浅者,则患乎妍而无据,证援不给,皮肤鲜泽,而骨鲠迥弱也。

夫才有清浊,思有修短,虽并属文,参差万品。或浩养而不渊潭,或得事情而辞钝,违物理而文工,盖偏长之一致,非兼通之才也。[21]

无论是从理论批评的角度,还是从阅读欣赏创作借鉴方面,这些批评对后世都是有所启示的。

在文学批评史上,钟嵘的《诗品》之于论诗,刘勰的《文心雕龙》之于论文,均为专门名家。章学诚曾高度评价二书:“文心体大而虑周,诗品思深而意远。”(《文史通义》)二书均在新的高度,对其前同类著述,加以批评剖析。《文心雕龙·序志篇》说:

详观近代之论文者多矣,至如魏文述典,陈思序书,应玚文论,陆机文赋,仲治流别,弘范翰林。各照隅隙,鲜观衢路。或臧否当时之才,或铨品前修之文,或泛举雅俗之旨,或撮题篇章之意。魏典密而不周,陈书辩而无当,应论华而疏略,陆赋巧而碎乱,流别精而少功,翰林浅而寡要。又君山、公幹之徒,吉甫、士龙之辈,泛议文意,往往间出。并未能振叶以寻根,观澜而索源,不述先哲之诰,无益后生之虑。[22]

钟嵘《诗品序》也说:

陆机文赋,通而无贬;李充翰林,疏而不切;王微鸿宝,密而无裁;颜延论文,精而难晓;挚虞文志,详而博赡,颇曰知言。观斯数家,皆就谈文体,而不显优劣。至于谢客诗集,逢诗辄取;张骘文士,逢文即书;诸英志录,并义在文,曾无品第。[23]

毋庸讳言,“世之著述,不能无病”,这是文学史上存在的事实,即使大家、名家亦难字字珠玑,篇篇佳什。从这一方面讲,以上所引诸家的批评是完全正确的。作为后来人,指出前人的不足并给以恰当的评价,则需要博赡的学识,独到的眼光,并具有相当之胆识方可。

李清照博古通今,对前代诗文批评之褒贬得失,自当有见于中。其所采取历评诸家之短的批评方式,不唯蔑视世俗之见,且有卓然自立之志。

当然,我们研究李清照《词论》的批评方法,于探讨其学术渊源之外,也不应忽略宋代思想界学术界“疑古”思潮的影响。宋儒对前代硕儒之学说在辨正诸说、自出己意基础上,提出了大胆的怀疑甚至否定,这是学术思想解放的表现,亦是学术研讨达到一定程度的产物。吴曾《能改斋漫录》卷2载:“国史云:庆历以前,学者尚守章句注疏之学,至刘原父为《七经小传》,始异诸儒之说。”[24]《困学纪闻》亦谓:“自汉儒至庆历间,谈经者守训故而不凿。《七经小传》出而始尚新奇,视汉儒之学,如土梗。”[25]

宋代学术界“疑古”之风,始自宋中前期,蔚为一代风气。《近思录》引程颐语曰:“学者先要善疑。”朱熹称赞具有怀疑精神的刘敞:“《七经小传》甚好。”作为一个教育家,他大力提倡在学习上要有怀疑精神,认为读书“至于群疑而交兴,寝食俱废,乃能骤进”,“读书无疑者,须教有疑;有疑者却要无疑。到这里方是长进”(《朱子语类》)[26]。他清醒地认识到,在学术研究上,怀疑把人们引向研究,研究使人们认识真理,为学就是要不断地发现问题、解决问题。

思想界、学术界和文学批评领域的怀疑精神是相通的。苏轼在《韩愈论》中曾告诫学者:

> 嗟夫!君子之为学,知其人之所长,而不知其敝,岂可谓善学耶![27]

与李清照生活于同一时期的吕本中为诗尊杜甫、黄庭坚,兼学李白、苏轼,但其在《童蒙训》中也说:

> 学古人文字,须知其短处。如杜子美,颇有近质野处,如《封主簿亲事不合》之类是也。东坡诗有汗漫处,鲁直诗有太尖新太巧处,皆不可不知。[28]

古人诗文,往往菁芜混杂,即如诗圣杜甫、诗仙李白,焉能篇篇精品?所以吕本中此论,本无可非议。但胡仔也同样批评吕氏:“《童蒙训》乃居仁所撰,讥鲁直有太尖新,太巧处,无乃与《江西宗派图》所云:‘抑扬反复,兼备众体’之语背驰乎?”[29]对照胡仔对李清照《词论》的批评,我们发现,胡仔犯了形而上学的错误——不容对前人诗文进行辩证的批评。学习前代文学遗产,能见其高妙之处,固然可喜,在此基础上又洞悉其缺陷不足,更属不易。对于前人诗文,只强调批判,倒脏水时连孩子一起倒掉,固然愚不可及;但偏重继承盲目吸收,不分良莠,吃鸡连鸡毛一同吞下去,也绝非明智之举。在现实生活中,人们各有所好，欣赏前人诗文，也自会各有取舍。倘若人们能不囿于己见，能“好之而知其恶，恶之而知其善”，则不失为正确的人生态度、学习方法。李清照、吕本中对其所尊仰的作家，能给予正确的批评方法，值得深味和充分肯定。

四

李清照的《词论》是批评史上女性所作的第一篇系统的文学批评专文，在对其评价之中亦有对女性歧视之论，所以我们缕述了《词论》批评方法的源流、时代精神的影响等诸因素后，不能不特别强调李清照的个性因素。因为在宋代，女性知书达理、吟诗赋词者大有人在，前述诸因素对其他女性作家均有影响，但唯有李清照在词学批评方面独树一帜，如果我们不探讨其个性特色，本文将显得空泛。

纵览李清照的全部作品，人们普遍会赞同一种观点——李清照“倜傥有丈夫气”！从其现存作品中我们可以感到，李清照志在追求人生辉煌的远大志向，决定了她在创作上志存高远，纵览百家，遍借金针，刻意求精，自成一家。

李清照的《夏日绝句》，人们往往把它当做一首咏史诗来读，实际上咏史诗就是抒怀诗、抒情诗，“生当作人杰，死亦为鬼雄”即是她个人志向的自然流露。在其咏物词中，她礼赞寒梅高格：“此花不与群花比！”称赞桂花的高洁：“何须浅碧深红色，自是花中第一流！”字里行间一种不甘自埋的昂扬之气震撼人心。

正是人生理想的崇高追求，决定了李清照艺术追求的高远目标。她跳出了封建时代广大女性相夫教子的狭窄生活圈子，在诸多领域不懈追求，取得了令人注目的成就。

李清照第一个在词坛高张词“别是一家”的大旗，致力于探求词学的精微。她的卓有成效的创作实践，使其能在词学研究上发行家之论，精到的理论又反过来促进了她的歌词创作，最终摘取了词坛王后的桂冠。后世的词学研究者，由衷地推崇她，“婉约以易安为宗”(王士祯《花草蒙拾》)[30]，“易安倜傥有丈夫气，乃闺阁中苏辛，非秦柳也”

(沈曾植《菌阁琐谈》)[31]。其所得之成就,使得原本对她十分不满的王灼,也不能不承认她"自少年便有诗名,才力华赡,逼近前辈。在士大夫中已不多得。若本朝夫人,当推文采第一"(王灼《碧鸡漫志》)[32]。一流的词作,词坛第一篇系统的论词专文,奠定了她在词史上的地位。

作为华夏有史以来第一位女金石学家,其平生与赵明诚志同道合,收集整理金石文物,著成《金石录》之功,已为世人公认。夫亡家破,收集文物大半散失之后,所著《金石录后序》一文,更为后人所推崇。胡应麟曰:"李氏夫妇雅尚,具见篇中。……第其好而能专,专而能博,博而能读,殆有过于欧、苏两公所谓者。"(《少室山房笔丛》)[33]祝允明赞叹:"有此文才,有此智识,亦闺阁之杰也。"清代李慈铭更断言:"宋以后闺阁之文,此为观止。"(《越缦堂读书记》)[34]

李清照词负盛名,其诗流传不多,但她曾自负地说:"学诗漫有惊人句。"后人多为其个性特色所吸引。她的《夏日绝句》久已脍炙人口,其《咏史》亦为人叹赏:"如此等语,岂女子所能!"(朱熹《朱子语类》)[35]"意见声调,绝响一代"(董复亨《章丘县志》)[36]。其《晓梦》一诗,人称"秀朗有仙骨"(俞正燮《癸巳类稿》)[37]。她的《浯溪中兴颂诗和张文潜(二首)》被人誉为"深有思致"(周辉《清波杂志》)[38],"奇气横溢"(陈宏绪《寒夜录》)[39]。

"采选、打马,特为闺房雅戏"[40],但既是游戏之中,亦可具见女词人的独特个性和高境界的人生追求。其《打马赋》以游戏之笔抒写爱国伤时情怀,已为学人共钦;《打马图序》更于介绍棋艺游戏中流露个性特色:使后人"千万世后,知命辞打马,始自易安居士也"。何等豪爽,何等自负!尤其是在该文中,作者追求高境界、高品位人生的心志坦露无遗。作者倡言:

慧则通,通则无所不达;专则精,精则无所不妙。[41]

李清照认为,人们只要把自己的智慧、精力专注于自己所研讨的某一领域、某一方面、某一问题,就能洞悉其方方面面,蕴蓄精神,处理起来就会得心应手，达到高妙的艺术化的境界。这是作者在打马游戏的基础上，在人生丰富生活的体验中，在艺术创作的实践中所总结出来的带着普遍意义的规律。“文至易安，到眼自不同，如此语不虚也”(王士禄《宫闱氏籍艺术考略》)[42]。把握李清照的个性特点，我们可以较为准确地把握她何以会在诸多领域多有创获的原因，掌握她何以在《词论》采用对名家之作“皆摘其短”批评方法的奥秘——李清照有坚定的人生信条，她要在所涉猎的领域中，追求“专—精—妙”的高品位，高境界！

总之，从批评史上看，李清照《词论》采用的批评方法，是人们习用的方法；从李清照生活的时代看，“疑古”思潮无疑也会对其有一定的影响；但尤为令人注目的是她的个性特点，一生求“专、精、妙”的信念，使她采取了《词论》历评诸家之短的方法。全面的探讨《词论》的成因及其对李清照创作的影响，在相当一段时间内，仍将是一个众说纷纭的话题。我们的结论是，在立志于总结继承前人遗产的基础上总结其优长得失，“读古人文字当知其短处”的批评方法，颇近于我们今天倡导的“批判地继承”的原则，是应充分肯定的。

参考文献

[1][2][4][5][6][17][30][31][32][33][34][35][36][37][38][39][42]褚斌杰.李清照资料汇编[Z].北京：中华书局，1984.

[3][7][40][41]李清照.重辑李清照集[M].黄墨谷，辑.济南：齐鲁书社，1981.

[8][28][29]傅璇琮.古典文学研究资料汇编·黄庭坚和江西诗派卷[Z].北京：中华书局，1978.

[9]脱脱.宋史·徽宗本纪[M].北京：中华书局，1977.

[10][11][12][14]张惠民.宋代词学资料汇编[Z].汕头：汕头大学出版社，1993.

[13]《苕溪渔隐丛话》引晁补之语，见曾枣庄.苏东坡词全编·附录一[M].成都：四川文艺出版社，2007.

[15][16]黄庭坚.山谷词·附录三[M].马兴荣,祝振玉,校注.上海:上海古籍出版社,2001.

[18][19][20][23]郭绍虞.中国历代文论选[M].上海:上海古籍出版社,1979.

[21]郁沅,张明高.魏晋南北朝文论选[M].北京:人民文学出版社,1999.

[22]刘勰.文心雕龙·序志[M].周振甫,校注.北京:人民文学出版社,1981.

[24][25][26]陈登原.国史旧闻[M].北京:中华书局,1962.

[27]苏轼.苏东坡全集[M].北京:中国书店,1986.

◎庆振轩　车安宁

谁谓茶苦　其甘如饴

——杨万里诗论别解

杨万里继司空图、苏轼之后，论诗特阐味外之旨，又有所发展。《诚斋诗话》论及诗味辄曰："诗已尽而味方永，乃善之善也。"盛赞"诗句雅淡而味深长"之诗作。其说尤以《颐庵诗稿序》中以尝饴品茶论诗的一段妙论影响最著。今人批评史论著，鲜有不称引者。其说云：

> 夫诗何为者也？尚其词而已矣。曰：善诗者去词。然则尚其意而已矣。曰：善诗者去意。然者去词去意，则诗安在乎？曰：去词去意，则诗有在矣。然则诗果焉在？曰：尝食夫饴与茶乎？人孰不饴之嗜也？初而甘，卒而酸。至于茶也，人病其苦也，然苦未既而不胜其甘。诗亦如是而已矣。[1]

杨万里以品尝饴、茶喻指品味两种品格高下不同的诗作，认为那种浅而乏味之作，初读尚可，久之无味，读多了让人倒胃口，如食饴初甘而卒酸。而上乘之作，因其在词意之后蕴含至味深意，令人涵咏、把玩，须反复品味方能领略其旨，才能感受其"去词去意而诗有在"之味外之味。然而诚斋"诗如茶说"之妙喻到了今日论者之笔下，却变成了"诗如茶说"。周汝昌先生在《杨万里选集前言》中阐释道：

> 照诚斋的意见，诗应该像茶才行，茶并不是让人一下子就得其真味的，因为茶不是把它的真味摆在最表皮、最浮面

> 上，而是让你"品"而后得，回味而甘的。诗正应当像茶味那样，不是要把词径直浅露地摆在表皮、浮面，而是要将词意酿化而成一种具有深度的"味道"，须使读的人经过涵咏玩味才能领略感受……[2]

刘大杰先生《中国文学批评史》亦曰：

> 杨万里认为诗歌的艺术特点，不只是在词藻的工丽和表面的意义，而是要通过造词谴意，显示出弦外之音，令人感到一种含蓄不尽的风味。他以糖和茶为例，来说明这个问题。吃糖觉得糖甜，因无余味，终于酸。饮茶就不同了，开始觉其苦，因其余味不尽，苦未竟而终于甘。诗歌也应该如此。[3]

周汝昌、刘大杰二先生阐释"尝饴品荼"之论大致相近，如果我们没有搞错的话，他们均认为"尝荼"就是品尝茶。在此论影响之下，有些批评史著作索性在引文中把"荼"径改为"茶"。然细味诚斋诗论，遍检诚斋诗文，考索其语意渊源，使人不能不有疑焉。从各方面看，诚斋妙喻诗外之味的"荼"，绝非今人所指之茶，而是指的一种名为"荼"的苦菜。今试阐其说。

首先从版本学上我们可基本确定，杨万里与"饴"对比立论的不是茶而是"荼"。今人研讨杨万里的第一手资料，一为《诚斋集》，一为《诚斋诗集》。《诚斋集》乃影宋刊本，由其子杨长孺编定、门人罗茂良校正，文字上尤为可据。遍检《诚斋集》，"茶"字出现多达60余次，但绝不与"荼"相淆，诗如是，文亦如是。而唯独在《颐庵诗稿序》中把茶写成古体"荼"字，实在令人难以置信。博学如杨万里，他当然知道"今茶字古作荼，至唐陆羽著《茶经》，始减一画作茶"。他在《廖氏龙潭书院记》中曾说："予闻其人嗜书，如阮孚之于屐，如陆羽之于茶。"[4]

其次从杨万里"饴荼"对比为喻的语源上探讨，也可进一步证实我们的推断。诚斋博学，几无书不览，诚斋论诗，总溯源至《诗经》："三百篇之后，此味绝矣。”[5]“晚唐诸子，虽乏二子雄浑，然好色而不淫，怨悱而不乱，犹有国风小雅之遗音。”[6]有意思的是，诚斋以荼、饴之味论诗恰恰源于诗经。《诗·邶风·谷风》二章：

> 谁谓荼苦，其甘如荠。[7]

此则苦而后甘之语所出也。《诗·大雅·绵》三章：

> 周原朊朊，堇荼如饴。[8]

荼苦，饴甘，苦荼如饴。诚斋《颐庵诗稿序》所喻之字面出乎此。此处之“荼”，《毛传》曰：“荼，苦菜也。”由此而论，诚斋《颐庵诗稿序》中的“荼”不是指茶，而是指的苦菜，大概是没有什么问题的。行文至此，令人想起钱钟书先生在《宋诗选注》中对杨万里诗歌创作中的俗语常谈也“无字无来处”的评论：

> ……杨万里在理论上并没有跳出黄庭坚所谓“无字无来处”的圈套。……这恰好符合陈长方的记载：“每下一俗间言语，无一字无来处，此陈无已、黄鲁直作诗法也。”……他诚然不堆砌古典了，而他用的俗语都有出典，是白话里比较“古雅”的部分。读者只看见他潇洒自由，不知道他这样谨严不马虎。好比我们碰见一个老于世故的交际家，只觉得他豪爽好客，不知道他花钱待人都有分寸，一点儿不含糊。[9]

杨万里作诗如此，为文更是如此。他似随意挥洒，实际上是“谨严不马虎”的。所以我们如果忽略了他写诗为文“俗语都有出典”的特点，不注意追溯其语之所本，就很可能造成误解。

也许有些论者会说，《诗经》中不论“谁谓荼苦，其甘如荠”，还是“周原朊朊，堇荼如饴”，均与论诗无涉，确乎如此。大概诚斋当日即恐引起误解，曾在有关文章中明确标出：“《国风》之诗曰‘谁谓荼苦，其甘如荠’，吾取以为读书之法焉。”[10]同样的道理，诚斋诗论撷取有关字面乃是“取以为论诗之法焉！”

《诚斋集》中《颐庵诗稿序》与《习斋论语讲义序》，一论诗，一论文，同主“味外之味”，并彰苦而后甘之说，又皆以诗经字句取喻，其精神是相通的。有些论者看到了这一点，但未加阐释。敏泽先生《中国文学理论批评史》中摘录《习斋论语讲义序》之后说杨万里主张“不只读书是如此，作诗亦如此”，而后摘引了《颐庵诗稿序》。郭绍虞先生也在《中国文学批评史》中论及诚斋诗文论滋味说之相通之处说：“其论学如此，其论诗更是如此。”所以将《颐庵诗稿序》与《习斋论语讲义序》比照对读，既可见其以“荼、饴”论诗文滋味说之出处，又可见其妙喻之指归。《习斋论语讲义序》曰：

> 读书必知味外之味，不知味外之味而曰我能读书者，否也。《国风》之诗曰“谁谓荼苦，其甘如荠”，吾取以为读书之法焉。夫食天下之至苦，而得天下之至甘。其食同乎人，其德者，不同乎人矣。同乎人者味也，不同乎人者非味也。不然，稻粱吾犹以为淡也，而欲求荠于荼乎哉！[11]

杨万里荼荠之比，荼饴之喻，强调研习诗书要在求味外之味。其求甘与苦，求荠于荼之论，即所谓“有味诗书苦后甜”。在同一篇文章中他又精辟地论述道：

> 食之而淡也，食如不食也。吾友习斋子，杜门三年，忘其为三年也。夫三年不为不淹矣，杜门不为不幽矣。忘其为淹且幽也。不惟忘之而又乐之，问之则曰：吾方论语之读而不百家之读。圣人之觌而不今人之觌，是以乐也。始之读是书也，厉乎其趋，其若狂酲而不可绁也矣。凝乎其瞻，其若失，亡而不可捕也已。今也勃乎其辞，其若决，溢而不可窒也已。

于是笔之于书，以其副遗予。予取而读之，欣然叹曰：快哉！是非所谓苦而甘者欤！是非所谓淡而非淡者欤！是非所谓得味外之味者欤！[12]

习斋子研习论语，三年苦读，一朝顿悟。经过苦苦寻驿、求索，方真正领略读书之乐。“苦未既而不胜其甘”，读书如此，读诗亦如此。诚斋作为一代硕儒，作为一个具有独创性、脱略百家、自成一体的诗人，作为一个在诗文创作上有独到见解的批评家，其论实乃甘苦之谈。

综上所述，从《诚斋集》中“荼”、“茶”有明显区分、绝不相淆这一点看，从其“饴、荼”为喻的语源看，再从《颐庵诗稿序》与《习斋论语讲义序》论诗文皆求味外之味、苦而后甘这一点讲，杨万里论诗论文皆是借诗经字面为喻，求甘于苦，求荠于荼。把他以味论诗之名言解为品茶喻品诗，是不合适的。

参考文献

[1][3][4][5][6][10][11][12]杨万里.诚斋集[M].世界书局印行《四库全书荟要》本.

[2]周汝昌.杨万里选集·引言[M].上海：上海古籍出版社，1979.

[7][8]祝敏彻.诗经译注[M].兰州：甘肃人民出版社，1984.

[9]钱钟书.宋诗选注[M].北京：人民文学出版社，1982.

◎张馨心

陆游婚姻悲剧琐议

一

陆游与唐婉的婚姻悲剧,宋代陈鹄《耄旧续闻》卷 10、刘克庄《后村诗话》续集卷 2、周密《齐东野语》卷 1 均有记载,虽文字详略有异,但大致事实相近,撮其大要,略谓:放翁初娶唐氏,伉俪相得;唐婉与陆母为姑侄;夫妻离异之原因,则谓"二亲恐其堕于学也,教谴妇,故翁不敢逆尊者意,与妇诀"。"夫妻之情,家不忍离","东风恶,欢情薄"[1],于是酿就了陆游、唐婉婚姻爱情悲剧。

关于陆游、唐婉的爱情婚姻悲剧,虽前人言之凿凿,但仍引起后人议论纷纭,上世纪 80 年代以来,相关争论文章有数十篇之多。总其大要,争论主要集中以下几个方面:

其一,陆游、唐婉爱情婚姻悲剧与《钗头凤》词之关系。多数论者认为陆游《钗头凤》一词确为陆、唐二人离异之后偶然相遇,陆游春恋前情,感慨眼前境遇,发自内心的伤怀之作。但也有论者认为,陆游《钗头凤》一词与陆、唐婚姻爱情悲剧无关。清代吴骞《拜经楼诗话》认为 "陆放翁前妻改适赵某事","殆好事者因其诗词而傅会之者","玩其诗词中语意,陆或别有所属,未必曾为伉俪者"。[2]当代著名学者吴熊和经过评审的考辨,撰有《陆游〈钗头凤〉词本事质疑》一文,认为《钗头凤》"盖作于乾道九年至淳熙五年(1173—1178)陆游寓居成都期间,与这时的《真珠帘》、《风流子》等词性质相近,似亦为客中偶兴之作,实与唐氏无涉"。其根据有三:一是宋人所载多有抵牾之处,此说与吴骞同;二是词意及词中时、地同唐氏身份不合;三是《钗头凤》词调流行于蜀中,陆游是承蜀中新词体而作的。[3]周本淳先生《陆游〈钗头凤〉辨疑》一文也认为《钗头凤》词为陆游"对于当年狎游之事的回忆"。因为从词的本身看,用"手、柳、洒"韵有欠庄重。"东风恶"指斥母亲,在陆游为不可想象。因此,"陆游与前妻某氏的爱情、婚姻际遇,只是在《沈园》(二首)中得到反映。跟这首《钗头凤》词根本无涉。"[4]

其二,陆游与唐婉的姑表亲问题。数百年来,论者均认为陆游与唐婉是表兄妹,其婚姻是亲上加亲。于北山先生则认为:"以姑侄骨肉之亲,非逐之门外,迫其仳离不可,违情悖理,殊属可疑。经反复探索,始知姑侄之说不确,应作族姑侄方符实际。"[5]

其三,关于陆游与唐婉离分的原因,根据宋人记载,可以归纳为两种说法。陈鹄《耄旧续闻》谓唐婉"不当母夫人意,因出之"[6];周密《齐东野语》谓唐婉"弗获于其姑"[7]。把陆、唐离异之原因归之于婆媳矛盾,主要是陆母之乖戾,近年有论者以"恋子说"释之。而刘克庄《后村诗话》则谓陆游青年时"二亲教督甚严,……恐其惰于学也,数谴妇。放翁不敢逆尊者意,与妇诀"。[8]考诸陆氏家教,此说较为符合实际。

综合现有研究成果,我们认为,宋人记载文献俱在,唐婉陆游之爱情婚姻悲剧当无可怀疑,且陆游《钗头凤》亦当为陆唐游园偶遇时作。至于"东风恶"的解释,已有学者认为"东风恶"中以"东风"、"春风"喻指有生育之恩的母爱,应无疑义;问题在于对"恶"的理解上,这里的"恶"不是"凶恶"、"恶毒"之意。在陆游生活的时代,说学盛行,伦理纲常忠孝节义,是文人士子应当遵守的行为规范,所以,以"东风恶"指斥母亲凶恶、恶毒,在陆游确乎难以想象。关键在于这里的"恶"可以理解为"过分"、"猛烈"之义,词坛有多位词人有相近的用法,如"历历短樯沙外泊, 东风晚来恶","东风何事又恶","正吴侬梅子黄时,底事东风又恶?"在《钗头凤》一词中,陆游回想往事,由于母亲在其爱情婚姻悲剧中的作用,他对母亲有一定的怨尤,但表达得十分委婉。陆游把母亲比作化育万物的东风,东风拂煦,万物方始萌生,春风化雨,千芳才得竞秀。“谁言寸草心,报得三春晖。”这就是陆游,也是古代为人子、为人女者对母亲的感恩之情。但对陆游而言,东风太猛烈了,也会损花折枝的,母亲太过了,反而会导致子女的人生悲剧,诚所谓爱之反害之也。对于陆游而言,他深知父母对其深深的挚爱和人生期望,但母亲由于深爱的干预,却破坏了他至真至爱的感情生活。但即使如此,陆游怨悔的表达仍是含蓄深情的。所以毛晋语说:“放翁咏《钗头凤》一事,孝义兼挚,更有一种啼笑不敢之情于笔墨之外,令人不能读竟。”[9]毛晋的评价是有利于把控《钗头凤》一词对母亲的感情的。

至于陆游、唐婉是与陆母为姑侄的问题,前面称引的诸位学者的论述颇为翔实,但个人更赞成于北山《陆游年谱》中的说法:“古代士大夫,门第相埒者,率有通谱联宗之风,故愚以为应作‘族姑侄’。”[10]

陆游唐婉爱情婚姻悲剧固无可疑,但陆家何以将唐婉逐出家门?宋人有关记载中,我们比较赞成刘克庄《后村诗话》中的说法。尽管《礼记》有“七出之条”,但对于陆唐两家,家庭出现如此变故,应当有一个“正当”的理由。欧小牧《陆游年谱》在肯定“据刘克庄所记及后引一诗,唐氏之不合于翁姑,其原由亦可约略明了”之后,又录引了陆游《剑南诗稿》卷 14《夏夜舟中闻水鸟声甚哀,若曰姑恶,感而作诗》:“女生藏深闺,未省窥墙藩。上车移所天,父母为他门。妾生虽至愚,亦知君姑尊。下床头鸡鸣,梳髻着襦裙。堂上奉洒扫,厨中具盘飧。青青摘葵苋,恨不美熊蹯。姑色少不怡,衣袂湿泪痕。所冀妾生男,庶几姑弄孙。此意竟蹉跎,薄命来妾言。放弃不敢悲,所悲辜大恩。古路傍陂泽,微雨鬼火昏。君听姑恶声,无乃谴妇魂!”似在喻指唐婉被逐是陆母托词其未生男[11]。我们在《读陆游诗札记》一文中,曾联系陆游集中几首姑恶诗,认为陆游每闻姑恶鸟叫,辄不胜情,往往感而作诗。陆游唐婉之婚姻悲剧,就其表象上讲,又上演了封建时代诸多女性“无子,去”的悲剧。曹植“弃妇”诗曰:“有子月经天,无子若流星。天月相终始,流星没无情。”[12]张籍《离妇》诗也写道:“十载来夫家,闺门无瑕疵。薄命不生子,古制有分离……有子未必荣,无子坐生悲。为人莫作女,作女实难为。"[13]

陆游诗词作品中涉及其早年爱情婚姻悲剧的有词作《钗头凤》、一系列的"沈园"诗和与之相关的几首"姑恶"诗,综合考论,相关疑点均可有较明晰的答案。

二

记得十多年之前,在某报上看到一篇有关陆游爱情婚姻悲剧的文章,题目是《陆游第二次婚姻悲剧》,因是无稽之谈,所以一阅之后,一笑了之。没想到近来小有闲暇,再阅宋人笔记小说,于上海古籍出版社编《宋元笔记小说大观》(五)之《随隐漫录》的《校点说明》中发现了这样一段文字:

> (《随隐漫录》)书中或评析前人诗词,如卷一评析《诗经》或唐人诗句等,颇有见地;或记文人遗闻轶事,亦多可采。如卷五陆游纳驿卒女为妾、辛弃疾觞客滕王阁诸条,可补史传之不足。[14]

所谓"陆游纳驿卒女为妾",即上文提及的"陆游第二次婚姻悲剧"。学人之评说,尚且有误,所以有辨明之必要。

"陆游纳驿卒女为妾"一事见于宋人陈世崇《随隐漫录》卷5,原文为:

> 陆放翁宿驿中,见题壁云:"玉阶蟋蟀闹清夜,金井梧桐辞故枝。一枕凄凉眠不得,呼灯起作《感秋诗》。"放翁询之,驿卒女也,遂纳为妾。方余半载,夫人逐之,妾赋《卜算子》云:"只知眉上愁,不识愁来路。窗外有芭蕉,阵阵黄昏雨。晓起理残妆,整顿教愁去。不合画春山,依旧留愁住。"[15]

陈世崇的傅会之谈,无根之谈,但亦有人信以为真,清人宋长白《柳亭诗话》在引述上文旨要之后,议论道:务观前妻见逐于其母,此妾又见逐于其妻,钗头双凤,大小一揆,庐江吏、冯敬道,殆合而为一身者乎![16]认为陆游既长母,又惧内,演绎出两次婚姻悲剧。

唐圭璋编纂、王仲闻参订、孔凡礼补辑的中华书局版《全宋词》(2073—2074 页)也收录了"陆游妾果氏"之《生查子》(只知愁上眉)词,在作者介绍中写道:

> 驿卒女。能诗,陆游纳之。方余半载,夫人逐之。

三位先生皆为专家,但却未加辩证。

王士祯在《池北偶谈》卷 18 曾特为辨正曰:

> "玉阶蟋蟀闹清夜,金井梧桐辞故枝。一枕凄凉眠不得,呼灯起作《感秋诗》。"小说载此为蜀中某驿卒女诗,放翁见之,纳以为妾,为夫人所逐。又有《卜算子》词:"不合画春山,依旧留愁住。"云云。按《剑南集》,此诗乃放翁在蜀时所作,前四句云:"西风繁杵捣征衣,客子关情正此时。万事从初聊复尔,百年强半欲何知?""玉阶"作"画堂","闹"作"怨"。后人稍窜易数字,辄傅会,或收入闺秀诗,可笑也。[17]

清末吴骞《拜经楼诗话》乃至认为陆游、唐婉婚姻悲剧与"放翁纳驿卒女为妾"事,"殆好事者因诗词而傅会之","皆不足信"。[18]

欧小牧先生所著《陆游年谱》卷 3 在引述了有关资料之后,认为:

> 玉阶蟋蟀之诗,见于剑南诗稿卷八,题作《感秋》。王士祯驳之甚是!随隐所录,显属傅会。[19]

为什么会出现这种情况呢,欧小牧推论:"想先生居蜀,文采风

流,不拘细行,故彼时疑谤丛生,谣传亦多。”[20]周密《齐东野语》卷11有这样一段记载:

> 蜀倡类能文,盖薛涛风也。放翁有客自蜀挟一妓归,蓄之别室,率数日一往,偶以病少疏,妓颇疑之。客作词自解,妓即韵答之云:“说盟说誓,说情说意,动便春愁满纸;多因念得脱空经,是那个先生教的?不茶不饭,不言不语,一味供他憔悴;相思已是不曾闲,又那得功夫咒你!”或谤放翁尝挟蜀尼以归,即此妓也。[21]

检阅陆游诗文集,后人之所以捕风捉影,当在于陆游确曾纳蜀女为妾,其《渭南文集》卷33《山阴陆氏女女墓铭》载:

> 淳熙丙午秋七月,予来牧新定,八月丁酉,得一女。……女所生母杨氏,蜀郡华阳人。[22]

杨氏当是陆游在成都所娶,绝非所谓驿卒女者。

综观有关陆游纳驿卒女为妾的传布和争议情况,对于一般读者而言,知道此则轶闻出于传言附会,也就可以了。但对陆游研究,对于古代文学的研讨而言,尽管我们知道,“笔记小说”是一座非常丰富、值得珍视的宝库,有着后人取之不尽的无价宝藏。治史者可以利用它增补辩证“正史”的阙疑,治文者可以从中考察某一时代的文坛风气、文学作品的源流嬗变,治专门史者可以从中挖掘资料,文艺创作者可以从中寻找素材,可以说是各尽其能,各取所需。[23]但是,由于种种历史文化原因,特别是到了宋代,激烈的人事纷争几乎涉及社会的方方面面,笔记小说所载,内容尽管丰富,但得之传闻者有之,甚或出于政治派别之不同,学术观念之不同,个人意气之争等诸多原因,恶意攻奸诬谤者也多有存在,所以去取不可不慎。特别是对于陆游纳驿卒女为一事,前人已经辨明,有关专业人员、专业书籍不应再以误传误。

参考文献

[1][2][6][7][8][16][17][18][21]孔凡礼,齐治平.陆游资料汇编[Z].北京:中华书局,2006.

[3]吴熊和.吴熊和词学论集[M].杭州:浙江大学出版社,1999.

[4]周本淳.陆游钗头凤主题辨疑[J].江海学刊,1985(6).

[5][10]于北山.陆游年谱[M].上海:上海古籍出版社,1985.

[9]张思岩.词林纪事[M].成都:成都古籍书店,1982.

[11][19][20]欧小牧.陆游年谱[M].北京:人民文学出版社,1981.

[12]逯钦立.先秦汉魏晋南北朝诗[M].北京:中华书局,1983.

[13]李树政.张籍王建诗选[M].广州:广东人民出版社,1980.

[14][15][23]陈世崇.随隐漫录[M]//郭明道,校点.宋元笔记小说大观[Z].上海:上海古籍出版社,2001.

[22]陆游.陆放翁全集[M].北京:中国书店,1991.

◎张馨心

严蕊《卜算子》考论

研究宋词的学者们多将《全宋词》作为重要研究依据之一,但细检《全宋词》,我们发现有一些词作被同时收入不同作家名下,纂集者虽然作了扼要的说明,但仍易引起一般读者对作品与作者归属关系的混淆。实际上,这种现象的发生,早已有之,在宋初和五代一些风格相近的词集中更是习见。这一方面是由于作家风格相近而造成的误收,另一方面则是对古籍的理解偏颇或不全面造成的。如收入严蕊名下的《卜算子》便属于后一种情况,《全宋词》卷3第2169页列有严蕊《卜算子》全词,而在第2168页又有高宣教同名词残句。现就此词作者归属问题加以探讨,以求教于方家。

严蕊,字幼芳,南宋初天台营妓。洪迈《夷坚志》庚卷10载:"台州官奴严蕊,尤有才思,而通书究达古今。"[1]周密《齐东野语》称她:"善琴弈歌舞,丝竹书画,色艺冠一时。间作诗词,有新语,颇通古今。善逢迎,四方闻其名,有不远千里而登门者。"[2]她因卷进道学家朱熹与唐仲友的意气之争而倍遭磨难,但亦因此留名后世。其传世之词共有三首,其中《卜算子》一首流传甚广,在各类宋词鉴赏辞典、历代女性诗词选本和研究中国古代女性诗词的论著中多有收录。

为便于分析,现将《卜算子》全词抄录于下:

不是爱风尘,似被前缘误。花开花落自有时,总赖东君主。
去也终须去,住也如何住。若得山花插满头,莫问奴归处。

此词以歌妓的口吻自陈。上阕开头两句言明对自己身份的无奈和抗辩,后两句一方面陈述对自己命运不能自主的现实,另一方面则包含有请人为之做主之意。下阕“前两句表现出对于往昔生活的哀怨与厌弃,而后两句则写出了对于自由生活的美好憧憬”。全词轻灵自然,抒发感情真挚细腻,既有对不幸生活的抗争,又有对美好未来的希冀。《唐宋词鉴赏辞典》评论此词说:“这是一首饱含血泪的歌词”,并在分析中将此词视为严蕊对新长官岳霖的自陈之词,指出岳霖由于对严蕊本身的同情和对这首词的欣赏而判其从良。[3]如果我们将这首词视为营妓对于自身境遇的感慨并对之加以同情,这样的分析自然合情合理。然而当我们再一次翻检有关记载,却发现这样的分析并不允当。

把严蕊的经历记载的最详尽并最早把此词归为严蕊所作的是周密的《癸辛杂识》,其说曰:

严幼芳,善奕琴歌舞丝竹书画。色艺冠一时。间作诗词有新语,颇通古今。善逢迎,四方闻其名。有不远千里而登门者。唐与正守台日。酒边尝命赋红白桃花,即成《如梦令》:“道是梨花不是。道是杏花不是。白白与红红,别是东风情味。曾记。曾记。人在武陵微醉。”与正赏之双缣。又七夕,郡斋开宴,坐有谢元卿者,豪士也,夙闻其名,因命之赋词,以己姓为韵,酒方行,而已成《鹊桥仙》:“碧梧初出,桂花才吐,池上水花微谢。穿针人在合欢楼,正月露、玉盘高泻。蛛忙鹊懒,耕慵织倦,空做古今佳话。人间刚道隔年期,指天上、方才隔夜。”元卿为之心醉,留其家半载。倾囊赠之而归。其后,朱晦庵以节使行部至台,欲摭与正之罪,遂指其尝与蕊滥,系狱月余。虽备受捶楚,而一语不及唐。移籍绍兴。且复就越,置狱鞫之。久不得其情。两月之间,一再杖,几死,然蕊声价愈腾。至彻阜陵之听。未已,朱公改除。而岳霖商卿为宪。因贺朔之际,怜其病瘁。命之作词自陈,蕊略不构思,即口占《卜算子》:"不是爱风尘,似被前缘误。花开花落自有时,总赖东君主。去也终须去,住也如何住。若得山花插满头,莫问奴归处。"即日判令从良。继而宗室近属,纳为小妇,以终身焉。[4]

《齐东野语》因与《癸辛杂识》为同一作者所作,故而记载相近。相似的记载还有《历代诗余》卷8引:

唐仲友知台州,晦庵为浙东提举。互相申奏。寿皇问宰职以二人曲,直对曰:"秀才争闲气耳。"仲友眷官妓严蕊奴,晦庵系治之,晦庵移官,提刑岳霖,行部至台,蕊乞自便,岳问之曰:"去将安归?"蕊赋《卜算子》曰:"住也如何住,去也终须去。若得山花插满头,莫问奴归处。"岳笑而释之。

从以上的记载中,我们看到的是一则凄凉哀怨的有关一位宋代歌妓的动人故事。严蕊的遭遇极易引起人们的同情,再加上解放后长期对道学的偏颇的认识,也极容易令人对朱熹产生恶感。于是极少有人查找有关原始材料是正辩谬,以致以误传误,直至如今。而对周密之所以如此记述的原因,更少有人探求。

首先,我们要辩明的是,此词非严蕊所作,也并非成于岳霖任地方执政之时。最有说服力的证据是,朱熹的《朱子大全集》卷18有弹劾唐仲友的奏状六章,弹劾之原因内中记载甚明。其《按唐仲友第四状》云:

……仲友与弟子行首严蕊情涉交通关节,及放令归去。今据通判申于黄岩县郑奭家追到严蕊。据供,每遇仲友筵会,严蕊进入宅堂,因此密熟,出入无间,上下合千人并无阻节。今年二月二十六日宴会夜深,仲友因与严蕊踰滥。欲行落籍,遣归婺州永康县亲戚家,说与严蕊,如在彼处不好,却来投奔我。至五月十六日筵会,仲友亲戚高宣教撰曲一首名《卜算子》,后一段云:“去又如何去,住又如何住。但得山花插满头,休问奴归处。”……[5]

第四状还据严蕊供词,指出严蕊依仗权势,打通关节,收受贿赂诸事。

对照周密与朱熹所载,矛盾之处甚多。朱熹说严蕊自供与唐仲友有私情,周密说是为报复、诬构。朱熹给朝廷的奏章明言严蕊供词与唐交通关节诸事,周密则说,严蕊任凭捶鞭拷打,“一语不及唐”。尤其令人不能置信的是,朱熹在调查该案情之时,已记录了此词的后半部分,且点明为唐仲友的亲戚高宣教所作,怎么有可能是岳霖继任之后,严蕊略不构思,脱口而出之词呢?!

所以就以上二处记载比照而言,此词并非严蕊之作甚明,因朱熹与岳霖为前后同官接任之关系,既高宣教之作在前,非严蕊之作可以确认。此外,朱熹为人方正严直,在给皇帝的奏状中写上小词,定有确据。且最早将此词归为严蕊名下的《癸辛杂识》成书时间为宋末元初,较朱熹奏状时间为晚。同时,记载有相近故事情节的《齐东野语》等文集与《癸辛杂识》同属小说家言,比起理学大家朱熹给皇帝的上书,可信度自然不可同日而语。

所以学术界一直把此词定为严蕊之词,并以此攻击朱熹,甚为不妥。

那么周密为什么要编造一个故事,攻击朱熹,歌颂严蕊呢?这与当时朝中攻击道学的社会思潮和周密力攻道学的思想观念有关。据《宋史·王淮传》记载:

初,朱熹为浙东提举,劾知台州唐仲友。淮素与仲友善,不喜朱熹,乃擢陈贾为监察御使,俾上书言近世道学假名济伪之弊。时郑丙为吏部尚书,相与合力攻道学。熹由是得祠去,其后庆元伪学之禁,盖始于此。[6]

周密乃是攻击道学的文人中言辞较激烈的，对于不知真相的人们，或许会认为其说有一定道理。但根据这样本来就带有小说家言性质的史料记载来攻击一代儒学大家朱熹，是站不住脚的。王国维先生早已指出："宋人小说，多不足信。如《雪舟脞语》谓：台州知府唐仲友眷官妓严蕊奴。朱晦庵系治之。及晦庵移去，提刑岳霖行部至台，蕊乞自便。岳问曰：'去将安归？'蕊赋《卜算子》词云：'住也如何住'云云。案此词系仲友戚高宣教作，使蕊歌以侑觞者，见朱子'纠唐仲友奏牍'。则《齐东野语》所纪朱唐公案，恐亦未可信也。"[7]

由是论之，《卜算子》一词非严蕊之作，归于高宣教名下是符合历史真实的。至于该词抒发的情感也应再加论析。

参考文献

[1]洪迈.夷坚志[M].何卓，点校.北京：中华书局，1981.

[2]周密.齐东野语[M]//宋元笔记小说大观[Z].上海：上海古籍出版社，2001.

[3]唐圭璋.唐宋词鉴赏辞典[M].南京：江苏古籍出版社，1986.

[4]周思岩.词林纪事[M].成都：成都古籍书店，1982.

[5]朱熹.晦庵先生朱文公文集·按唐仲友第四状[M].四部丛刊初编本.

[6]脱脱.宋史·王淮传[M].北京：中华书局，1977.

[7]王国维.人间词话[M].徐调孚，周振甫，注.北京：人民文学出版社，1982.

◎胡　颖

元佚杂剧《关盼盼春风燕子楼》本事考

作者侯克中,《录鬼簿》(曹本)著录,贾本略作《春风燕子楼》,简名《燕子楼》,《太和正音谱》、《元曲选目》俱题简名。

关盼盼的故事屡见于笔记小说等诸书记载,较早的是《全唐诗》卷438 中白居易《燕子楼》三首并序,序曰:

> 徐州故张尚书有爱妓曰盼盼,善歌舞,雅多风态。予为校书郎时,游徐、泗间,张尚书宴予,酒酣,出盼盼以佐欢,欢甚。予因赠诗云:“醉娇胜不得,风袅牡丹花。”一欢而去,尔后绝不相闻,迨兹仅一纪矣。昨日,司勋员外郎张仲素缋之访予,因吟新诗,有《燕子楼》三首,词甚婉丽。诘其由,为盼盼作也,缋之从事武宁军(按唐代地方军区之一,治徐州)累年,颇知盼盼始末,云:“尚书既殁,归葬东洛,而彭城(按即徐州)有尚书旧第,第中有小楼,名燕子。盼盼念旧爱而不嫁,居是楼十余年,幽独块然,于今尚在。”予爱缋之新咏,感彭城旧游,因同其题,作三绝句。

满窗明月满帘霜,被冷灯残拂卧床。
燕子楼中霜月夜,秋来只为一人长。

钿晕罗衫色似烟,几回欲著即潸然。

自从不舞霓裳曲，叠在空箱十一年。

今春有客洛阳回，曾到尚书墓上来。
见说白杨堪作柱，争教红粉不成灰。[1]

另外，《全唐诗》卷820（中华书局本）录盼盼诗，附小传，较扼要，云：

> 关盼盼，徐州妓也。张建封纳之。张殁，独居彭城燕子楼，历十余年。白居易赠诗讽其死，盼盼得诗，泣曰："妾非不能死，恐公有从死之妾，玷清范耳。"乃和白诗。旬日不食而卒。[2]

在诸多关盼盼故事的资料中，最为详细的当数《白氏长庆集》和《丽情集》，其事如下：

> 盼盼，姓关氏。张建封节制武宁，门下客皆词人名士，至于歌舞姝，必求知书者。盼盼，乃徐府奇色也，初纳之燕子楼，三日乐不辍，后别构新楼贮宠之。公薨，盼盼感恩，誓不他适。或有问答，皆以诗，有燕子楼集三百首。白乐天有和燕子楼诗，其序云：徐州张尚书，有爱妓盼盼，善歌舞，雅多风态。予为校书郎时，游淮泗间，张尚书宴予，酒酣，出盼盼佐欢，予因赠诗，落句云："醉娇胜不得，风袅牡丹花。"一欢而去，后绝不复知。兹一纪矣。昨日司勋员外郎张仲素缋之访予，因吟新诗，有燕子楼诗三首，辞甚婉丽，诘其由，乃盼盼所作也。缋之从事武宁累年，颇知盼盼始末，云："张尚书既殁，彭城有张氏旧第，中有小楼，名燕子，盼盼念旧爱而不嫁，居是楼十余年，于今尚在。"盼诗有云："楼上残灯伴晓霜，独眠人起合欢床，相思一夜情多少，地角天涯未是长。"

又云:“适看鸿雁岳阳回,又睹玄禽逼社来。瑶瑟玉萧无意绪,任从珠网任从灰。”又云:“北邙(按汉唐时代洛阳著名坟场)松柏锁愁烟,燕子楼中思悄然。自理剑履歌尘绝,红袖香消二十年。”余尝爱其新作,乃和之云:“满窗明月满帘霜,被冷灯残拂卧床。燕子楼中更漏永,秋宵只为一人长。”又云“今春有客洛阳回,曾到尚书墓上来。见说白杨堪作柱,争教红粉不成灰。”又云:“钿带罗衫色似烟,几回欲起即潸然。自从不舞霓裳曲,叠在空箱二十年。”又赠之绝句云:“黄金不惜买娥眉,拣得如花三四枝。歌舞教成心力尽,一朝身去不相随。”后仲素以予诗示盼盼,乃反复读之,泣曰:“自公薨背,妾非不能死,恐百载之后,人以我公重色,有从死之妾,是玷我公清范也,所以偷生耳。”乃答白公诗曰:“自守空房敛恨眉,形同春后牡丹枝。舍人不会人深意,讶道泉台不去随。”盼盼得诗后,怏怏旬日,不食而卒。但吟诗云:“儿童不识冲天物,谩把青泥污雪毫。”[3]

以上几条材料都是记述关盼盼这一人物的生平事迹的,尤其是通过最后一条资料,我们可进一步知道张建封是一位好风雅、善结交笼络词人名士的高级官吏,而关盼盼作为其爱妓,则色艺双绝,颇合张建封的喜好,因此二人感情甚笃。情节、人物已有所丰富发展,且与《全唐诗》白居易《燕子楼》诗并序不同的是,白氏在和关盼盼三首诗外,“又赠之以绝句”讽之,这一情节,不仅改变了关盼盼的命运,而且直接构成了她的死因。

查《全唐诗》卷436,白氏此绝句名为《感故张仆射诸妓》,这里,张建封的官职为“仆射”。宋陈振孙《白香山年谱旧本》“贞元二十年”曰:“燕子楼事,世传为张建封。按建封死在贞元十六年,且其官为司空,非尚书也。尚书乃其子愔。《丽情集》误以为建封尔。此号细事,亦可正千载传闻之谬。”[4]

据《旧唐书》记载,张建封历任徐州刺史兼御史大夫,检校礼部尚书，检校右仆射，贞元十六年卒时，册赠司徒。其子张愔于元和元年即公元806年，“被疾，上表请代”，卒于赴京师途中，诏赠右仆射；在此之前，其任武宁军节度，检校工部尚书达七年之久。[5]所以，宋人陈振孙说建封为司空而非尚书，尚书为其子愔，是不确切的。据《旧唐书》的说法，无论用“尚书”还是“仆射”称张建封、张愔父子都没有错。只是，《旧唐书》记载白居易任秘书省校书郎是在贞元十四年至元和元年，而张建封卒于贞元十六年，白居易去徐州是贞元二十年的事，因此，白居易《燕子楼》三首并序里的“张尚书”，可以肯定是张愔无疑。至于《全唐诗》的盼盼小传，很可能是后人据野史以讹传讹而来，《丽情集》自不必说也是这种情况。但是，就笔者所猎资料，此故事的主人公竟无一例外全是张建封，唐代自不必说，有上述资料为证。在宋代，亦是如此，如皇都风月主人编的《绿窗新话》之“张建封家姬吟诗”条曰：

> 张建封仆射，节制武宁。舞妓盼盼，公纳之燕子楼。白乐天使经徐，与诗曰：“醉娇无气力，风袅牡丹花。”公薨，盼盼誓不他适，多以诗代问答，有诗近三百首，名《燕子楼集》。尝作三诗……乐天和曰……（诗除个别字稍异，余皆同《白氏长庆集》及《丽情集》）所以，元杂剧的男主角很可能是张建封。[6]

关盼盼的故事发展到明代，记载较详的有冯梦龙的《情史类略》和《警世通言》。其中《情史类略》之“关盼盼”条，与前人所述，无甚差别，兹不赘述。唯《警世通言》之《钱舍人题诗燕子楼》篇，所述关盼盼事，除钱舍人遇鬼的神话部分不论外，叙述盼盼生前事，和小传颇有出入，值得注意。因全篇较长，现归纳讲述之：

唐宪宗年间，礼部尚书张建封做官年久，奏乞骸骨归田养老，宪宗不允，使其节制武宁军事。张建封既镇武宁，拣选才能之士，礼置门下，后房广纳知书识礼的歌妓，色艺俱佳的关盼盼也因之人其门下。

一日，中书舍人白居易自长安来，张建封设宴款待，酒酣，关盼盼出，抱胡琴独奏一曲，众皆惊艳，回视其余诸妓，粉黛如土，于是白氏赠诗一首："风拨金钿砌，檀槽后带垂。醉娇无力气，风袅牡丹枝。"

自此，建封专宠盼盼，于府第之侧筑建一楼，名曰"燕子楼"，使盼盼居之。建封治政之暇，每轻车潜往。情爱正浓，建封染病，不久薨，归葬北邙，独弃盼盼于燕子楼中。盼盼誓不再适，闭户独居历十年。其间有好事君子慕其才貌，怜其孤苦，馈以书函，以睹其荣，盼盼每以诗作还，以代谏答，前后积三百余首，编缀成集，题为《燕子楼集》。盼盼又赋诗三首，寄呈乐天，表其不负张公之德：

北邙松柏锁愁烟，燕子楼中思悄然。
因埋冠剑歌尘散，红袖香消二十年。

适看鸿雁岳阳回，又睹玄禽送社来。
瑶瑟玉帘无意绪，任从珠网结成灰。

楼上残灯伴晓霜，独眠人起合欢床，
相思一夜知多少？地角天涯不是长。

乐天看毕，感其守节，和诗三首：

钿运罗衫色似烟，一回看着一潸然。
自从不舞霓裳曲，叠在空箱得残年。

今朝有客洛阳回，曾到尚书冢上来。
见说白杨堪作柱，争教红粉不成灰。

满帘明月满庭霜，被冷香销拂梦床。
燕子楼前清夜雨，秋来只为一人长。

乐天又在纸尾题小字数行：

黄金不惜买娥眉，拣得如花只一枝。
歌舞教成心力尽，一朝身死不相随。

盼盼观之悲泣哽咽曰："尚书身死之时，恨不能相随，但恐人言张公有随死之妾，使其背好色之名，故苟活至今日。"遂又和诗一首：

独宿空楼敛恨眉，身如春后败残枝。
舍人不解人深意，讶道泉台不去随。

并欲坠楼自杀，侍女劝她，一死于张公何益，且老母何人侍养，遂止。自此终日只诵佛经，不施粉黛且寝食失常，不幸寝疾，月余而亡，葬于燕子楼后。

20年后，燕子楼为官司所占，后改为花园。至宋，中书舍人钱易字希白节制武宁军，一日游园，感关盼盼之事，作诗云：

人生百岁能几日？荏苒光阴如过隙！
樽中有酒不成欢，身后虚名又何益。
清河太守真奇伟，会向春风种桃李。
欲将心事占韶华，怎奈红颜随逝水。
佳人重义不顾生，感激深恩甘一死。
新诗寄语三百篇，贯串风骚洗沐耳。
清楼十二横霄汉，低下珠帘锁双燕。
娇魂媚魄不可寻，尽把阑干空倚遍。

希白吟罢，忽见以女子，称守园老吏之女，和希白之诗云：

人去楼空事已深，至今惆怅乐天吟。

非君诗法高题起，谁慰黄泉一片心？

希白正疑其为关盼盼。忽闻槛竹敲窗警觉，原来是一枕游仙梦。希白感慨万千，意犹未尽，又作一《蝶恋花》词以记此事，词曰：

一枕闲倚春昼午，梦入华胥，邂逅飞琼侣。娇态翠颦愁不语，彩笺遗我新奇句。　几许芳心犹未诉，风竹敲窗，惊散无处寻！惆怅楚云留不住，断肠凝望高唐路。

墨迹未干，忽闻窗外有人鼓掌作拍，抗声而歌，调清韵美，希白审听窗外歌声，乃适所作蝶恋花词也。希白大惊，启窗视之，见一女子隐翠竹丛中，转柳穿花而去。[7]

这篇小说的情节，值得我们重视，因为《关盼盼春风燕子楼》在《曲海总目提要》中有著录，说明有清一代，犹及见之。则明人冯梦龙知此剧，亦有可能，其在话本笔记小说及元杂剧的基础上编写《钱舍人题诗燕子楼》也在情理之中。这篇小说对前代关盼盼故事的突破主要有两点：其一，对白居易诗的改动，将“捡得如花三四枝”改为“捡得如花只一枝”，显然，这样一改，张建封和关盼盼的关系变得更加真挚感人，尤其是张建封，竟成了一个用情专一的男子，这才不枉盼盼日后的守身如玉甚至以死报答知遇之恩，在当时的社会，这样的爱情更显得崇高美好而不可多得，反映出作者先进的超越时代的爱情观。其二，是钱舍人遇鬼的神话部分，此情节目力所及，虽仅见于《警世通言》，然在宋代文人诗词里，却多有“梦盼盼”、“感盼盼”之作，如《绿窗新话》所载：

东坡夜登燕子楼，梦盼盼。作《永遇乐》词云：“明月如霜，好风如水，清景无限。曲港跳鱼，圆荷泻露，寂寞无人见。紞如三鼓，铿然一叶，黯黯梦云惊断。夜茫茫，重寻无处，觉来小园行遍。天涯倦客，山中归路，望断故园心眼。燕子楼空,佳人何在?空锁楼中燕。古今如梦,何曾梦觉,但有旧欢新怨。异时对黄楼夜景,为余浩叹。”[8]

秦少游咏盼盼诗曰:“百尺楼高燕子飞,楼上美人颦翠眉。将军一去音容远,只有年年旧燕归。”“春风昨夜来深院,春色依然人不见。只余明月照孤眠,唯望旧恩空恋恋。”又《调笑令》曲子云:“恋恋,楼中燕,燕子楼空春日晚,将军一去音容远,空锁楼中深怨。春风重到人不见,十二阑干倚遍。”

毛泽民《调笑令·并咏盼盼诗》曰:“武宁节度客最贤,后车藻争春妍。曲眉丰颊亦能赋,惠中秀外谁争怜。”“花娇叶困春相逼,燕子楼头作寒食。月明空照合欢床,霓裳舞看无力。”曲子曰:“无力,倚瑶瑟,罢舞霓裳今几日?残雪雨小春寒逼,钿晕罗衫烟色。帘前归燕看人立,却趁落花飞入。”

这里,“盼盼”几乎成了一种象征,而“梦盼盼”则是文人向往红颜知己、纯真感情的最好注解,这正是盼盼故事得以世代相传的原因,也是文人或文学家的视野,并成为杂剧的创作素材。不妨作如此假设,杂剧在关盼盼死后就戛然而止,必然显得缺少情节的延续,也缺少传奇色彩。加入钱舍人梦盼盼、遇盼盼鬼魂的神话部分,使盼盼能在阴阳两界自由出入,剧情得以异峰再起,同时也寄予了作者的审美理想,说明像关盼盼这样为情而死的忠烈女子,无论何时何地,都会感动世人并引起共鸣的。这样不仅使作品的主旨得以升华,而且也给作品赋予了浪漫色彩。

以上,我们简单分析了历代关于关盼盼燕子楼故事的发展、演变,同题材元佚杂剧估计不会与这些基本情节有太大出入,只是佚杂剧名为《关盼盼春风燕子楼》。“春风”作何解释?笔者认为有两种可能,其一:“春风”为时间概念,即春天,在唐、宋、元、明诸多材料中,仅钱舍人遇关盼盼鬼魂,是在清明游园之时,暗合“春风”之意,它书记载均与“春风”无关,所以从这个角度出发,《钱舍人题诗燕子楼》更接近元佚杂剧《关盼盼春风燕子楼》的本来面目。其二:“春风”指文人和风尘女子，如歌妓之间的风流韵事，典型的比如元佚杂剧《春风杜韦娘》(作者周仲彬)。据我们考证，其内容是通过韦应物赋诗得妓杜韦娘的故事，反映唐代封建文人“赠诗携妓”的风尚。“春风”在这里与时间秋毫无涉。

最后，值得说明的是，除元杂剧外，宋、元、明、清时代还有几部同题材的戏剧作品，亦多已失传，唯《宋元戏文辑佚》辑录宋元戏文《许盼盼燕子楼》残曲九支。(按：许盼盼本姓关，唯戏曲中往往为许。《朝野新声太平乐府》元无名氏散套云：“惊得云锁了许盼盼春风燕子楼。”[9]《北宫词纪》明王九思《悼亡》散套云：“他有那燕子楼许盼盼的名声。”皆作许盼盼)一并录之：

[黄钟引子][女冠子]凤城春早，宫桃已早开了，冰消冻沼，余寒犹峭。帝里三五，元宵来到。鳌山侵汉表，琉璃影里笙箫，胜如蓬岛。绮华筵开宴共乐，只恐壶天易晓。

[滴溜子]向龙烛光中，仰瞻凤辇。绛绡楼上，鼓乐笑喧。水晶，蓬莱宫殿。琉璃影里，五色光灿烂。似洞天一境，移来世间。

[神仗儿]莲步慢移，纤手同携，月下醉归。众中一个殊丽，偏他俏倬，有万般娇美。头上戴个耍蛾儿，头上戴个耍蛾儿。

[斗双鸡]幸遇良宵美景时，算人生能有几？你不欢娱是愚痴，况兼一派价红裙捧金卮。通宵沉醉归，通宵沉醉归。

[滴滴金]徐徐步月归来晚，乐游人兴未阑，歌声渐觉欢声远。喜今夕人月圆，人月共圆。双双笑语同并肩，同并肩，才子佳人少年。

[黄钟近词][玉翼蝉]画阁朱楼，绣帘半掩。现祥光袅瑞烟，袭袭香风满。听乐声鼎沸，繁弦和脆管。

[中吕过曲][渔家灯][渔家傲]奈何未得著边际，中途里簪折瓶沉，缘悭分亏。

[赐银灯]坐里行里没情绪,见时难别时却容易。只得办坚心守己,神前愿如何敢负亏。

[中吕近词][宫娥泣]记年时,欢笑相逢在花径里。醉春风携手,一步不厮离。到晚夕归,前后拥花篮闹竿花轿儿,双双并马相随。海棠院宇,更低声,问燕子归来未?[合]两情浓美满相看,过似捧璧擎珠。

[前腔换头]自来举止孜孜地,那更好模好样,一捻儿身己。这风流,全在娇波转,顾盼那滴溜儿。怎不死在花枝?朝云暮雨,看落花有意随水流。[10]

这几首曲辞显然描写的是男女主人公团圆时的幸福美满和女主人孤影相伴,对过去美好时光的无限追忆、眷恋之情。这是否可以印证我们对于元佚杂剧的某些考订工作!

参考文献

[1][2]彭定求.全唐诗[M].北京:中华书局,1960.
[3][4]白居易.白居易集[M].顾学颉,校点.北京:中华书局,1979.
[5]刘煦.旧唐书[M].北京:中华书局,1975.
[6][8]皇都风月主人.绿窗新话[M].上海:古典文学出版社,1957.
[7]冯梦龙.警世通言[M].北京:人民文学出版社,1958.
[9][10]钱南扬.宋元戏文辑佚[M].北京:中华书局,1957.

◎胡 颖

元佚杂剧《驴皮记》本事考

《驴皮记》，作者纪君祥，《录鬼簿》、《太和正音谱》并录，均为简名，原本已佚不传。

检《太平广记》卷286，得《板桥三娘子》一篇，出自《河东记》，故事内容颇与此剧有关。鉴于古代史料中有关这方面的记载不多，现将《板桥三娘子》的故事全文录下，以供参考：

> 唐汴州西有板桥店，店娃三娘子者，不知何从来，寡居，年三十余，无男女，亦无亲属。有舍数间，以鬻餐为业，然而家甚富贵，多有驴畜，往来公私车乘，有不逮者，辄贱其估以济之，人皆谓之有道，故远近行旅多归之。元和中，许州客赵季和，将诣东都，过是宿焉。客有先至者六七人，皆据便榻，季和后至，得最深处一榻，榻邻比主人房壁。既而三娘子供给诸客甚厚，夜深致酒，与诸客会饮极欢。季和素不饮酒，亦欲言笑。至二更许，诸客醉倦，各就寝，三娘子归室，闭关熄烛，人皆热睡，独季和转展不寐。隔壁闻三娘子悉窣，若动物之声，偶然隙中窥之，即见三娘子向覆器下，取烛挑明之。后于巾箱中，取一副耒耜，并一木牛，一木偶人，各大六七寸，置于灶前，含水噀之，二物便行走，小人则牵牛架耒耜，遂耕床前一席地，来去数出。又于箱中，取出一裹荞麦子，授于小人种之。须臾生，花发麦熟，令小人收割持践，可得七八升。

又安置小磨子，碾成面讫，却收小人子于箱中，即取面作烧饼数枚。有顷鸡鸣，诸客欲发。三娘子先起点灯。置新作烧饼于食床上，与客点心。季和心动遽辞，开门而去，即潜于户外窥之。乃见诸客围床，食烧饼未尽，忽一时踣地，作驴鸣，须臾皆变驴矣。三娘子尽驱入店后，而尽没其货财，季和亦不告于人。

私有慕其术者，后月余日，季和自东都回，将至板桥店，预作荞麦烧饼，大小如前。既至，复寓宿焉，三娘子欢悦如初。其夕更无他客，主人供待愈厚。夜深，殷勤问所欲，季和曰："明晨发，请随事点心"。三娘子曰："此事无疑，但请稳睡。"半夜后，季和窥见之，一依前所为。天明，三娘子具盘食、果实、烧饼数枚于盘中讫，更取他物。季和乘间走下，以先有者易其一枚，彼不知觉也，季和将发、就食，谓三娘子曰："适会某自有烧饼，请撤去主人者，留待他宾。"即取己者食之。方饮次，三娘子送茶出来，季和曰：'请主人尝客一片烧饼。"乃拣所易者与啖之。才入口，三娘子据地作驴声，即立变为驴，甚壮健，季和即乘之发，兼尽收木人木牛子等，然不得其术，试之不成。季和乘策所变驴，周游他处，未尝阻失，日行百里。后四年，乘入关，至华岳庙东五六里，路傍忽见一老人，拍手大笑曰："板桥三娘子，何得作此形骸！"因捉驴谓季和曰："彼虽有过，然遭君亦甚矣，可怜许，请从此放之。"老人乃从驴口鼻边。以两手擘开，三娘子自皮中跳出，宛复旧身，向老人拜讫，走去，更不知所之。[1]

这里，先是板桥三娘子利用法术变人成驴，却被别人窥去秘密，"以其人之道还治其人之身"，结果自己反受其害，被人奴役达四年之久。最后，为一不知名的神秘老人解救，替其剥去驴皮，还以本来面目。这个故事本身，就是一篇"驴皮记"。

只是，"板桥"何在？《宋史·食货志》注曰："元丰五年，知密州范锷言，板桥濒海，东则二广、福建、淮浙，西则京东、河北、河东三路，商贾所聚。海舶之利专于富家大姓。宜即本州置市舶司，板桥镇置抽解务。……元祐三年，乃置密州板桥市舶司。”[2]密州，即今山东诸城县。板桥镇即今山东胶州市，宋为胶西县属密州，濒胶州湾，是唐宋时连接海内外的交通要道。因此，我们可以想象，由于是交通要道，往来“公私车乘”当然会络绎不绝，板桥三娘子虽无“亲属”，仅有“舍数间”，“以鬻餐为业”，却“家甚富贵”的原因了。

杨宪益先生的《零墨新笺》，据《幻异志》，也引用了这个故事，并考证故事源于西方，最早见于希腊的《奥迭修纪》(ODYSSEIA)史诗第10卷里面巫女竭吉(KIRKE)。蝎吉是埃雅岛的巫女，能变人为猪。同样有一群客人，遭此横事，只有一人尤瑞洛(KURY LOCHOS)未曾被害，竭吉也是用麦饼款待他们，使他们变成猪的。(奥迭修纪第10卷第230至第240行)

这个故事，又见于罗马阿蒲流(APULEIUS)的《变形记》。阿蒲流在公元2世纪时生于非洲北部的马都剌城(MADAURA)。他的“人变驴”的故事自云出于民间传说，大概原本是流传于近东地区的古代民间故事。

关于这个问题，杨宪益在这篇文章里，还引用了两条资料。一是宋赵汝适《诸蕃志》中的中理国，其国“人多妖术，能变身作禽兽，或水族形，惊眩愚俗。番舶转贩，或有怨隙，作法诅之，其船进退不可知”。[3]中理国是今日非洲索马里地方(SOMALILAND)沿岸，并包括索科特拉岛(SOCOTRA)。另一条资料是《马可波罗游记》第184章记索科特拉岛事，云：“世界最良之巫师即在此岛。大主教因尽其所能，禁止此辈作术，然此辈辄言祖宗业已如此，我辈特效祖宗所为耳。此辈巫术，请言一事以例之，如有船舶乘顺风张帆而行走，此辈能咒起风云，使船舶退后。彼等咒起风云，惟意所欲，可使天气晴和，亦可使风暴大起，尚有其他巫术，不宜在本书著录。”[4]《奥迭修纪》说巫女竭吉是海神的后裔，故能作法使船任意进退，与此传说相符。《诸蕃志》又说中理国人“日食烧麦饼”。这些都说明“人变驴”、“人变兽”故事的来源可能就是索科特拉岛,这大概就是板桥三娘子、杂剧《驴皮记》故事的来源。

前面已经提到板桥濒临黄海,是山东半岛连接国内外贸易、经济的重要交通枢纽,当时的大食(波斯)商人来华进行贸易的同时,自然也会带来一些《天方夜谭》式的外国民间故事,板桥三娘子就是一例。不过,故事既入中土,自然会染上东方的色彩,久而久之,就变成了流传于山东半岛的民间传说。纪君祥是元代前期的杂剧作家, 所作除《赵氏孤儿》外,如《陈文图悟道松阴梦》、《韩湘子三度韩退之》,多神仙道化之言。《驴皮记》则近于宋人小说妖术之类,亦与之相近。因此,把这类"人变兽"的故事,写入杂剧,是完全可能的。而且内容别致,情节离奇,无形中为杂剧带来一束异彩,且可由此得见中外文化交流中杂剧所受之影响,尽管剧本失传,这个故事还是应该表出的。

参考文献

[1]李昉等.太平广记[Z].北京:人民文学出版社,1959.

[2]脱脱.宋史[M].北京:中华书局,1977.

[3]赵汝适.诸蕃志[M].北京:中华书局,1985.

[4]马可·波罗.马可·波罗游记[M].北京:外语教学与研究出版社,1998.

◎张　玉

明清文艺思潮述略

文学思潮，就是指在一定历史时期和一定地域内形成的，与社会经济变革和人们精神需求相适应的，具有广泛影响的文学思想和文学创作的潮流。它表现为许多有影响的作家，通过各种各样的方式，自觉地实践某种共同的文学纲领，从而形成一种遍及全社会的思想趋向。文学思潮的出现，往往是由多种因素形成的：其中最主要的是社会经济形态的变化以及由此产生的新的思想要求，这两者是文学思潮形成和发展的客观基础；此外，历史文化材料的准备与文学思潮的形成也有渊源关系。

明清文学思潮，是由明清两个不同阶段的思潮共同构成。在各具特色的同时，又具有某些共同的特点，贯穿其总体系的是一条“道统”和“文采”，复古与创新相互交织的纽带。明代文学，笔者以弘治、正德年间为界，分为前后两期：前期承袭了元代文学的余波，并为后期文学的突变作了一定的准备；后期则在王阳明“心学”、李贽进步思想的影响下，一步步挣脱理学的束缚，开启了人文解放思想光辉的一页。清代文学，则以乾隆年间为界，也分为前后两期：前期在吸取明末思想空疏误国的经验教训上，提倡经世致用实学，但同时亦带有浓浓的感伤色彩；后期则在启蒙思想的影响下，一步步打破了传统儒家思想的神圣光环，最终把文人们带到了要求个性解放的境界。

明清文学思潮的发展演变，其具体脉络如下：

朱明王朝统一后的文学教化思潮

理学思想最早来源于北宋的周敦颐。周敦颐在继承和批判《周易》、道家和佛家学说的基础上，建立了其“无极而太极”的客观唯心主义学说。他认为宇宙的实体是“无极而太极”，太极运动，一动一静产生了阴阳五行，以至于人类。在人性论方面，他提出人性是天地之性的一部分，其本质就是“诚”。从社会意义上说，“诚”就是封建道德的“善”，它既是圣人之本，又是万物之始的源泉。具体说来，人性就是天之本性，也就是封建道德的体现。对于解决人性善恶问题的转化，他主张用内省功夫摒除杂念以恢复善性的“主静”方法来达到止恶扬善的目的。因此，表现在政治上，周敦颐主张礼乐教化，以无欲的修养结合礼教以调和阶级矛盾，从而维护封建秩序。

而后，到了程颢和程颐时期，理学思想进一步系统化，开始有了比较完备的体系。程颢提出了“天即理即心”的观点，他把天、理、心等同起来，又认为理在心中，从而形成了他的主观唯心主义的理论体系。程颐则认为宇宙产生的根源是“理”，道就是理，理就是宇宙产生的根源。程颢和程颐所指的“理”，实质上是封建社会的伦理道德。他们的学说，在一定程度上都是为封建统治者服务的。程颢认为天理就是“仁”，“仁”是与物浑然同体的。“仁”又包括礼、义、智、信等道德实体，人们只要以诚敬的态度在内心存得这个“仁”，就可以达到天地之用皆我之用的地步了。在人性论方面，他们都是性善论者。程颢提出“性即理”的命题。他认为人性与天性相通，所谓天性其实就是人性，天性即封建伦理道德，封建伦理道德即人性。因此，谁要是触犯了封建伦理道德就是做了伤天害理的大事，就是罪大恶极的。在修养方法上，程颢主张“慎独”、“不欺暗室”，也就是要人们在内心随时随地都不违背封建统治阶级的利益。程颐则提出“去欲明理”，主张人们只有在内心笃信封建伦理道德，才能摒除杂念，修养成一个“完人”。总之，二人的主张是要人们能服服帖帖地遵守封建秩序，从而构建出天下太平的理想。

朱熹是理学的集大成者,他在继承前人的基础上,创立了自己的客观唯心主义学说。他认为在宇宙间存在着一种超现实、超社会的标准,它是人们一切行为的标准,即“天理”。只有去发现(“格物穷理”)和遵循天理,才能真正达到真、善、美,而“人欲”则会破坏这种真善美。因此,他提出“存天理,灭人欲”的方法,这也是朱熹客观唯心主义思想的核心。在具体的理气论上,朱熹认为理生气并寓于气中,理为主、为先,是第一性的,气为客、为后,属第二性。朱熹所谓的理,有几方面含义:首先,理是先于自然现象和社会现象的形而上者;其次,理是事物的规律;再次,理还是伦理道德的基本准则。朱熹又称理为太极,是天地万物之理的总体。“太极只是一个理字”,太极即包括万物之理,万物便可分别体现整个太极。这便是人人有一太极,物物有一太极。每一个人和物都以抽象的理作为它存在的根据,每一个人和物都具有完整的理,即“理一”。气在朱熹那里是有情、有状、有迹的,是铸成万物的质料。天下万物都是理和质相统一的产物。在人性论上,朱熹从心性说出发,探讨了天理人欲问题 。他认为“人心有私欲,所以危殆;道心是天理,所以精微”,因此提出了“遏人欲而存天理”的主张。他以心的“未发”状态指心之体(或性),以心的“已发”状态指心之用(或情)。他认为“心统性情”,意即心兼含有性(内在的道德理性)和情(具体的情感欲念),又提出“心主宰性情”,强调意识主体和理性对于情感的主导、控制。所以他主张以“居敬”、“穷理”等方法涵养心性,“居敬”就是专心一致,“穷理”是深入研究。

明初立国, 以程朱理学作为官方哲学, 思想文化归于一统,“崇朱”、“述朱”风气甚盛。这种学风势必造成士人对伦理道德规范的尊崇和亦步亦趋。创作拘泥于传统礼教,呈现出一种保守的文化特征。为加强思想统治,禁锢文人思想,明初统治者又大力推崇八股文。程朱理学和八股取士制度有效地禁锢着人们的思想, 其直接结果是导致了文学的教化主义和形式主义倾向。最有代表的是以杨士奇、杨荣、杨溥等为代表的歌功颂德的“台阁体”诗歌,表面看来是雍容华贵,体现出宫廷风致和皇家气魄,内容上却极其贫乏,充溢着应制和颂圣意味，艺术上也平庸呆板，了无生气。皇家贵族朱权、朱有燉等鼓吹神仙道化的戏剧，更是在意识形态上把文学创作引向了贵族化、御用化的轨道。此种风气也影响到了世代累积型小说在积淀过程中的创作，小说《水浒传》在融入人民的种种善恶观念的同时，其中的劝世意识也是非常明显的。《水浒传》中“忠义”的典型宋江，既是不违父教的孝子，又是仗义疏财的义士，更是心有社稷、专图报国的忠臣，临死时还念念不忘“忠心不负朝廷”。《三国演义》在对历史故事叙述的同时，表现了对军阀混战的乱世的愤慨，对导致天下大乱的昏君贼臣的痛恨，也表现了对仁君贤臣以及由他们缔造出来的清明盛世的向往，对重建封建正常秩序的渴望，这显然也是作者从儒家的正统思想观念出发而构建社会理想的。

意在挣脱理学束缚的个性解放思想

正统以后，随着社会危机的逐渐加深，升平盛世的气象渐趋消失，文学观念、审美心理也发生了巨大的变化。尤其是弘治、正德以来，士人追求人格独立、个性自由的风气在江南潮涌萌动，并随着王阳明心学的兴起而成为一股社会思潮，引起思想文化的变革和解放，也刺激了诗文风尚的革新。

阳明心学的崛起，标志着与传统文化思想相对抗的、带有人文主义思想特质的主观唯心主义思想体系的初步形成。思想家王阳明在继承宋代陆九渊的“心学”的基础上，提出了“致良知”的说法。(陆九渊则是在承袭程颢主观唯心主义学说的基础上开创“心学”一派的，他提出了“心即理”的命题，认为宇宙即是精神性的理，而理就是心，由此得出宇宙一切事物都只不过是“理”在人心的幻化而已的理论。陆九渊的“理”指的是人心本来所具有的先验的概念，它的具体内容就是“仁、义、礼、智”，其目的是把封建伦理道德说成人心所固有的东西，从而巩固封建统治。这一点和同时代的朱熹的客观唯心主义学说是截然不同的。)

王守仁发展了陆九渊的主观唯心主义，他的“致良知”是陆九渊

“心即理”理论的进一步发挥。他提出“心即道，道即天”，“知心即知道知天”的命题[1]，意思是只要掌握了自己的内心，就可以把握自然界和它的一切规律了。王守仁提倡的“致良知”以及与之付诸行动的“知行合一”的命题，是想把封建道德的抽象的“理”从心外拉到内心，借以从人心深处压制人们的“邪念”。这一观念的提出也有一定的时代背景，是在封建统治岌岌可危，程朱理学不足维系封建秩序的时候，企图以缓和阶级矛盾而提出自救的方法的。王守仁整个哲学体系的关键在于探索圣人与个人之间的关系，他肯定了“愚夫愚妇”通过“良知”而达到“圣人”境界的可能性，由此力图把儒家思想从士阶层进一步推向民间。王守仁“人人皆可为尧舜”的观点，突出了人应该有的价值和地位，为个人的发展和自我表现开拓了无限的可能性。

王守仁之后，王学流派颇多，有浙中、江右、南中、楚中、北方、粤闽、泰州等七派。其中如浙中派的钱洪德等是王学的右派，泰州派的王艮等则是王学的左派。王学的右派继承了王学的消极部分，影响相对较小；王学的左派则吸取了王学的积极因素，批判地建立了唯物主义思想。(王守仁认为人性是善的，他认为仁爱的心，本来每一个人都有的。故从维持封建统治的基础上，把“明明德”和“亲民”联系起来，即认为天地万物都是一体，生民的疾苦也就是君子的疾苦。因此，君子就应该“致良知”，视人犹己，视国犹家。)泰州学派的王艮肯定了王守仁的主张“明明德以立本，亲民以达用”是对的，但他们不同意王守仁把“至善”认作“心之本”。因为“至善”与“明德”无别，他指出“安身”才是明德亲民之本，又说“百姓生活即是道”。这样就把王学的主观唯心主义改造成了唯物主义的世界观了。王艮的解决百姓的日用之道安身之学，是企图以每个人的自爱自敬互爱互敬，围绕在统治阶级的核心之下来缓解和消除敌对阶级之间的矛盾的。从这点上来说，他没有离开王守仁的“心学”的规范，但王学的重点在于维护统治阶级的利益，方法是唯心主义的“致良知”，而王艮学派的重点则在解决人民的生活问题，注重百姓日用之道。

明代文学思想出现变革则是在明弘治、正德时期。此时，朝廷对于政治、经济、文化等各方面的控制渐趋疲弱,这一方面促成了思想界个性解放意识的抬头;另一方面,“心学”思想对理学统治的冲击又为文学复兴创造了一个良好的社会环境。面对明初文坛弥漫的理学教化倾向,以李东阳为首的茶陵派率先提出了自己的文学理论:强调诗文有别,诗歌应该言情,并且有重声律的特征,以此来反对台阁体作品的理学化和世俗化倾向。而后,前后七子掀起的文学复古运动,解除了“台阁体”对文坛的垄断,为文学创作争取到了独立的地位。不过,复古派虽然反对理学家的重理轻情、以理贬情,但却没有从根本上怀疑和否定理学家所倡导的这个“理”,对“情”本身的合理性又缺乏深入的研究,也不敢大胆公开地追求个性的解放。他们总是在封建伦理道德与主体情感要求之间寻求调和,力图做到理与情的和谐统一,从而陷入矛盾而尴尬的境地。这种变革的不彻底性也在客观上要求重新进行一次意义深远的重大改革。

到了万历以后,由于工商业的发展,资本主义开始萌芽,它的势力冲击着封建统治阶级的政权和其本身的伦理道德体系。在王守仁和王艮学说的影响下,又产生了李贽的反映市民阶层要求的反传统学说。

李贽作为王阳明心学的继承者,他自觉地、创造性地发展了王学。他不服孔孟,宣讲童心,大倡异端,揭发道学。由于符合了时代要求,故而轰动一时。李贽提倡真实,反对一切虚伪、矫饰,主张言私言利。他说:“夫私者,人之心也。”[2]他高度赞扬《西厢记》、《水浒传》,把这些作品同正统文学经典相提并论,认为文化随时势而变化,“诗何必古选,文何必先秦,将而为六朝,变而为近体,又变为传奇,变而为院本,为杂剧,为《西厢曲》,为《水浒传》,为今之举业者,皆古文至文,不可得而时势先后论也。故吾因是而有感于童心者之至文也,更说什么六经,更说什么《语》《孟》乎”。[3]他以此为准则,撇开当时盛世的伪古典摹习之风,评点、赞扬了流传在市井间的各种小说、戏曲。他进而说:“种种日用,皆为自己身家计虑,无一厘为人谋者,及乎开口谈学,便说尔为自己,我为他人,尔为自私,我欲利他,……翻思此书,反不如市井小夫,身履是事,口便说是事,作生意者但说生意,力田作者但说力田,凿凿有道,真有德之言,令人听之忘厌倦矣。”[4]正是这种反道学反虚伪的思想基础,使他重视民间文艺,重视这种有真实性的人情世俗的现实文学,并把这种文学提到理论的高度予以肯定。这个高度也就是“童心”,“夫童心者,真心也……夫童心者,绝假纯真,最初一念之本心也”。[5]这种以心灵觉醒为基础,真实地提倡以自己的“本心”为主,摒弃一切外在教条、道德做作,应该可以说是具有启蒙意义的个性解放思想了。

李贽的这种个性解放思想意识以及与之配合着的商品交换带来的平等意识对社会风气的变化产生了极大的影响,也给晚明文学注入了新的生命力。《西游记》、《金瓶梅》及“三言”、“二拍”等大量作品,都有不同程度的思想越轨倾向,反映出那个时代价值观念、道德标准等方面的变化。我们可以从《西游记》中孙悟空这一艺术形象身上明显感受到明代后期个性解放思想的影响。从石猴出世到大闹天宫,可以看出孙悟空对自由的强烈追求,对自我价值的充分肯定;他身上具有冲决一切束缚和羁绊,藐视一切礼法和权威的叛逆精神。《金瓶梅》中西门庆的“名言”:“咱闻那佛祖西天,也止不过黄金铺地;阴司十殿,也要些楮镪营求。咱只消尽这家私,广为善事,就使强奸了嫦娥,和奸了织女,拐了许飞琼,盗了西王母的女儿,也不减我泼天富贵”,更是那种赤裸裸的市井思想的反映。

在文学上受李贽的直接影响,高举反复古旗帜,进行诗文革新的是公安派。其代表人物为湖北公安人袁宗道、袁宏道、袁中道。三袁在文学上的主要成就是以其文学观,以及对小说、戏曲、民歌等通俗文学的推崇,建立了新的超于传统的文艺理论体系。文学艺术贵在创新,公安派认为文学是随着时代发展的变化而变化的,因此才有不断的创造,所以不应该厚古薄今。他们认为古今只是一个历史概念,而不是好坏高低的标准。公安派反对复古和模拟剽窃,认为以模拟剽袭为成法,势必窒息真正有才能的作家的聪明才智,而使诗歌创作走向庸俗化,进而扼杀了艺术生命。他们主张“独抒性灵,不拘格套”。袁宏道在《叙小修诗》中倡言："独抒性灵，不拘格套，非从自己胸臆流出，不肯下笔。"[6]

明代后期市民意识的滋长，对人格独立的强调和自我人性的凸显，显然具有人文主义思想的色彩。但对禁欲主义的批判却走向了极端，其结果就是纵欲主义，反映在一些文学作品中，是对庸俗低级的色情描写。《金瓶梅》中的性与色情的描写，是有其社会基础的。明末以及延及清代前期的社会颓风，是对宋明"存天理，灭人欲"思想钳制的反动，却由禁欲主义滑向纵欲主义的另一端。礼法堤坝的崩溃，带来了秽行的泛滥，这是畸变，是以新的畸变代替旧的畸变。

经世致用实学思潮及鼎革之后的感伤色彩

王守仁的"心学"一派，到了末流，流于空疏而不切实际。于是东林学派批判地继承了王学，他们力矫王学的空疏，主张实修实悟，其主要代表有顾宪成和高攀龙等。他们的思想对清初的经世致用实学思想产生了重大的影响。

明清易代鼎革之后，文人的心态被迫内敛，由明末的汪洋恣肆转而为对现实事务的关注。他们的作品里往往充满着爱祖国、爱民族的思想。黄宗羲、顾炎武、王夫之等都是比较突出的代表。他们都反对宋明理学的空谈心性，不务实学及其造成的"束书不观，游谈无根"的学风，想要从根本上改变明代那种空言心性的虚浮学风，于是提倡经世致用的实学。

黄宗羲的思想具有反映市民阶层利益的倾向，他提出了较先进、更进步的反对君主专制的思想。他认为自私自利是人的本性，而君主地位的形成，其最初目的在于保障私人的权利。因此，人君为了保护公家的利益，革除天下的灾害，就得比常人辛苦千万倍，牺牲个人的享受，其矛头是直接伸向最高统治者的"家天下"的剥削制度的。这样，理欲之辩就由李卓吾的个性解放精神延伸为社会的解放，由思想领域的反传统拓展为对社会制度方面的批判和探讨了。顾炎武的思想来自朱熹的"格物致知"，但他注重实事求是的调查研究，超出了朱熹的客观唯心主义。他主张以经学代替理学,以经国济世的学问代替谈心说性的空谈。王夫之则吸收了中国古代从王充至张载的唯物主义思想的优良传统,加以发展和提高,在此基础上建立了超越前人的唯物主义体系。他认为真理是客观存在的,而不是凭主观猜测的,以此批驳了理学家的心性说。同时,他坚持辩证法的思想,认为事物之间是相互联系,互相制约的。

清初的思想在文学作品中留下了深深的烙记。以黄宗羲、顾炎武和王夫之为代表的作家群,主要从文章内容上抨击晚明散文的空疏,强调文章的社会功能。他们的很多作品都表现了民众在明清战乱中的流离之苦和失国之痛,使诗歌呈现出慷慨苍凉、激昂悲壮的艺术风格。

明末清初的实学没有起到救国救民的作用,反而,国家沦陷了。对民族耻辱和个人情怀压抑的深深痛苦,又使得这一时期的文学作品蒙上了浓重的感伤色彩。孔尚任的《桃花扇》"借离合之情,写兴亡之感",通过李香君、侯方域的爱情故事,抒发了对历史兴亡与人生虚幻的感慨,沉浸在其中的是一种极为浓厚的家国兴亡的悲痛感伤。《长生殿》的基调,仍然是那种人生空幻感。它在写尽男女悲欢离合的同时,更突出剧中人的历史沧桑感和对整个人生幻灭后的悲凉、无奈,全剧笼罩着一片浓厚的虚无、感伤的情绪。《聊斋志异》以丰富奇异的文学想象创造了一个幻想世界,然而,在曲折离奇的浪漫故事中飘荡着作者对人生空幻、理想破灭、精神失落等感时伤世的悲凉和弦。这批作品中的感伤色彩,是由于作者或痛定思痛或不满现实,对社会生活面作了较广泛的接触、揭露和讽刺,从而具有远为苦痛的现实历史的批判因素。而这种具有深刻根基的感伤主义思潮在《红楼梦》里得到了升华,笼罩在宝黛爱情的欢乐、元妃省亲的豪华、政治变故带来的巨大惨痛之上的是那一声轻如梦幻又急如管弦的沉重哀伤和喟叹。故事的结尾让贾宝玉去做和尚,解脱在所谓的色空议论中,是一种"梦醒了无路可走"的苦痛、悲伤和求索。

文化高压下巨变前夜的人文之思

清王朝到了雍正、乾隆时期，政权已经逐渐巩固，但统治者对知识分子的压迫更为强烈了。一方面，统治者摆出了尊孔崇儒的面孔，利用汉族的儒家思想控制思想文化；另一方面，通过编书以及制造文字狱等方法进行思想禁锢。由康熙时起，特别是雍正、乾隆时候，文字狱相继兴起，于是明清之际的那种比较明显的爱国爱民族的思想意识，在表面上不得不暂时被压制下去。一般学者在文字狱的恫吓之下，虽然承袭了清初学者的治学方法，却丢掉了经世致用的精神，多是埋头于古文献里进行文字训诂、名物考证以及古籍校勘等，以此来避免灾祸；而清统治者也提倡这种繁琐考据的汉学，用以束缚和麻痹人们的思想。但随着社会矛盾的日趋激化，反映在文化学术领域，明清之际的启蒙思潮又重新抬头，这便表现为汉学的裂变。汉学家戴震的"由词以通道"的治学方法，使他由古籍文字的训诂，进入对理学问题的研讨和对宋代理学的批判。他从唯物主义世界观出发，提出了他的理气论和道器论，从根本上打击了程朱理学的"理在事上"、"道在气先"的唯物主义观点。他认为道是实体实事的总名，包括自然界和社会的各种人伦日用的实体实事。他进一步解释说，道就本质而言，是阴阳二气，是金、木、水、火、土五种元素。他又把心知和性也理解为物质运动变化发展的结果，即是说精神是物质发展的高级产物。戴震认为凡事都是由于欲望才有所作为，而彼此之间的欲望能各得其适，不至于冲突，这就是理。所以，理是由欲而来的，欲是发现理的基础，理和欲是统一的。因此，他直斥统治者为满足自己的私欲，而把自己的意见当做"理"，以"理"杀人的罪恶。

汉学思想渗透进了诗歌、散文以及小说等领域。在诗歌方面最明显的表现是翁方纲对王士禛神韵说和沈德潜格调说的修正、别解，提出了他的肌理说。散文方面，桐城派古文及其正宗地位的确立，也是清王朝文化专制的结果。而与正统文学相抗争的，是一股要求个性解放的思想，其与晚明的反传统、尊情、求变等思想解放的思潮有着一脉相承的关系。袁枚是其突出的代表人物,他公开批判沈德潜的格调说和翁方纲的肌理说,重建和发挥性灵说,认为文章须重性情,强调表现真我、真性情,创作重灵机和真趣。

此期,时代离开解放浪潮相去已远,眼前是昙花一现的封建统治的回光返照。《红楼梦》的作者所处的时代就在雍正、乾隆时期,虽然号称"盛世",但是毕竟这个社会行程的回光返照掩饰不住"内囊尽上来"的腐朽,一切在富丽堂皇中,在笑语歌声中,在钟鸣鼎食、金玉装潢中,无声无息地不可救药地垮塌下来了。这里充满的是对这一切来自本阶级洞悉幽隐的强有力的判决和否定:没有出路,也没有理想,而带着浓厚的挽歌色调。《儒林外史》也一样,它把理想寄托在那几个儒生、隐士的苍白形象上,也正是《桃花扇》归结为渔樵的人生空幻感的延续和发展。

到了清道光前期,随着社会危机的加深,士林风气和学术趋向均开始发生变化。士林精英们开始对乾嘉以来统治者摧抑士气、造成士风萎靡和空谈义理或醉心考据的学风作出反省和抨击, 经世致用思潮逐渐又起。士人们关心现实,讥议时政,倡言变法,呈现出一种新的慷慨用世的精神风貌。此时,也产生了一批影响巨大的思想家。鸦片战争后的龚自珍、魏源,面对当时的局势,冲破了当时正统学术牢笼的束缚,转向"经世致用"的今文经学。他们打破了经学局限于治经的格局,而用于议政,利用它对腐朽的社会现状作批判斗争。魏源则更提出了"师夷长技"的呼喊,显示出欲求新声于异邦的倾向。而后,到了资产阶级登上政治舞台后, 社会的变革便由器物层面转向政治制度层面了。人们在中学和西学的对比中,对各自的短长看得越来越清楚,传统文化的神圣光环也就渐渐失色,儒家思想的根基也就开始动摇了。

参考文献

[1]王守仁.王阳明全集[M].上海:上海古籍出版社,1992.

[2][3][4]李贽.李贽文集[M].北京:社会科学文献出版社,2000.

[5]王汝梅.张竹坡批评第一奇书金瓶梅[M].济南:齐鲁书社,1987.

[6]袁宏道.袁宏道集笺校[M].上海:上海古籍出版社,1979.

◎孙小霞

中国古典章回小说的叙事视角浅解
——以四大名著为例分析

叙事视角又称叙述焦点、聚焦、视点等,是叙事学的一个重要理论范畴,也是小说话语研究的核心问题之一。它是指作品中叙述者对故事内容进行观察和讲述的角度。同一故事,选择不同的角度叙事,故事所呈现的面貌也就不同。所以英国作家卢伯克把叙事角度解释为叙事者与他所述故事之间的关系。

由于文学创作本身就是一种主观性的创造活动，因此作者不可能原模原样地描绘客观世界，无论他以怎样巧妙的方式回避这个问题,他笔下的事件和人物都还是不得不或多或少地带上某种倾向性,即作者选择以怎样的角度去观察世界和讲述故事的问题。这就使得我们在分析任何一部作品时都不应该绕开它的叙事视角问题。在中国和西方,小说批评家们都很早就注意到了这个问题。在中国,有毛宗岗的"叙法变换"和金圣叹的"影灯漏月"之说(遗憾的是由于中国古代文论倾向于使用印象式和妙悟式的批评方式，因此没有形成像西方那样明晰和系统的小说理论建构)。在西方,19 世纪起的文学批评著作里也已有了零散的关于叙事视角的论述。不过叙事视角真正成为现代文学理论研究的重要命题是在亨利·詹姆斯的《小说的艺术》和卢伯克的《小说技巧》的发表之后。此后随着历史的发展,围绕这一论题出现了纷呈不一的名称以及各种界定和分类，造成了很多混乱。那么视角的内涵究竟是什么？我们应该如何区分不同类型的视角呢？

对于这个悬而未决的问题，西方叙事学理论研究者们从不同的侧重点入手,对其进行了不同的划分。斯坦泽尔根据叙事情境将叙事视角分为无所不知的作者叙事(即传统的全知叙事)、第一人称叙事(即作品人物之一“我”的视角叙事)和第三人称叙事(即以作品中人物眼光为视角的叙事)。热奈特认为斯坦泽尔的这种分类后两者在视角上并无大的差异,都是用作品中人物的眼光叙事,区别仅在于叙述声音的不同。基于这样的认识，他把托多洛夫提出的叙述者>人物(在这种情况下,叙述者知道的比任何人物都多)、叙述者=人物(叙述者仅说出某个人物知道的情况)和叙述者<人物(叙述者像摄像机一样旁观人物言行,知道的少于人物)的视角理论三大公式作了进一步的阐释和发挥,认为许多关于视角的看法都混淆了“谁看”与“谁说”的问题,所谓视角,其实就是一种聚焦。因此,他把叙事视角类型概括为非聚焦(零聚焦)型、内聚焦型和外聚焦型三类,其中内聚焦型视角又包括三种次类型:固定型内聚焦、转换型内聚焦和多重性内聚焦。著名新批评家布鲁克斯和沃伦区分了四种叙述视角:第一人称主人公叙述、第一人称旁观叙述、作者旁观叙述和全知叙述。N.弗里德曼《小说中的视角》更将叙事视角划分为八种不同的类型:编辑性的全知、中性的全知、第一人称见证人叙述、第一人称主人公叙述、多重选择性的全知、选择性的全知、戏剧方式、摄像方式。此外,还有根据叙述者被感知的程度从叙述者的角度入手把叙述者分为外显的叙述者和内隐的叙述者，根据叙述者与隐含作者的关系把叙述者分为可信的叙述者和不可信的叙述者等观点,在此不一一赘述。

所有这些关于叙事视角类型的理论,尽管看上去千差万别,但其分歧的焦点不外乎是如何观察和如何表述的问题,正如热奈特所说,是“谁看/谁如何看”和“谁说/谁如何说”的问题。我们认为:“所谓叙事视角,至少有两个常用的所指,一为结构上的,即叙事时所采用的视觉(或感知)角度,它直接作用于被叙述的事件,另一为文体上的,即叙述者在叙事时通过文字表达或流露出来的立场观点。”[1]关于这种分歧,申丹女士在《视角》一文中进行了详细的辨析,并提出了视角的四种类型:无限制型视角(即传统的全知叙述)、内视角(包含热奈特提及的三个分类)、第一人称外视角(包括第一人称"我"追忆往昔的视角和"我"处于故事边缘的旁观视角)和第三人称外视角(同热奈特的外聚焦)。[2]我觉得这种划分基本上是符合叙事的实际情况的。

不过无论选用哪种视角叙事,其实质都是一个信息传达的问题,作者是全权代劳还是有所保留,这在一定程度上关系着文本的接受者参与叙事的权利。因此,在这里我们还有必要介绍两个相对的概念,即全知叙事和限知叙事。所谓全知叙事,是指叙述者似乎是一个无处不在无所不知的上帝,他可以深入到故事中任何一个人物的内心,他完全了解整个故事的发展情况,可以跨越时间和空间的限制来展开叙述,还可以跳出故事本身来进行评述。限知叙事时叙述者对于整个故事就并非完全知晓了,他往往同时也是作品中的一个人物,只能了解到自己见到、听到和想到的东西,当然,他也可以对于故事进行自己认为合理的想象,但这种想象只能作为一种主观想象而存在。一部作品是全知叙事还是限知叙事,这取决于作品的叙述视角。

关于中国古典小说的叙事视角这一问题,杨义先生曾在他的《中国古典小说的叙事原则》一文中有过如下论述:"我们以往都是按照西方的理论来分析中国的小说的,这是用第三只眼睛来看中国的问题,可能使我们看出了关于中国小说中某些在传统的、封闭的思路中习而不察或察而未展开思辨的问题。这可以说是二十世纪中国人第一度的思想解放,眼光换新。但是,应该也有必要看到西方理论的世界性是一个有缺陷的世界性,因为西方的理论家在建立他的小说理论的时候,根本没有考虑到中国小说的存在,而且早存在一千年,于是,这个理论跟中国小说本身发生了错位。""由于中国小说的起源和发展处在跟西方小说差异极大的历史文化语境中,中国小说的视角也就不能够完全类同和认同西方的小说视角。笼统地说中国古代小说就是全知视角,现代小说就是限知视角,这就把中国人创造的很多精彩的东西遮蔽了,淹没了。"[3]我们不否认西方叙事学理论所提出的古典小说和现代小说在叙事视角上的泾渭分明的差异性在中国古典小说中也存在着,但是与此同时,我们还应该看到中国古典小说自身的特殊性。

经历了从早期史传叙事到近现代小说叙事的中国文学的叙事传统可谓是源远流长。在这样的叙事传统里成长起来的中国古典章回小说,因为又深受说话艺术的浸染,问题就变得复杂起来了。如上所言,习惯以第三人称叙事的中国古典章回小说,其叙述者的确常常是以“万能的上帝”的形象出现,但这并不代表中国古典章回小说的叙事视角就仅拘泥于全知叙事的窠臼。事实上在中国古典小说的范畴里,全知仅仅是一个相对的概念,他们往往是在宏观的全知叙事里还包含着各种巧妙的变异,作为后起之秀的中国古典章回小说当然不会错过对以往的叙事经验的借鉴,这就形成了中国古典章回小说丰富的叙事形态。结合上文我们提及的各种视角理论,我认为中国古典章回小说的叙事视角可以划分为如下类型:全知的叙述者旁观视角、叙述者旁观和人物限知的双重视角、流动视角。在我国被推为经典的四大名著《三国演义》、《水浒传》、《西游记》和《红楼梦》当是这方面的突出代表。以下我们就结合这四部作品中的具体章节段落来看看中国古典白话小说是怎样安排叙述视角的。

一、全知的叙述者旁观视角

叙述者旁观视角属于全知叙事,即申丹女士所说的无限制型视角。叙述者掌握着故事的走向和人物的命运,常常僭越故事和人物,站在故事之外,说出作为故事中的人物所无法了解到的事情,也可以深入人物的内心深处进行剖白。对读者而言,人物是透明的,故事也缺乏悬念,读者完全依赖叙述者的引导阅读小说。中国古典章回小说在发展初期较多地采用了这种视角叙事,在叙述人称上,多采用第三人称叙事。我们以《水浒传》第三回“史大郎夜走华阴县,鲁提辖拳打镇关西”中的一段为例来看:

三个酒至数杯,正说些闲话,较量些枪法,说的入港,只听得间壁阁子里,有人哽哽咽咽啼哭。鲁达焦躁,便把碟儿盏儿都丢在楼板上。酒保听得,慌忙上来看时,见鲁提辖气愤愤地。酒保抄手道:“官人要甚东西,分付买来。”鲁达道:“洒家要什么!你也须认得洒家,却恁地教什么人在间壁吱吱地哭,搅俺弟兄们吃酒?洒家须不曾少了你酒钱。”酒保道:“官人息怒。小人怎敢教人啼哭打搅官人吃酒。这个哭的,是绰酒座儿唱的父子两人。不知官人们在此吃酒,一时间自苦了啼哭。”鲁提辖道:“可是作怪!你与我唤得他来。”酒保去叫,不多时,只见两个到来面前。一个十八九岁的妇人,背后一个五六十岁的老儿,手里拿串拍板,都来到面前。

这是一段典型的叙述者旁观视角下全知叙事的例子:鲁智深、史进、李忠三个在酒馆喝酒,喝得兴致正高时却被隔壁房里传来的啼哭声扫了酒兴。在这段场景描写当中,叙述者同时也是事件全过程的一个观察着,场景中各个人物的言行举动,包括心理活动(鲁达焦躁)都在他的了解和掌握之中。

而在同一回稍后描写鲁智深和镇关西正面交锋时的一段叙述中,这位旁观的叙述者对故事的介入就更显得直接了:

鲁达听罢,跳起身来,拿着那两包臊子在手里,睁眼看着郑屠说道:“洒家特地要消遣你!”把两包臊子,劈面打将去,却似下了一阵的肉雨。郑屠大怒,两条忿气从脚底下直冲到顶门,心头那一把无名业火,焰腾腾的按捺不住,从肉案上抢了一把剔骨尖刀,托地跳将下来。

在这里,叙述者随口便道出了除郑屠本人以外的第二人所不可能知道的心理反应,“大怒”、“两条忿气从脚底下直冲到顶门,心头那一把无名业火,焰腾腾的按捺不住”,作者兴之所至,随心着墨,并不太考究叙事角度的问题。

《西游记》一书也带有明显的口头叙述特征,作者的笔触常常不自觉地伸向人物内心,代人物立言。我们来看小说第六十一回“猪八戒助力败魔王,孙行者三调芭蕉扇”的开头一段:

> 话表牛魔王赶上孙大圣,只见他肩膊上掮着那柄芭蕉扇,怡颜悦色而行。魔王大惊道:“猢狲原来把运用的方法儿也叨铦得来了。我若当面问他索取,他定然不与。倘若扇我一扇,要去十万八千里远,却不遂了他意?我闻得唐僧在那大路上等候。他二徒弟猪精,三徒弟沙流精,我当年做妖怪时,也曾会他,且变作猪精的模样,返骗他一场,料猢狲以得意为喜,必不详细提防。”

“话表……”这是典型的说书人口吻,显而易见这里是有一个叙述者存在的。“他”一方面站在故事之外,从一定的距离审视事件的进展:牛魔王赶上了孙悟空,孙悟空此时正得意洋洋地扛着从铁扇公主那里骗来的芭蕉扇望火焰山而行。一方面他的旁观视角又深入到了牛魔王的内心:经过一番思考,牛魔王决定化身为八戒前去骗扇。

我们可以看到,在早期的中国古典章回小说中,即使是这种全知的叙述者旁观视角运用得也不是很纯熟。阅读早期的章回体小说,我们还会时常看到“说书人”的影子:每回回前的“话说”,中间过渡或衔接部分的“再说”、“且说”、“却说”,结尾的“毕竟……且听下回分解”等,如此以一种突兀的姿态出现在读者面前,发表议论,抒发感慨,这与现代小说力图隐藏作者的追求截然相反。

二、叙述者旁观和人物限知的双重视角

中国古典章回小说的叙述视角中还有一类双重视角,其表现形态是叙述者一方面以旁观的姿态纵览全局,一方面又巧妙地借用角色之眼来观察事情的发展变化,这是叙述者旁观视角的一种变体。如果我们仅从人物视角来看确实有受限制的一面,但这并不意味着叙

述的视角就真的放在了角色身上,“我们必须把握一点,所谓‘人物视角’实际上是叙述者用人物的眼睛来代替自己的眼睛”[4],角色仍然是被全知全能的叙述者操控着。来看《三国演义》中的草船借箭一回:周瑜出于嫉妒心理,以 10 日内造 10 万枝箭的艰巨任务来刁难诸葛亮,可诸葛亮不但面无难色,反而还把期限缩短为 3 天,并立下了军令状。诸葛亮只向鲁肃点破了周瑜的用意,请求鲁肃“子敬只得救我”。

> 孔明曰:“望子敬借我二十只船,每船要军士三十人,船上皆用青布为幔,各束草人千余个,分布两边。吾别有妙用。第三日包管有十万枝箭。只不可又教公瑾得知,若彼知之,吾计败矣。”肃允诺,却不解其意,回报周瑜,果然不提起借船之事,只言:“孔明并不用箭竹、翎毛、胶漆等物,自有道理。”瑜大疑曰:“且看他三日后如何回覆我!”却说鲁肃私自拨轻快船二十只,各船三十余人,并布幔束草等物,尽皆齐备,候孔明调用。第一日却不见孔明动静;第二日亦只不动。至第三日四更时分,孔明密请鲁肃到船中。肃问曰:“公召我来何意?”孔明曰:“特请子敬同往取箭。”肃曰:“何处去取?”孔明曰:“子敬休问,前去便见。”

是夜,诸葛亮趁着大雾靠近曹军水寨,“孔明教把船只头西尾东,一带摆开,就船上擂鼓呐喊。鲁肃惊曰:‘倘曹兵齐出,如之奈何?’孔明笑曰:‘吾料曹操于重雾中必不敢出。吾等只顾酌酒取乐,待雾散便回。’”最后草船借箭成功,诸葛亮在一夜之间完成了造 10 万枝箭的任务。

这里用的是第三人称叙事,基本上采用对话的方式,整个叙述过程都把视角限制在鲁肃一方,通过鲁肃的所见所闻来展示事件的动态,作者似乎不再凌驾于故事和读者之上进行“全程解说”了。但只要稍微细心一点的读者就不难发现,其实叙述者并没有放弃他全知的优势，而是以一种隐蔽的方式继续操控着叙事的权利，文中的"肃允诺，却不解其意"，"瑜大疑"，原本是叙述者所不可能了解到的人物的心理活动，这里却由叙述者之口说了出来。虽然这种双重视角依然属于全知叙事，但却由于人物限知视角的运用，使得叙述悬念迭起，一波三折。就像草船借箭这一回，当我们读到故事的最后时，都不得不为诸葛亮的足智多谋和胸有成竹折服。

另如《三国演义》第三十七回"司马徽再荐名士，刘玄德三顾草庐"中对刘备三顾茅庐的那段描写亦是如此。刘备三次前往隆中拜访诸葛亮，两次未遇，直到第三次才见到了仰慕已久的诸葛卧龙。但作者在这里并未吝惜笔墨将前两次的拜访一笔带过，而是安排了博陵崔州平、颍川石广元、汝南孟公威、卧龙之弟诸葛均、卧龙岳父黄承彦等人先后出场：

> 忽见一人，容貌轩昂，丰姿俊爽，头戴逍遥巾，身穿皂布袍，杖藜从山僻小路而来。玄德曰："此必卧龙先生也！"急下马向前施礼，问曰："先生非卧龙否？"其人曰："将军是谁？"玄德曰："刘备也。"其人曰："吾非孔明，乃孔明之友，博陵崔州平也。"
>
> 将近茅庐，忽闻路傍酒店中有人作歌。玄德立马听之……二人歌罢，抚掌大笑。玄德曰："卧龙其在此间乎！"遂下马入店。见二人凭桌对饮：上首者白面长须，下首者清奇古貌。玄德揖而问曰："二公谁是卧龙先生？"长须者曰："公何人？欲寻卧龙何干？"玄德曰："某乃刘备也。欲访先生，求济世安民之术。"长须者曰："我等非卧龙，皆卧龙之友也。吾乃颍川石广元，此位是汝南孟公威。"玄德喜曰："备久闻二公大名，幸得邂逅。今有随行马匹在此，敢请二公同往卧龙庄上一谈。"
>
> 玄德大喜，遂跟童子而入。至中门，只见门上大书一联云："淡泊以明志。宁静而致远。"玄德正看间，忽闻吟咏之

声，乃立于门侧窥之，见草堂之上，一少年拥炉抱膝……上草堂施礼曰："备久慕先生，无缘拜会。昨因徐元直称荐，敬至仙庄，不遇空回。今特冒风雪而来。得瞻道貌，实为万幸。"那少年慌忙答礼曰："将军莫非刘豫州，欲见家兄否？"玄德惊讶曰："先生又非卧龙耶?"少年曰："某乃卧龙之弟诸葛均也。愚兄弟三人：长兄诸葛瑾，现在江东孙仲谋处为幕宾；孔明乃二家兄。"

方上马欲行，忽见童子招手篱外，叫曰："老先生来也。"玄德视之，见小桥之西，一人暖帽遮头，狐裘蔽体，骑着一驴，后随一青衣小童，携一葫芦酒，踏雪而来，转过小桥，口吟诗一首……玄德闻歌曰："此真卧龙矣！"滚鞍下马，向前施礼曰："先生冒寒不易！刘备等候久矣！"那人慌忙下驴答礼。诸葛均在后曰："此非卧龙家兄，乃家兄岳父黄承彦也。"

每一次相遇，刘备都"误认"所见者为诸葛孔明，叙述视角就限定在刘备一方。这种人物限知视角的巧妙运用使得刘备的每一次"误认"，同时也造成读者的"误认"，这就为故事情节带来了一波三折、跌宕起伏的效果。但这并不等于纯粹的限知视角，仔细观察，行文中"玄德喜曰"、"玄德大喜"、"玄德惊讶曰"这些字眼还是暴露了那个无所不知的叙事者的存在。因此在这里，人物视角只是全知的叙述者视角的一种辅助视角，目的是设置悬念，在烘托对比中突出诸葛亮的形象。

三、人物流动视角

中国古典白话小说中的人物流动视角多见于描写人物众多的场合或需要对某一线索繁多的事件作全方位的叙述时，原因就在于视角的流动性提供了多角度观察的便利。"所谓流动视角，就是叙述者带着读者与书中主要人物采取同一视角，实行'三体交融'，以设身处地地进入叙事境界。"[5]

《红楼梦》中林黛玉初进荣国府一节视角调度就很精彩，作者不仅让全知叙述者眼观六路，耳听八方，把各类人物的外貌和举止尽收眼底，而且不断变换人物视角，人物之间互相观察。作品先是以黛玉的眼睛观察贾府的一切，“这林黛玉常听得母亲说过，他外祖母家与别家不同。他近日所见的这几个三等仆妇，吃穿用度，已是不凡了，何况今至其家。因此步步留心，时时在意，不肯轻易多说一句话，多行一步路，惟恐被人耻笑了他去。”黛玉一一见过了贾母、迎春探春惜春三姊妹后，视角就进行了切换，通过众人之眼，我们看到的林黛玉是“年貌虽小，其举止言谈不俗，身体面庞虽怯弱不胜，却有一段自然的风流态度，便知他有不足之症”。这时候，作者借门外王熙凤的笑声又很自然地把叙述的视角重新转移到了林黛玉一方，“只见一群媳妇丫鬟围拥着一个人从后房门进来。这个人打扮与众姑娘不同，彩绣辉煌，恍若神妃仙子：头上戴着金丝八宝攒珠髻，绾着朝阳五凤挂珠钗，项上戴着赤金盘螭璎珞圈，裙边系着豆绿宫绦，双衡比目玫瑰佩，身上穿着缕金百蝶穿花大红洋缎窄褃袄，外罩五彩刻丝石青银鼠褂，下着翡翠撒花洋绉裙。一双丹凤三角眼，两弯柳叶吊梢眉，身量苗条，体格风骚，粉面含春威不露，丹唇未启笑先闻。”而王熙凤眼中的林黛玉则是：“天下真有这样标致的人物，我今儿才算见了！况且这通身的气派，竟不像老祖宗的外孙女儿，竟是个嫡亲的孙女。”之后又有宝玉与黛玉的初次相见，作者也是用视角互换的方式把他们呈现给读者，这里不再一一赘述。在同一回中安排这么多人物一次出场，要不是借助于流动视角，是很难收到了这样的叙述效果的。作为读者，我们不仅没有芜杂类同之感，反而对每一个出场的人物都留下了深刻的印象。

再如《三国演义》第四十一回“刘玄德携民渡江，赵子龙单骑救主”写到刘备一行人等在长坂坡被曹操的军队追击时，“看手下随行人，止有百余骑，百姓老小，并糜竺、糜芳、简雍、赵云等一干人，皆不知下落”。此时线索纷繁复杂，如何理清这些线索就要考验作者的叙事功力了。不过这并未难倒《三国演义》的作者，他从容地把握着叙述的角度，以流动的视角实现全方位多层次的叙事。先是刘备的视角，当糜芳带来“赵子龙反投曹操去了”的消息之后，刘备相信赵云乃患难之交，不可能背情弃义；张飞则怀疑赵云是势穷变节，带了二十多人到桥头设防。对赵云的这个未写之写把叙述的视角转向了战场，“却说赵云自四更时分，与曹军厮杀，往来冲突，杀至天明，寻不见玄德，又失了玄德老小……回顾左右，只有三四十骑相随。云拍马在乱军中寻觅，二县百姓号哭之声震天动地；中箭着枪、抛男弃女而走者，不计其数”，各条线索在这里得到了统合，多而不乱。写到赵云单骑救主的时候又换成了赵云的视角，“赵云听了，连忙追寻。只见一个人家，被火烧坏土墙，糜夫人抱着阿斗，坐于墙下枯井之傍啼哭……”而张飞独退曹军，则又用的是曹军的视角，“却说文聘引军追赵云至长坂桥，只见张飞倒竖虎须，圆睁环眼，手绰蛇矛，立马桥上，又见桥东树林之后，尘头大起，疑有伏兵，便勒住马，不敢近前。俄而，曹仁、李典、夏侯惇、夏侯渊、乐进、张辽、张郃、许褚等都至。见飞怒目横矛，立马于桥上，又恐是诸葛孔明之计，都不敢近前”。凭借流动视角的成功运用，这里虽然是描写战乱，却无丝毫零乱之感，反而使我们在这种战乱的背景里看到了赵云和张飞一静一动的威猛。

此外，在讲到中国古典章回小说中的人物视角时，还有一个问题应该注意，那就是人物视角的个性化。由于人物在地位、学识、性格等方面各有差异，所以人物视角也就必然打上了个性化的烙印。最典型的是《红楼梦》里刘姥姥一进荣国府，在看到王熙凤房里的座钟时的反应的那段描写：

> 刘姥姥只听见咯当咯当的响声，大有似乎打箩柜筛面的一般，不免东瞧西望的。忽见堂屋中柱子上挂着一个匣子，底下又坠着一个秤砣般一物，却不住的乱晃。刘姥姥心中想着：“这是什么爱物儿？有甚用呢？”正呆时，只听得当的一声，又若金钟铜磬一般，不防倒唬的一展眼。接着又是一连八九下。

座钟在当时是只有富贵人家才有的东西，作为一个没有见过世面的农村老妪，刘姥姥眼中的座钟必然带上她的经验特征，作者在这里用“打箩柜筛面”、“匣子”、“秤砣”等农村常见之物来描述座钟的特征，既形象生动，又符合刘姥姥的身份，也让人物性格更加鲜明。

至于限知叙事，最典型的便是《红楼梦》中对于众多人物命运的叙述。《红楼梦》之所以会给后人留下那么多的未解之谜，正是凭借了限知叙事的出色运用，作者恰到好处地发挥了限知视角所具有的“未知”和“空白”的作用，给了读者探索和解释作品的权利。

以上结合四大名著中的部分篇章段落，在近年来学术界对中国古典白话小说叙事视角研究的基础上，分析了中国古典章回小说的叙事视角问题，还不是很详尽全面，但叙事学作为一门新兴学科来到中国的时间尚不算长，我相信还会有很多新的研究成果产生，不断完善对这一问题的看法。只是我们在运用西方的叙事学理论时，应该时刻记得中国古典小说是有着它成长的特殊土壤的，因此我们的研究必须结合中国几千年来的叙事传统的特殊性，具体问题具体分析，真正做到“西为中用”。

参考文献

[1]刘波.论叙述视角在文本中的双重性[J].文学自由谈，2008(6).

[2][4]申丹.视角[J].外国文学，2004(3).

[3]杨义.中国古典小说的叙事原则[J].河南大学学报社会科学版，2004(5).

[5]杨义.中国叙事学：逻辑起点和操作程式[J].中国社会科学，1994(1).

◎姜　帅

《三国演义》人物形象塑造的争议及其认识

在西方美学中，人物形象理论的发展大体经历了三个阶段，有学者将其分为类型说、个性说及典型说[1]，也有学者将其分为类型化、个性化、心理化[2]三种形态。由于中国古代没有系统的关于人物形象塑造的理论，我们只好借鉴西方的理论来评述我国古典小说对人物形象的塑造。为了顾及中国古典小说人物形象塑造的特点，一般将中国古典小说中的人物形象分为类型化、个性化(或性格化)两种形态。一些学者试图调和这种区分，提出了新的说法：即类型化的典型和个性化的典型。如傅继馥认为艺术典型主要有两种："一种是古代的类型化典型，一种是近代的性格化典型，凡是典型形象都在相当高的程度上达到了一般与特殊、共性与个性、本质与现象的对立统一。"[3]应该看到，这种二分法虽然得益于传统的西方理论，但从我国小说艺术发展的实践来看，还是有可取之处的，从中可以看出中国古典小说人物塑造演进的大致轨迹。

福斯特在《小说面面观》中将人物分为"扁形人物"和"浑圆人物"两种。他认为扁形人物"有时叫作类型人物，有时叫作漫画人物。就最纯粹的形态说，扁形人物是围绕着单一的观念或素质塑造的：要是扁形人物身上有一种以上的因素，我们就看出了朝着浑圆人物发展的那条曲线的开端。真正的扁形人物用一句话就可以形容出来。"而"圆形人物"则不同，他们具有复杂的多种特性，甚至包括一些互相冲突或矛盾的特性，而且圆形人物一般具有不确定性，读者无法预测他们的变化。“一个浑圆人物的检验标准是看它能否以令人信服的方式使人感到惊奇。”[4]这种分法虽多因简单而遭人诟病,但似乎很符合中国古典小说人物塑造的总貌,即既有单调的性格直述也有多维度的立体刻画。

创作于元末明初的《三国演义》是我国第一部长篇章回小说,在艺术上达到了一个新的高度,其主要成就和价值之一就在于成功地塑造了许多历史人物形象。但是《三国演义》中的人物形象属于哪一种塑造方式,学术界对此看法不一。笔者在综合一些学者研究成果的基础上发现这些观点大体可分为两类:一类是侧重单线条类型化,以鲁迅、傅继馥、黄钧等为代表;一类是侧重多角度个性化(为了叙述的清晰,下文中笔者自已不再同时使用“性格化”说法),这一类代表有剑锋、石昌渝、俞晓红、王前程等人。从影响范围来看,前者似乎略胜一筹,因为几部高校通行的文学史都持这种观点。就在这两者之外也有第三种声音,这就是比较中立的、努力调和两者的温和提法。下文均将予以简单陈述。

一、单线直述的“类型化”说

鲁迅先生在《中国小说的历史的变迁》中说《三国演义》:“写好的人,简直一点坏处都没有;而写不好的人,又是一点好处都没有。”[5]游国恩等主编的文学史也认为:“《演义》在艺术上也有比较明显的缺点,这就是人物性格缺少发展,好像曹操生来就奸诈,孔明生来就聪明。这种缺点的产生,可能是受到史传材料的局限,同时也受某些民间传说人物定型化的特点的影响。”[6]这样单线无变化的直述方式可以看做是“类型化说”的核心,但是仅此说法显然过于简单,于是有的学者作出适当的调整以丰富“类型化”的内涵,如傅继馥、黄霖等;有的学者试着探讨“类型化”背后的深层原因,如黄钧、史红伟、万晴川等。

傅继馥在前人的基础上提出了“类型化典型”的说法。他认为:“《三国志通俗演义》中的重要人物形象,是古代文学中类型化艺术典型的光辉高峰和不朽的范本。”“类型化典型的特点是,为一般而找特殊，共性对个性占有突出的优势，直接地以比较纯净的形态呈现。在艺术典型基本形态的发展过程中，他对排除形象中怪诞的杂乱的因素，明确、集中地表现生活的本质，起过积极的作用，并且创造了千古不朽的典型形象。”“《三国志演义》人物典型地表现了类型化艺术典型的重要特征。”其艺术特征为：其一，“重要形象都有一个主要特征，它表现得非常突出，并在形象内部诸因素中占有决定性的位置”；其二，“人物的主要特征及其他因素基本上稳定不变，缺少纵横诸方面的发展变化，处于古典式的静穆状态”，即使有变化，也是“由外部因素直接造成，并没有通过个性的作用”；其三，“《三国志演义》人物形象的内部诸因素处在古典式的和谐之中。形象回避了性格的复杂性。在杂多与整一的矛盾对立中，重在整一，体现着古代审美意识所要求的‘高贵的单纯’”；其四，《三国志演义》人物的类型化的特征也表现在肖像描写和自然环境的描写上。[7]傅文发表后，在学术界引起了广泛注意和较大反响(后文还要涉及)，它不仅丰富了恩格斯艺术典型化的理论，还提出了一种新的划分中国古典小说人物形象塑造的方法。

随后，黄霖在《李、毛两本诸葛亮形象比较论》一文中表述了区别“类型化典型”和“个性化典型”(作者强调不用“性格化典型”的提法)的几点看法：其一，人物形象塑造是从理念出发显示某种共性，还是从现实生活出发给人以鲜明个性。其二，个性化的典型，不仅仅表现了人物形象的性格特征，而且多方面地刻画人物的思维、感情、兴趣、爱好、能力等心理特征和心理过程。其三，在“写心”时，是否注意其矛盾性、复杂性、流动性。其四，人物活动的环境是否具有相当的真实性、人情味。通过分析，他认为诸葛亮是类型化的典型。[8]这就在一定程度上巩固了傅继馥的提法。另有黄钧的《论〈三国演义〉的人物塑造》一文，也从四个方面论述了《三国演义》人物塑造类型化的问题：其一，从类型形象走向个性化典型是各民族文学的必经之路，《三国演义》不可能超越这一历史阶段。其二，《三国演义》中几乎所有的人物都只有性格和共性，没有个性。类型性格也可以有某种程度的多样化，但并不就等于个性化典型。其三，《三国演义》作者不是采用取同类人物平均值，而是将某一性格特征理想化、夸大化的办法以塑造典型。人物的主要特征被高度强化，故留给读者的影响强烈。其四，《三国演义》采用类型化写法，有着深刻的时代原因。在封建主义的中世纪，与皇权相应的意识形态，压抑个人的情感和自我意识、否定个人存在的价值，而仅仅把人表现为类或群代表。与西方艺术相比，中国古代艺术更偏重社会主体，使人的主体性完全沉淀于社会伦理观念和道德要求之中。因此，中国古代作品中的类型大多以某一伦理观念为主导特征。[9]

20 世纪 90 年代颇有影响的两部文学史也持同样的看法。一是章培恒、骆玉明主编的《中国文学史》："《三国演义》写人物，与它的截然分明的道德评判相关联，有一种'类型化'的倾向。他们的品格性情，大都可以用简单的语言概括出来。"[10]一是袁行霈等主编的《中国文学史》：《三国演义》"突出甚至夸大了历史人物的主要性格特征，舍弃性格中的次要方面，创造了一批具有特征化性格的艺术典型……这些艺术典型都具有鲜明的个性，又具有一定的'类'的意义。他们的性格特征，一般都显得比较单一和稳定，有点像戏曲中程式化、脸谱化的表现。"[11]另有齐裕焜在《明代小说史》中比较了中、西个性化的区别，认为："西方小说里的个性化典型，充满了性格内部的冲突，有着丰富而细腻的性格描写，《三国演义》里的个性化，却是通过渲染和烘托，写出人物独特的气质神韵，很少写人物性格内部的冲突，也没有丰富细腻的性格描写。"在分析了诸葛亮、关羽和曹操这些主要人物形象后认为："诸葛亮、关羽、曹操既是智、义、奸的道德类型的代表，又各有其独特的个性，有其不同的神韵风采，是属于个性化的人物。这样的小说人物，我们称之为类型化的典型人物。"[12]在这里，作者虽努力想阐明自己的观点，可却将个性化与类型化的典型混为一谈，这造成了理解上的混乱，但还是可以看出他是倾向于"类型化"的观点的。

进入新世纪以来，论述《三国演义》人物形象塑造属于"类型化"

的文章依然不绝如缕，但其中一些文章已经开始侧重对类型化成因的分析。其实上文提到的黄钧《论〈三国演义〉的人物塑造》一文已经涉及"类型化"形成的时代原因,即他认为这是封建时期皇权意识形态的直接体现。新世纪初,史红伟、张兵在分析了明清小说人物的类型化倾向后,指出了其发生的原因:第一,依傍于前人的编著,难免造成创作上的类型化倾向。第二,"同源而异派"的戏剧之程式化对小说的艺术创作产生了很大的影响。同时他们认为《三国演义》在艺术人物创造上是类型化倾向的典范之作。[13]后有万晴川撰文主要以《三国演义》为例分析了古代小说类型化典型的成因:其一,在封建理学的理想人格模式影响下,人的个性棱角便随着自我意识的淡化而削弱。因此,一旦把道德观念附在抽象的人格实体或艺术形象身上,就难免把他们变成一种共名类型。其二,中国古代小说的发展呈现世代累积成书的特点,在定性之前好多人都参与了创作,类型化人物形象与其成书特点是分不开的,具体表现为:说话的特点决定了其讲说故事的人物性格必须有一个主要特征，且性格鲜明突出，以区别于其他形象,给听众留下强烈的影响;史书往往讲究春秋笔法,一字定褒贬,对历史人物进行道德伦理评价,这不能不影响小说家梳理史料;戏曲的人物脸谱化、程式化,和类型化人物有共通之处。其三,《三国》中的人物形象的类型化还受中国古代相人术的影响。[14]

回到历史传统层面的成因分析显然从根源上再一次巩固了"类型化"说,这就比单单的空中楼阁来得更让人信服。如此一来,"类型"一词就不仅仅是取自西方文论的术语而已，而是深厚民族本土文化的体现。

二、多维度立体的"个性化"说

学术界关于《三国演义》人物形象塑造问题的争议一直都没有停止过,很显然,《三国演义》中的主要人物绝非是"类型化"就可以简单概括的,与此相对应,部分学者赞同其中很多人物属于多角度的"个性化"塑造的观点。"个性化"即人物的性格不是平面的,而是立体的,而且前后性格通常不是静止不变的。《三国演义》中的主要人物有些本身就是矛盾的统一体，有的则是性格随着环境或是身份的变化而有所改变。

在所有的人物当中讨论最多的,首推曹操。袁世硕在《试论〈三国演义〉中的曹操》一文中对曹操性格作出分析后认为:"《三国演义》写出了典型环境中的典型性格","曹操,不是一个罪恶的容器,不是奸诈这一形容词的符号,而是一个活的、丰满的人物形象","奸和雄,在曹操身上是相辅相成的。缺少了其中的一个，那也就不成其为曹操了"。[15]无疑,这是对《三国演义》人物塑造的高度评价。刘敬圻把曹操的英雄本色归为五个方面,并认为曹操已"成为'这一个'艺术形象的重要标志之一","是一个性格极其复杂的、带有鲜明的时代特征和历史局限的、杰出的地主阶级政治家军事家的艺术形象"。[16]此外,学者们为了更好地探讨《三国演义》人物形象的塑造,他们对《三国演艺》中人物的分析由曹操论及到其他主要人物,如陈翔华的《论诸葛亮典型及其复杂性》一文,认为诸葛亮性格前后不一,后不如前。[17]而曹学伟则在《试论〈三国演义〉的主题》中反对这种看法,他认为这样写诸葛亮,正是显示了诸葛亮性格的复杂性,典型环境的改变不能不促使人物性格发展。[18]又如剑锋《塑造典型美的辩证法》一文,从整体上论述作品的人物形象塑造问题，他认为"用美的辩证法来塑造典型形象,是《三国演义》突出的艺术成就","《三国演义》按照人无全人的实际去塑造典型形象，他虽来自现实却高于现实，因而人物个性很鲜明,且能引起读者共鸣","《三国演义》描写的正面人物,除了赵云之外,其他没有一个是'全人'"。[19]

上文这些论述显然不同于前面"类型化"的说法。事实上,在傅继馥的《〈三国〉人物是类型化典型的光辉范本》一文发表后不久,就有学者对其"类型化典型"的提法提出质疑。石昌渝在《论〈三国演义〉人物形象的非类型化》中直接提出异议:第一,"既然是典型就不能是类型化,因而'类型化典型'的提法是不科学的。"典型不是单纯的共性,而是个性和共性、现象和本质、个别和一般的统一。第二,类型的特征是性格的单一性和单一性格的直露性,人的性格不可能是单一的,人的性格结构是多样统一的。第三,类型的另一特点是性格与环境脱离,人的性格不受时间、空间的制约,永远保持凝定不变的形态。《三国演义》的人物性格却不是这样,他与环境有着极为密切的关系。《三国演义》中,性格和情节的关系写得非常真实生动,人物关系错综复杂,《三国演义》中每一件事总是由多种性格力量交错而成。这种矛盾冲突的复杂性决定了人物性格在表现形态上的复杂性。[20]

之后好长一段时间,学术界很少听到对《三国演义》中人物形象是类型化典型之说的质疑。事隔十年之后,强烈的质疑声再次传来,但其目的却不再是扬此抑彼,而是另辟蹊径。俞晓红认为不能机械地划分人物塑造方式,她在《因枝以振叶,沿波而讨源——中国古代小说个性表现艺术源流辨略》一文中对傅继馥及黄钧之说均提出质疑,认为:“运用西方文学理论来研究中国文学形象,以弥补我国古代小说理论之不足,就方法论而言并无不可;然而这一论断并未建立在本民族文化艺术传统的基础之上,理论阐述与文学实际之间缺乏严密的契合,因而显得似是而非,有失偏颇。”她对中西方叙事文学的起源和发展作了比较辨析后总结出:“西方叙事文学选择了由史诗而戏剧而后小说的发展历程,中国叙事文学却是由史传哺育小说而后滋养戏剧。”正因如此,中西方叙事文学各自的性格塑造原则和方法,延伸到后世小说的艺术描写中,便体现了迥然不同的艺术风格。中国古典小说“人物性格描写的方法并非是古代西方的类型化艺术”,不像西方叙事文学中的性格描写,“中国的小说主人公多来自社会现实”,“因而他们多为个性鲜明生动的形象”。最后作者总结说:“古代小说的个性化艺术历程,其形态是复杂曲折的,并非一定是按从低到高、从简单到复杂、从类型化到个性化这样一个模式次第前进,逐级上升的。类型化手法和个性化手法之间不一定是文学表现手段的低层次和高层次的关系。作为较早出现的长篇小说,《三国演义》和《水浒传》已在几个主角身上实现了不同程度的个性化。”[21]无疑,这也是对《三国演义》人物塑造的极大肯定,但认同的声音并不多。

进入新世纪后，王前程的《〈三国演义〉圆形人物论》对鲁迅的看法及几部高校通行的文学史的观点提出了质疑，认为小说在人物塑造方面与这些权威看法有相当的差距。其理由是：第一，《三国演义》写出了人物特性的多面性。小说描写的历史是非常复杂的，活跃在这复杂历史舞台中的历史人物不可能不复杂。人物的多面性不光在曹操、刘备、关羽、诸葛亮等四位核心人物身上表现突出，就是在如吕布、孙权、司马懿等次要人物身上也有表现。第二，《三国演义》写出了人物的不确定性。"《三国演义》不是写三国英雄的成长史，而是再现三国英雄的斗争史，作者的观察点始终放在历史事件的演变上，因而人物性格的发展变化相对简略而模糊，但并不是从头到尾凝固不变的。"[22]他认为人物性格随着环境的变化而变化，也就是赞同《三国演义》的主要人物塑造是"个性化"的，至少是以"个性化"为主的。

三、中立温和的"过渡说"及自己的一点看法

持上述两种观点的学者虽然都在努力为自己的观点正名，但遗憾的是总会遇到意想不到的尴尬，没有哪一方可以毫不费力地用一种理论囊括所有。也许正因为如此，在这二者之外出现了第三种声音，它试图调和这两种相对的看法。上文提到的俞晓红实际上也是其中一位，她认为不能机械地划分其实也就是在试着避免二者的冲突，其论述虽有道理，但应和的人并不多。在她之后，曲沐又提出了一种更为温和、中立的说法，即在我国古典小说人物形象塑造问题上采用类型化、性格化和心理化的三分法。他总结："类型化艺术典型的主要特征在于单一、扁平，概括多而描写少；强调人物概貌而不求其逼真，追求的是神似的类同而达不到形神融合的个性差异；注重人物外在表现而未能挖掘其内心奥秘。从行为上看，常常在'做什么'上表现出外在偶然事件的突变或奇遇以发迹变态，而没有注意人物在'怎样做'过程中内在的必然逻辑。"《三国演义》中的主要人物显然并不符合这些"类型化"特点。所以他认为《三国演义》"在人物塑造上，是从类型化向性格化过渡的一座桥梁，既保留着某些类型化用笔，也已达

到了性格化的艺术高度”。[23]在这种提法中作者自己的观点其实是极其鲜明的:他避开了总会有失偏颇的“类型化”或是“个性化”这样的静态说法,而采取了动态的“过渡说”,这样不仅让自己的观点有了较大的自由空间,更是把《三国演义》放到了原初历史语境中来作实时性的考察,这样,“过渡说”显得更加符合文本的实际。

时至今日,我们应该摒弃对一个事物或问题的本质主义追问,陶东风在《文学理论基本问题》一书的导论中就旗帜鲜明地指出:“本质主义常常表现为一种僵化的教条,它把一些固定的特性或‘本质’作为永恒普遍的东西归于特定的文学艺术现象,导致对于文学认识的僵化。”[24]前面所论述的“类型化”和“个性化”两种说法都有着不同程度的本质主义倾向,学者们在借鉴西方文论的基础上有了一个先入为主的认识,即:《三国演义》人物塑造方式非此即彼,然后便寻找各种材料为自己佐证。虽然总能自圆其说,但却丧失了历史承继性和民族自主性。借鉴本身并非不可取,但既然要研究的对象是我们自己的作品,就理应更多地回到中国文学自身的发展。由此,笔者是倾向于“过渡说”的。

我们知道,早期汉魏六朝志人志怪小说,情节初陈梗概,采用遗神略貌的方式,描写上三言两语,人物形象极其简略,往往成为作者感发议论和进行道德评价的范本,人物形象是类型化的。时至唐宋,传奇、话本小说的篇幅较以前有了较大的发展,虽然有些人物形象也刻画得较为丰满,但这个时期人物刻画仍不是作者所重视的,故事才是作者所注重的,小说中的人物往往被作者所左右,且多为某种观念的化身,是类型化的人物。

到了元末明初,《三国演义》在艺术上取得的成就无疑是巨大的,在人物形象塑造上的突破也是不可忽视的。《三国演义》中出场人物达一千多个,绝大多数人物塑造得平淡无奇,有些只是作为主要人物的衬托而出现,有些则是某种观念的传声筒。如对女性的塑造:小说中出现的女性只有道德属性,她们基本上都是忠贞观念的化身,从她们身上看不到任何人性的东西,她们承担了本应男性承担的忠义和

责任，自己的女人性完全消弭于男人社会中，从而只是一个政治化符号和物化的存在。另外，作者对一些女性进行任意的拔高和美化，这就造成人物或显得不真实，或难免雷同，也就容易变成了一个类的代表。

《三国演义》中的男性角色，其形象也多是类型化的，其中出场的主要人物也常常使人感到有点不近人情，与现实生活有相当的距离。以至鲁迅先生认为："至于写人，亦颇有失，以至欲显刘备之长厚而似伪，状诸葛之多智而近妖。"[25]同时，《三国演义》的人物肖像描写也较为单一，存在着类型化倾向。写隐者则容貌轩昂，气度不凡；写智者则羽扇纶巾，风流儒雅；奸臣则狼顾鹰视，弱者为羊质虎皮，如此等等。究其成因，《三国演义》再现的是三国军阀的混战史，它并没有写帝王将相的生活史及成长史，而是以三国英雄人物的斗争史来再现这段历史的。既然侧重点不在人物而在事件，那就难免对其中的人物刻画有一定的定型化模式。

但是，作为历史演义小说，它不可能不受到此前史传文学"以人系事"叙事方法的影响。我们承认，《三国演义》中大部分人物在塑造上是政治化、类型化的，但作为政治及军事斗争的毕竟是有血有肉的人，而不只是某种工具，所以诸如曹操、刘备、诸葛亮、关羽等主要人物，又绝不是用类型化所能概括的了的，而是显现了从类型化向个性化发展的特点，尽管这种发展变化是微小的，可我们并不能因此而否认它的存在。《三国演义》并未完全停留在"类型化"的阶段，而是在一定程度上写出了主要人物性格的多面性、复杂性、变化性以及人物性格之间的差异性。类型化性格的主要特征之一是人物性格基本上稳定不变，处于相对静止的状态；而个性化性格则强调人物性格随着环境的变化而变化。《三国演义》中这两种塑造人物形象的方法可以说是兼而有之，大多数人物性格都处于静止的状态，可那些形象鲜明的主要人物其性格往往是变化发展的。在这些人物形象中我们看到了由类型化向个性化过渡的痕迹。作为第一部长篇小说，《三国演义》能在艺术上达到这样的高度，不愧为中国小说史上一座辉煌的丰碑。

参考文献

[1]邱紫华.论人物形象理论的发展——从类型说到典型说[M].北京:文化艺术出版社,1988.

[2]童庆炳.文学概论[M].武汉:武汉大学出版社,2000.

[3]傅继馥.三国人物是类型化典型的光辉范本[J].社会科学战线,1983(4).

[4]福斯特.小说面面观,小说美学经典三种[M].上海:上海文艺出版社,1990.

[5][25]鲁迅.鲁迅全集(第9卷)[M].北京:人民文学出版社,1981.

[6]游国恩.中国文学史(第四册)[M].北京:人民文学出版社,1964.

[7]傅继馥.三国人物是类型化典型的光辉范本[J].社会科学战线,1983(4).

[8]三国演义学刊(二)[M].成都:四川省社会科学院出版社,1986.

[9]黄钧.论《三国演义》的人物塑造[J].文学遗产,1991(1).

[10]章培恒,骆玉明.中国文学史(下卷)[M].上海:复旦大学出版社,1996.

[11]袁行霈.中国文学史(四)[M].北京:高等教育出版社,1999.

[12]齐裕焜.明代小说史[M].杭州:浙江古籍出版社,1997.

[13]史红伟,张兵.略论明清小说中的人物类型化问题[J].复旦学报(社会科学版),2001(5).

[14]万晴川.古代小说中类型化典型成因探[J].内江师范学院学报,2005(1).

[15]袁世硕.试论三国演义中的曹操[J].山东大学学报,1959(2).

[16]刘敬圻.嘉靖本三国志通俗演义中的曹操形象[J].文学评论,1980(2).

[17]陈翔华.论诸葛亮典型及其复杂性[A]//三国演义研究论文集[C].北京:中华书局,1991.

[18]曹学伟.试论三国演义的主题[A]//三国演义研究集[C].成都:四川省社会科学院出版社,1983.

[19]剑锋.塑造典型美的辩证法[A]//三国演义论文集[C].郑州:中州古籍出版社,1985.

[20]三国演义学刊(一)[M].成都:四川省社会科学院出版社,1985.

[21]俞晓红.因枝以振叶,沿波而讨源——中国古代小说表现艺术源流辨略[J].社会科学战线,1995(6).

[22]王前程.《三国演义》圆形人物论[J].明清小说研究,2003(2).

[23]曲沐.从类型化到性格化的艺术典型——读三国演义人物形象塑造[J].贵州社会科学,1998(3).

[24]陶东风.文学理论基本问题[M].3版.北京:北京大学出版社,2007.

◎王　雯

近十年来《金瓶梅》主题研究述评

《金瓶梅》这部小说从问世之初就以一种"惊人之姿"引来众多目光的注视。在此书最初存世的那些信息里,不管持何种态度,对这部小说的存在却都是惊奇万分的。袁中郎直接惊呼,"《金瓶梅》从何得来？伏枕略观,云霞满纸,胜于枚生《七发》多矣"。[1]虽然头上始终笼罩着"淫书"的帽子,但历代对它的研究探讨却始终处于一种高昂的状态。

对《金瓶梅》的研究主要集中在作者、版本、成书年代、主题和人物形象几个重要方面,而对这些方面的研究,又一直处于众说纷纭而难以达成共识的状态。本文仅就主题问题,对近十年来的研究作一个梳理。

关于《金瓶梅》的主题,在《金瓶梅》古典研究阶段,有"苦孝说"、"寓意说"、"愤世嫉俗说"等。但是这些观点都只是评点者在披阅过程中的见解。由鲁迅先生在《中国小说史略》中提出"世情说"开始,才有了对于《金瓶梅》现代意义上的主题研究。

从"世情说"开始,学者相继提出了几十种说法,如黄霖的"暴露说",卢兴基"新兴商人悲剧说",魏子云"影射说",吴红、胡邦炜"为市民写照说",李时人"社会风俗史",王彪"文化悲凉说",王志武的"性自由悲剧说"等。近十年来的研究,一个重要的方面就是对以前这些旧说的承继和发展。以下是承继较多的几个观点：

一、世情说

首先是鲁迅在《中国小说史略》中提出的世情说，认为《金瓶梅》的特点是，“描写世情，尽其情伪”；黄霖也支持“世情说”，1984 年黄霖在《金瓶梅与古代世情小说》中，进行了更为系统的论述。

许建平、曾庆雨《金瓶梅研究中几个问题的思考》[2]一文认为《金瓶梅》的文心是“人情”，同“世情说”一脉相承，又有所发展，文中认为世情的核心还是人情，人情用于官场、商场、情场，用之于人世就是世情。冯文楼在《〈金瓶梅〉：身体的敞开与身体的开显》[3]中也说，“《金瓶梅》所反映的内容，概而言之，可分为“世相”和“人情”世风方面。

二、暴露说

黄霖《我国暴露文学的杰构〈金瓶梅〉》一文认为《金瓶梅》的最大特点是：暴露。认为它暴露了从社会生活到人的精神的方方面面。而且深入一些讲，除了对世态的暴露，《金瓶梅》更是看到了人性恶的一面，暴露了人性恶的本质，这是它深层的暴露。

这种观点广为接受，袁行霈主编的《中国文学史》也认为《金瓶梅》描写世情在于暴露，而且在暴露世情的过程中，能将矛头对准封建统治集团和新兴商人势力，因而反映了当时的时代特征，正因为这样，才显出了《金瓶梅》的深度。

而李金坤《〈金瓶梅〉书名寓意新诠》[4]从《金瓶梅》的书名寓意说开，认为“梅”通“霉”，作者用更进一层的比衬与象征的手法，揭露16世纪资本主义萌芽时期中国社会之全部肌体皆已霉变腐烂的现实，从而达到鞭挞丑恶、“盖为世戒”的创作主旨。

三、政治讽喻说

又称影射说，80 年代由台湾学者魏子云提出，认为《金瓶梅》是一部讽喻明神宗宠幸郑贵妃而贪财好货又淫欲无度的小说，深寓谏诤之意。对于这一说法，历来引起的争议很多。但也不乏支持者。

黄强一直支持政治讽喻说，认为《金瓶梅》是以明代正德朝的历史为背景，以西门庆影射明武宗的讽喻小说。在《从王东洲墓志铭看〈金瓶梅〉反映的正德朝史实》[5]一文中，他以出土文物王东洲墓志铭，堪照明代历史，校验明武宗巡视临清的事例，考证《金瓶梅》的时代背景，发现王东洲墓志铭记录的事实与《金瓶梅》的描写，以及明武宗巡幸，有着惊人的相似之处。通过分析、考证、归纳，以事实、史实说话，得出《金瓶梅》反映的是明武宗正德朝的结论。

另外，霍现俊《论〈金瓶梅词话〉中的"陈四箴"》[6]也同意影射说，但他认为其中影射的不是万历，而是嘉靖。

四、社会风俗史

李时人《金瓶梅：中国16世纪后期社会风俗史》(《文学遗产》1987年5期)一文，从《金瓶梅》所反映的时代社会生活的广度和真实性看，认为它是一部中国16世纪后期的社会风俗史。

李剑国、陈洪主编的《中国小说通史》也认为《金瓶梅》以西门庆及其家庭为线索，通过他的社会网络和私生活，把笔触伸向了社会的方方面面，为我们展示了16世纪后期商品经济和商业资本迅速崛起的基本状况，以及由此所引起的经济、社会关系和价值、道德观念与整个社会网络的剧烈动荡和变化，是一部与生活同步的气势恢宏的巨著。

陈大康的《明代小说史》也持这样的看法，认为它展示了广阔的社会生活面，是处于封建末世的明代社会的真实内幕。刘孝严在《社会家庭和人生的全景关照——也谈〈金瓶梅〉的思想意义》[7]一文中说，《金瓶梅》通过"对末世社会的全面反映，对世俗家庭的入细描写，对人生欲求的真切表现"，对明代中后期的社会现实作了从宏观到微观的全面关照。

此外支持此说的还有罗德荣《〈金瓶梅〉——封建末世的写实长卷》(盐城师范学院学报2001年第2期)和朱占青《封建末世的全景图画》(《天中学刊》2006年第1期)。

五、文化悲凉说

王彪《无所指归的文化悲凉——论〈金瓶梅〉的思想矛盾及主题的终极指向》[8]，分析了《金瓶梅》对儒、释、道的矛盾态度，认为晚明社会中对“情”的宣泄太过于迫切，以致出现了对“理”的缺失。受到晚明哲学思潮的冲击，对于《金瓶梅》作者的，是原有价值体系、人生观念的突然崩溃，以及崩溃之后站在废墟上无所依傍的孤独和悲凉。

同这一观点相似的有叔鸣晓《略谈〈金瓶梅〉的创作主旨》[9]，他认为《金瓶梅》的主题不应该简单地归结为“暴露”或者劝诫，而是作者怀着世纪末的忧愤和悲凉，对社会和世情的一种复杂表达。

除了继承前人的观点，近十年来学者对《金瓶梅》的主题，也各自作了新的研究和探讨。张锦池《从〈金瓶梅词话〉的命名说开去——〈金瓶梅〉主体结构和主题思想论纲》[10]是研究《金瓶梅》主题的新说，他认为作者以“金瓶梅”作为书名别有匠心：以“金”兴、以“瓶”盛、以“梅”衰，以谱写西门庆这一恶霸、商人、官僚、地主家庭的兴衰史，从而再现对世态人情的观照。认为小说有社会、政治、哲理三个层面。因此，《金瓶梅》是以写财色交易之罪恶为表、权钱交易之罪恶为里的社会文学，乃举世鲜匹的“人间喜剧”。

也有学者看到不同版本的主题有所不同。田晓菲《秋水堂论〈金瓶梅〉》则通过分析比较词话本和崇祯本两个版本，认为这两个版本最大的差别是词话本偏向于儒家“文以载道”的狡猾思想，在这一思想之下，《金瓶梅》中的故事被当做一个道德寓言，警告世人贪淫和贪财的恶果。而崇祯本强调的是世间万物的痛苦和虚幻，这更具有佛教的精神，而作者强调的也是唤醒读者对生命和人生的反省，从而产生同情与悲悯。

更多的学者放弃了褊狭的观念，从文本解读中看到了《金瓶梅》中作者思想的矛盾和由此造成的主题的二元甚至多元。徐扬尚《明清经典小说重读——寻找失落的传统》中认为《金瓶梅》有三重文本意义，一是它的深层意义和象征隐喻，即表现性本能遭受到儒家文化的扭曲,异化,放纵,扼杀;而这一象征隐喻,又是以西门庆等人放纵情欲、自我毁灭的悲剧为载体的;在这两层之上,表现了儒家的仁政政治、精英政治,正走向无赖政治的败落。

丁夏的《咫尺千里——明清小说研究》认为《金瓶梅》的作者给读者呈现的是一个充满矛盾的二元世界,一个是感性的,表现了作者的审美趣味,他饶有兴趣地抒写着人物的淫乐行为和他们的风情故事;另一个是理性的,服从于作者的道德标准,所以最后作者笔下的那些放纵情欲的人都得到了罪有应得的下场。

除了这种"二元说",也有学者从中解读出了多重主题,如范天成《〈金瓶梅〉的多重意蕴》[11]通过分析得出《金瓶梅》主题的多样性。白灵阶《〈金瓶梅〉多重主题刍议》[12]也认为《金瓶梅》是由多种成分构成的多元系统, 包括社会世情主题、佛教人生观主题和性主题三个层次。

综观近十年来关于《金瓶梅》主题的研究,虽有对前人说法的继承和发扬,但是更多的是力图摆脱前人窠臼,从多角度、多层次解读,而在这种解读下,更多的学者趋向于主题的多重化。这一方面是因为像《金瓶梅》这样的鸿篇巨制,即使作者在写作时有一个明确的主题,但完成后文本本身就蕴含着多重意义,无法用一种主题来说明。

另一个原因则是作者所处的时代环境所造成的作者思想的混乱。处在晚明那个政治和人心都很混乱的时期,一方面是"存天理、灭人欲"理学观念对人的束缚,而另一方面王阳明心学和后继李贽、"三袁"等人对思想的解放,佛教、道教也开始接受这种思潮走向世俗化,更不用说作者所生活的乃是一个市民阶级崛起、市民思想开始盛行的社会。所以作者存在思想上的混乱是很正常的,而因为思想的混乱,对人物塑造会出现主观和客观不相符的情况,所以也会有多种的解读。

参考文献

[1]侯忠义,王汝梅.《金瓶梅》资料汇编[Z].北京:北京大学出版

社,1985.

[2]许建平,曾庆雨.《金瓶梅》研究中几个问题的思考[J].云南社会科学,1998(2).

[3]冯文楼.四大奇书的文本文化学阐释[M].北京:中国社会科学出版社,2003.

[4]李金坤.《金瓶梅》书名寓意新诠[J].文苑漫步,2008(2).

[5]黄强.从王东洲墓志铭看《金瓶梅》反映的正德朝史实[J].保定师范专科学校学报,2006(3).

[6]霍现俊.论《金瓶梅词话》中的"陈四箴"[J].商丘师范学院学报,2003(1).

[7]刘孝严.社会家庭和人生的全景关照——也谈《金瓶梅》的思想意义[J].明清小说研究,2003(1).

[8]王彪.无所指归的文化悲凉——论《金瓶梅》的思想矛盾及主题的终极指向[J].文学遗产,1993(4).

[9]赵鸣晓.略谈《金瓶梅》的创作主旨[J].大庆高等专科学校学报,1999(3).

[10]张锦池.从《金瓶梅词话》的命名说开去——《金瓶梅》主体结构和主题思想论纲[J].北方论丛,1999(5).

[11]范天成.《金瓶梅》的多重意蕴[J].人文杂志,2000(3).

[12]白灵阶.《金瓶梅》多重主题刍议[J].运城高等专科学校学报,1999(4).

◎吴守斌

《红楼梦》前八十回与后四十回比较的研究综述

在《红楼梦》的研究中，经过长期讨论至今尚未解决的问题颇多。自程伟元、高鹗整理编印的百二十回本《红楼梦》问世至今，二百多年来，前八十回与后四十回早已连为一体，为广大读者所接受，经受了历史的考验。同时，对著作前八十回与后四十回的比较认识与探讨评价，更成为众多红学家关注的问题。从前、后作者考证分析者有之，从思想上比较分析者有之，从艺术上比较分析者有之，对前、后褒贬不同，意见不一。为此，讨论一下《红楼梦》研究史上对这些问题的若干代表性评论，了解一下前人与今人对这些问题的意见分歧，从中吸取一些有益的经验教训，对新世纪的红学研究将会提供更多的借鉴。

一、著作权研究

《红楼梦》是诞生于18世纪中叶的一部伟大小说，它的成书经历了一个复杂的过程，经过了不同作者的撰改，最终由写定者写定传世。红学界对前八十回与后四十回著作权问题的研究不尽相同，主要有以下一些认识：

(一)关于前八十回著作权的问题

清初至20世纪初，大多数学者认为《红楼梦》的写定者是曹雪芹，而原始作者究竟是谁却是一个谜。最早谈到这一点的是脂砚斋等人，脂批多次提到曹雪芹与此书的关系，认为曹雪芹是补书人，在批阅增删此书的同时还进行了创作，书中有不少曹雪芹的手笔。程伟元序也指出:"《红楼梦》小说本名《石头记》,作者相传不一,究未知出自何人,惟书内记雪芹曹先生删改数过。"清代题咏派的代表人物富察明义、永忠是与曹雪芹同时代的人,他们的《题红楼梦》和《因墨香得观红楼梦小说吊雪芹》大概是除《红楼梦》本身和脂批之外,最早指出曹雪芹是《红楼梦》写定者的记载了。他们认为曹雪芹"撰"《红楼梦》并不等于否定曹雪芹可能是《红楼梦》的修改者、写定者,也并不等于曹雪芹是《红楼梦》的原创者。同时代的裕瑞在《枣窗闲笔·后红楼梦书后》以随笔形式明确记述曹雪芹对《红楼梦》的多次删改及其写定者的身份。总之,在这一时期,不管"《红楼梦》的原始作者是或不是曹雪芹"的判断,都没有否定这样的结论:曹雪芹是《红楼梦》的写定者。20世纪前期,这一说法得到更多人(尤其是索隐派)的肯定,如蔡元培的《石头记索隐》,王梦阮、沈瓶庵的《红楼梦索隐》,邓狂言的《红楼梦释真》,这三部索隐著作的相继问世,将索隐派红学推向高潮,他们认为"此书但经雪芹修改,当初创作另自有人"[1],"雪芹知其有不能久存之倾向,乃呕心挖血而为之删"[2]。并进一步提出《红楼梦》原作者为明末遗民的观点。但自20年代初胡适《红楼梦考证》的发表和俞平伯《红楼梦辨》的出现,"新红学"派逐步走入繁荣,大多数人认定《红楼梦》的原始作者是曹雪芹,很少再有异议。且到了周汝昌又有新发展,他的《红楼梦新证》代表了新红学的巅峰,是红学史上第一部较有系统性的研究专著,把胡适搭建的红学框架以空前的丰富性和逻辑性充实起来,书中不少地方把《红楼梦》里的人物、故事与曹雪芹及其家世的传说合二为一。但是"新红学"派的"文本避讳说"和"作者自传说"虽然本义上证明了曹雪芹是《红楼梦》的原始作者,使当时人们更加倾向于"曹雪芹原创说",但却成为后来红学史上一切否定曹雪芹为《红楼梦》原作者论断的一个重要起点,成为20世纪八九十年代研究者面临的一个难点。此后,在"新红学"不断繁盛的情况下,"旧红学"索隐派日渐衰落,但并未完全销声匿迹,寿鹏飞认为《红楼梦》原为明末遗民所写的野史,并考证出康熙间有个叫"曹一士"者将此野史改为小说,曹雪芹再由曹一士改稿进行删改。[3]景梅九说:"《红楼梦》另有原本,曹仅据以增删而已。”[4]20 世纪中期,海外学者吴世昌开始对国内众多学者所持的“曹雪芹为原始作者”的观点予以否定。[5]台湾著名红学家潘重规更是第一位列举大量例证去论证“曹雪芹不是《红楼梦》作者”的人,同时发展了“旧红学”索隐派的“明末遗民说”。[6]继潘氏之后,杜世杰的《红楼梦原理》(后改名为《红楼梦考释》)考证出其作者为“明末清初的大文学家吴梅村”。在 50 年代末到 70 年代中期,此说在台湾曾轰动一时,但对内地研究者几乎没什么影响。20 世纪后期至今,国内学者对《红楼梦》作者问题的讨论更加集中在这部书究竟是曹雪芹原创的,还是曹雪芹对他人作品的修改、写定而成的这一焦点上。这一时期首先正面重提《红楼梦》原始创作者问题的是戴不凡,他列举“内证”、“外证”否定“曹雪芹原创说”。[7]此观点的提出，受到了很多人的批驳，张锦池等人列举清人诗句例证、引用脂批等击中戴不凡在论证上的粗疏之处。[8]尽管有一大批文章出来反对戴氏观点,但是“原始作者另有其人”的说法引起了越来越多的研究者的兴趣。从黄且[9]、赵国栋[10]、孔祥贤[11]的“曹頫说”到王家惠[12]、刘润为[13]杨向奎[14]的“曹渊说”,这些推论都无疑再一次提醒红学界:《红楼梦》原始作者问题的答案仍是未知的,但是我们可以肯定的是,前八十回的写定者是曹雪芹。

(二) 关于后四十回著作权的问题

后四十回著作权问题自新红学家提出后歧见极大,到目前为止,关于后四十回著作权的说法共有三种:一曰高鹗续作;二曰曹雪芹自撰;三曰另有其人(非高非曹)所作。

第一种说法,高鹗续书说,此说最为流行,影响也最大,许多红学家持此说。1921 年,胡适发表了在红学史上具有革命性作用的《红楼梦考证》(后被收入《胡适红楼梦研究论述全编》),在批驳了“旧红学”索隐派对《红楼梦》所作的种种猜谜式的影射比附后,他从考证作者的身世入手提出了《红楼梦》前八十回的作者是曹雪芹、后四十回是高鹗续作的观点。论据如下:(1)最早的根据是张问陶《赠高兰墅鹗同年》诗中有“艳情人自说《红楼》”,以及诗题注“传奇《红楼梦》80 回以后,俱兰墅所补"。胡适认为"此为最明白的证据"。(2)俞樾在《小浮梅闲话》中提出:"……按乡会试增五言八韵诗,始乾隆朝,而书中叙科场事已有诗,则其为高君所补,可证矣。"胡适认为程排本作序的高鹗实有其人,且《红楼梦》后四十回是高鹗补的。(3)程甲本之程伟元序言说到后四十回的来历:"爰为竭力收罗,自藏书家甚至故纸堆中无不留心,数年以来,仅积有廿余卷。一日偶于鼓担上得十余卷…… 乃同友人细加厘剔……《红楼梦》全书示白是告成矣。"胡适认为世间没有这样奇巧的事,序说是作伪的铁证。(4)胡适认为程甲本高鹗的序言,说得很"含糊","字里行间都使人生疑"。他的这些观点成为日后众多学者论证"高续说"的最大支撑点。其实早在胡适之前,光绪年间的杨恩寿与清末民初的王国维就曾将张问陶诗注中的"传奇"二字理解为戏曲,并坐实其为高著,且有如铁珊、震钧、奉宽等人甚至把全部《红楼梦》的著作权都判归高鹗,不过并未得到社会的认可。1923年,俞平伯发表的《红楼梦辨》(《俞平伯说红楼梦》),继承了胡适的论断,采用前八十回攻后四十回的方法,层层深入地对后四十回进行分析研究,证明了高鹗续后四十回。虽然俞平伯晚年改变了高鹗续书的看法,但他早年的观点影响很大。自胡适、俞平伯考证出《红楼梦》后四十回是高鹗所续以来,吴世昌[15]、陆树仑[16]、王永[17]、何林天[18]、张国光[19]、叶征洛[20]等人分别从分析高鹗的生平、考察张问陶与高鹗的关系、分析几种考证方法的倾向、解读前后情节内容、分析人物结局等角度考证了后四十回是高鹗所续。总之,后四十回著作权问题成为胡适以后的红学史上的一大问题,而高鹗续书说从古至今影响也最为广泛。

第二种说法,主张后四十回是曹雪芹所著。其代表人物国外有瑞典汉学家高本汉、美国威斯康星大学的陈炳藻,国内有周绍良、徐迟等人。国外学者多是通过分析前八十回与后四十回的用字、用词情况来证明后四十回为曹雪芹所写。在国内,20世纪初,昭琴就曾在《小说丛话》[21]中从故事的完整性出发,证明后四十回与前八十回为同一人(曹雪芹)所作。1925年,容庚在北大《国学周刊》上发表《〈红楼梦〉的本子问题质胡适之俞平伯两先生》中反驳胡、俞二人,指出一百二十回都是曹雪芹原稿。到了60年代,末林语堂认为后四十回的作者是曹雪芹,高鹗仅就残稿作了某些“修补”,而不是“增补”。[22]而后这种主张有较大发展。80年代初,很多学者发表论文论证《红楼梦》后四十回“确有原作者的残稿作根据的”。如徐迟[23]、周绍良[24]认为后四十回是“罕见的大手笔”,是“曹雪芹改定的残稿”。王昌定[25]、朱眉权[26]等人有专文论述,认为全书风格协调,盛赞后四十回在思想、语言方面与前八十回是一个完美的统一体,后四十回著作权仍应归属曹氏。此后也有很多人持此观点,如舒芜[27]、萧立岩[28]、周文康[29]等人分别从部分续写、考察生前好友、书中人物生年月的角度论证后四十回著作权是曹雪芹。在众多研究者中,论证比较独特的是陆浩庆,他比较早地向胡、俞二人为代表的“高鹗续书说”提出重大挑战。[30]吴晓南的《“钗黛合一”新论》别开生面地提出“气韵说”,“从意象的连续”考察了一百二十回大书的不可分割性。[31]李贤平则运用现代科学方法对作品进行定量分析,确认了后四十回与前八十回基本一致。[32]还有人沿袭民国时期的一种观点,认为程伟元见过百二十回的《红楼梦》。[33]后四十回完成了小说的悲剧性塑造,使整部书成为中国古典小说发展的最高峰,认为后四十回只能是曹雪芹原作。[34]这些观点虽然发展很快,但在整个近代红学时期却未能成为红学研究的主导倾向。

第三种说法,主张后四十回出自另一人之手。真正对胡适的“高鹗续书说”提出正面冲击的是王佩璋发表的《红楼梦后四十回的作者问题》[35]一文,认为后四十回可能是程伟元买来的别人的续作。林语堂、赵冈认为高鹗在时间和生活经验上不具备创作后四十回的条件。[36]钱济鄂还根据后四十回描写的朝代制度否定高鹗续后四十回。[37]王利器考证出《红楼梦》后四十回是程伟元就旧传本加工订正而成。[38]周汝昌的考证最为奇特,认为百二十回的“全璧”本是“乾隆、和珅君臣二人……定下计策,偷天换日”的结果,而程伟元和高鹗都成了乾隆、和珅“偷天换日”阴谋的积极参与者,是由这些“好事者”续补出来的。[39]近些年一些学者的研究也较有突破,杨兴让通过对脂批的研究和对后四十回内容的审核,得出张宜泉是《红楼梦》后四十回的作者。[40]

这个结论打破了自胡适以来长期统治红学界的“高鹗续书说”的结论。而后，陈继征考证出后四十回是曹雪芹的某一亲人根据其残稿补续而成。[41]还有一些研究者借助计算机对《红楼梦》语言现象进行统计[42]；从内在的语言规律入手，对言语特征进行统计[43]；从比较前后虚词、词组及回目等方法分析[44]；从语法句式结构的视角考察[45]，证明前八十回与后四十回非一人所作。

一直以来，对后四十回著作权的研究分歧较大，在没有确定和充足的论证和证据之前，引起社会广泛影响的、为人多数人所认可的观点仍是：后四十回的写定者是高鹗。“曹著高续说”一直受到大多数学者的信奉，构成近现代红学的主潮。

二、思想内容比较

曹雪芹的《红楼梦》是中国古典文学史上伟大的现实主义作品，它在揭露和批判封建社会的广度和深度方面，都大大超越了前代作家的创作，可以说，曹雪芹的《红楼梦》是我国古典小说发展的顶峰。但对于高鹗所续的《红楼梦》后四十回，我们就不能将它和曹雪芹的原作相提并论了。学术界关于后四十回同前八十回在思想内容上的比较研究一直争议不断，历来主要存在着基本肯定与基本否定两种不同意见。

（一）基本肯定意见

1.认为续作正确地描写了贾宝玉和林黛玉爱情悲剧的结局，使整部书前后气氛保持一致，延续了作品的悲剧精神。

肯定的意见以胡适为开端，胡适当时正是处在文学界弥漫着悲剧至上的审美情趣之中，所以他认为高鹗续作完成了一个悲剧结局而大加赞扬。俞平伯也大致持相近的评价，认为续作完成的悲剧结构在中国古代文学中实属难能可贵。[46]何其芳也认为，高鹗的最大贡献在于他的续书帮助了曹雪芹原著的流传，宝黛爱情故事不但保存了悲剧的结局，而且总的说来也还写得动人。[47]从这些学者之后，续作的悲剧性处理对于《红楼梦》前八十回是一种深化，还是一种消解，成为学术史研究者深思的问题。其实早在1904年王国维就已作出了这样一种深思，但是他认可的只是后四十回写出了一个“解脱”的觉悟历程。[48]在这些学者研究的基础上，后世学者另辟蹊径，从多元视角分析作品的整体悲剧性。其中有人从阶级斗争的角度分析后四十回的存在理由，其根本原因在于，后四十回与前八十回在总体倾向上取得了一定程度的一致性，继承了宝黛爱情悲剧这一主导线索。[49]还有人从主线的演进、情节的穿插与转换的角度分析认为前后形成了一个有机的整体，发展了悲剧主题，在精神上与前八十回是最本质的契合。[50]从大处看，后四十回与前八十回的茬儿接得较紧，仍然紧扣宝黛的恋爱悲剧与玉钗的婚姻悲剧继续发展。[51]这种观点成为后来学者对《红楼梦》续作最主要的肯定之处。

2.认为续作基本完成了主要人物的故事情节设计，前后基本故事情节演进具有一致性，成为一部完整的作品。

在曹雪芹笔下，宝、黛是封建统治阶级叛逆者的典型。有学者认为，续作虽然有些情节严重歪曲了宝、黛的性格特征，但许多地方还是基本保持和发展了原作中的性格描绘。宝玉的反对男尊女卑、追求自由婚姻，黛玉的多疑、痴情，通过“忌晴雯”、“哭潇湘”、“焚稿断痴情”、“魂归离恨天”等一回回精彩的描写来处理人物，基本上是符合曹雪芹关于《红楼梦》全书完整统一的人物构思的。[52]认为薛宝钗在前八十回中是封建正统思想妇女的楷模，在后四十回中，高鹗一方面继续表现薛宝钗的“持重厚道”，如写金桂撒泼，宝钗百般容忍，极力表现她有“涵养”；另一方面，用更多的笔墨描写了她为保持自身地位的“端凝的虚伪性”，这些情节内容的设计是符合薛宝钗性格发展规律的。[53]指出：“后四十回的故事，高氏续作有许多与曹雪芹不符之处，但在处理宝玉事与黛玉死去这一问题上大致与原作相符。”[54]还有人从紧扣后四十回与前八十回连续性这个关键性题目的角度出发，讨论后四十回作为全书所写故事的高潮和结束部分的完整性。[55]有从贾母、王熙凤等人入手，认为在后四十回中恰恰显示了贾母的首脑作用，而凤姐最终失去人心和死亡结局的设计更是合情合理，与前面接得十分自然。[56]对如贾雨村、袭人、紫鹃等次要人物命运归宿的交代也续得较好。[57]总之,这些观点都认为百二十回在总体叙事方法设计、主要人物的故事情节演进上都是相互继承、前后连续、基本一致的。[58]

3.认为续作在一定程度上补充和丰富了一些批判封建社会的内容。

曹雪芹在前八十回对贪官污吏的揭露是异常深刻的、生动的。一些学者认为,高鹗在后四十回中关于官场生活的描绘也同样成功。比如在写贾政的官场生活这一内容时后四十回要比前八十回细一些,也实一些,并不同于前半部分主要是通过贾雨村一人写官场腐败。在第九十九回"守官箴恶奴同破例"中写官员颠倒黑白、徇私枉法的社会现实都写得合情合理,很有认识价值。[59]第八十六回"受私贿老官翻案牍",正面描写了封建社会中的官场生活,也是对前八十回中封建社会批判的一个重要补充,增强了《红楼梦》的社会批判力量。[60]

(二)基本否定意见

1.关于结局的处理:认为续作错误地安排了贾府"兰桂齐芳、家道复初"的结局。

一些论者认为,在前八十回里,作者对封建统治阶级罪恶的无情揭露,对封建礼教的虚伪和反动的严正批判,是处处可见的。曹雪芹通过种种方法,暗示了贾府彻底破落的结局。[61]而续作在处理贾府兴衰这一问题上却违反了曹雪芹的本意,犯了严重的错误,削弱了整个作品反封建的思想力量。[62]续作辨别善恶以是否恪守封建忠孝节义这一套封建伦理道德为标准来安排结局,鼓吹了封建道德。[63]续作尽管完成了爱情悲剧却未能完成贾宝玉与贾政之间的悲剧性冲突,尤其是未能展现封建贵族家庭必然衰败的历史趋势。[64]鲁迅在《中国小说史略》中论及《红楼梦》后四十回时也说"结末又稍振",指出了续书情节内容前后矛盾的弊端,认为在结尾贾氏家族又稍稍复兴,是违背作者原意的。

2.关于人物的处理:认为续作在某些内容上歪曲了贾宝玉、林黛玉等人形象，对展现人物变化和发展的故事情节作了不当的处理和安排。

持这一观点的学者认为,在后四十回的一些回目中,续作者未能继续延续前八十回宝玉蔑视封建功名利禄的形象，而是把他写成了一个拥护封建礼教和追求封建功利主义的“禄蠹”。[65]描写宝玉和宝钗成婚后的恩爱缠绵,使宝玉实际上背叛了对林黛玉纯洁的爱情,从另一方面削弱了宝玉这一封建叛逆者形象的反抗精神。描写黛玉也严重歪曲了前八十回中那个孤高傲骨的形象,讨好贾母、劝学八股文等内容描写完全违背了原作者的初衷，把林黛玉塑造成了一个封建卫道者的形象。[66]写大观园诸人的结局,如对史湘云、王熙凤、“三春”等人物结局的设计,也往往偷梁换柱,后四十回名义上是遵照原著的一再暗示完成人物结局的原则，但其结果却与原著的暗示大多貌合神离。[67]

3.关于对待君权的问题:认为续作鼓吹皇帝圣明,美化封建社会。

从小说中体现的思想来看，学者们高度肯定了前八十回曹雪芹对封建统治阶级压迫、剥削人民的罪行作出的深刻揭露，道出了以贾、史、王、薛四大家族为代表的封建君权奴役着广大下层劳动人民的社会现实。而对后四十回在对待君权这一问题上，学者们颇多异议,认为从回目到内容,到处充满着对封建皇权的歌功颂德,即便是在描写一些官场黑幕、丑行时也认为这些只是个别的、偶然的,极力吹捧皇帝“仁慈”、“皇恩浩荡”。[68]曹雪芹与续作者在创作思想上的鲜明异同点是一个嘲讽“君仁臣良父慈子孝”的封建伦常理想,一个宣扬“君仁臣良父慈子孝”的封建伦常理想。曹雪芹的思想是达观的、厌世的,而高鹗的思想是积极的、入世的,前者的态度是自然主义,后者的态度是功用主义。从根本上说来,续书的主导政治倾向,是完全修正了原著的主题思想[69],用一些荒谬反动的思想内容,对封建国家机器加以美化[70]。高鹗的续书完全是为了适应统治者的需要,为其封建统治主子的利益服务的。[71]

4.关于对待神权的问题：认为续书中充满了天命鬼神、因果报应的封建迷信思想。

很多红学家认为，高鹗在后四十回中用大量的篇幅描写鬼怪神灵，宣扬了宿命论和因果报应，并以此进行惩恶劝善的说教。与前八十回比较，曹雪芹与高鹗对待神权有本质的区别，前八十回作者用浪漫主义手法概括并暗示了贾府兴衰及大观园女儿们的命运，以“还泪”的神话，揭示了宝黛爱情悲剧。即便是“调侃世情”的故意游戏鬼神之笔，也是一针见血的。而续书的有关情节却完全可以说是“认真说鬼话了”[72]，到处充斥着鬼怪神灵的迷信思想，天命鬼神可以支配人物生死，改变人物性格，从而整体上脱离了客观实际，背离了情节发展的逻辑性[73]。譬如同是写宝玉神游，原作旨在揭示十二钗的命运，描写的是贾府“运终数尽，不可挽回”，是社会法则在起作用；续作的目的却是表现“福善祸淫，古今定理”，是神的法则在起作用。[74]更有人认为，后四十回中所充塞的离奇的神怪迷信描写，是一股消极的浪漫主义浊流，是对《红楼梦》原作的现实主义真实性的一种削弱。[75]

续书改变繁华成梦的主题，与原著思想部分矛盾、不符合原著精神等种种问题，是由于续作者在思想观念、社会地位、生活经历、个人修养上都与曹雪芹存在一定的差距，所以无法跟上原作者的创作思路，但在各方面条件相差很大的情况下，高鹗仍能在后半部分故事情节中保持相当程度的悲剧性，是学术界对续作普遍认可的一点。

三、艺术价值比较

红学家对《红楼梦》后四十回艺术价值的评价也存在着严重分歧。早在嘉庆年间，裕瑞就对后四十回的艺术价值采取一笔抹杀的态度，他说：“诚所谓一美俱无，诸恶具备之物，乃用之曹雪芹原书，苦哉苦哉！”还说：“此四十回同以前八十回人名事物，苟且敷衍。若草草看去，颇似一色笔墨，细考其用意不佳，多杀风景之处。”（《枣窗闲笔》）道光年间的张新之则与裕瑞的看法相反，他说：“但观其结构，如常山蛇首尾相应，安根伏线，有牵一发全身动之妙。且语句笔气，前后无差别。”(《妙复轩评石头记》)这样完全对立的两种评价,一直延续至今。

有的红学家对后四十回艺术性的批驳过激,持完全否定态度,认为后四十回在艺术上是拙劣的,不仅不能与前八十回相比,甚至连一般的才子佳人小说也不如,要把后四十回从《红楼梦》中割掉,扔到纸篓里去。[76]还有人分析指出后四十回根本的弱点在于它常常模仿和重复前八十回的情节而缺少生活内容。[77]模拟原著是“前后关照”写法的方式之一,而续作每次模拟和重复都与原著面目似而神情非。[78]在模拟和重复的过程中,又刻意去“穿凿”,求戏剧性而失真,曹作追求生活真实与艺术真实的高度统一,而续作却不合情理地编造情节,以求达到“供人之目”的效果。[79]可以说这些研究抓住了续作失败的主要原因,比较客观。还有从其他方面论证的学者,有人认为,续作在人物形象的塑造上也与原作不可同日而语。在艺术典型的理解上,曹雪芹笔下的人物生动、富有艺术表现力,共性与个性统一,性格能随客观形势的变化而发展。续作者笔下的人物则走向概念化、简单化、凝固化,扭曲了人物形象,令前后判若两人。[80]在语言风格上,前八十回把白话文运用得最好[81],曹雪芹熟悉北京话,而且让他笔下不同性格的人说出不同的富有个性的话来,至后四十回,语言的生动性便不见了[82];显得“词穷”,词汇似乎有时不够用[83];语言干枯,全无前八十回的风趣与幽默,甚至在小说中套用、移用古人诗词,因袭前人[84]。在艺术结构上,前八十回细密严谨,无懈可击,后四十回则较为粗疏松散,漏洞较多。[85]在环境描写上,曹雪芹经历过大贵族家庭生活,故前八十回环境“处处留下了堂皇富丽的痕迹”,作家的气度在字里行间可以感觉得到,而后四十回缺少的便是这样的一种气度。[86]在细节描写上,后四十回也不够具体,不够真实,不够典型。[87]总体上讲,持否定观点的学者普遍认为后四十回没有前八十回那样优美的诗意,流灌的生活气脉,在审美价值上与前八十回相去甚远。[88]

而另一些红学家对后四十回十分推崇,与否定者意见针锋相对,认为“正是后四十回,现实主义帮助作者克服世界观的局限,大踏步地描绘历史舞台上的巨变”。后四十回在语体风格和表现手法上与前八十回大致保持了一致。[89]在语言上仍然保持平实而又含蓄，简洁而又深细的风格，而且事临结尾又颇多画龙点睛之笔。[90]俞敏在《高鹗的语言比曹雪芹更像北京话》一文中，从文字押韵的角度证明后四十回作者高鹗的语言比曹雪芹更接近北京话。还有人从艺术的完整性的难度去同情后四十回。周绍良从社会影响的角度认为，前后衔接没有矛盾，形式完整。[91]王蒙认为续作者善于描写人的下意识活动，变态的精神现象，是值得学习的；并且认为在续作的一些描写中，从横的方面补充了前八十回的不足，而且还指出《红楼梦》作为一部百科全书式的小说，前八十回写了园林、建筑、服饰、饮食、医药等等众多文化，后四十回在此基础上横向发展，写了操琴、钓鱼、读经等，这些倒也是要得的，只不过从总体上看缺少艺术灵气。[92]

尽管如此，研究者对后四十回的艺术价值完全肯定者甚少，普遍认为基于前后作者的艺术修养与审美理想的不同，前八十回与后四十回在艺术表现上落差是很大的。

根据学术界对《红楼梦》前八十回与后四十回的研究，我们可以看到，后四十回与前八十回既有连续性、统一性，也有特殊性、差异性，评论时应从实际出发，客观评价，尊重历史，尊重读者。《红楼梦》这部巨作经过百年历史的洗礼和学术探讨，评论者对后四十回的普遍观点可以这样认为：在前八十回这一小说史上巅峰之作的基础上，高鹗续作的思想倾向虽与原著不同，艺术表现也有所欠缺，但“瑕不掩瑜”，作为补续之作，基本上是成功的，是红学史上的一座用形象思维写出的难以企及的里程碑。总之，无论是赞颂书成全璧也好，还是指斥狗尾续貂也罢，《红楼梦》仍被全社会公认为中国古典长篇小说中最优秀的一部，而不是半部。

参考文献

[1]王梦阮.《红楼梦》索隐提要[J].中华小说界，1914(6).

[2]邓狂言.《红楼梦》释真[M].上海：上海民权出版部，1919.

[3]寿鹏飞.《红楼梦》本事辨疑[A]//《文艺丛刻》(乙集)[C].北京:商务印书馆,1926.

[4]景梅九.《红楼梦》真谛[M].西京出版社,1934.

[5]吴世昌.《红楼梦》探源(中文版)[M].北京:北京出版社,2000.

[6]潘重规.《红楼梦》新解[M].新加坡青年书局,1959.

[7]戴不凡.揭开《红楼梦》作者之谜[J].北方论丛,1979(1).

[8]张锦池.《红楼梦》的作者究竟是谁——与戴不凡同志商榷[J].北方论丛,1979(3).

[9]黄且.《红楼梦》新考[M].自印本,1978.

[10]张国栋.《红楼梦》作者新考[J].河南大学学报,1990(2).

[11]孔祥贤.《红楼梦》的原作者是谁[J].北方论丛,1979(5).

[12]王家惠.曹渊即曹颜[J].文艺报,1994

[13]刘润为.曹渊:《红楼梦》的原始作者[J].文艺报,1994.

[14]杨向奎.《红楼梦》作者研究的新进展[J].中国文化报,1994.

[15]吴世昌.从高鹗生平论其作品思想[J].文史,1965(2).

[16]陆树仑.有关后四十回作者问题的材料考辨[J].红楼梦学刊,1981(2).

[17]王永.《红楼梦》后四十回作者的再议——兼评考证方法上的几种倾向[J].红楼梦学刊,1984(1).

[18]何林天.是谁"曲解歪缠乱士林"——评林语堂的《平心论高鹗》[J].红楼梦学刊,1985(2).

[19][89]张国光.两种《红楼梦》,两个薛宝钗 [A]//古典文学论争集[C].武汉:武汉出版社,1987.

[20]叶征洛.菩提树上两花开——《高兰墅集》是高鹗续作《红楼梦》后四十回的铁证[J].红楼梦学刊,1988(1).

[21]饮冰等.小说丛话[M] .1903—1904(1、2).

[22]林语堂.平心论高鹗[M].台湾传记文学社,1966.

[23]徐迟.红楼梦艺术论[M].上海:上海文艺出版社,1980.

[24][91]周绍良.论《红楼梦》后四十回与高鹗续书[J].红楼梦研究

集刊,1980(2).

[25]王昌定.关于《红楼梦》后四十回的著作权问题[J].天津社会科学,1982(1).

[26]朱眉权.论《红楼梦》后四十回的作者问题[J].辽宁大学学报.1982(3).

[27]舒芜.“说到心酸处,荒唐愈可悲”——关于《红楼梦》后四十回一夕谈[A]//红楼梦研究集刊编委会.红楼梦研究集刊,1980(2).

[28]萧立岩.高鹗续《红楼梦》后四十回说质疑[J].北京师范大学学报,1980(5).

[29]周文康.《红楼梦》后四十回非后人续作的内证及其作者生年月日考辨[J].红楼梦学刊,1990(3).

[30][55][90]宋浩庆.《红楼梦》探[M].北京:北京燕山出版社,1992.

[31]吴晓南.“钗黛合一”新论[M].广州:广东人民出版社,1985.

[32][42]李贤平.《红楼梦》成书新说[J].复旦学报,1987(5).

[33]王仁铭.《红楼梦》后四十回未必不是曹雪芹所写[J].武汉教育学院学报,1998(1).

[34]熊立杨.《红楼梦》后四十回作者辨证[M].成都:四川人民出版社,1998.

[35]王佩璋.《红楼梦》后四十回的作者问题[N].光明日报,1957.

[36]赵冈.论《红楼梦》后四十回的著者[J].文学杂志(台湾),1956,7(4).

[37]钱济鄂.谈红楼梦后四十回[N].联合报(台湾),1967.

[38]王利器.高鹗、程伟元与《红楼梦》后四十回[J].扬州师院学报,1978(1、2).

[39]周汝昌.《红楼梦》“全璧”的背后[J].红楼梦学刊,1980(4).

[40]杨兴让.红楼梦研究[M].西安:三秦出版社,2002.

[41]陈继征.应该了解的一桩红楼公案[J].咸阳师范学院学报,2004(5).

[43]刘钧杰.《红楼梦》前八十回与后四十回言语差异考察[A]//吴

竞存.《红楼梦》的语言[C].北京:北京语言学院出版社,1996.

[44]曹清富.《红楼梦》后四十回绝非曹雪芹所作[J].红楼梦学刊,1985(1).

[45]黄晓惠.《红楼梦》中差比句式的运用——见论前八十回和后四十回的差异[J].安徽师大学报,1996,24(1).

[46]俞平伯.《红楼梦》辨[M].亚东图书馆,1923.

[47][62][77]何其芳.论《红楼梦》.北京大学文学研究所[A]//文学研究集刊[C].北京:人民文学出版社,1957(5).

[48]王国维.《红楼梦》评论[A]//教育世界[C].光绪三十年(1904).

[49][64]李希凡,蓝翎.《红楼梦》的后四十回为什么能存下来[A]//李希凡,蓝翎.红楼梦评论集[C].北京:作家出版社,1957.

[50]陈继征.怎样评价《红楼梦》后四十回[J].咸阳师范学院学报,2007,22(1).

[51]李凤仪.高鹗续《红楼梦》后四十回平议[J].绥化师专学报,1993(3).

[52]韩文志.从《红楼梦》的前八十回看续书中的林黛玉之死[A]//红楼梦研究集刊编委会.红楼梦研究集刊(九),1982.

[53][60][61][75] [85]童庆炳.论高鹗续《红楼梦》的功过[A]//辽宁第一师范学院中文系.《红楼梦》研究资料选集(第三集上),1965.

[54]吴世昌.红楼梦原稿后半部若干情节的推测[J]//红楼梦研究集刊,1980.

[56][59][92]王蒙.红楼启示录[M].北京:三联书店,1991.

[57]王蕙.珠峰前的泰岳——为高鹗及其续作辨义[J].红楼学刊,1988(1).

[58]史宏涛.《红楼梦》后四十回艺术品位再评价[D].黑龙江大学硕士学位论文,2003.

[63][73]李凌.评《红楼梦》后四十回[J]//1980 年全国《红楼梦》学术论文讨论会文选.《红楼梦》新论[C].哈尔滨:黑龙江人民出版社,1982.

[65][72][79] [84]蔡义江.追踪石头:蔡义江论红楼梦[M].北京:文化艺术出版社,2006.

[66][80][87]石昌渝.论《红楼梦》人物形象在后四十回的变异[A]//红楼梦研究集刊编委会.红楼梦研究集刊(九),1982.

[67][74][78]张锦池.论《红楼梦》的后四十回[A]//红楼梦研究集刊编委会.红楼梦研究集刊(九),1982.

[68][82][86]李辰冬.《红楼梦》研究[M].南京:正中书局,1942.

[69]胡文彬.论《红楼梦》后四十回的政治倾向[J].文艺论丛,1978(5).

[70]吴小如.关于《红楼梦》的后四十回[A].红楼梦研究集刊编委会.红楼梦研究集刊(二),1980.

[71][76]周汝昌.《红楼梦》新证[M].北京:人民文学出版社,1976.

[81]蒋和森.《红楼梦》的艺术特色和成就(下)[A]//红楼梦研究集刊编委会.红楼梦研究集刊(二),1980.

[83]胡菊人.红楼水浒与小说艺术[M].香港百叶书舍,1977.

[88]吕启祥.不可企及的曹雪芹——从美学素质看后四十回[J].红楼梦学刊,1988(1).

◎姜　帅

中国古典曲论中的“本色”论

“本色”是中国古典戏曲理论的一个核心范畴。可以说，自从戏曲作品诞生以来，曲论家们就使用“本色”这一理论来品评作品，尤其是明代中期，随着人们对戏曲作为一种文体认识的不断深化，曲论家们评价所欣赏的戏曲作品时，往往用及这一理论术语。然而，“本色”在不同时期被赋予了不同的内涵，加注了新的内容。戏曲理论家往往对“本色”这一概念的理解各不相同，表述也纷繁不一。这些论述无疑表明了这一理论术语内涵的丰富性，但是，这种丰富性也造成了人们对该术语理解上的偏差与混乱。其实，明清许多曲论家的“本色”论并不单独涉及某一具体的方面，而往往顾及其他方面，为了更好地考察“本色”论的内涵，现将“本色”所涵盖的内容作一简要分类来加以阐述，以便更好地理解其所包含的真正意义。

一、语言

曲论中的“本色”论，自元代就产生了，直到近代，涉及最多的还是语言问题。其具体要求是曲词语言通俗易懂，明白如话，不堆砌辞藻，不用冷词僻义，少用典故等。

元人顾瑛是最早以“本色”论曲的，他的“本色”说，是从语句和声韵两方面论述的。他在论及散曲时说：“句法中有字面，若遇中有生硬字用不得，须是深加锻炼，字字敲打得响，歌诵妥溜，方为本色语。”[1]就语言而言，顾瑛认为，曲词不能用“生硬字”，虚字也要“用之得其所”,同时要“精炼句法”,对仗太宽则导致不精粹,太工则“窒塞”,其对语言的要求便是文从字顺,流畅自然。

明中叶的徐渭撑起了“本色”论的大旗。王骥德在《曲论·杂说》中评价徐渭“先生好谈词曲,论曲每右本色”。徐渭的“本色”论的内涵较为丰富,但大多针对戏曲语言而发。他在《南词叙录》中批评“《香囊》如教坊雷大使舞,终非本色”[2],主张浅显易懂的戏曲语言,同时认为“语入要紧处,不可着一毫脂粉,越俗越家常越警醒,此才是好水碓,不杂一毫糖衣,真本色”[3],又“凡语入紧要处,略着文彩,自谓动人,不知减却多少悲欢,此是本色不足者,乃有此病”[4]。在他看来,在戏曲表达的关键处,如果“略着文彩”反成蛇足,从而影响了戏曲的表达及表演,实为弄巧成拙。针对当时戏曲创作上的不良习气,如内容上的充斥说教,语言上的雕词嵌句及用生僻典故等,他甚至提出了“越俗、越雅、越淡薄、越滋味,越不扭捏动人,越自动人”[5]的“本色”观。

沈璟曲学的一个重要内容就是对“本色”的提倡,他曾明确申明:“鄙意僻好本色。”[6]他的“本色”观主要见于其对《南九宫十三调曲谱》的批注。他在《南九宫十三调曲谱》选曲《桂花偏南枝》的眉批上说:“‘勤儿’、‘特故’,俱是词家本色字面,妙甚。”《雁鱼锦》的眉批上说:‘不撑达’、‘不睹事’,皆词家本色语。结合沈璟的其他论述,我们知道他的“本色”论在语言方面的要求是用语浅显易懂,注重不加雕饰的民间语言。

徐复祚从理论上对“本色”进行过较为详尽的论述,其中有些论述就是涉及戏曲语言的,他说:

> 《香囊》以诗语作曲,处处如烟花风柳。如“花边柳边”、“黄昏古驿”、“残星破暝”、“红入仙桃”等大套,丽语藻句,刺眼夺魄。然愈藻丽,愈远本色。《龙泉记》、《五伦全备》纯是措大书袋子语,陈腐臭烂,令人呕秽,一蟹不如一蟹矣。[7]

我们知道,自明代中叶以来,戏曲创作上盛行着一股不良习气,以邱濬、邵璨等为代表的形式主义戏曲作者,抛开了前代戏曲创作的优良传统,为了合乎统治阶级的胃口,把戏曲变成了粉饰太平、施行教化的工具。其取材不外乎忠孝节义,语言则堆藻词句,以"时文"即八股文来创作戏曲,并且逞才使气,争奇斗胜,在戏曲创作中以丽辞藻句为能事。当时有人批评这种创作是:"曲既斗靡,而白亦竞富。甚至寻常问答,亦不虚发闲语。必求排对工切,是必广记类书之山人,精熟策段之举子,然后可以观优戏。"[8]该类作品以《香囊记》和《五伦全备记》为代表,把曲词与音乐、演出等戏曲因子分开,使戏曲只能成为文学案头阅读的作品,很难成为场上之曲,更谈不上被普通老百姓所欣赏了。徐复祚针对以"时文"做戏的恶习,大力提倡通俗明朗的语言,把"本色"和"丽语藻句"、"书袋子语"对立起来,阐述了自己对戏曲的看法。徐复祚在评价同时代的郑若庸的曲作《玉玦记》时进一步作了陈述。郑若庸的剧作中大量引用冷僻典故,以至于需要作者自己注出别人才能看懂,徐复祚对其作了批评,讥其"不复知词中本色为何物"。[9]

王骥德在论述"本色"时也要求语言的通俗易懂:

> 白乐天作诗,必令老妪听之,问曰:"解否?"曰"解",则录之;"不解",则易。作剧戏,亦须令老妪解得,方入众耳。此即本色之说也。[10]

王氏此说也抓住了事物的实质。比较而言,诗词是精英文学,他的受众主要是知识分子;而戏曲作为通俗文学,他的受众大多是普通老百姓。必须让他的观众易于理解并接受,这种艺术才是"本色"的。

但是,明人对戏曲语言的要求是不是真的就是"越俗越雅",他们所理解的俗是不加雕琢的原生态的民间语言,还是"清水出芙蓉,天然去雕饰"式的更高境界?诚然,不同的曲论家的标准并不相同,但大多趋向于后者。吕天成《曲品》对此有明确的认识,他说:"本色不在摹勒家常语言,此中别有机神情趣,一毫妆点不来;若摹勒,正以蚀本色。"[11]在他看来,"本色"不是模拟家常语言,也不是家常语言的实录,而是"别有机神情趣"的通俗易懂且经过作家提炼加工的艺术语言。徐渭在《南词叙录》指出《琵琶记》、《拜月亭》等南曲"句句是本色语,无今人时文气","其余皆俚俗语也"。将"本色语"与"时文气"、"俚俗语"相对,从而证明徐渭的"本色"论与吕天成的"本色"论在语言的要求上是一致的。晚明的祁彪佳也将"本色"与"俚俗"对等起来,他认为"今之假本色于俚俗,岂知曲哉!"[12]

清人焦循也有关于语言"本色"的论说,在《剧说》中,他对叶稚斐的《琥珀匙》大加赞赏,称其语言"本色处,绮语艳词退避三舍"。他对本色语言的要求是和"绮语艳词"相对立的,他所认可的是"我的老骨头应该作贱,他的嫩皮肉何堪抛闪"、"眼观眼三两两相看定,手扣手一双双相持紧"[13]之类的语言。可见,他的本色语言观是既反对过分的修饰,也不认同俚语俗言,而是认可经过加工创造,能够准确地传达作品思想内容,且带有作者审美情趣的语言。

明清涉及语言方面的"本色"说并未成为绝响,王国维评关汉卿剧作为"字字本色"从而推其为元人第一,并将关汉卿喻为唐诗之白乐天,宋词之柳耆卿。白居易作诗须令老妪能解,柳词更是"凡有井水处,皆能歌柳词",其词贴近市民生活且明白易懂,王氏推崇关汉卿,当然有很多因素,但可以肯定,与其剧作语言的通俗易懂是分不开的。

二、审美风格

古代曲论中的"本色"还涉及曲体文学的审美风格,如要求剧作要蕴藉、有趣、有意境等。同时要求戏曲作品应有简淡、质朴、刚健的风格。

明初的李开先在谈到风格"本色"的问题时,认为:

传奇戏文,难分南北;套词小令,虽有短长,其微妙则一而已。悟入之功,存乎作者之天资力学耳。然俱以金、元为

> 准，犹之诗以唐为极也。……国初如刘东生、王子一、李直夫诸名家，尚有金元风格，乃后分而两之，用本色者为词人之词，否则为文人之词矣。[14]

李开先把戏曲分为词人之词和文人之词，词人之词即有金元风格的作品，文人之词就是风格靡丽的作品。

何良俊的"本色"也论涉及曲作风格问题。他批评"《西厢》全带脂粉，《琵琶》专弄学问，其本色语少。盖填词须用本色语，方是作家"。[15]"弄学问"是指在剧作中逞才使气，争奇斗艳；"带脂粉"即风格轻靡繁缛，缺少阳刚之气，何氏认为这是缺少"本色"的表现。可见他的"本色"观的一大特征就是不"带脂粉"，同时还指元代北曲普遍具有的一种带有地域色彩的"蒜酪"风味，他说：

> 高则成（按，应为诚）才藻富丽，如《琵琶记》"长空万里"，是一篇好赋，岂曲词尽之！然既谓之曲，须要有蒜酪，而此曲全无，正如王公大人之席，驼峰、熊掌，肥腯盈前，而无蔬、笋、蚬、蛤，所欠者，风味耳。[16]

"蒜酪"即大蒜和奶酪，此二者为北方民族尤其是游牧民族所好之物。"风味"者，风格也。何氏在此借"蒜酪"喻北曲中特有的刚健豪放之风格。《琵琶记》尽管曲尽人意，但终因缺少这种风格而非"本色语"，从而遭到何氏批评。但同时他认为《王粲登楼》第二折"摹写羁怀壮志，语多慷慨，而气亦爽烈"[17]而极力肯定。可见，何氏的"本色"观有很大一部分就是要求曲作具有"蒜酪"、"蔬笋蚬蛤"的风格。

但是，何良俊在肯定"蒜酪"风格的同时，对简淡风格的作品也大加赞许。他评王实甫《丝竹芙蓉亭》杂剧[仙吕]一套为"通篇皆本色，词殊简淡可喜"。简淡者，简约平淡也。简约是力求语词简洁扼要的风格形态，而平淡则是一种质朴自然的风格形态。何良俊批评《西厢记》"全带脂粉"，从而认为其非"本色"作品。他还批评："《西厢记》内如

‘魂灵儿飞在半天’、‘我将你做心肝儿看待’、‘魂飞在九霄云外’、‘少可有一万声长吁短叹,五千遍捣枕椎床’,语意皆露,殊无蕴藉。”[18]他批评《西厢记》非“本色”,一方面又认为“殊无蕴藉”,可见,“无蕴藉”的作品在他看来也是非本色的。认为郑光祖所作《㑳梅香》[六么序]中:“‘却原来群花弄影将我来唬一惊’,此语何等蕴藉有趣。”[19]而对关汉卿词因“激厉而少蕴藉”颇有微词。[20]“蕴藉”、“趣”都是中国古典诗学审美理论的核心范畴,何氏以戏曲作品是否蕴藉、是否有趣为标准来权衡和诗有着传承关系的曲作,把握的还是较为到位的。结合以上所论,我们不难理解何氏对风格“本色”论的具体认识。

在古代曲论中,有些曲论家所持观点往往是针锋相对的。何良俊认为《琵琶记》“全带脂粉”为“非本色”的作品,而王世贞认为该评价“则大缪也”,他说:

> 则成(按:应为诚)所以冠绝诸剧者,不唯其琢句之工、使事之美而已,其体贴人情,委曲必尽;描写物态,仿佛如生;回答之际,了不见扭造,所以佳耳。[21]

王世贞对《琵琶记》的评价,我们在王国维对元杂剧的评论中找到了回应:

> 然元杂剧最佳之处,不在其思想结构,而在其文章。其文章之妙,亦一言以蔽之,曰:有意境而已矣。何以谓之有意境?曰:写情则沁人心脾,写景则在人耳目,述事则如其口出是也。古诗词佳者,无不如是。元曲亦然。[22]

通过比较我们不难发现,王国维对元杂剧的评价与王世贞对高明《琵琶记》的看法何其相似。因此,我们可以推知,王世贞反驳何良俊对《琵琶记》“非本色”评价的标准就是他认为《琵琶记》有意境。可见,意境是他的“本色”论的一个组成部分。

王骥德的“本色”说除了要求语言的通俗易懂外，还提出“曲以婉丽俏俊为上”。他对传统的“文采派”代表作家汤显祖推崇备至。他认为汤显祖：“至《南柯》、《邯郸》二记，则渐削芜类，俛就矩度，布格既新，遣词复俊，其掇拾本色，参错丽语，境往神来，巧凑妙合，又视元人别一蹊径，技出天纵，匪由人造。”[23]同时他认为：“于本色一家，亦惟是奉常一人——其才情在浅深、浓淡、雅俗之间，为独得三昧。余则修绮而非垛则陈，尚质而非腐则俚矣。”[24]运用“境”、“神”等都是从审美的角度入手来评价汤显祖的剧作。可以肯定，王氏推崇汤显祖，还是看重其剧作的美学价值的。

王国维在《宋元戏曲考·元南戏之文章》中，比较了南北二戏，认为关汉卿杂剧的优长是“酣畅淋漓”，说明王氏是欣赏关汉卿剧作酣畅豪放风格的。这一论述在日本学者青木正儿那里可以找到契合点。青木正儿将元杂剧作家分为本色派和文采派，然后又根据风格的不同将本色派分为豪放激越派（关汉卿之流）、敦朴自然派（郑廷玉之流）、温润明丽派（杨显之之流），将文采派分绮丽纤秾派（王实甫之流）和清奇清俊派（马致远之流）两派。他是这样定义本色的三派的：

> 曲词最俚质而无修饰者为敦朴自然派；恰像用口语说话似的，极自然的作着曲词，而在这种地方，具有妙味。豪放激越派是在质朴之中，具有豪爽之气，以气力胜者。温润明丽派是以本色为主而兼有文采者，一面用着口语，一面做着美丽的曲文。[25]

在本色这三派中，青木正儿最欣赏豪放激越派，他将关汉卿归于豪放激越派，同时认为关汉卿是“本色派的第一流人物”，足见他对豪放质朴文风的推崇。

刘勰将风格分为四对八体，分别为典雅、远奥、精约、显附、繁缛、壮丽、新奇及轻靡。他说：“雅与奇反，奥与显殊，繁与约舛，壮与轻乖。”[26]元曲起于胡元，从这种文体生成之日起，就不可避免地带有简约、壮丽、质朴、豪放的风格。纵观明清曲论家的"本色"风格论,大多推崇这种风格,而时时抨击典雅、远奥、繁缛与轻靡等风格的戏曲作品。

三、音律

戏曲不同于案头文学的一大特征就是它是用来歌唱的，优秀的戏曲文学必定是"场上之曲"。因此,要求曲作易于歌唱,合律依腔,恪守音律自然成为了曲论家对曲作的"本色"认识的一个方面。

从前面的论述中我们知道,顾瑛的"本色"说除了语言外,还包括声韵,认为"歌诵妥溜,方为本色语"。在声韵方面,他强调要循"人声自然音节",反对"强和人韵"。

何良俊在音律及辞采的关系问题上,主张"宁声叶而辞不工,无宁辞工而声不叶"。[27]沈璟对此论极为赞赏,他说何良俊此语"一言儿启词宗宝藏",并明确指出"道欲度新声休走样。明为乐府,须教合律依腔。宁使时人不鉴赏,无使人挠喉捩嗓","怎得词人当行,歌客守腔,大家细把音律讲"。[28]在他看来,词家若想创作"当行"之曲,就应"细把音律讲",他注重的是戏曲的可歌性。他的"当行"论就是是否合律依腔,而"当行"、"本色"在古代曲论中本来就是一对密不可分、时分时合的概念。他在《南九宫十三调曲谱》中把《荆钗记·朱奴儿》一曲作为本色的典范,评价说:"此曲句句本色,又不错韵,此《荆钗》所以不可及也。"叶长海认为,沈璟的"'本色'是与字雕句镂的'案头之曲'相对立的"。最后他得出结论:"'音律精严','才情秀爽',正是沈璟本色的一个方面。"[29]他的"本色"论的一个组成部分就是音律论。

沈璟之侄沈自晋继承家学,对曲论也有很深的研究。他在《重订南词全谱凡例》中说:

> 人文日灵,变化何极,感情触物,而歌咏益多。所采新声,几愈出愈奇,然一曲每从各曲相凑而成。其间情有苦乐,调有正度,拍有缓急,声有疾徐,必于斗笋合缝之无迹,过腔

> 按脉之有伦，乃称当行手笔。若夫勉强凑插，声情乖互，即或牌名巧合，勿取滥收。[30]

沈自晋也就音律谈“本色”，他注意到了情感、宫调、节拍、声音的关系问题及不同曲调的衔接问题。他认为只有声情拍调合协、连接自然才是“当行手笔”，曲作才是“本色”的。

徐复祚也有关于音律和“本色”关系的论述。他说：“《拜月亭》宫调极明，平仄极叶，自始至终，无一板一折非当行本色语。”[31]他对音律在本色方面的要求是正确的使用宫调，平仄合乎韵律。他又评《荆钗记》云：“《荆钗》以情节关目胜，然纯是委巷俚语，粗鄙之极；而用韵却严，本色当行，时离时合。”[32]虽对其“委巷俚语”极力排斥，认为其离于本色，但虑及其“用韵却严”，而承认该作“本色当行”。

清代也有关于音韵“本色”的论调，焦循评李开先等曲家之作：

> 章邱李太常中麓，亦以填词名，与康、王交，而不娴度曲，如所作《宝剑记》，生硬不谐，且不知南曲之有入声，自以《中原音韵》叶之，以致见诮吴侬。……俱非本色矣。[33]

批评李开先以北曲之音谱创作南曲，以至“生硬不得”，而被南方的普通老百姓所嘲笑。因为他不懂音律，所以其剧作“非本色矣”。

四、其他

以上所举是古代曲论“本色”内涵中的主流，然并非全貌，许多曲论家还从戏曲的内容、结构、人物形象塑造、舞台表演等方面对“本色”的内涵予以界定。

戏曲是一门综合艺术，在其创作中不光要注意曲词，还要考虑作为一种叙事文本而必不可少的叙事因素。臧晋叔在《元曲选》序中指出：“填词者必须人习其方言，事肖其本色，境无旁溢，语无外假。”[34]即要求故事要符合生活，是现实生活的真实写照，才是好作品。

明代曲论家除王世贞不同意何良俊对《琵琶记》的评价，王骥德也不尽赞同。他说：

> 《西厢》组艳，《琵琶》修质。其体固然。何元朗并訾之，以为“《西厢》全带脂粉，《琵琶》专弄学问，殊寡本色”。夫本色尚有胜二氏者哉？过矣！[35]

如果说王世贞是从审美的角度来反驳的话，那么，王骥德则从内容表达和整个戏曲的关系入手来论述的。王骥德认为《西厢记》文体艳丽，而《琵琶记》文词质朴，但它们都是“本色”之作，是剧作的内容决定了其表达形式。的确，《西厢记》中崔莺莺的语言比红娘文雅，而张生的举止谈吐也异于他人，这都是由人物身份所决定的。同样，《琵琶记》中，蔡伯喈中举前后的言行差异，赵五娘糟糠自咽的生活情态与蔡伯喈在牛府的显贵生活也通过不同风格的曲词予以表现。可以说，随着人物身份、地位及所处环境的不同，作品的形式表达也应起相应的变化，这样才能更好地突出主题。

在人物形象塑造上，徐渭有“婢作夫人”而非“本色”之论。凌濛初也有过在戏曲创作中人物形象不“本色”的论述：“又可笑者：花面丫头，长脚髯奴，无不命词博奥，子史淹通，何彼时比屋皆康成之婢、方回之奴也？总来不解本色二字之义。”[36]戏曲作品中人物的语言与人物的身份严重脱节，甚至丫环奴仆们也满口之乎者也，“子史淹通”，变成了作者逞才使气、争奇斗胜的传声筒，这样的作品定是非“本色”的。特别值得注意的是，清人徐大椿的观点极有见地。他指出：“又必观其所演何事，如演朝廷文墨之辈，则词语仍不妨稍近藻绘，乃不失口气；若演街巷村野之事，则铺述竟作方言可也。总之，因人而施，口吻极似，正所谓本色之至也。”[37]“因人而施，口吻极似”，可看做是对人物形象塑造和作品主题表达之需要极为准确的概括。其后，王季烈在《螾庐曲谈》以元人剧作为例，也探讨了这一问题。他认为：“元人作曲，最尚口吻相肖。《汉宫秋》乃元帝、昭君口吻，故用妍丽之词。《任风子》乃屠夫口吻，故绝不作才语。《陈抟高卧》乃隐士口吻，故用超逸之语。然则不作才语处，固是本色，即作才语处，妙仍是本色也。"[38]这就比较辩证地看待"本色"与人物形象塑造的关系问题。看一部作品是否"本色"，不能只考虑是否"作才语"，而应看是否符合人物身份，只要语言符合人物身份的作品，便是"本色"的作品。

清代的毛声山还认为"本色"曲论的内涵应顾及结构的整体统一性："善文者，有一篇全部大文于胸中，则其于每段小文之内，必处处提照章旨，回顾本色。若有一处疏漏，即全部线索皆脱矣。"[39]

洪昇在《〈长生殿〉例言》中还论及"本色"与演员的服装及表演是否符合剧情的关系问题："今满场全用红衣，则情事乖违，不但明皇钟情不能写出，而阿监宫娥泣涕皆不称矣。至于舞盘及末折演舞，原名霓虹羽衣，只须白袄红裙，便自当行本色。"[40]他注意到了戏曲的表演性，认为服装得体，舞蹈和剧情吻合，便是"本色"。

通过以上分析，我们看到古代曲论家从剧作的语言、审美风格、音律、结构、内容、人物形象的塑造及舞台演出等各个方面对"本色"的内涵予以界定。许多曲论家的"本色"论并不限于其中的一个方面，而是顾及到其他方面。如凌濛初的"本色"论，既涉及剧作的语言、风格问题，也有关于人物形象与作品应该相吻合的论述。可以说，以上诸方面几乎囊括了戏曲创作的一切规律，也涵盖了戏曲作品的各个方面。可是，当一种理论的内涵极其宽泛而无所不包时，该理论也就失去了应有的意义。古代曲论中的"本色"论是不是也是这样呢？古代曲论家是否对自己所欣赏的作品就自然而然地冠以"本色"二字，他们对"本色"的认识到底有没有理论上的依据呢？要回答这些问题，我们需要探本求源。

"本色"最早见于刘勰《文心雕龙·通变》："夫青生于蓝，绛生于蒨，虽逾本色，不能复化。"[41]这里用的是本意，即本来的颜色。《晋书·天文志》："凡五星有色，大小不同，各依其行而顺时应节，……不失其本色而应其四时者，吉。"[42]依然用的是本意。"本色"一词作为文学批评术语，最早应用于诗歌批评领域。宋代陈师道云："退之以文为诗，子瞻以诗为词，如教坊雷大使之舞，虽极天下之工，要非本色。”[43]同时代的刘克庄《后村诗话》：“韩柳齐名，然柳乃本色诗人。”又《跋竹溪诗》云：“唐文人皆能诗，柳犹高，韩尚非本色。”这都是从文学创作的本体出发来论的。各种文体有其固有的特征，若违背这种特征的创作当为“非本色”的作品。这其实涉及对诗歌本体的认识，即诗歌作为一种文体区别于其他文体内在的本质的东西。

那么诗歌的本体是什么呢？如何确认诗歌的本性，这取决于古人对诗歌与人生及生活关系的理解。“诗言志”和“诗缘情”是中国古典诗论的两大基石，同时也是中国古代诗论对于诗歌本体的两种主要的认识。结合严羽的论述，我们也许更易理解。严羽说：“大抵禅道惟有妙悟，诗道亦在妙悟，且孟襄阳学力下韩退之远甚，而其诗独出退之之上者，一味妙悟而已。惟悟乃为当行，乃为本色。”[44]严羽倡以禅语诗，他将诗歌创作的本色，即诗的本体视为“妙悟”，他所追求的是那种“羚羊挂角，无迹可求”、“如空中之音，相中之色，水中之月，镜中之象，言有尽而意无穷”的诗作，说白了他对本体论的认识就是要求诗歌有盛唐王孟一派的韵味，注重言情与有意境之作。

严羽此论，对后来的理论批评产生了深远的影响。后世的理论家将这种本体论的“本色”观引用到戏曲理论中用于批评曲作。可以说，古代曲论中的“本色”论就是关于戏曲的本体论。正因为曲论家对戏曲本体论认识上的差异，从而导致了他们对“本色”有不尽相同的认识，也导致了“本色”一词的多义性。其实，时至今日，学术界对于戏曲概念的界定依然颇有争议，未成定论。这样看来，古人对“本色”认识的差异也就不难理解了。那么，戏曲的本体论到底是什么呢？戏曲区别于其他文体最本质的特征是什么呢？我们知道，戏曲是一门综合艺术，它运用唱词、念白、科介、舞蹈等手段，通过一定的结构形式，铺陈情节，展开冲突，刻画人物，抒发情思来表达主题思想。所以说，对戏曲“本色”的认识，一定要顾及戏曲是综合艺术的这一特征，从其中任何一个方面或某几方面的简单结合来论及“本色”都是不全面的。

清代学者黄宗羲在《〈胡子藏院本〉序》中说：“诗降而为词，词降而为曲，非曲易于词，词易于诗也，其间各有本色，假借不得。”[45]这里的“本色”就是指特定文体的本体性，正因为每种文体都有区别于其他文体的本质的东西，所以“假借不得”。时至当代，依然有许多学者对“本色”进行阐释，其中叶长海先生论述尤为精要。叶先生认为：“戏曲的‘本色’不仅是戏曲语言的雅俗共赏等皮相特征，更重要的是戏曲内在精神方面的根本特征。”[46]

这内在精神方面的特征就是戏曲区别于诗、词和其他文体的本质特征。

参考文献

[1]秦学人，侯作卿.中国古典编剧理论资料汇辑[M].北京：中国戏剧出版社，1984.

[2]徐渭.南词叙录//中国古典戏曲论著集成（三）[M].北京：中国戏剧出版社，1959.

[3][4][5]徐渭.昆仑奴题词//中国古代戏曲序跋集[M].北京：中国戏剧出版社，1990.

[6]词隐先生手札二通，转引自叶长海.曲学与戏剧学[M].上海：学林出版社，1999.

[7]徐复祚.曲论//中国古典戏曲论著集成（四）[M].北京：中国戏剧出版社，1959.

[8]凌濛初.谭曲杂札//中国古典戏曲论著集成（四）[M].北京：中国戏剧出版社，1959.

[9]徐复祚.曲论//中国古典戏曲论著集成（四）[M].北京：中国戏剧出版社，1959.

[10]王骥德.曲律//中国古典戏曲论著集成（四）[M].北京：中国戏剧出版社，1959.

[11]吕天成.曲品//中国古典戏曲论著集成（六）[M].北京：中国戏剧出版社，1959.

[12]祁彪佳.远山堂曲品//中国古典戏曲论著集成（六）[M].北京：

中国戏剧出版社,1959.

[13][33]焦循.剧说//中国古典戏曲论著集成(八)[M].北京:中国戏剧出版社,1960.

[14]李开先.西野春游词序//吴毓华.中国古代戏曲序跋集[M].北京:中国戏剧出版社,1990.

[15][16][17][18][19][20]何良俊.曲论//中国古典戏曲论著集成(四)[M].北京:中国戏剧出版社,1959.

[21]王世贞.曲藻//中国古典戏曲论著集成(四)[M].北京:中国戏剧出版社,1959.

[22]王国维.王国维戏曲论文集[M].北京:中国戏剧出版社,1984.

[23][24]王骥德.曲律//中国古典戏曲论著集成(四)[M].北京:中国戏剧出版社,1959.

[25]青木正儿.元人杂剧概说[M].北京:中国戏剧出版社,1957.

[26]周振甫.文心雕龙注释[M].北京:人民文学出版社,1981.

[27]何良俊.曲论//中国古典戏曲论著集成(四)[M].北京:中国戏剧出版社,1959.

[28]沈璟.词隐先生论曲//中国古代戏曲序跋集[M].北京:中国戏剧出版社,1990.

[29]叶长海.曲学与戏剧学[M].上海:学林出版社,1999.

[30]沈自晋.重订南词全谱凡例//中国古代戏曲序跋集[M].北京:中国戏剧出版社,1990.

[31][32]徐复祚.曲论//中国古典戏曲论著集成(四)[M].北京:中国戏剧出版社,1959.

[34]臧晋叔.元曲选序//元曲选[M].北京:中华书局,1958.

[35]王骥德.曲律//中国古典戏曲论著集成(四)[M].北京:中国戏剧出版社,1959.

[36]凌濛初.谭曲杂札//中国古典戏曲论著集成(四)[M].北京:中国戏剧出版社,1959.

[37]徐大椿.乐府传声//中国古典戏曲论著集成(七)[M].北京:中

国戏剧出版社,1959.

[38]王季烈.缜庐曲谈//秦学人,侯作卿.中国古典编剧理论资料汇辑[M].北京:中国戏剧出版社,1984.

[39]毛声山.成裕堂绘像第七才子书琵琶记第十出春宴杏园批语//中国古典编剧理论资料汇辑[M].北京:中国戏剧出版社,1984.

[40]洪昇.长生殿例言//中国古代戏曲序跋集[M].北京:中国戏剧出版社,1990.

[41]周振甫.文心雕龙注释[M].北京:人民文学出版社,1981.

[42]房玄龄.晋书[M].北京:中华书局,1974.

[43]陈师道.后山诗话//何文焕,辑.历代诗话(上)[M].北京:中华书局,1981.

[44]严羽.沧浪诗话//何文焕,辑.历代诗话(上)[M].北京:中华书局,1981.

[45]黄宗羲.胡子藏院本序//中国古代戏曲序跋集[M].北京:中国戏剧出版社,1959.

[46]叶长海.曲学与戏剧学[M].上海:学林出版社,1999.

◎宁俊红

戴名世与桐城派的关系研究述评

关于桐城派的主要成员，一般称方、刘、姚为“三祖”，姚鼐的弟子中有四人名声最盛，称为“姚门四杰”[1]，之后有曾国藩对桐城派的“中兴”，曾国藩门下，张裕钊、吴汝纶、黎庶昌、薛福成称四大弟子。吴汝纶之后，桐城派的嫡传有范当世、马其昶、姚永朴、姚永概等，另又有严复、林纾均非受业于桐城之门，然中年后皆与吴汝纶交好，且服膺桐城派的理论观点，所以被胡适称为“桐城嫡派”(《五十年来中国之文学》)。

在桐城派的发展过程中，有一位叫戴名世的人，与桐城派的关系最耐人寻味，当代学者或称之为桐城派的先驱，或坚决反对此说，值得再作探究。

戴名世，字田有，桐城人。康熙年间以《南山集》获罪，“先是门人尤云鹗刻名世所著南山集，集中有《与余生书》，称明季三王年号，又引及方孝标滇黔纪闻。当是时，文字禁网严，都御史赵申乔奏劾南山集语悖逆，遂逮下狱”，后因此被处死(《清史稿》卷 484)。方苞因为《南山集》作序也受到牵连。

后来，在清代的很长一段时期戴名世很少被人提及，直到道、咸年间，桐城派的戴钧衡、方宗诚编《桐城文录》时将其附录于方苞之后，此书《义例》曰：

望溪同时友戴潜虚先生，文颇得司马子长、欧阳永叔之生气逸

> 韵，其空灵超妙，往往出人意表；惟蕴蓄渊懿，沉深高洁逊三家，而愤时疾俗之作尤多，用此不逮古作者。先生又以文字得祸，未能深用力如望溪，而名亦遂湮没矣。

戴钧衡、方宗诚所以如此，是要“广取诸家，所以扩学识也”。到了梁启超，他在《中国近三百年学术史》中，明确指出戴名世“是一位古文家，桐城派古文，实推他为开山祖”。由此，20 世纪以来研究桐城派的学者，多把戴名世作为桐城派的先驱，或竟列为四祖之一。

当代，学者们通过把戴名世与桐城派类比，认为戴名世开了桐城派“以古文为时文”(或“以时文为古文”)的先河。他的论“义、法、辞”，“精、气、神”，是桐城派文论的滥觞；他的文章在思想、艺术上的成就，方、刘、姚各得一体。[2]也有少数学者提出反对意见，认为在思想倾向方面二者截然不同，戴名世是反清的，而桐城派的性质则与之相背，是由治统、道统、文统的三位一体所决定的。[3]

本文认为，虽然戴名世也同桐城派的方苞等人一样，有志于继承古文的正统，改变清初散文的创作风气，但把戴名世归入桐城派或作为桐城派的先驱甚至视为“四祖之一”，是不符合事实的。

首先，桐城派的后人并没有把戴名世归入桐城派，而作为方苞同时代的人，戴名世也并未像方苞那样对后世桐城派的散文创作起到典范的作用。

姚鼐、曾国藩等人都论及桐城派的成立，但均未提及戴名世。姚鼐的《刘海峰先生八十寿序》中说：

> 曩者，鼐在京师，歙程吏部、历城周编修语曰：“为文章者，有所法而后能，有所变而后大。维盛清治迈逾前古千百，独士能为文者未广。昔有方侍郎，今有刘先生，天下文章，其出于桐城乎！”

曾国藩的《欧阳生文集序》中说：

> 乾隆之末,桐城姚姬传先生鼐,善为古文辞,慕效其乡先辈方望溪侍郎之所为,而受法于刘君大櫆及其世父编修君范。三子既通儒硕望,姚先生治其术益精。历城周永年书昌为之语曰:“天下之文章,其在桐城乎!”由是学者多归向桐城,号“桐城派”,犹前世所称江西诗派者也。

如果说姚鼐对方苞同时代的戴名世没有提及,是对于戴名世的反清名声还有所顾忌的话,之后,上文提到的戴钧衡、方宗诚编《桐城文录》时,也只将戴名世附录于方苞之后,是为了“广取诸家,所以扩学识也”。而到了距离戴名世的时代更远的曾国藩,也并不提及他。由此可见,在桐城派整个发展过程中戴名世并未起到垂范、影响的作用,称其为桐城派的先驱或“开山祖”并不妥当。

其次,从论文主张上,戴名世的理论似乎是影响了方苞的“义法”说的形成,但二者的思想基础和实质是完全不同的。

方苞《又书货殖传后》说:

> 《春秋》之制义法,自太史公发之。而后之深于文者亦具焉。义即《易》之所谓“言有物”也,法即《易》之所谓“言有序”也。义以为经而法纬之,然后为成体之文。

对于“言有物”,方苞在《杨千木文稿序》进一步解释说:

> 古之圣贤,德修于身,功被于万物,故史臣记其事,学者传其言,而奉以为经,与天地同流。其下如左丘明、司马迁、班固,志欲通古今之变,存一王之法,故纪事之文传。荀卿、董傅守孤学以待来者,故道古之文传。管夷吾、贾谊达于世务,故论事之文传。凡此皆言有物者也。

以“言有物”论文并非肇自方苞，戴名世在《答赵少宰书》也有论述：

> 今夫立言之道莫著于《易》，《家人》之《象》曰：“君子以言有物而行有恒。”夫有所为而为之之谓物；不得已而为之之为物；近类而切事，发挥而旁通，其间天道具焉，人事备焉，物理昭焉，夫是之谓物也。夫子之释《乾》之九三也，曰：“修辞立其诚，所以居业也。”惟立诚故有物。苛其不然，则虽菁华烂熳之章、工丽可喜之作，《中庸》之所谓“不诚无物”也，君子之所不取也。

方苞对“义法”的解释是，“存一王之法”、“守孤学以待来时”、“达于世务”等，这是就史家、学者、言事之臣要能恪守本分而言的，能恪守本分来写文章，则文章有“法”，文章有“法”，则能存其“义”。这同程朱理学讲“格物致知”是一致的。朱熹说：“格物，是穷得这事当如此，那事当如彼。如为人君，便当止于仁；为人臣，便当止于敬。”“君臣、父子、兄弟、夫妇、朋友，皆人所不能无者，但学者须要穷格得尽。”（《语类》卷 15）“格物”就是写文章要恪守本分。可以说，方苞的“义法”实质体现了程朱理学的思想和要求，迎合了统治者的需要，从而传承、形成了一个大的散文流派。而戴名世所谓“有所为而为之之谓物，不得已而为之之谓物”，“惟立诚故有物”等等，是主要以阳明心学的“致良知”为基础的，意思就是要遵从“良知”的判断来写文章，因为能“致良知”、有“诚心”，所以文章才“有物”。因为阳明“心学”是以反对程朱理学的姿态出现的，且启发了后来李贽等人的异端思想。所以戴名世以“诚心”写南明遗事，本是实践了自己“不得已而为之”的“言有物”的创作旨归。梁启超也说，“集中并无何等奇异激烈语，看起来南山不过一位普通文士，本绝无反抗清廷之意”，但就因为其创作旨归不合统治者的要求，因此获罪被杀。从中可见，戴名世所谓“言有物”与方苞的“言有物”之说，在内涵和思想基础上的迥异。

再就“法”而言，方苞认为，“法即《易》之所谓‘言有序’也”。“以‘有序’来解释‘法’，则可见其论法的重点在文章的布局结构，裁剪次序上。虽然‘有序’之文未必都能‘有物’……然在方苞说到‘义’与‘法’的关系时，更多地强调了他们的统一，‘义以为经而法纬之，然后为成体之文’，就指出了文章内容对表现形式的指导作用。他认为‘义’通过‘法’而表现，这正如《春秋》通过具体的‘义例’、‘书法’来表现微言大义一样。”[4]所谓“春秋大义”，核心内涵就是儒家的伦理道德规范，而“法”是同表现“大义”相关联的，因此在文章创作中也成为不可移易的规范。社会生活在变，实际创作的思想内容也在变化，而“法”却不变，这实际是把“法”与具体的创作内容割裂开来，把“法”发在了主导“义”的地位，并不是以具体的创作内容来决定结构方法。桐城派的这一主张虽然迎合了统治者巩固儒家思想在政治上的指导地位、加强中央集权统治的需要，也使桐城派在近代以来屡遭批判。

而戴名世所谓“法”与此截然不同。他提出文章之法在于，“率其自然而行其所无事”，“文章者，莫贵于独知”：

> 仆平居读书，考文章之旨，稍稍识其大端。窃以为文章之为道，虽变化不同，而其旨非有他也，在率其自然而行其所无事，即至篇终语止而混茫相接，不得其端，此自左、庄、马、班以来，诸家之旨，未之有异也。盖文之为道，难矣。今夫文之为道，未有不读书而能工者也；然而吾所读之书而吾举而弃之，而吾之书固已读，而吾之文固已工矣。夫是一心注其思，万虑屏其杂，直以置其身于埃壒之表，用其想于空旷之间，游其神于文字之外，如是而后，能不为世人之言，不为世人之文，斯无以取世人之好。故文章者，莫贵于独知。（《与刘言洁书》）

“行其所无事”一语出于《孟子·离娄下》：“禹之行水也，行其所无事也。”焦循《孟子正义》解释说，大禹治水，因水之性，因地之宜，引之就下,行其空虚无事之处。对于文学创作来说,“率其自然而行其所无事”,就是让作者的思想情感自然而然地表达出来,而不是一味考虑用什么“法”。对于如何对待古人文章中的“义”和“法”,戴名世认为要多读书,多学习古人,文章“未有不读书而能工者也”,但同时也要学会超越书本,“举而弃之”,而在创作时按照思想情感的具体内容来决定如何表达。与“义法”说迎合统治者相比,戴名世指出文章创作不取悦于世人,而且“文章者,莫贵于独知”,即文章要体现作者独立的见解和审美观念。

方苞的“义法”说是桐城派得以立派的理论基础。后来桐城派姚鼐提出“义理、考据、辞章”,曾国藩提出了“义理、辞章、经济、考据”,都是对“义法”说的坚持和发展。并且,“义法”说为迎合了统治者的需要,以程朱理学为思想基础,也是桐城派在清代得以立派和延续较长时间的关键因素之一。因此,不能单从论文主张表面用词的一致性,来判断戴名世归属于桐城派。

第三,戴名世与桐城派在散文创作的审美追求上也有所不同,这使他在后世散文发展中有了截然不同的地位和影响。

研究者一般都认为,“方苞的古文选材精当,以凝练雅洁见长,开桐城派风气”。[5]“雅洁”,即文辞的古雅、简洁,是方苞提出的与“义法”说相一致的散文审美主张,也迎合了统治者所提倡的“清真雅正”的衡文标准。戴名世的散文则多率真、飘逸之作。戴钧衡、方宗诚编《桐城文录》时,评价戴名世文曰:

> 望溪同时友戴潜虚先生,文颇得司马子长、欧阳永叔之生气逸韵,其空灵超妙,往往出人意表;惟蕴蓄渊懿,沉深高洁逊三家,而愤时嫉俗之作尤多,用此不逮古作者。

“蕴蓄渊懿,沉深高洁”正说明了桐城古文的审美追求,也恰恰是戴名世文中所没有的,明确指出了戴名世与桐城派古文审美趋向的不同。

方苞的《左忠毅公逸事》与戴名世的《杨维岳传》都写的是明末的

“义士”,也都是清代散文中的名篇,试作一比较:

一日,使史更敝衣,草屦,背筐,手长镵,为除不洁者,引入。微指左公处,则席地倚墙而坐,面额焦烂不可辨,左膝以下筋骨尽脱矣。史前跪抱公膝而呜咽。公辨其声,而目不可开,乃奋臂以指拨眦,目光如炬,怒曰:“庸奴!此何地也,而汝来前!国家之事糜烂至此,老夫已矣,汝复轻身而昧大义,天下事谁可支拄者?不速去,无俟奸人构陷,吾今即扑杀汝!”因摸地上刑械作投击势。史噤不敢发声,趋而出。(《左忠毅公逸事》)

未一岁,北兵(指清兵)渡江,京师溃,而史可法以大学士督师扬州,城破死之。维岳泣曰:“国家养士三百年,以身殉国,奈何独一史公!”于是设史公主,为文祭之而哭于庭。家人进粥食,麾之去;平日好饮酒,亦却之。曰:“践土而思禹功,食粟而思稷德;吾家世食胶庠,今值国事如此,饮食能下咽乎?”居三日,北兵至,下令薙发。维岳不肯。人谓先生:“曷避诸?”维岳曰:“避将何之?吾死耳!吾死耳!”其儿对之泣,维岳曰:“小子!吾生平读书何事?一旦苟全幸生,吾义不为,吾今得死所矣,小子何泣焉?”人有来劝慰,偃卧唯唯而已。搜先人遗文,付其子曰:“当谨守之。”乃作不发永诀之辞以见志。凡不食七日,整衣冠,诣先世神主前,再拜入室,气息仅存。亲属人来观者益众,忽张目视其子曰:“前日见志之语,慎毋以示世也。”顷之遂卒。(《杨维岳传》)

方苞之文人物形象厚重、语言简洁,而戴名世文中人物描写则率真、亲切。

我们不能简单地把戴名世作为桐城派的先驱,或列为四祖之一。但作为文学研究,为更充分地认识方苞的散文创作与主张,就有必要研究其交游、师事,所以研究戴名世与桐城派的联系又必不可少,而且还应扩展开来研究更多与方苞同时代的相关作家，比如方苞与艾南英等。

参考文献

[1]关于“姚门四杰”也有不同的说法,参见林岗.“姚门四弟子”考[J].文学遗产,1985(2).

[2]参见王凯符,漆绪邦.戴名世论[J].北京师范大学学报,1980(3);方佛平.戴名世和他的南山集[J].安徽大学学报,1981(4);许总.论戴名世及其在桐城派中的地位[J].江淮论坛,1984(2);周中明.应恢复戴名世桐城派鼻祖的地位[J].安徽大学学报,1994(3)等等。

[3]王献永.桐城文派[M].北京:中华书局,1992.

[4]邬国平,王镇远.清代文学批评史[M].上海:上海古籍出版社,1995.

[5]袁行霈.中国文学史[M].北京:高等教育出版社,1999.

◎宁俊红

清代桐城文派的确立与发展述评

20世纪以来,桐城文派备受关注,尤其是80年代以来的研究成果众多,不过,这其中关于桐城派确立与发展的基本问题,学界仍存在不同的观点。关于桐城派的发展过程,学者们有三期、四期的不同分法。时萌《论桐城派》一文,把桐城派的发展变化分为三个阶段:第一阶段是,桐城派逐渐形成至扩大堂庑的时期……第二阶段,即从曾国藩所谓“桐城中兴”为始……第三阶段是桐城派的余波,大致是从戊戌变法前夕至辛亥革命前后。这一划分除了体现桐城派的发展,更主要的是依据了历史的发展:第一阶段处于清王朝由相对稳定渐趋衰败之际,是革命的蕴蓄期,第二阶段处于血与火的斗争年代,第三阶段处于封建社会的瓦解时期。[1]魏际昌《桐城古文学派小史》一书也把桐城派的发展分为树立、分播、陵替三期。[2]关爱和《古典主义的终结——桐城派与“五四”新文学》一书把桐城文派的发展分为初创、承守、中兴、复归四期。[3]后两者的划分主要是以文学主张和文风的发展变化为线索的,有一定的合理性。但对姚鼐之后、曾国藩之前的一段发展时期有所忽略。另外,桐城派发展到曾国藩,是衰落还是中兴,魏际昌以此为“陵替”期,而关爱和以此为“中兴”期,他们的划分代表了两种截然不同的意见。

本文认为,桐城派从确立、发展到衰亡可分为四个时期:

第一时期，康熙、雍正、乾隆年间，桐城派确立

袁行霈主编的四卷本《中国文学史》中说："桐城派在康熙年间由安徽桐城人方苞开创，同乡刘大櫆、姚鼐等继承发展，成为清代影响最大的散文派别。"[4]而严迪昌《姚鼐立派与"桐城家法"》一文则认为："古文而有'桐城'一派，据之史实，乃肇开自姚鼐。'桐城三祖'之名，系姚门弟子所追崇，今之论者径称方苞为'桐城派创始人'云云，系昧于史实作随意不根之谈。'桐城'得以名派，肇自姚鼐。"[5]从历史事实出发，本文赞同严迪昌的观点。

方苞，桐城人。《清史稿》载："其为文，自唐、宋诸大家上通太史公书，务以扶道教、裨风化为任。尤严于义法。"方苞曾言其行身祈向曰："学行继程、朱之后，文章在韩、欧之间。"其道德文章被康熙所看重，并逐渐委以重任，从而声名远播，其"义法"说也颇受朝野崇奉。刘大櫆，桐城人。《清史稿》载："始年二十余入京师，时方苞负海内重望，后生以文谒者不轻许与，独奇赏大櫆"，"大櫆虽游苞门，传其义法，而才调独出"。方苞虽然负有文名，但并未有意立一文派。

后姚鼐继起，为文犹推服大櫆。乾隆四十二年，姚鼐所作的《刘海峰先生八十寿序》中，明确表达了对方、刘二人文章的推崇与继承：

> 曩者，鼐在京师，歙程吏部、历城周编修语曰："为文章者，有所法而后能，有所变而后大。维盛清治迈逾前古千百，独士能为文者未广。昔有方侍郎，今有刘先生，天下文章，其出于桐城乎！"鼐曰："夫黄舒之间，天下奇山水也，郁千余年，一方无数十人名于史传者。独浮屠之俊雄，自梁陈以来，不出二三百里，肩背交而声相应和也，其徒遍天下，奉之为宗。岂山川奇杰之气，有蕴而属之耶？夫释氏衰歇，则儒士兴，今殆其时矣。既应二君，其后尝为乡人道焉。

从姚鼐开始才有意立派，"其出于桐城乎"一语，使桐城派之名从此

确立。

第二时期，嘉庆、道光年间，桐城文章大盛

此期，姚鼐的弟子遍布各地，桐城派由桐城一地的师友相传，衍变为一个全国性的文派。并且，姚鼐弟子方东树等人明确绍述文统，树立起了桐城文章的正统地位。

曾国藩在其著名的《欧阳生文集序》中说：

> 乾隆之末，桐城姚姬传先生鼐，善为古文辞，慕效其乡先辈方望溪侍郎之所为，而受法于刘君大櫆及其世父编修君范。三子既通儒硕望，姚先生治其术益精。历城周永年书昌为之语曰："天下之文章，其在桐城乎！"由是学者多归向桐城，号"桐城派"，犹前世所称江西诗派者也。
>
> 姚先生晚而主钟山书院讲席，门下著籍者，上元有管同异之、梅曾亮伯言，桐城有方东树植之、姚莹石甫。四人者，称为高第弟子，各以所得传授徒友，往往不绝。在桐城者，有戴钧衡存庄，事植之久，尤精力过绝人，自以为守其邑先正之法，檀之后进，义无所让也。其不列弟子籍，同时服膺，有新城鲁仕骥絜非，宜兴吴德旋仲伦。絜非之甥为陈用光硕士，硕士既师其舅，又亲受业姚先生之门，乡人化之，多好文章。硕士之群从，有陈学受艺叔，陈溥广敷，而南丰又有吴嘉宾子序，皆承絜非之风，私淑于姚先生。由是江西建昌有桐城之学。仲伦与永福吕璜月沧交友，月沧之乡人有临桂朱琦伯韩、龙启瑞翰臣、马平王锡振定甫，皆步趋吴氏、吕氏，而益求广其术于梅伯言。由是桐城宗派流衍于广西矣。
>
> 昔者，国藩尝怪姚先生典试湖南，而吾乡出其门者，未闻相从以学文为事。既而得巴陵吴敏树南屏，称述其术，笃好而不厌，而武陵杨彝珍性农、善化孙鼎臣芝房、湘阴郭嵩焘伯琛、溆浦舒焘伯鲁，亦以姚氏文家正轨，违此则又何求？

最后得湘潭欧阳生。生,吾友欧阳兆熊小岑之子,而受法于巴陵吴君、湘阴郭君,亦师事新城二陈。其渐染者多,其志趣嗜好,举天下之美,无以易乎桐城姚氏者也。

不论曾国藩所论及的人员是否都属于桐城派,但有一个事实不容否认,就是桐城派此时的发展已经不再囿于桐城一地。

姚鼐弟子方东树明确指出,桐城派古文上继唐宋八家及明代归有光的散文创作,传承了古文的正统:

庄子曰:"世有真人而后有真知。"夫真知又有所待而定耶?往者姚姬传先生纂辑古文辞,八家后于明录归熙甫,于国朝录望溪、海峰,以为古文传统在是也。(《答叶溥求论古文书》)

方宗诚,字存之,安徽桐城人,方东树从弟,尝从东树游。戴钧衡,字存庄,桐城人,从方东树游。方宗诚、戴钧衡二人合编《桐城文录》,收明末清初钱澄之至清代后期戴钧衡共83家文,共76卷,是一部桐城派文选。方宗诚在《桐城文录序》中指出:

盖自方望溪侍郎、刘海峰学博、姚惜抱郎中三先生相继挺出,论者以为侍郎以学胜,学博以才胜,郎中以识胜,如太华三峰,矗立云表,虽造就面目各自不同,而皆足继唐宋八家文章之正轨,与明归熙甫相伯仲。呜呼!盛哉!

在《桐城文录》"义例"中进一步说:

右文录七十六卷,为人八十有三。标名家以为的,所以正文统也;广取诸家,所以扩学识也。而要之以去浮文资实学为主,则余区区编辑之意也。又采集诸先生行谊为传,冠于卷首，所以备学者之师表及考核云。

第三时期，道光、咸丰年间，桐城派遭逢世变

在人员萧条、创作空疏的情况下，曾国藩担起了“中兴”桐城的责任，延续了桐城派，并扩大了桐城派的眼界和影响。

关于曾国藩与桐城派的关系，学界曾有过争论。李祥《论桐城派》最早指出曾国藩非桐城正宗，而自成一派——“湘乡派”：

> 文正之文，虽从姬传入手，后益探源扬、马，专宗退之，……此又文正自为一派，可名为“湘乡派”，而桐城久在祧列。[6]

他认为曾国藩应另立一派的原因，是曾国藩的文学渊源和风格与桐城派有别，胡适等也响应过这种说法。1979年，舒芜又再次提起这个问题，他认为曾国藩以湘乡派篡了桐城派之统，在姚鼐死后桐城派自身对新形势无能为力，曾国藩作为外力对其进行改造，程度之大，使它改成了另一个派别。[7]也有学者不同意这个观点。周颂喜通过分析曾国藩对桐城派的因承和创变，指出他们的基本思想、创作形式和方法是一致的，认为因承多于创变。[8]也有人对这两种说法都不同意。魏际昌认为从曾国藩开始是桐城派的“陵替”期，因为，丧乱之后桐城派旧有的实力已经大为削弱，而曾国藩终究非直传桐城之学的人，他的幕僚也大多不谙桐城家法。所以桐城派自曾氏以下，是本派的再生还是李代桃僵，就不言而喻了。但他也不同意把他们称作“湘乡派”，因为曾国藩自己就不是这样想的。所以，他认为从曾国藩开始应该称为“准桐城派”。[9]

李祥认为曾国藩的文学渊源和风格与桐城派有别，但是桐城派之所以立派，并不在其文学风格的一致，而是对其核心理论主张“义理、考证、辞章”的认同与实践。舒芜认为曾国藩以湘乡派篡了桐城派

之统,是从政治主张上判定曾国藩的归属,也偏离了桐城派“义理、考证、辞章”的文学主张。从文学的角度,我们更认同周颂喜的观点,认为曾国藩在继承桐城派的基础上又有创变。

曾国藩很赞赏姚鼐适时提出的“义理、考证、辞章”的主张,也敢于指摘桐城前辈的弱点，而且又在此基础上对桐城派加以开拓和发展。曾国藩在《欧阳生文集序》中就指出：

> 自洪、杨倡乱,东南荼毒,钟山石城昔时姚先生撰杖都讲之所,今为犬羊窟宅,深固而不可拔;……老者牵于人事,或遭乱不得竟其学,少者或中道夭殂。四方多故,求如姚先生之聪明早达,太平寿考,从容以跻于古之作者,卒不可得。然则业之成否,又得谓之非命也耶？……余之不闻桐城诸老之謦欬也久矣,观生之为,则岂直足音而已!故为之序,以塞小岑之悲，亦以见文章与世变相因，俾后之人得以考览焉。

“文章与世变相因”,曾国藩深刻地认识到桐城派的发展要适时而变。在当时内忧外患的现实面前,空洞的义理、烦琐的考据都不能够救世除弊,这时的有识之士都转向了经世致用之学,并要求以此充实文章内容。曾国藩有鉴于此,力倡“有义理之学,有辞章之学,有经济之学,有考据之学”,“此四者缺一不可”(《求缺斋日记类钞》)。在讲求“义理、考据、辞章”的同时又突出了“经济”,并指出“义理之学最大,义理明则躬行有要,而经济有本。辞章之学,亦所以发挥义理也”(《曾文正公家书》卷4《致诸弟》)。以“义理”为本,“经济”为用,增强了文章的现实性,充实了文章的内容,从而补救了桐城派的空疏之弊,延续了桐城派的命运。[10]从这个意义上讲,曾国藩堪称桐城文派的“中兴大将”。

曾国藩之后,黎庶昌、薛福成、张裕钊、吴汝纶,号称曾门四弟子。

第四时期,清末民初,桐城派的喘延与消亡

桐城文派一直延续至清末民初,这一时期的成员主要有范当世、马其昶、姚永朴、姚永概等,但他们已远离了“经世要务”,在理论与创作上没有更多进展,只有坚守程朱理学与韩欧之文。此外,还有两位私淑桐城的成员林纾与严复,力延古文一线,用翻译文学为古文开辟了疆域。

新文化运动中桐城派遭到猛烈的批判,《新青年》二卷六号上陈独秀发表《文学革命论》说:“今日吾国文学,悉承前代之弊。所谓桐城派者,八家与八股之混合体也。所谓骈体文者,思绮堂与随园之四六也。所谓江西派者,山谷之偶像也。”“此十八妖魔辈(前后七子、归有光加桐城派),尊古蔑今,咬文嚼字,称霸文坛,反使盖代文豪若马东篱、若施耐庵、若曹雪芹诸人之姓名,几不为国人所识。若夫七子之诗,刻意模古,直谓之抄袭可也。归、方、刘、姚之文,或希荣慕誉,或无病呻吟,满纸之乎者也矣焉哉,每有长篇大作,摇头摆尾,说来说去,不知说些甚么。”同一期也发表了钱玄同致陈独秀的信,支持胡适的《文学改良刍议》,认为:“具此识力,而言改良文艺,其结果必佳良无疑。惟选学妖孽,桐城谬种,见此又不知若何咒骂。……”林纾等人虽然致力于延续桐城古文的正统,但随着白话文的兴起,以及桐城文章所依附的“道”、“义理”的被打倒,桐城文派从此一蹶不振,渐渐退出了历史舞台。

参考文献

[1]时萌.中国近代文学论稿[M].上海:上海古籍出版社,1986.

[2][9]魏际昌.桐城古文学派小史[M].石家庄:河北教育出版社,1988.

[3]关爱和.古典主义的终结——桐城派与“五四”新文学[M].上海:上海文艺出版社,1998.

[4]袁行霈.中国文学史[M].北京:高等教育出版社,1999.

[5]严迪昌.姚鼐立派与“桐城家法”[J].文学遗产,2006(1).

[6]李祥.论桐城派[J].国粹学报,1905(12).

[7]舒芜.曾国藩与桐城派[A]//徐中玉.古代文学理论研究丛刊(第一辑)[C].上海:上海古籍出版社,1979.

[8]周颂喜.篡统乎?继统乎?——论湘乡派与桐城派的关系[J].求索,1987(4).

[10]此观点参见黄霖.近代文学批评史[M].上海:上海古籍出版社,1993.

◎杨　波

《儒林外史》人物画廊

《儒林外史》自成书以来就以杰出的讽刺艺术，入木三分的人物刻画技巧著称于世。正如惺园退士为齐省堂增订本作序所言："《儒林外史》一书，摹绘世故人情，真如铸鼎象物，魑魅魍魉，毕现尺幅；而复以数贤人砥柱中流，振兴世教。其写君子也，如睹道貌，如闻格言；其写小人也，窥其肺腑，描其声态，画图所能者，笔乃足以达之。……"[1]

作者以自己的如椽巨笔为我们塑造了一大批生动、鲜活的人物形象。全书共刻画了三百七八十人，其中既有代表传统士人文化与理想的贤士君子，又有沉醉于功名利禄的追名逐利者以及在科举和功名刺激下所滋生的"名士"。同时作者还将笔触深入到民间，创造出诸多市井细民形象，笔余作者还以敏锐的眼光关注当时处在男性王国中苦苦挣扎着的女性。作者从不同的视角透视这些人物的"生活的浮沉，境遇的顺逆，功名的得失，仕途的升降，思想情操的高尚和卑劣，社会理想的倡导与破灭"。[2]

陈独秀在《儒林外史新叙》中讲到："看了这部书的，试回头想一想：当时的社会情形是怎么样？当时的翰林、秀才、斗方名士是怎么样？当时的市民又是怎么样？——哪一件不是历历如在目前？哪一个不是惟妙惟肖？"[3]确实这些人物个性鲜明，单就人物描写而言，此书已蔚为大观。

一、杜少卿、庄绍光、虞育德、迟衡山

杜少卿是作者殷情称颂的理想人物，他淡薄功名，讲究“文行出处”，扶困济贫，乐于助人。他高标独立，洒脱率真，平居豪举，绝世风流，“他是一个既有传统品德又有名士风度的人物。既体现了传统的儒家思想，又闪耀着时代精神，带有个性解放的色彩”。[4]

他傲视权贵，当臧三爷请他同去会王知县时，杜少卿道：“他果然仰慕我，他为甚么不先来拜我，倒教我拜他？”他乐于助人，当他得知王知县坏事，没有地方住的时候，他又非常慷慨地让王知县搬到他的家中；黄大说自家的房屋倒塌时，他慷慨解囊资助了50两银子。杨裁缝的母亲死了，他又感同身受，认为“人孰无母”，自己身无分文，却把自己的衣服当了20两银子，让杨裁缝发母丧；戏班首领鲍廷玺缺钱而无力组织戏班，他毫不吝惜地给了100两银子，让鲍廷玺重操旧业，奉养母亲。对于传统道德中的孝道，他身体力行“但凡是见过他家老太爷的，就是一条狗也是敬重的”。父亲的门客娄老爹，他当亲爹一样地养着，每天一早一晚地服侍，而且“人参铫子自放在少奶奶房里，奶奶自己煨人参，药是不消说，一早一晚，少爷不得亲自送人参，奶奶亲自送与他吃”。

对于文人们赖以荣身、光宗耀祖的科举之路，他十分淡泊，“宁可不出去的好”。他装病拒绝应征出仕。虽然是家门鼎盛的世家子弟，却认为“好了！我做秀才，有了这一场结局，将来乡试也不应，科、岁也不考，逍遥自在，做些自己的事罢”，视功名如粪土，自己的命运交由自己掌握体现了他独立的人格。他勇于揭露作为科举制度八股文一句的朱著《诗经》的猥陋之处。他认为《凯风》是七子之母由于衣服、饮食不称心而在家吵闹，并非是七子之母想要再嫁。认为《溱洧》是夫妇同游而并非是淫乱。他坚持自己的见解，不盲目迷信先哲，这才是一个真正的学者应该有的治学态度。

对于女性，他则有着超越时代的清醒认识，他反对对妇女的压迫和摧残。别人劝他娶如夫人，但他很爱自己的妻子，“今虽老而丑，我

固反见其姣且好也”。他认为“娶妾的事,小弟觉得最伤天理。天下不过是这些人,一个人占了几个妇人,天下必有几个无妻之客。小弟为朝廷立法:人生须四十无子,方许娶一妾,此妾不生子,便遣再嫁”。他陪着娘子看南京的风景,竟携着娘子的手走了一里多路,在那个妇女受歧视的时代,杜少卿的这一惊世骇俗的举动只能引得路边人“目眩神摇,不敢仰视”。

和他类似的是庄绍光、虞育德、迟衡山三人。他们都是作者着力刻画的完美型人物,代表着作者的真儒理想。如果说作者对杜少卿的描摹是一幅工笔画,那么庄绍光、虞育德、迟衡山三人,作者则采用了粗笔勾勒的手法。

庄先生是南京累代的读书人家,“闭户著书,不肯妄交一人”。他心系天下,恪守君臣之礼,应朝廷征聘入京。当他被冠以“征君”的名号后,回乡途中,两淮盐商前来拜访,几位本家也来了。盐院、盐道、分司、扬州府,江都县各位老爷都来了,一时冠盖云集。才回到家又有大批的官僚乡绅来拜访,他只能穿了靴子又脱了,脱了又穿上,最后他只好携夫人搬到俗人们扰不着的元武湖去了。对于权贵,他不巴结不奉承,大学士太保公想把他收入门墙以为己用,面对这样一条飞黄腾达的终南捷径,他却断然拒绝,以自己的傲岸人格显示了他的高洁品行。庄先生怜贫惜弱,在人家家里借宿时,老人家穷苦年高,老夫妻双双归天,他自己出资以礼葬之。卢信侯因为藏有《高青丘文集》被人告发入狱,他写信积极为卢信侯奔走,终于使卢信侯平安出狱。

虞育德幼年失怙,被父亲临终前托付给祁老太公。他特立独行,尤资深劝他找人举荐,他坚决不从。靠着自己的实力考取进士之后,他不蝇营狗苟、弄虚作假。别人都谎报年龄,五六十岁的也写作三十岁,结果自己因为年龄的问题而被授予国子监博士的闲官,但是虞博士却宠辱不惊,在南京他主持了祭祀泰伯的仪式。对于千里寻父的郭孝子,他写信、送银子,可谓仁义至极。他做了六七年的国子监博士,却对现实无能为力,不得不凄惶而去,求得出仕获些俸禄薄田,与老妻共度时艰。他具有淡定的心态,当报路人来报喜的时候,他只是典当了自己的几件衣服，托祁老太公打发报录的人。正是由于他品行出众，因而被推举为祭祀泰伯的主祭人。李汉秋先生这样评价他："虞博士的不凡人生，蕴含着不平凡的觉解，他平凡却非浅薄，是寓高明于平凡之中，其修养到家，而不见修炼的痕迹；而是炉火纯青看不到红焰了，是汰尽浮华归复天然了，是达到'极高明'与'道中庸'的统一了。"

迟衡山对于维系了一千多年的封建科举制度有着深刻的认识："而今读书的朋友只不过讲个举业，若会做两句诗赋，就算雅极了，放着经史上的礼、乐、兵、农的事，全然不问。"迟先生痛心疾首于学子们不注重文行出处，而看重八股举业，盲目追逐名利。他于是抱着救世思想首倡祭祀先贤泰伯，试图托古改制，以礼制来匡正天下士人的言行，"成就一些人才，也可以助一助政教"。他是身处江湖之远，心忧天下安危。

这几位真儒贤士，他们追求崇高理想与完美人格，力图以身上所具有的旷达天性和刚劲风骨来承担自己的历史使命，然而"汉魏风骨，晋宋莫传"(陈子昂《与东方左史虬修竹篇序》)[5]，他们竭力树立起来的恢复传统儒家精神的象征——泰伯祠，后来崩塌，乐器祭器尘封冷落，正如第四十八回卧评所言："看泰伯祠一段，凄清婉转，无限凭吊，无限悲感"。[6]想当初祭祀的盛大场面引得全城人关注，而最终却只落得"水流花谢知何处"。真儒贤士代表着一种孔子式的精神，这种精神保留着中国古典文化的精髓。杜少卿、迟衡山、庄绍光、虞育德，他们博学多才，重视修身立德，看重自己的节操品行。在他们的身上体现着强烈的社会责任感，他们试图以自己的绵薄之力来实现理想的建构和道德的重塑，实践自己拯溺救焚的人生追求，他们身上所体现出来的人格魅力和人性光辉"正是一塌糊涂的泥塘里的光彩和锋芒"。[7]他们的活动以祭祀泰伯祠为中心，孔子曾经赞扬泰伯"泰伯，真可谓至德也已矣"。[8]而泰伯的礼让精神正是这些文人士子所要追求的，然而一切美好总是易逝的，76 人所共襄的盛举转眼成过眼云烟。

二、马二先生

对《儒林外史》中马二先生的形象，鲁迅、张天翼、何其芳等人评价都很高。何其芳认为，古典小说创造的人物形象中，够得上“典型”水平的，没多少个，马二先生算得上一个。他是一个极具矛盾性的人：对于儒家传统道德，他始终恪守；对于八股功名，他始终孜孜以求；但是处在行将没落的科举制度和当时不注重文行出处的社会环境，他的举动又让人觉得是那样的迂腐可笑。作者对于马二先生，讽刺中有同情。

马二以自己认可的对举业贯古通今的宏论开场：“举业二字是从古及今人人必要做的，就如孔子生在春秋时候，那时用‘言扬行举’做官，故孔子只讲得个‘言寡尤，行寡悔，禄在其中’，这便是孔子的举业。……到本朝用文章取士，这是极好的法则，就是夫子在而今，也要念文章、做举业，断不讲那‘言寡尤，行寡悔’的话，何也？就日日讲究‘言寡尤，行寡悔’，那个给你官做？孔子的道也就不行了。”马二的宣讲，精辟地道出了选拔功令对知识分子所起的指挥棒作用，他毫无讳饰地讲出了老实话：做举业，就是为了做官。他把做官看做人生的唯一价值，而按朝廷功令做举业，则是做官的唯一正途。他的人生观、价值观无疑都是褊狭的。

马二先生是八股制度的虔诚信徒，他把儒家思想的一些积极因素，融入血液，身体力行。他资助萍水相逢的匡二返乡，极其慷慨。匡二说只要借一两银子，他却拿出十倍，连路上御寒衣物、回乡后营生之资都奉送。还携着匡超人的手，一直送到船上，看他上了船，才辞别。匡超人被感动得泪如雨下。他操选政“批文章”(选中式的八股文加以批点评说)极其认真，“时常一个批语要做半夜，不肯苟且下笔”，既不肯误人子弟，又“不肯自己坏了名”，所以“三百篇文章要批两个月，催着还要发怒”，不肯为牟利的书商赶时间粗制滥造，不肯为商业利益而放松学术操守，表现了他的诚笃秉性。

他具有儒家所倡导的优秀品质，但同时也正是这些教条式的思想束缚了他的审美情趣,让他变得迂腐不堪。马二先生早就知道“西湖山光水色,颇可以添文思”,一日,他“独自一人,带了几个钱,步出钱塘门”,大有轻装览胜的闲情逸致。可是他跑了一天,遍历十景,陈腐的心田却对美景没有丝毫感触。从“断桥残雪”到“平湖秋月”,在湖光潋滟的白堤上,他要么望着酒店肴馔咽口水,要么看着一船一船的女客,辨识她们的贵贱,其他什么湖光山色都“不在意里”。“苏堤春晓”、“六桥烟柳”一带,游人到此流连忘返,他却觉得“走也走不清,甚是可厌”,急不可耐地问行人:“前面可还有好玩的所在?”到了“花港观鱼”,他无心观鱼赏花。到了雷峰塔,暮色渐起,“孤峰犹带夕阳红”的“雷峰夕照”,也无法映入他的眼帘。赶到净慈寺,他横着身子冲过妇女的队伍,什么也不敢看。“南屏晚钟”,他也无心谛听引人遐想的钟声,忙着不加选择地乱买杂七杂八的东西填饱肚子。然后“直着脚,跑进清波门,到了下处关门睡了”。如此美景却只能让他昏然入睡,读来令人莞尔。

隔天,马二先生游吴山。在山冈上,他“左边望着钱塘江,明明白白”,“右边又看得见西湖、雷峰一带,湖心亭都望见”,眼睛倒没有近视,但吸引他的是什么景象呢?钱塘江上“过江的船,船上有轿子,都看得明白”。“西湖里打鱼船,一个一个,如小鸭子浮在水面”。终于他极力想吟咏两句来抒发自己的感情,于是搜索枯肠,终于嗫嚅了一句:“真乃‘载华岳而不重,振河海而不泄,万物载焉!’”——却是从举业必读书《中庸》里找出的一句话,简直驴唇不对马嘴!这足以看出八股迷头脑的迂腐僵化。更有甚者,他穿着破烂衣衫到达御书楼之后,对着前朝皇帝所题的牌匾拜了起来,他的举动是那样滑稽可笑,但他的动作是那样的纯熟,封建制度下,奴性已深入他的骨髓。“拜毕起来,定一定神”,终于回到了现实,“照旧在茶桌子上坐下”。在幻觉与现实的巨大反差中包含着多少凄怆和悲哀!

马二先生是一个有缺陷的好人,在儒家文化的熏陶下,他本性善良,为欺骗过自己的洪憨仙发丧,颇有侠义之心;但他沉迷于戕害人性的八股文,在八股的控制下,成为八股的牺牲品。他昏聩可笑,这种可笑，是一种赋予同情的带泪的笑。

三、周进、范进

周进、范进本来是比较忠厚老实的人，但是为了功名利禄，一辈子埋头于八股举业，考到五六十岁，成了八股举业的可怜虫。他们对科举功名孜孜以求，把自己一生的荣辱全部都维系在科举上面，被科举弄得精神荒芜，思想空虚，浅陋无知，成了荼毒社会的庸才。他们的人生追求代表了封建制度下绝大多数的知识分子的选择，为了功名利禄把自己摆在了科举制度的祭台上，作者通过他们写尽了天下伪儒的辛酸与丑态。

周老先生60多岁了还未曾进学，穷困潦倒的他只好到薛家集教书糊口。当遇到比自己年轻得多的秀才梅玖时，他只能被称为“小友”，就像做妾的一辈子只能被称为“新娘”一样，无法抬头。周先生被梅秀才明知故问地戏弄了一通，但他只能羞得脸上红一块、白一块。两个月后，周进又碰到了趾高气扬的举人王惠，王举人大吹特吹了一番自己考场上的神来之笔，飞扬跋扈，夸耀自己的举人身份。到了吃饭的时候王举人“鸡鸭鱼肉，堆满春台”，可怜的周夫子只能是一碟老菜叶，一壶茶水。王举人扔了一地的鸡骨头、鸭翅膀、鱼刺、瓜子皮之后扬长而去，周进昏头昏脑地扫了一早晨。由于周先生一心想着举业，不懂人情世故，不懂得“孝敬”夏老爹，一年后只能丢了赖以活命的饭碗随着自己的亲戚去经商。到了贡院这个几乎耗尽了他一生青春与生命的地方，50多年的酸甜苦辣一下子爆发了，累年科场蹭蹬的他一头撞在号板上，顿时死了过去，被救醒之后，他还是“伤心不止”。他在商人们的帮助下进了学，于是不是亲的也来认亲。后来他又中了进士，三年后升任广东学道。围绕着功名富贵转圈的他终于如愿以偿。做了学道的周进看到了和自己当年一样同病相怜的范进。本来是周学道自己都不知所云的文章却被列入了第一等，本是为国抡才的大事，他却录取了一位连苏轼都不知道是何人的庸才。真是糊涂考生遇着糊涂官，歪打正着。他的迂腐，他的呆气，他对于功名的痴迷，令人作呕。恰如卧评所言："周进乃老腐愚儒。观其胸中，只知吃观音斋，念念王举人的墨卷，则此外一无所知矣。"

范进20岁应考，考了20多次，到54岁还是老童生。他年老体弱，进考场时，穿的麻布衣服都朽烂了，面黄肌瘦，冻得"乞乞缩缩"。由于周进的赏识，他考中秀才，又接连中了举人，历年来的痛苦在这突如其来的喜悦中不知所措，大叫一声："噫好，我中了！"他疯了，为了他梦寐以求的举人身份。于是大家推举平日对他吹胡子瞪眼、没有好声气的胡屠户给他治病，胡屠户这一巴掌下去，把范进从中举后的癫狂状态拉回现实世界中。在胡老爹的眼里，原来"该死的畜生"变成了"天上的星宿"。原来打了、骂了都无所谓，现在只一巴掌下去就让胡屠户的手疼起来了。中举前无人问津，中举后素无往来的张静斋又是送钱，又是送房子。范进的功名梦想终于如愿以偿了。

他虚伪，老于人情世故，他的母亲去世之后，汤知县宴请时看见他不用银筷子和象牙筷子，心里正在琢磨没有备好素席，可是正在这时候，范老爷却从燕窝碗里夹起了一个大虾元子。原来范进的"居丧尽礼"也不过是表面文章，他的虚伪的面目昭然若揭。数年后，范进做了山东学道，同样担负着为国家选才的重任。但他首先想到的不是选才，而是找到周进托付找的荀玫，当得知荀玫已经考取之后，这位学道"不觉喜逐颜开，一天的愁都没有了"。八股文笼罩下的他，孤陋寡闻，昏聩无能，巴结上司，毫无德行可言，这样的人会被录取，被点为学道，岂不是咄咄怪事？

通过周进、范进的悲喜剧，作者的矛头直指禁锢人心灵、麻痹人思想、祸害士人德行的科举制度。他们一生专注于科举，最终却被科举所累，成了精神荒芜、德行有亏、行为荒谬，而被作者讽刺的人物。

四、严氏兄弟

在《儒林外史》的许多人物中，严贡生是作者着重刻画的一个反面典型。清朝的科举，纯为以文试士，唯有"优贡"这个名目，是制度上唯一强调要凭所谓优良的品行来决定应举资格的。在《儒林外史》中的严贡生正是凭借自己雄厚的资财被学政“提了优行贡入太学肄业”的，就是这个哄吓诈骗、无恶不作的严贡生，他还恬不知耻地对王家兄弟自称“前任周学台举了弟的优行，又替弟考出了贡”。作者将书中最恶劣的人同“优贡”这个名目联系起来，既是冷嘲，也是从根本处来鞭挞科举制度的。

严贡生的“六亲不认”被作者刻画得淋漓尽致。在第六回中，严贡生自己的弟弟严监生病死，临死前也不见严贡生来询问、关心；直到严监生死后“过了三四日”，才见严大老官“从省里科举了回来”。“科举”在严贡生这一类文人眼里远远比“亲情”重要。在接下来的情节中，严贡生的虚伪和贪财又进一步被揭露：严贡生回到家并没有立即去拜见死者，而是悠闲地“和浑家坐着，打点拿水来洗脸”，直到打开严监生的遗物，看见“簇新的两套缎子衣服，齐臻臻的二百两银子”，立刻“满心欢喜”，“即刻换了孝巾，系了一条白布在腰间”，“在柩前叫了声‘老二’，干号了几声，下了两拜”。在与王家兄弟攀谈中，还大言不惭地为自己辩护说“我们科场是朝廷大典”，“就是不顾私亲，也还觉得与心无愧”。

严贡生的欺压和敲诈，更是在“云片糕”事件中表现得入木三分。第六回，严贡生取出一方云片糕来吃，剩下几片，“搁在后鹅板上，半日也不来查点”，而当掌舵驾手“左手扶舵，右手拈来，一片片的送到嘴里了”，严贡生先是“只作不看见”，直到“船拢了马头”，他便“转身走进舱来，眼张失落的，四周看了一遭”，还明知故问地询问四斗子“我的药往那里去了？”此时一个装模作样的人物宛然浮现眼前。当他的奸谋得逞时，他便适时“发怒道”：这药是“张老爷在上党做官带了来的人参，同周老爷在四川做官带了来的黄连”，“值几十两银子”，还要写帖子送到“汤老爷衙里，打他几十板子再讲”。结果他的奸计果然骗得那些可怜的舵工们只有跪地求饶了，他占足便宜后扬长而去。这一段精彩的描写，无疑倾注了作者对此人物的厌恶和鄙夷。严贡生鱼肉乡民，横行乡里。第四回中他说自己“在乡里之间，从不晓得占人寸丝半粟的便宜”，可就在此时，家人却来报早上那口猪的主人来讨猪了,他伪善的面目就这样被无声地揭开了。

然而他是封建统治集团的一员,这个社会制度就保证他不会失败。第六回里写他欺凌妾出身的弟妇,企图夺产,闹得人仰马翻,碰巧遇着一个"也是妾生的儿子"的知县支持了他的弟妇,那一场官司,在形式上他是打输了;但是,第十八回里写出了他活动的结果,"仍然立的是他二令郎,将家私三七分开",他得七股,实际上他还是得到了胜利。严贡生这个反面典型人物,在乡绅地主集团里,地位并不高,而他的行为和品质,却集中了剥削阶级的一切特性,在他的那个集团里是很有代表性的。《儒林外史》的作者批判科举制度,是通过批判和这个制度有联系的严贡生一类的人物来实现的。所以评析严贡生这个典型人物,也能更好地了解作者写《儒林外史》的目的。"严老大不过一混账人耳"[9],此确是的评。

严监生胆小有钱。虽则胆小,但并非善良之辈。他妻子病卧在床,生命垂危,侧室赵氏假意殷勤,骗取正妻王氏答应把她扶为正房,王氏刚一吐话,严监生"听不得这一声,连三说道:'既然如此,明日清早就要请二位舅爷说定此事,才有凭据。'"只这一件事,就把严监生外柔内奸、心狠情薄的性格本质展露无遗。

他爱财如命,家里有十多万的银子,可是"猪肉也舍不得买一斤。每常小儿子要吃时,在熟切店内买四个钱的,哄他就是了"。严监生是个典型的悭吝鬼,他花费的银子,实在都出于不得已。当王氏死后,赵氏提起要送与两位舅爷赶考盘程银子时,严监生听而不言,"桌子底下一个猫就扒在他腿上,严监生一靴头子踢开了"。这个猝然之间的暗暗发狠的动作,正是他此刻怜惜银子、憎恶两个舅爷的心理流露。到他临终的时候,他看见油灯里面点了两茎灯草,伸出两根手指头一直不咽气,直到赵氏说出他的意思挑掉了一茎灯草,他才放心地驾鹤西去。这一细节成为中国文学史上极著名的一例,它对那些悭吝乡绅的揭露讽刺可谓入木三分,同时也为严监生的性格塑造添上了极为传神的一笔。正因为如此,他才和迂腐的泼留希金、凶狠的夏洛克、多疑的阿巴贡、狡黠的葛朗台,成为了世界文学殿堂中吝啬鬼形象的代表人物。

但与严贡生不同，严监生有卑微可怜的一面，还有不乏人情的一面。正妻王氏病后，他延请名医，煎服人参，毫不含糊。王氏死后，他深情悼念，“伏着灵床子又哭了一场”，这不是“做戏”的眼泪，这里写出了他具有人情的一面。由于他没有家族优势，至死也怕严老大，他活得卑微，死得窝囊。至于对财产的聚敛，主要靠两种方式：一是靠剥削来占有；二是靠惨淡经营，精打细算，甚至靠生活方式上的自虐来减少开支。他爱财、聚财，但有时不乏慷慨。这是与他没有家族优势、没有功名地位的处境分不开的。但是他并不甘心屈从别人，这种心态在他临终托孤于内兄的沉痛遗言中充分地揭示出来了，他说：“我死之后，二位老舅照顾你外甥长大，教他读读书，挣着进个学，免得像我一样，终日受大房的气。”在他的心目中，除了金钱之外，还得有功名权势，只有如此，才可以直起腰板活人。临终前的一席话，可谓是他人生经验的总结。总之，他有吝啬、薄情的一面，又不乏人情味。

作者似乎想通过这两个人的对比告诉我们，科举制度下，大概文人的“学历”越高，道德就越是败坏。作者写此兄弟二人恰如《红楼梦》中黛玉有黛玉的性子，宝钗有宝钗的面貌，绝不雷同！

五、匡超人

在袁行霈先生主编的《中国文学史》中，对匡超人有这样的评价：“作者用五回篇幅描写了匡超人如何从一个纯朴的青年而堕落成无耻的势利之徒。匡超人出身贫寒，在流落他乡时，一心惦记着生病的父亲……但是他逐步发生了变化。先是受马二先生的影响，把科举作为人生的唯一出路，考上秀才后，又受一群斗方名士的‘培养’，以名士自居，以此作为追名逐利的手段；后又受到衙吏潘三的教唆，做起流氓恶棍的营生。社会给他这样三条路，他巧妙周旋其间，一步步走向堕落。他吹牛撒谎，停妻再娶，卖友求荣，忘恩负义，变成一个衣冠禽兽。”[10]作者用最深沉的感情写出了一个血肉饱满的人物。他要告诉人们的是，一个比较纯朴善良的农村青年精神生命的毁灭，一出真正人性沦丧的悲剧。

匡超人在书中的地位是独特的，这主要表现为他是小说中唯一被全程描写的由善至恶的典型,也是前后变化最大的一个人物。当他贫穷的时候,他一心惦记着自己的生病的父亲,“我为人子的,不能回去侍奉,禽兽也不如”。他爹要出恭时,他双膝跪下,把父亲的两条腿捧在肩上。家里失火的时候,他背着父亲、母亲,拉着嫂子往外逃。可是他入泮之后,迅速地背弃了父亲“不可贪图富贵,攀高结贵”的遗言,刚到杭州就和一帮子斗方名士混在一起,他依靠自己的小聪明,仅仅以一本《诗法入门》就写出了“已精而益求其精”的诗来。在衙役潘三的诱导下他开始一步步堕落为流氓恶棍。潘三遇难想见他时,他竟然认为牢狱里面走一遭,对于他的官路有很大的影响,为了权势地位，他抛弃了人性中固有的善良，他在科举的诱惑下不断地扭曲蜕变,成为一个异化了的人。作者似乎在告诉人们:只有人品堕落的人才能在当时的人生舞台上得到施展。生活在那个时代的农村青年匡超人,只能去适应他所生活的社会环境,而不可能让社会环境因他而改变。作者在讽刺的同时,也写出了这类人的无奈。

每当他在名利之途上获得一点进步，他的变质堕落也就加深了一步。这样的叙写,正表明了作者所讽刺的绝不仅仅是匡超人一人而已,谴责的矛头已然触及产生匡超人这样人物的社会环境,甚至是整个封建社会。

六、四大奇人、鲍文卿

被国家视为邦国柱石的士人们良莠不齐，作者似乎在通过对真儒贤士和伪儒名士的描写向我们讲述:社会上层的精英死了!然而我们却可以欣喜地从民间找到一种返璞归真的儒家风范。

第五十五回里的四个市井奇人,他们是作者精心刻画、结束全文的人物。他们都属于城市平民阶层,过的是自食其力的生活。他们的职业是微贱的,社会地位是低下的,但他们都有自己的业余爱好和与众不同的见识。他们性情耿介、志趣高洁,生活虽贫寒,却“既不贪图人的宝贵,又不伺候人的颜色”,我行我素,不受任何约束,他们有着很多作者所倾心的特点。由于他们生活在社会下层,蔑视权贵,不与世俗合流,所以作者称之为市井中的“奇人”。

季遐年自小无家无业,穷得只有借寺院安身。他的字写得有自己的独创性,但若叫他拿写的字去取悦高门,他却绝对不干。但凡人要请他写字“却要等他情愿,他才高兴。他若不情愿时,任你王侯将相,大捧的银子送他,他正眼儿也不看”。卖火纸筒子的王太,棋艺高超,不费吹灰之力就杀败了一个围棋名手。但当围观者邀他吃酒时,他非但拒绝,而且毫不留情地奚落了那些趋炎附势的捧场者。开茶馆的盖宽,家境较好时就不愿结交有钱的亲朋,家境败落后,他宁愿过着凄苦的生活,也不愿屈辱自己求别人接济。裁缝荆元,弹琴、作诗都颇有些雅士之风,却拒绝结交文人学者,抬高自己的身价,并向社会发出了“难道读书识字,做了裁缝就玷污了不成”的抗议。荆元敢于把裁缝这一“贱行”提高到与读书识字平等的地位,这在“万般皆下品,唯有读书高”的封建意识成为统治意识的社会里,是很大胆的,也是具有反叛意义的。他还说:“而今年内每日寻得六七分银子,吃饱了饭,要弹琴,要写字,诸事都由得我;又不贪图人的富贵,又不伺候人的颜色,天不收,地不管,倒不快活?”可见荆元要的是独立自由、无拘无束的社会生活,这与世俗是相异的,与封建社会秩序也是相违背的。“琴棋书画”四大奇人,虽然他们身份卑微,但绝不依附权贵,在自由自在的环境中恣情任性,保持着独立的人格,追求精神世界的自由。他们尊重自己的个性,有真才实学,以劳动谋生,不慕功名富贵,有着自己的见识、理想和爱好。他们鄙夷流俗,不随波逐流,更不甘受人管束。这种独立、豪放不羁的生活方式和处世态度,无疑是对污秽世风的抗争,是符合作者的理想和愿望的。

同样来自民间的鲍文聊是一个梨园艺人,在封建社会里地位异常卑下,但他却有正义感,爱惜人才,并且很有操守,拒绝说情受贿。他救了太守向鼎,却不要任何酬谢;安庆府里的书办向他行贿,托他向鼎太守求情,他拒绝说:“须是骨头里挣出来的钱才做得肉。”又说:

"他若有理,断不肯拿出几百两银子来寻人情。若是准了这一边的情,就要叫那边受屈,岂不丧了阴德?"他还劝那两个书办:"依我的意思,不但我不敢管,连二位老爹也不必管他。"两个书办讨了个没趣,只好作罢。一个被人瞧不起的穷"戏子",能坚持自己的操守,不为金钱所折服,这在"金钱万能"的社会里,是极其难得的。这是一种高洁、可贵的人品,也是一个真正的人所应该具备的品格。作者以此与那些贪得无厌,对老百姓敲骨吸髓、极尽剥削之能事的官吏豪绅,与那些道貌岸然、骨子里却浸透人民血泪的官府老爷的贪吝残忍的品格相对比,前者显得那样高尚,后者则显得那样可耻。难怪向鼎太守也对鲍文卿赞扬不已,认为他"虽生意是贱业,倒颇多君子之行"。

鲍文卿不仅为人真诚,而且热心助人。落魄秀才倪霜峰卖子求生的悲惨遭遇引起了他的深切同情,他主动提出为倪霜峰抚养孩子,并表示等以后倪霜峰的处境好了,依旧把孩子还给他。收养了倪子以后,两家往来不绝,鲍倪二人也结下了深厚的友谊。倪霜峰去世以后,鲍文卿拿出几十两银子替他料理后事,自己一连哭了好几场,并叫过继的儿子去披麻戴孝,送倪霜峰入土。这种举动多么高尚、感人,他们的友谊是患难之交、贫贱之亲。鲍文卿帮助倪霜峰,不是乘人之危,为己谋利,而是推己及人,为对方着想,尊重对方的人格,因而倪霜峰乐于接受。在他们短暂的交往中,二人也是推心置腹,以诚相见,其友谊至死不渝。鲍文卿因职业关系,经常出入显贵门府,他生活在污浊的环境中,却能够洁身自爱,品行端方,因而,作者对他是倾心赞颂的。

在那样一个尔虞我诈的社会里,真正的英雄不在上层,英雄就在人民之中。帮助王冕,古风犹存的秦老汉;帮助虞博士的祁老爹;侠义助人的凤四老爹,他们虽非英雄,但品格自是"桃李不言,下自成蹊"[11]。

讽刺的生命是真实。吴敬梓以人物对功名富贵和文行出处的不同态度,驱使着笔下人物。这些人物对功名富贵或汲汲追求,或淡泊泰然,或倾心仰慕,或趋炎附势,通过对这些人物惟妙惟肖的描写,从而显示出这些人物各自的心性品貌和人生追求。《儒林外史》所写的人物、场景，表层情节似乎不相联属，其实通过对这些貌似毫不相关的人物的讽刺，我们却可以发现吴敬梓对文士命运的深沉反思和对八股取士制度的批判。

要之，高尔基说文学即是人学，任何一部小说都离不开人物这一核心要素，人物引起事件，蕴含作者的思想情感。吴敬梓正是通过这三百余人描写了近百年色彩纷呈的历史，描绘了一轴色彩斑斓的人物长卷！

参考文献

[1][3]朱一玄，刘毓忱.儒林外史资料汇编[Z].天津：南开大学出版社，2003.

[2]陈美林.吴敬梓评传[M].南京：南京大学出版社，1990.

[4][10]袁行霈.中国文学史[M].北京：高等教育出版社，1999.

[5]郭绍虞，王文生.中国历代文论选[M].上海：上海古籍出版社，2001.

[6][9]吴敬梓.儒林外史[M].长沙：岳麓书社，2008.

[7]鲁迅.鲁迅全集[M].乌鲁木齐：新疆人民出版社，1995.

[8]孔子.论语·泰伯[M].北京：中国戏剧出版社，2002.

[11]司马迁.史记·李将军列传[M].北京：中华书局，2006.

◎王丽萍

梁启超“新文体”名称与特点研究综述

自鸦片战争以来,受西学东渐的影响,近代中国文坛也在发生着巨大的变化。梁启超开风气之先,提出“文界革命”,他的“开文章之新体,激民气之暗潮”的“新文体”散文形成浩大的声势,震撼了当时的文坛。语言上半文半白的“新文体”散文是传统古文和五四现代白话散文之间的过渡桥梁,具有“过渡时代之英雄”[1]的作用,深刻地影响了近现代的散文创作,在中国文学史上占有重要地位。

一、关于“新文体”的名称

谈及梁启超的“新文体”散文时,学者们有不同的解释和描述,由此也提出了若干与之有关联的概念,“报章体”、“时务文体”、“新民体”等诸种称谓。如钱基博在《现代中国文学史》中称“新文体”为“新民体”;胡适在《五十年来中国之文学》中称新文体为“时务的文章”;方汉奇将“在改良派的报刊活动中创造的新颖的政论文体,称为‘新文体’、‘报章文体’或‘时务文体’”。今天,这种模糊的提法仍普遍出现在各种文章里。那么“报章文体”、“时务文体”、“新民体”和“新文体”是同一概念呢,还是存在差异?它们之间的关系如何?下面我们通过对“新文体”、“报章体”、“时务文体”、“新民体”这些概念的简单梳理,希望能更全面、准确地理解“新文体”散文。

1.新文体

梁启超在《清代学术概论》中最早提出了“新文体”这一概念:

> 启超既亡居日本……复专以宣传为业，为《新民丛报》、《新小说》等诸杂志，畅其旨义，国人竞喜读之。清廷虽严禁，不能遏，每一册出，内地翻刻本辄十数。二十年来学子之思想，颇蒙其影响。启超素不喜桐城派古文，幼年为文，学晚汉魏晋，颇尚矜练。至是自解放，务为平易畅达，时杂以俚语、韵语及外国语法，纵笔所至不检束。学者竞效之，号“新文体”。老辈则痛恨，诋为野狐。然其文条理明晰，笔锋常带情感，对于读者，别有一种魔力焉。[2]

《清议报》最后一期，梁启超刊出《本馆第一百册祝辞并论报馆之责任及本馆之经历》的文章，在论及《清议报》发表过的重要文章时指出：“有《少年中国说》、《呵旁观者文》、《过渡时代论》等，开文章之新体，激民气之暗潮。”[3]明确指出他所作的这三文为新体文章。前两篇文章都是1900年2月刊出。梁启超在对“新文体”分析时，又把“新文体”与1902年才创办的《新民丛报》放在一起讨论。显然，梁启超将戊戌东渡后发表于《清议报》(1898年12月—1901年)、《新民丛报》(1902年2月—1907年8月)、《新小说》(1902年10月—1903年)的文章称为新文体，为他所独创。夏晓虹也认为梁启超为“新文体”的首创者。“所谓‘新文体’，是梁启超在《清代学术概论》中对其某一时期文章体式的总结性称呼，也是他的‘文界革命’思想的具体实践。”[4]

还有一些学者将“新文体”看做一个包容性较大的散文流派，他们认为“新文体”是一动态的、不断演进的概念，并非梁启超的个人贡献。陈子展认为，“谭、梁诸人为了鼓吹‘维新’的缘故，常常做点宣传文章。这种文章系当时一种独创的‘新文体’，因为它是从八股文，桐城派文、骈文里面解放出来，中间夹杂些他们所知道的外来的新知识，新思想。[5]方汉奇认为，“在近三十年的改良派的报刊活动中，涌现了一大批有影响的报刊政论家。其中著名的有王韬、郑观应、梁启超、麦孟华、徐勤、欧榘甲、唐才常、谭嗣同等。通过他们的实践，创造了一种新颖的政论文体，当时人称‘新文体’、‘报章文体’或‘时务文体'"。[6]丁晓原认为,冯桂芬、王韬、郑观应、康有为、谭嗣同和梁启超等都参与了新文体的建设,只不过梁启超的贡献更大罢了;或者可以说,新文体是经由梁启超的成功实践而完形的。[7]朱文华将"新文体"发展过程分为四个时期:其一,"新文体"以龚自珍、魏源等人为导源;冯桂芬在《校邠庐抗议》中那些前无古人的理直气壮、语言流畅而又富有感情的篇什是"新文体"的萌芽时期。其二,以王韬在《循环日报》上文字浅显,语言流畅,说理透彻,富有鼓动性的报章文是对冯桂芬时期文体的进一步解放;至戊戌维新时期,维新人士为宣传维新变法纷纷办报,仿效王韬的报章文。梁启超任主笔的《时务报》上的散文目的在宣传维新,文章本身的气势更大,慷慨激昂,明快有力,汪洋恣肆,新鲜活泼,时称"时务体","时务体"标志着"新文体"基本定型。其三,"新民体"是梁启超的个人贡献,标志着"新文体"的成熟。其四,后期"新文体"的两个分支,一支是至为明显地袭用"新民体",从语言、词法、句法到词调等力求毕肖,另一支是受"新民体"的间接影响,主要着眼于把握宣传鼓动的语言的浅近性和亲切感,并且干脆完全采用白话文。[8]陈子展、方汉奇等都将桐城派散文等旧文体作为原始坐标,凡是对其有所突破的都归属新文体;朱文华、丁晓原等对"新文体"散文的分期更呈现出完整的流派性特征。

2.报章文体

中国人自办报纸始于18世纪70年代,维新运动前后,中国报业迅速发展;许多思想家和文学家都用报刊这个宣传工具来发表政论。梁启超在《中国各报存佚表》中说,"自报章兴,吾国之文体为之一变,汪洋恣肆,畅所欲言,所谓宗派家法,无复问者"。从上文陈子展、方汉奇的引言中,我们可以看出,报刊政论文在当时确是一种有别于传统散文的新型文体。由此可见,梁启超、陈子展、方汉奇所理解的"报章文体"是指发表在报刊上的政论性散文、杂文。朱文华还详尽地概括了"报章文体"的特征。[9]换句话说,"报章文体"具有这样的特征:发表在报刊上;在当时是一种新型的报刊政论文体。

梁启超一生以报纸为业,先后创办《中外纪闻》、《时务报》、《湘报》、《清议报》、《新民丛报》、《新小说》、《新中国报》等报刊。梁启超的“新文体”散文确都发表在报刊上，其广泛的影响也得力于报纸这一新的传播媒介。但以王韬在《循环日报》上代表的“报章文体”是不能囊括梁启超“新文体”散文的。“新文体”或称“报章文体”、“新文体”又叫“报章文体”等说法是仅就“发表在报刊”这一角度来说的。

3.时务文体

“时务文体”是改良派在宣传“维新”时形成的，以梁启超任主笔的《时务报》上的文字为代表。严复、黄遵先俱认为梁启超在任《时务报》主笔时所发表的文章对当时带来了巨大的影响。“甲午挫后，《时务报》起，一时风靡海内，数月之间，销行至万余份，为中国有报以来前所未有，举国趋之，如饮狂泉”，“一纸风行，海内观听为之一耸”。陈子展认为，“梁启超等人创立‘新文体’后，他们用这种文体向当道上书，来向报馆投稿，来向人家讲富强之学，来谈一切时务，是为‘时务文体’。”[10]朱文华也认为，戊戌维新运动时期，众多的维新派人士纷纷办报，亲自撰稿，宣传维新变法。在梁启超主办的《时务报》上，梁启超本人，徐勤、欧榘甲、汪康年和麦孟华等人的作品，被时人称为“时务文”或“时务体”，标志晚清“新文体”基本定型，社会影响也进一步扩大。[11]王钟陵在探讨了时务之文的渊源后，谈到《时务报》政论当时称为“时务文体”，使时务之文腾起一个高潮；梁启超将时务之文推向高潮，并使时务文体趋于成熟、定型化。[12]夏晓虹认为“时务文体”即得名于梁启超创办的《时务报》。[13]

《时务报》创刊于1896年8月，在梁启超去国前。而从上述梁启超本人对“新文体”的界定，可知此时的“时务文体”不具备“新文体”的某些特点。只能说“时务文体”是“新文体”发展过程中的一个阶段。

4.新民体

钱基博认为，“‘新民体’，以创自启超所为之《新民丛报》也”。[14]朱文华认为，“新民体”是梁启超个人的文化贡献，是梁启超赴日后，仿效“日本文体”，进而对“时务文”自觉地进一步改造的结果，标志着“新文体”的成熟。[15]夏晓虹也认为“新民体”得名于梁启超任主笔的

《新民丛报》。她认为,《清议报》创刊后,梁启超开始大量撰写文章,日本文体的影响逐渐显现出来。在文体变化的初期,梁启超的文章带有模仿的痕迹。这种仿日文体已与“时务文体”有很大区别,表现出有意从一切中国古体文中完全解放出来的倾向。除有一些拗句外,它已基本具备“新文体”的主要特征。在此基础上,梁启超又将仿日文体进一步醇化,这样,“新文体”便从当时充斥书刊、粗制滥造的僵直日式中文中拔脱出来,完全独立、成熟了。[16]夏晓虹认为新文体包括新民体,但不能以“新民体”来指代“新文体”,朱文华也是仅将“新民体”作为“新文体”的成熟阶段。

由上所述,“报章体”、“时务文体”、“新民体”和“新文体”是有联系但不能等同的概念。“报章文体”是从梁启超文章的实现途径来说;“时务文体”、“新民体”是对梁启超不同阶段创作的称谓;用“新文体”统指梁启超的有别于桐城古文、八股文等旧文体的散文创作。这诸种称谓正说明了他在近代散文发展变革中的突出地位;用新文体来指代一个派别,说明梁启超散文创作的渊源、影响,开阔了研究视野。

二、关于“新文体”散文的特点

梁启超本人关于“新文体”散文的定义就已透露了“新文体”散文的特点:平易畅达,时杂以俚语、韵语及外国语法,纵笔所至不检束,条理明晰,笔锋常带情感。学者多有继承了梁启超对“新文体”的评价。胡适虽认为“新文体”在这一新旧文学之过渡时代仍是“古文范围以内的革新运动”,但认为梁启超的“新民体”,“长于条理,条理的分明,最容易看下去;辞句浅显,容易懂得,容易模仿;富于刺激性,笔锋常带感情”,值得肯定。[17]郑振铎认为梁启超的散文,“平易畅达、时杂以俚语的韵语及外国语法”。夏晓虹完全延续了梁启超对“新文体”的解释,将“新文体”散文的特点分为六点:第一,平易畅达;第二,杂以俚语;第三,杂以韵语;第四,杂以外国语法;第五,纵笔所至不检束;第六,条理明晰;第七,笔锋常带感情。[18]

一些学者在继承梁启超观点的基础上又进行了有益的探索,揭示了“新文体”散文在题材、思想内容等方面的特点。钱基博认为:第一,“破”字当头。梁启超在《与严幼陵书》中说,他办报作文,“为天下驱除难,俟后起者发挥广大”,“以求振动已冻之脑官”。第二,输入“万国之新思想”。这是梁启超“新民体”的灵魂。在《清议报一百册祝辞并论报馆之责任及本报之经历》中,梁启超说他办报力求“取万国之新思想以贡献于其同胞”,最终“能以语言文字开将来之世界也”。朱文华认为,“新文体”散文从文体的适用性范围来看,主要限于议论文,鲜有纯粹的抒情文和记叙义;就议论的内容题材而言,不像历代各流派的散文那样丰富多彩,大都限于社会政治问题;晚清“新文体”散文又有浓厚的宣传意味,且特别重视强化鼓动性成分。[19]谢飘云将梁启超的散文风格,概括为“阔、多、深、真、长、畅”。其中“真,是指描摹逼真,形象真切,情感真挚。长,即喜用长篇,善用长比,引例甚长。畅,即语言明快畅达”,是对“纵笔所至不检束”、“平易畅达”、“笔锋常带情感”的肯定。“阔,即题材广阔,内容阔大。多,指体裁样式多,句式变化多,修辞手法多,吸收外国词汇多。深,即有深刻的哲理、深邃的思想,合哲学与文章为一,打破了向来形式主义的旧文风,使文章都闪烁着哲理的火花”,则是对“新文体”的题材和哲理特点的概括。[20]蔡江珍认为,“新”相对于传统文章体例而言,“新”也针对它所承担的“新吾民”之新责而言,更是他所一再呼吁的新论理方式、思维方式之“新”;而“文体”意识的彰显将“文”限定于文学体裁,为日后进一步形成散文文学观念打下了基础。[21]

自梁启超“新文体”出现后,就存在对它的“恶评”。有出于反对维新运动,维护封建主义文化政治立场的,如叶德辉认为,“异学之诐词,西文之俚语”,使得“文风日趋于诡僻,不得谓之词章”。[22]有因学术文化观点不同来否定的,如严复认为,“仆之于文,非务渊雅,务其是耳。……若徒为近俗之辞,以取便市井乡僻之不学,此于文界,乃所谓凌迟,非革命也”。[23]林纾认为,“所若英俊之士,为报馆文字所误,而时时掺入东人之新名词,惟刺目之字,一见于字里行间,便觉不韵”。有针对梁启超的“笔锋常带情感”,指出他在行文上感情过于泛滥,文章有堆砌之弊,如胡先骕在《评胡适〈五十年来中国之文学〉》中说:“梁之文,纯为报章文字,几不可语夫文学。其笔端常带感情,虽为其文有魔力之原因亦正其文根本之症结。”胡适提出梁文“肤浅的铺张,无谓的堆砌”。[24]夏晓虹也认为,梁启超太滥的排比,反复的堆砌,有铺张过度、复叠冗赘之感。

在上述评价中,叶德辉是基于不同的政治立场,严复和林纾是出于不同的学术追求,不免掺杂主观偏见;胡适和夏晓虹提出的批评是中肯的,也确实是梁启超本人“笔锋常带感情”,“纵笔所至不检束”带来的负面后果,后学者在模仿“新文体”散文时常使上述缺点更为突出。其实既有优点又有缺点才呈现出了“新文体”散文的整体风貌,今天我们不能过于吹毛求疵,而忽视了“新文体”散文的真正价值。

文学的发展是一个渐进的过程。梁启超“新文体”散文无论在语言、风格、思想、内容方面都表现出从以桐城派散文、骈文等为代表的旧文体向纯粹的白话文体的过渡衔接作用;梁启超的“新文体”散文顺应了文学自身的发展要求,解放了已毫无生命力的不再适应社会发展要求的旧的文体规范;在“新文体”的基础上,才使五四时期的白话文运动成为可能,并取得了成功。

参考文献

[1]梁启超.过渡时代论,清议报[N].北京:中华书局,2006.

[2]梁启超.清代学术概论[M].北京:东方出版社,1996.

[3]梁启超.清议报第一百册祝辞并论报馆之责任及本报之经历[J].清汉报,1901年12月第100册.

[4][13][16][18]夏晓虹.觉世与传世[M].北京:中华书局,2006.

[5][10]陈子展.中国近代文学之变迁·最近三十年中国文学史[M].上海:上海古籍出版社,2000.

[6]方汉奇.中国近代报刊史(上)[M].太原:山西人民出版社,1981.

[7]丁晓原.从新文体到“随感录”[J].中国现代文学研究丛刊,2006

(1).

[8][9][11][15][19]朱文华.简论晚清“新文体”散文[J].复旦学报(社会科学版),1995(3).

[12]王钟陵.论晚清“文界革命”的孳生过程及其走向[J].社会科学辑刊,2003(4).

[14]钱基博.现代中国文学史[M].长沙:岳麓书社,1986.

[17][24]胡适.胡适说文学变迁·五十年中国之文学[M].上海:上海古籍出版社,1999.

[20]谢飘云.论梁启超新文体散文的特征[J].中山大学学报(社会科学版),1998(5).

[21]蔡江珍.“文界革命”与散文现代性观念的发生[J].南京师范大学学报,2005(4).

[22]叶德辉.《长兴学记》驳义[A]//苏舆.翼教丛编[C].上海:上海书店出版社,2002.

[23]严复.严复集·与梁启超书[M].北京:中华书局,1986.

后 记

《古代文学教学热点难点疑点述论》一书的写作出版，我们古代文学与古典文献研究所的同仁已酝酿有年，现在终于在《中国文学史发展纲要》修订再版之际编辑出版。作为和《中国文学史发展纲要》配套的选修课教材，我们最初的设想是，通过对"中国古代文学史"、"古代文学作品选"的学习，在夯实基础培养兴趣的基础上，引导爱好古代文化、古典文学的同学们，进一步在阅读原作，掌握了解古代文学发展规律的前提下，熟悉古代文学某个领域、某个作家、某部作品研究的历史与现状，思考探索新的研究的切入点突破口，使更多的古典文学的爱好者学习借鉴前贤今哲的研究成果治学方法，开阔学术视野，为更高层次的学习深造奠定基础。

兰州大学是一所研究型的综合性重点大学，而对于研究型大学的古代文学教学，我们的认识是，教学与科研相结合，以科研促进教学。"师者，所以传道授业解惑者也"，作为兰大的一名古代文学教师，应该具有介入古代文学热点难点研究和在全面深入系统把握关照本专业的基点上,具有开拓进取、创新突破的意识与能力,并且能够通过自己的科研教学潜移默化地向同学们传递这种科研意识。所以此书的编撰,首先是作为本科生高年级的选修课教材,其次是作为研究生的参考书。当然,本书所收三十余篇文章,只是我们的部分思考成果,希望以后在各方的大力支持下,相继出版系列著述。

《古代文学教学热点难点疑点述论》的编撰出版,得到了兰州大学教务处、科研处、兰州大学文学院、出版社的大力支持与资助,在此表示由衷的谢意。对本书的编辑出版,兰大出版社的锁晓梅同志付出了大量心血,在此谨表谢忱。

兰州大学古代文学与古典文献研究所